Lázaro

Morris West

Lázaro

Javier Vergara Editor s.a.
Buenos Aires / Madrid
México / Santiago de Chile
Bogotá / Caracas / Montevideo

Título original: *Lazarus*
Edición original: Heinemann
Traducción: Aníbal Leal
Diseño de cubierta: Susana Dilena

© 1989 Malaleuka East Investments Pty Ltd.
© 1990 Javier Vergara Editor S.A.
 Paseo Colón 221 - 6º / Buenos Aires / Argentina.

ISBN 950-15-1464-1

Impreso en la Argentina/Printed in Argentine.
Depositado de acuerdo a la Ley 11.723

Esta edición terminó de imprimirse en
VERLAP S.A. - Producciones Gráficas
Vieytes 1534 - Buenos Aires - Argentina
en el mes de diciembre de 1994

*Para Joy, con amor,
el mejor vino del estío.*

"Siempre me he preguntado algo sobre Lázaro. Había franqueado las puertas de la muerte. Había visto lo que había al otro lado. ¿Deseaba regresar a la vida?... ¿Agradeció a Jesús que le trajera de nuevo?... ¿Qué clase de hombre fue después? ¿Qué pensó el mundo de él? ¿Qué pensó él del mundo?"

                              León XIV Pont. Max.
                              Conversaciones

LIBRO I

Lazarus aegrotus

"Había un hombre llamado Lázaro de Betania, que había caído enfermo... Cuando llegó Jesús, descubrió que Lázaro ya llevaba cuatro días en la tumba."

Juan XI. 1, 17.

1

Era un hombre alto y duro. La nariz grande y curva, el mentón saliente, y los oscuros ojos de obsidiana le conferían el aspecto de un águila vieja, imperiosa y hostil. Sin embargo, cuando tuvo que afrontar la evidencia de su propia mortalidad, de pronto se sintió pequeño y ridículo.

El médico, un cuarto de siglo más joven, de pie junto al escritorio, trazó un boceto sobre una hoja de papel con membrete y explicó el asunto con palabras ásperas.

—Estas son las dos arterias del lado izquierdo de su corazón. Están casi obstruidas por placas, que de hecho son residuos de su propio torrente sanguíneo. Se depositan sobre las paredes de las arterias, como los sedimentos en una cañería. El angiograma que realizamos ayer muestra que conserva usted alrededor del cinco por ciento del flujo sanguíneo normal sobre el lado izquierdo. Esa es la causa de los dolores en el pecho, el jadeo, la somnolencia y la fatiga que ha sentido últimamente. Después, sucederá lo siguiente... —Dibujó un glóbulo oscuro con una flecha que indicaba la dirección de su movimiento.— Un pequeño coágulo de sangre se desplaza por la arteria, se aloja aquí, en la sección más estrecha. La arteria queda bloqueada. Usted sufre el clásico ataque cardíaco. Y muere.

—¿Y el riesgo de que suceda eso...?

—No es un riesgo. Es un hecho inevitable. Puede suceder un día cualquiera. Una noche cualquiera. Incluso ahora, mientras charlamos. —Rió brevemente, sin alegría.— Para los peregrinos de la plaza de San Pedro, usted es León XIV, vicario de Cristo, el Supremo Pontífice. Para mí, usted es una bomba de relojería. Cuanto antes pueda desactivarlo, tanto mejor.

—¿Está seguro de que puede?

—En el plano meramente clínico, sí. Instalamos un doble *by-pass*, remplazamos las arterias obstruidas con una vena extraída de su pierna. Es un simple trabajo de fontanería; el índice de éxitos supera el noventa por ciento.

—¿Y cuánta vida consigo de ese modo?

—Cinco años. Diez. Quizá más. Depende de su propia conducta después de la operación.

—¿Y qué significa exactamente eso?

Su Santidad era un hombre de notorio mal carácter. El médico se mantuvo sereno y cordial.

—Significa que ha estado usted maltratando su cuerpo varios años. Le sobran por lo menos quince kilos. Come como un campesino. Padece gota. El ácido úrico en la sangre alcanza un nivel anormal, pero usted continúa bebiendo vino tinto y consumiendo especias y alimentos con elevado contenido de purina. El único ejercicio que realiza consiste en pasearse arriba y abajo leyendo el breviario. Pasa el resto del tiempo frente a este escritorio, o practicando prolongados ritos envueltos en nubes de incienso, o llevado de allí para allá en coches y aviones... A menos que realice cambios drásticos en su estilo de vida, toda mi habilidad será inútil. *El Osservatore Romano* dirá que murió en olor de santidad. De hecho, morirá por abusar de su cuerpo.

—¡Doctor, es usted un impertinente!

—Estoy diciéndole una verdad necesaria. Si no me escucha le sacarán de aquí en una caja.

Se manifestó una súbita cólera en los ojos entornados. Parecía un ave de presa preparada para atacar. Después, con la misma rapidez con que se había manifestado, la cólera se extinguió. Los ojos se apagaron, la voz adoptó un acento fatigado y quejoso.

—Usted dijo hace un momento "En un plano meramente clínico es un sencillo trabajo de fontanería..." ¿Eso sugiere ciertas reservas?

—No, no se trata de reservas. Se trata de advertencias, de consejos al paciente.

—¿Quiere tener la bondad de explicármelo?

—Muy bien. Primero, el factor de riesgo. He dicho que era del diez por ciento. Lo repito. ¿Carácter del riesgo? Un colapso súbito, un ataque, una infección pericardial. Es como conducir un coche o subir a un avión. Uno lo acepta y lo olvida. Imagino que en su caso usted deja el desenlace en manos de Dios.

—No del todo. —La sombra de una sonrisa curvó las comisuras de la boca severa.— Debo impartir ciertas instrucciones. La primera, que si sobreviene un colapso, usted completa el procedimiento y me deja morir. La segunda, que si sufro daño cerebral, no seré sometido a un sistema de prolongación de la vida. Ni usted ni yo estamos obligados a prolongar oficiosamente una vida vegetativa. Recibirá usted esta instrucción por escrito, con mi firma y sello. ¿Qué más?

—Las secuelas... las consecuencias, a corto y a largo plazo, de los procedimientos quirúrgicos. Es muy importante que usted las comprenda, que reflexione acerca de ellas, que las comente libremente. No debe y sería imposible exagerar este aspecto, tratar de afrontarlas mediante la represión, convirtiéndolas en una especie de experiencia mística y expiatoria: la noche oscura del alma, los estigmas del espíritu... —Se encogió de hombros y ofreció a su interlocutor una sonrisa inocente.— No sé por qué, pero no creo que sea usted la clase de hombre que haga eso. En cambio, puede sentirse tentado a soportar la situación en un silencio orgulloso y digno. Sería un grave error.

La respuesta del anciano fue áspera.

—Todavía no me ha dicho qué puedo esperar.

—No me refiero al dolor. Este es un factor controlable. Estará sumido en la inconsciencia por lo menos cuarenta y ocho horas, y bajo la influencia de potentes anestésicos. Continuaremos suministrándole opiáceos y analgésicos hasta que las incomodidades se ajusten a límites tolerables. Sin embargo, sufrirá otra cosa: un trauma psíquico, un cambio de personalidad cuya magnitud aún no admite una explicación integral. Su emotividad será frágil: se sentirá tan inclinado a las lágrimas como a la cólera. Sufrirá depresiones súbitas, sombrías y a veces con ideas suicidas. En determinado momento será un individuo tan dependiente como un niño, un niño que busca que le reconforten después de una pesadilla. A continuación, estará irritado y frustrado por su propia impotencia. Es posible que su memoria de los hechos inmediatos sea defectuosa. Su tolerancia frente a la tensión emocional disminuirá mucho. Los consejeros que trabajarán con usted le recomendarán firmemente que no adopte decisiones importantes, de carácter emocional, intelectual o administrativo, por lo menos durante tres meses... La mayoría de esas secuelas desaparecerán. Algunas persistirán, atenuadas pero siempre presentes en su vida psíquica. Cuanto mejores sean sus condiciones físicas, menor será su debilidad emocional. De modo que, una vez pasado el primer período de convalecencia, será sometido a una dieta rígida, con el propósito de que pierda quince o veinte kilos. Se le exigirá que practique ejercicios diarios, de acuerdo con un plan. Y si no hace nada de todo esto su impedimento físico se prolongará y su condición física se deteriorará rápidamente. En resumen, todo lo que hagamos será al mismo tiempo doloroso e inútil. Lamento ahondar tanto en este asunto, pero es absolutamente necesario que lo comprenda. Créame. No exagero.

—Le creo. Sería un tonto si adoptase otra actitud.

Pareció que el anciano de pronto se retraía sobre sí mismo. Se le opacaron los ojos, y se mostraron inexpresivos, como si se hubiera extendido sobre ellos una membrana. El médico esperó en silencio, hasta que su interlocutor comenzó a hablar otra vez.

—Por supuesto, se trata del interrogante definitivo: a saber, si reuniré las condiciones necesarias para retomar las obligaciones de mi cargo.

—Es cierto. Y no será usted el único que lo pregunte. Sus colegas del Sacro Colegio tendrán acceso a la misma información clínica que acabo de suministrarle.

Por primera vez, la boca severa esbozó una sonrisa de auténtico humor. Los ojos apagados se encendieron y el Vicario de Cristo expresó una herejía personal.

—Amigo mío, a Dios le divierte gastar bromas pesadas. Siempre lo he sabido.

El médico esperó la explicación correspondiente. No llegó. En cambio, el Pontífice preguntó:

—¿Cuánto puedo esperar antes de someterme a la operación?

—No puede esperar. Quiero que venga a mi clínica antes del mediodía de mañana.

—¿Por qué su clínica? ¿Por qué no Gemelli o Salvator Mundi?

—Porque yo trabajo únicamente con mi propio equipo en condiciones que puedo garantizar. Controlo el posoperatorio y los procedimientos aplicados durante la convalecencia. Su médico le dirá que soy el mejor en Italia. Pero tan pronto se someta usted a mis cuidados, comenzarán a regir mis normas. Usted hará lo que se le ordene, o yo me lavo las manos.

—Antes de aceptar un convenio así, desearía contar con otra opinión.

—Ya tiene una segunda opinión, y la tercera. Morrison de Londres, Haefliger de Nueva York. Ambos han examinado imágenes computadas de las radiografías. Coinciden con mi diagnóstico y los procedimientos quirúrgicos. Morrison vendrá de Londres para ayudar en la operación.

—¿Y quién, si me permite la pregunta, autorizó esa gestión?

El médico se encogió de hombros y sonrió.

—El decano del Colegio de Cardenales. Sus colegas los obispos consideraron que necesitaban una póliza de seguro.

—¡No lo dudo! —El Pontífice emitió una risa breve, casi un ladrido.— Algunos se sentirían muy complacidos de verme muerto; ¡pero no quieren correr el riesgo de ver morir a otro pontífice en circunstancias sospechosas!

—Lo cual me lleva a mi último consejo. Ojalá pudiese convertirlo en una orden, pero eso no está a mi alcance... No pase su convalecencia en el Vaticano y tampoco en Castel Gandolfo. Viva por lo menos un mes como una persona anónima. Alójese con amigos o familiares; comuníquese únicamente con sus ejecutivos más próximos en Roma. Ya llega el verano. No se sentirá mucho su ausencia... créame. Los fieles solamente necesitan saber que usted está vivo y que continúa ocupando el cargo. Una breve aparición y dos comunicados permitirán obtener ese resultado.

—¡Joven, muestra usted mucha presunción! Este es mi hogar. Los servidores de esta casa forman la única familia que tengo. ¿Por qué no puedo recuperarme aquí?

—Por dos razones. En primer lugar, el aire de Roma está increíblemente contaminado. Agravará los problemas respiratorios que pueda sufrir después de la operación. La segunda es más importante: le guste o no, su propia casa será también su campo de batalla. Día tras día su competencia se verá sometida a dura prueba. Su situación de debilidad se difundirá fuera de aquí. Usted lo sabrá. Incluso lo anticipará. Adoptará una postura de lucha para defenderse. ¿Resultado? Estrés, hipertensión, ansiedad; todos los aspectos que tratamos de evitar después de la cirugía del corazón. Si decirle esto implica presunción por mi parte, le ruego me perdone. Su Santidad tiene reputación de hombre obstinado y brusco. En función del juramento hipocrático, mi principal obligación es evitar que se perjudique usted. *Primum non nocere*. De modo que prefiero parecer presuntuoso antes que incurrir en falta. Pero la decisión es suya. ¿Concertamos un convenio?

—Sí.

—Bien. Le espero mañana al mediodía. Habrá un día y medio de preparación y premedicación. Conocerá a los principales miembros del equipo, y hablará con ellos. Operaremos la mañana del miércoles a las 7... ¡Confíe en mí, Santidad! Hoy está usted a la sombra de la muerte. De aquí a una semana será como Lázaro saliendo de la tumba y parpadeando a la luz del sol.

—Siempre me he preguntado algo sobre Lázaro. —El anciano se recostó en el respaldo de su sillón y sonrió sardónicamente al médico.— Había franqueado las puertas de la muerte. Había visto lo que había del otro lado. ¿Deseaba regresar a la vida?... ¿Agradeció a Jesús que le trajera de nuevo?... ¿Qué clase de hombre fue después? ¿Qué pensó el mundo de él? ¿Qué pensó él del mundo?

—Tal vez —el cirujano sonrió y abrió las manos en un gesto resignado—. ¡Tal vez ése deba ser el primer discurso de Su Santidad después de su recuperación!

El breve diálogo le había impresionado hasta las fibras más profundas de su ser. De pronto se había despojado de todo lo que le sostenía: *magisterium, auctoritas, potestas*; el cargo, la autoridad, el poder para usar ambos. Era un hombre sentenciado a muerte. Incluso se mencionaba el instrumento de la ejecución: un pequeño tapón de sangre coagulada, que impediría el paso del flujo vital hasta su corazón. Se le ofrecía la salvación; pero tenía que aceptarla de manos de un individuo arrogante, que según su propia confesión no era más que un fontanero, que se atrevía a sermonear al Vicario de Cristo porque le veía demasiado adiposo, demasiado complaciente consigo mismo, y porque comía como un campesino.

¿Tenía motivos para sentirse avergonzado? Era un campesino; había nacido con el nombre de Ludovico Gadda, hijo único de medieros de las afueras de Mirándola, un antiguo principado próximo a Ferrara. A los doce años pasaba la mañana en la escuela, y la tarde trabajando como un hombre, arreando las vacas y las cabras, cavando el huerto, recogiendo y apilando el estiércol que se utilizaría como fertilizante. Cierto día, su padre cayó muerto detrás del arado. Su madre vendió los derechos de mediero, fue a servir como ama de llaves de un terrateniente local, y se dedicó a educar a su hijo para que pudiese tener una vida mejor.

Ya era un buen alumno en matemáticas, y podía leer todos los libros que llegaban a sus manos, porque mamá, que antes había abrigado la esperanza de ejercer la docencia, solía sentarse con él a la luz de una lámpara durante los largos y oscuros inviernos rurales, y le inculcaba la educación que ella nunca había podido aprovechar. Insistía en que el saber era la llave de la libertad y la prosperidad. La ignorancia era como la marca del esclavo en la frente. Envió a su hijo primero a los salesianos, pedagogos anticuados que aterrorizaron al niño y destruyeron su sensualidad pubescente con relatos de los fuegos infernales y las horribles pestes infligidas a los promiscuos. Le atiborraron de latín, griego y matemáticas con un diccionario entero de definiciones dogmáticas y preceptos morales, por no mencionar la lectura del material correspondiente a veinte siglos de historia expurgada de la Iglesia Triunfante. También le insertaron, como quien mete una cuenta en una ostra, el concepto de "vocación". La llamada especial a un alma especial para que viva una vida especial al servicio de Dios. Tras educarse en ese invernadero de piedad, no le fue difícil pasar al seminario de la Archidiócesis de Ferrara, donde comenzó a prepararse para el sacerdocio.

Después de la dura vida rural en que se había formado, las disciplinas del seminario urbano y de la vida escolástica no representaron una carga. Estaba acostumbrado a una existencia rítmica. Le alimentaban y le vestían bien. Su madre vivía amparada y satisfecha. Ella no ocultaba que prefería con mucho la seguridad de un hijo sacerdote a la presencia de una turba de hijos en la cocina de otra mujer. La ambición convirtió a Ludovico en un eficaz erudito. Aprendió temprano que si un hombre aspiraba a destacarse en la Iglesia las mejores calificaciones eran una teología ortodoxa, un sólido conocimiento del derecho canónico y la aceptación instantánea de todas las directrices de la autoridad. Las que eran sabias, las absurdas o las que tenían un carácter meramente práctico...

Todos los informes sobre su persona destacaban el mismo rasgo. Era buen material eclesiástico. No era un individuo profundamente espiritual, pero como su rector afirmaba, tenía *"animam naturaliter rectam"*, un espíritu de rectitud natural.

Lo que él había practicado en su propia juventud lo recompensó en otros a medida que pasó de cura a monseñor, a obispo sufragante, a secretario de la Congregación para la Doctrina de la Fe, primero bajo el temible León y después bajo el enérgico alemán Josef Lorenz, que le había elevado lenta pero seguramente hasta que se convirtió en candidato a la subprefectura.

El Pontífice ucraniano Kiril I fue quien le otorgó la designación y el sombrero rojo que le acompañaba. Kiril, que durante los primeros años de su reinado había sido visto como un innovador y un reformador apasionado, se convirtió más tarde en un viajero compulsivo, totalmente inmerso en su papel público de Pastor Universal, que agitaba las llaves de Pedro dondequiera que se le permitía aterrizar. Mientras él viajaba, las camarillas de la Curia asumían el control de la Iglesia, y entretanto la vida interior de la institución, su compromiso con los nuevos dilemas de la experiencia humana, languidecían por falta de intérpretes valerosos.

Siempre que se suscitaba el tema del sucesor, se contaba a Ludovico Gadda entre los *papabili* (el candidato posible a la elección). Pero cuando Kiril falleció, durante un vuelo de Roma a Buenos Aires, el hombre elegido para sucederle fue un francés, Jean Marie Barette, que adoptó el nombre de Gregorio XVII.

Ese Gregorio era un hombre de tendencia liberal, que atribuía escaso mérito a las políticas rigoristas de vigilancia, censura y silencio forzado que el Cardenal Gadda había restablecido en la Congregación para la Doctrina de la Fe. De modo que le trasladó al cargo de prefecto de la Congregación de Obispos, muy consciente de que los obispos eran todos individuos adultos y perfectamente capaces de cuidar de sí mismos.

Pero Ludovico Gadda, siempre obediente servidor del sistema, se desempeñó con eficacia y discreción, y consiguió entablar gran número de amistades en las filas más altas del Episcopado. De modo que en ese extraño y portentoso momento en que Gregorio XVII afirmó que había recibido una revelación privada del Segundo Advenimiento y la orden de predicarlo como una de las doctrinas más antiguas y perdurables de la cristiandad, Gadda pudo obtener su abdicación amenazando con un voto colegial que le depondría con el argumento de la incompetencia mental.

Manejó tan hábilmente todo el asunto que, en el cónclave convocado con urgencia que siguió, el cardenal Ludovico Gadda fue elegido Papa en la primera votación, y adoptó el nombre de León XIV. Cómo había obtenido el mandato de un modo tan rápido y con un carácter tan masivo, ahora nada podía limitarlo. Seis semanas después había publicado su primera encíclica, "Obediente hasta la muerte...", una helada admonición que reclamaba disciplina, conformismo, sumisión sin discusión a los dictados de la autoridad papal en el seno de la Iglesia.

La prensa y un importante sector del clero y el laicado se desconcertaron ante el tono reaccionario de la encíclica, ante sus ecos de antiguos relámpagos y su olor a viejas hogueras. La tendencia general fue no hacerle caso; pero eso era mucho más difícil de lo que parecía. León XIV había dedicado una vida entera a aprender el funcionamiento del mecanismo de la Iglesia, y ahora manipulaba cada hilo y cada engranaje para presionar sobre los recalcitrantes, clérigos y laicos por igual.

Como todos los generales audaces, había calculado de antemano sus pérdidas, y aunque para muchos parecían abrumadoras, estaba dispuesto a justificarlas en vista del resultado final: menos clérigos, congregaciones más reducidas, pero todos encendidos por el fuego de la redención y la reforma.

Era la ilusión que se había manifestado después de Trento. Reunir a los fanáticos, endurecer a los vacilantes, eliminar a los opositores apelando a todos los recursos posibles; en definitiva, los elegidos, ayudados por la Gracia de Dios, convertirían a los remisos apelando a la plegaria y el ejemplo. En cambio, aumentó paulatinamente el número de personas impulsadas, en el marco de su vida signada por la decencia, a practicar un cisma silencioso de indiferencia frente a este pragmático obstinado, que aún creía que podía gobernar por decreto las conciencias de mil millones de almas dispersas por todos los rincones del planeta.

Pero Ludovico Gadda, el campesino de Mirándola, se mostró fiel a su propia naturaleza. Siempre había creído que si uno procedía bien tenía razón (y si procedía mal pero con buenas intenciones, correspondía a Dios hacerse cargo de las consecuencias).

Y ahora de golpe, se veía despojado de estas reconfortantes certezas. Podía morir cuando la obra aún estaba inconclusa. Podía sobrevivir, pero sin la posibilidad de coronarla.

¡Al demonio con esos pensamientos melancólicos! Dios arreglaría las cosas a Su modo y en Su propio tiempo. Su servidor no debía y no podía dedicarse a cavilar. Había mucho que hacer. La obra y la plegaria eran una misma cosa. Siempre había buscado alivio en la acción, más que en la contemplación. Oprimió el botón del llamador para convocar a su secretario y ordenarle que reuniese a los miembros de la Curia a las cinco en punto, en la cámara Borgia.

Su alocución a los cardenales de la Curia casi manifestó buen humor, pero no por eso fue menos precisa.

—...La Sala Stampa será responsable del anuncio a la prensa mundial. La declaración será exacta en todos los detalles. El Pontífice padece una dolencia cardíaca, y se recomienda una operación para instalar un *by-pass*. Se realizará en la Clínica Internacional del Profesor Sergio Salviati. La operación tiene un elevado índice estadístico de éxito. El pronóstico es positivo. El Pontífice recibirá agradecido las plegarias de los fieles... incluso las plegarias de sus hermanos en esta asamblea.

—La clínica redactará los boletines médicos y los enviará por teletipo a la Sala Stampa, que se encargará de la distribución. Nuestra actitud frente a la prensa será cordial e informativa. Las preguntas acerca de las posibilidades negativas serán contestadas francamente, con la ayuda de la clínica.

Una pregunta que se formulará —y que estoy seguro ronda la mente de todos ustedes ahora mismo— es si seré o no competente, desde el punto de vista físico o mental, para llegar al término de mi pontificado. Es demasiado temprano para juzgarlo; pero de aquí a tres meses todos sabremos la verdad. Solamente deseo decirles, como ya lo he expresado por escrito al decano del Sacro Colegio, que, puesto que estamos ahora en una Iglesia Combatiente, soy el último hombre del mundo que desearía verla dirigida por un general incompetente. Mi abdicación ya está redactada. Sugiero únicamente que quizá sea inoportuno y embarazoso publicarla en este momento.

Todos rieron al oír esto, y respondieron con una salva de aplausos. La tensión que se había acentuado a lo largo del día de pronto se alivió. Parecía que el hermano después de todo no era un individuo tan obstinado. Las palabras siguientes advirtieron a la audiencia que no debían esperar una entrega fácil del Sello Papal.

—El médico recomienda que me ausente de los asuntos del Estado y el ceremonial público por lo menos unos tres meses. El sentido común impone que me atenga a su consejo y descanse un tiempo lejos del Vaticano o de Castel Gandolfo... Todavía no he decidido dónde iré, o incluso si me tomaré una licencia tan prolongada, pero aunque me ausente por mucho o por poco tiempo, todavía soy el Pontífice, y encargo a todos ustedes que apliquen con diligencia las medidas que ya he decidido en cada caso. Habrá sobrada oportunidad (digo más, una necesidad cotidiana) para el ejercicio de la discreción y la autoridad colegiales, pero la Silla de Pedro no estará vacante hasta mi muerte, o hasta que haya acordado con ustedes, mis hermanos, que debo abandonarla... Me reservo el derecho de modificar las decisiones adoptadas en mi ausencia si no se ajustan a los criterios que con tanto esfuerzo hemos delineado.

Hubo un silencio incómodo, interrumpido al fin por el Cardenal Drexel, decano del Sagrado Colegio, un hombre de ochenta años pero de mirada todavía luminosa y argumentación enérgica.

—Su Santidad, es necesario destacar un aspecto. Y yo abordo el tema en vista de que a causa de la edad estoy descalificado para votar en una futura elección papal. Su Santidad se reserva su derecho de revocar las decisiones adoptadas por un miembro cualquiera de la Curia, o por el conjunto de la Curia, durante su ausencia. Creo que ninguno de nosotros puede objetar eso. Pero los miembros del Colegio Electoral deben reservarse igualmente su derecho de decidir acerca de la competencia de Su Santidad para continuar en el cargo. Los criterios aplicados a la abdicación de Su Santidad Gregorio XVII podrían ser convenidos, aquí y ahora, como criterios. Después de todo, fue Su Santidad quien los redactó como jefe de la Congregación de Obispos.

Se hizo entonces un prolongado silencio. León XIV permaneció sentado en su sillón, con la mirada fija en un punto del suelo.

Drexel era el hombre menos indicado como destinatario de la cólera del Papa. Era un hombre demasiado anciano, demasiado sabio, demasiado versado en la sutileza de los cánones. Drexel era precisamente quien había persuadido a Jean Marie Barette de la necesidad de abdicar sin lucha o escándalo, y era también quien aún mantenía contacto con él en su existencia secreta en el extranjero. Drexel era el hombre que había censurado con franqueza la candidatura de Ludovico Gadda a la silla papal; y sin embargo, después de la elección, le había besado las manos y servido como hacía siempre, sin pedir favores, y sin tolerar ninguno de los errores de su nuevo señor. Drexel no ocultaba su pesar y su cólera ante el nuevo rigorismo del gobierno de la Iglesia. Como antiguamente Pablo, miraba a la cara al Pontífice, y afirmaba que ya había caído en el error gnóstico al tratar de convertir en un Reino de los Puros la heterogénea asamblea de los erráticos hijos de Dios.

Sus palabras fortalecieron el coraje de otros consejeros papales, y fue evidente su intención de crear un organismo de opinión opositora en el seno de la Curia, "porque", como dijo francamente al Pontífice, "Su Santidad se comporta a veces como una mula de campo, y en verdad no podemos tolerar eso en estos tiempos y en esta época."

Pero por dura que fuese su resistencia, mantenía la lucha en los límites de la Iglesia, como había hecho en el caso de Jean Marie Barette. Más que la mayoría de los clérigos que estaban en Roma, comprendía cuán ominosa era la estadística de la defección, y no deseaba, ni con las palabras ni con las actitudes, ensanchar la distancia que separaba al Pontífice del pueblo. De modo que finalmente León el Obispo contestó a su hermano obispo.

—Según recuerdo, redacté un borrador de las normas, y después éstas fueron corregidas y acordadas por el Sacro Colegio antes de presentarlas al Pontífice reinante, que consintió en aplicarlas incluso a su propio caso... Por lo tanto, no puede haber duda de que también yo me someteré a las mismas normas, si es necesario invocarlas, y cuando se presente la ocasión. Ahora, pasemos a resolver otros aspectos esenciales...

Los detalles formaban legión: las comunicaciones, la seguridad, los protocolos en la República de Italia mientras el Papa residiera fuera del territorio del Vaticano, la nómina de las personas a las que se permitiría la entrada en la clínica mientras el Pontífice estaba sometido a cuidados intensivos, y en cada etapa sucesiva de la convalecencia...

Finalmente, se completó la tarea. Después, para sorpresa de la asamblea entera, el Pontífice pidió la primera disculpa que se le hubiera escuchado nunca.

—Abrigaba la esperanza de decir misa esta noche con ustedes. No puedo. Advierto que estoy al cabo de mis fuerzas. Sin embargo, no puedo retirarme sin pedirles a todos que escuchen mi confesión y me concedan su absolución colectiva. No me arrepiento de lo que he hecho en este cargo. Debo arrepentirme de lo que soy: obstinado, ciego, arrogante, pronto para encolerizarme, lento para perdonar. ¿Me afecta la corrupción? Sí. ¿Soy un cobarde? También, porque temo profundamente lo que me espera cuando salga de aquí. Carezco de compasión, porque desde la infancia me he visto impulsado a alejarme todo lo posible de los sufrimientos de la condición humana. Y sin embargo, no puedo abjurar de lo que creo que una sencilla e infantil obediencia a las lecciones de nuestro Señor y Salvador, según las interpreta la Santa Sede, es el único camino verdadero que lleva a la salvación. Si yerro en esto, deben creerme que no es por falta de buena voluntad, sino por ausencia de luz y comprensión. De modo que en presencia de todos ustedes, confieso y me arrepiento y pido a nuestro hermano Drexel que me absuelva en el nombre de Dios y de todos ustedes.

Se separó torpemente del gran sillón tallado y se arrodilló frente a ellos. Drexel se aproximó y le dio la absolución ritual: *"Deinde ego te absolvo a peccatis tuis in nomine Patris et Filii et Spiritus Sancti..."*

—¿Y la penitencia? —preguntó León el Pontífice.

—Nosotros no impondremos ninguna. Ya sufrirás bastante. Te deseamos el valor de soportarlo.

Drexel extendió una mano para ayudarle a ponerse de pie, y en un silencio le condujo fuera de la sala.

Mientras los cardenales curiales se dispersaban en el fulgor de un atardecer romano, MacAndrew, el escocés de Propaganda Fide, salió con Agostini, del secretariado de Estado. Juntos formaban una metáfora casi perfecta de la naturaleza de la Iglesia. La congregación de MacAndrew estaba a cargo de la evangelización de las naciones, la propagación de la antigua fe en el mundo de los incrédulos y el mantenimiento de fundaciones misioneras. La tarea de Agostini era crear y mantener las relaciones políticas que posibilitaran tales esfuerzos. MacAndrew dijo en su acostumbrado estilo seco y un tanto irónico:

—Bien, ¡esto es algo que no veíamos desde los tiempos del seminario! La confesión pública, con el Rector arrodillado frente a la comunidad. ¿Qué le ha parecido?

Agostini, siempre diplomático, se encogió elocuentemente de hombros y citó un pasaje del *Dies Irae: "Timor mortis conturbat me!"* Tiene miedo. Es natural. Sabe que puede morir bajo el bisturí. Sabe que morirá si no se somete a la operación.

—He tenido la impresión —dijo MacAndrew con voz pausada— de que estaba echando sus cuentas y que descubría un déficit.

—Todos sabemos que hay un déficit. —El tono de Agostini era sombrío.— Usted, que está en Propaganda Fide, sabe que es catastrófico. Las congregaciones se debilitan, no conseguimos candidatos para el sacerdocio o la vida religiosa, y los lugares donde la fe es más sólida al parecer son los más alejados de nuestra jurisdicción... ¡o de nuestra interferencia! Quizá nuestro amo y señor está empezando a percibir que es el responsable por lo menos de una parte del desastre.

—Todos somos responsables. —MacAndrew habló con acento enfático.— Usted, yo, toda nuestra pandilla revestida de oro y púrpura. Somos los cardenales, los hombres decisivos de la organización. También somos obispos, y por derecho propio estamos investidos por la autoridad apostólica. Sin embargo, mire cómo nos hemos comportado hoy. ¡Vea cómo nos comportamos siempre! Parecemos barones feudales en presencia de su señor. Lo que es peor, a veces creo que nos parecemos a un rebaño de eunucos cortesanos. Aceptamos el palio y el sombrero rojo, y después recibimos todo lo que llega de sus manos como si fuera la voz de Dios que llega del santo de los santos. Le vemos tratando de ordenar el retroceso de las olas de la marea milenaria, de silenciar por decreto los murmullos de la humanidad turbada. Le escuchamos predicar sobre el sexo como si hubiese pasado su juventud entera con los maniqueos, como Agustín, y no pudiese expulsar de su mente las ideas sucias. Sabemos que ha silenciado a los teólogos y filósofos que intentan hacer inteligible la redención cristiana en nuestro universo despiadado. Pero, ¿cuántos de nosotros estamos dispuestos a decirle que quizá se equivoca, o que necesita nuevas gafas, o que está mirando la verdad de Dios reflejada en un espejo deformante?

—¿Escucharía si le habláramos así?

—Probablemente no... pero tendría que tratar colectivamente con nosotros. Ahora sólo tiene que dividirnos y de ese modo vencer. Y lo aprovecha. De modo que cada uno de nosotros tiene que encontrar su propio modo de enfrentarse a él. Puedo ofrecerle la lista completa de los métodos utilizados: la manipulación, la evasión, la lisonja, los recursos diplomáticos de un gabinete secreto... Yo diría que Drexel es el único dispuesto a hacerle frente y a imponerse.

—Quizá —sugirió amablemente Agostini—, quizá Drexel tiene menos que perder que el resto. Nada le agradaría tanto como retirarse por completo y trabajar en sus viñedos. Además, mientras permanezcamos en nuestros cargos y gocemos del favor del Pontífice, podemos hacer cierto bien. Alejados de nuestros puestos, somos impotentes.

—Un excelente ejemplo de casuística —dijo sombríamente MacAndrew—. Pero no nos absuelve de nuestras propias faltas, ¿verdad? Me pregunto cómo me sentiría esta noche si me tocase contemplar la perspectiva inmediata del Día del Juicio.

—Soy diplomático. —En sus mejores momentos, Agostini mostraba cierto humor ácido.— Estoy autorizado —mejor dicho, obligado— a incurrir en herejías que en otros son absolutamente condenables. Lidio no con lo perfecto sino con lo posible, lo relativamente bueno o lo aceptablemente malo. No se me reclaman definiciones doctrinarias, sólo soluciones pragmáticas: ¿cuál es el mejor acuerdo que podemos obtener entre los uniatos y los ortodoxos en Rusia? ¿Cuánto tiempo podremos mantener nuestra precaria posición en Siria? ¿Cómo puedo desenredar la maraña con los cristianos azules de China? Nuestro amo comprende esas cosas. Mantiene a los moralistas apartados de mi huerto... Pero cuando se llega al fondo de la cuestión, él mismo es un inquisidor hecho y derecho. Usted sabe cuánto nos hemos acercado varias veces a la redacción de otro Compendio de Errores... Usted pregunta cómo se sentiría, o para el caso cómo me sentiría yo. Sólo puedo responder por mí mismo. Quizás un servidor que equivocó el camino. O tal vez un condenado a cadena perpetua. Pero por lo menos sería yo mismo, y no habría sorpresas. En cambio, León XIV es un hombre escindido. Esa confesión que acabamos de escuchar. ¿En definitiva qué ha dicho? Mis criterios políticos son absolutamente válidos, pese a que yo tengo tantos defectos como orificios tiene un colador. Será un absolutista hasta el último momento. Tiene que serlo, porque de lo contrario no es nada.

—Entonces, ¿qué pedimos en nuestras oraciones? —Mac-Andrew continuaba poseído por un humor macabro.— ¿Su pronta recuperación o su muerte feliz?

—Sea cual fuere el contenido de nuestras oraciones, debemos estar preparados para lo que vendrá: Lázaro que regresa del mundo de los muertos, confirmado en la visión beatífica, o un cadáver que habrá que enterrar para después buscar otro candidato.

—¿Quién recomendó acudir a Salviati?

—Drexel. Le elogió sin reservas.

—Entonces, viva o muera nuestro Lázaro, Drexel tendrá que responder por muchas cosas, ¿no le parece?

La Clínica Internacional de Sergio Salviati era un espléndido dominio de parques y pinares, encaramado en el reborde volcánico del lago Nemi.

Desde la alborada de la historia había sido un lugar sagrado, dedicado a Diana Cazadora, cuyo santuario en el bosque umbrío estaba al cuidado de un extraño custodio, el Rey de los Bosques. El rey era un esclavo fugado, a quien se garantizaba la libertad si mataba al custodio y se posesionaba del santuario. Cada año llegaba otro asesino, para intentar el asesinato ritual. Incluso Calígula, el emperador loco, participó del siniestro juego y envió a uno de sus jóvenes siervos con la misión de eliminar al monarca reinante.

Después, mucho después, la familia Colonna se posesionó del lugar y lo convirtió en una finca y en un refugio estival adonde podía huir del fétido calor de Roma. Más tarde, la propiedad fue vendida a los Gaetani, que le asignaron el nombre que todavía lleva, Villa Diana. Durante la Segunda Guerra Mundial los alemanes la utilizaron como puesto de mando, y después el arzobispo de Westminster la compró para utilizarla como residencia de vacaciones de los estudiantes y profesores del Colegio Inglés. Pero como las vocaciones escasearon y los costos de mantenimiento se elevaron, se vendió de nuevo, esta vez a un consorcio de empresarios milaneses y turineses que estaban financiando la fundación de una moderna clínica cardiológica, bajo la dirección de Sergio Salviati.

El lugar era ideal para dicho propósito. Se remodeló la villa del siglo XVI para convertirla en residencia del personal superior y los profesionales que llegaban del extranjero a visitarla. La clínica misma, con sus construcciones anexas y su planta generadora auxiliar, se levantaba en el espacio llano de la construcción original, donde ahora había bastante tierra para cultivar verduras y frutas y proporcionar parques y jardines donde los convalecientes podían hacer ejercicios.

Con el apoyo de las principales corporaciones de la República —Fiat, Pirelli, Montecatini, Italcimento, Snia Viscosa— Sergio Salviati pudo cristalizar la ambición de su vida: una clínica moderna con instalaciones integrales para la formación de médicos, con un personal de prestigio internacional, cuyos diplomados comenzaban a rejuvenecer el arcaico y engorroso sistema italiano de hospitales.

A los cuarenta y tres años Sergio Salviati ya era el niño prodigio de la medicina italiana, y el igual de los nombres más destacados de Inglaterra, Europa y Estados Unidos. Como médico era un hombre desapasionado, preciso, y en una crisis seguro como una roca. Como jefe de equipo y administrador, se mostraba abierto y de buen carácter, siempre dispuesto a escuchar una opinión contraria a la suya o una propuesta audaz. Pero una vez definido el curso de acción no aceptaba descuidos ni compromisos. Se administraba la Clínica Internacional con la precisión de un avión de pasajeros, y pobre del miembro del personal que embrollase una rutina esencial o se mostrara incapaz de ofrecer su apoyo y su confortamiento decididos a un paciente.

Cuando llegó el Pontífice, la escolta de motociclistas suministrada por la República se detuvo a las puertas de la Villa Diana, donde un grupo combinado de hombres del Servicio Secreto italiano y la Vigilancia Vaticana ya ocupaba su lugar. Acompañado únicamente por su valet y un prelado doméstico, el Pontífice fue recibido en el vestíbulo por el administrador de la clínica, y acompañado inmediatamente a su habitación, una cámara luminosa y aireada que daba al sur, y desde la cual podían contemplarse las tierras onduladas de los parques y viñedos y los pueblos de las colinas, que antaño habían sido baluartes fortificados.

El valet distribuyó las ropas del Pontífice y sacó de la maleta el breviario y el pequeño equipo para decir misa que había usado desde el primer día de su ordenación. El Pontífice firmó los papeles del ingreso y la autorización para la intervención quirúrgica. El prelado entregó un sobre sellado con las armas papales, que contenía las instrucciones personales del paciente en la eventualidad de un colapso imprevisto o que sobreviniese la muerte cerebral. Después, el prelado y el valet fueron despedidos y Su Santidad León XIV quedó solo; un individuo adiposo, anciano, de nariz aguileña, ataviado con una bata y calzando zapatillas, esperando nervioso que el personal médico se ocupase de él.

Su primera visitante fue una mujer, vestida con el uniforme del hospital: chaqueta blanca sobre la falda discreta y la blusa, con una tablilla y un conjunto de notas para redondear la imagen. El supuso que la mujer estaba al principio de la cuarentena, que era casada —si el anillo que sostenía en la mano no constituía un recurso protector— y, a juzgar por el italiano preciso pero académico, que probablemente era escandinava. Ella le saludó con una sonrisa y un apretón de manos.

—Bienvenido a la Villa Diana, Su Santidad. Soy Tove Lundberg, directora de nuestro grupo de consejeros.

El Pontífice se estremeció ante el saludo familiar, y después sonrió ante la vanidad de una joven matrona que se preparaba para aconsejar acerca de lo que fuere al Vicario de Cristo. Aventuró una leve ironía.

—¿Y cuáles son los asuntos en los que ofrece consejo, señora Lundberg?

Ella rió, con una risa franca y complacida, y después se sentó frente a él.

—En primer lugar, sobre el modo de su adaptación a este nuevo ambiente. Segundo, el modo de afrontar las secuelas de la intervención. Cada paciente tiene necesidades particulares. Cada uno origina un conjunto especial de problemas. Cuando aparecen los problemas, mi personal y yo ayudamos.

—Me parece que no entiendo.

—Por ejemplo, un empresario joven enferma del corazón. Se siente aterrorizado. Tiene esposa e hijos pequeños. Afronta deudas, que en circunstancias normales habría pagado fácilmente. ¿Y qué? Se siente amenazado por diferentes razones. Sus finanzas, su vida sexual, su dignidad como esposo y padre, su eficiencia como miembro de la fuerza laboral... En cambio, una viuda entrada en años puede sentirse obsesionada por el miedo de ser una carga para su familia, y terminar en un asilo para ancianos. Lo importante es que cada uno de esos pacientes logre expresar los temores y compartir los problemas. Ahí, es donde comienza mi trabajo.

—¿Y usted cree que yo también puedo afrontar problemas?

El Pontífice prolongaba su ironía.

—Estoy segura de que los tendrá. Quizá tarden un poco más antes de manifestarse; pero sí, los tendrá. Bien, ¿podemos comenzar?

—¡Por supuesto!

—Primer punto. La tarjeta fijada sobre su puerta le identifica sencillamente como el *signor* Ludovico Gadda.

—Confieso que no la he visto.

—Hay motivos para proceder así, e intentaré explicarlos. Después de la operación le llevarán primero a la unidad de cuidados intensivos, donde normalmente pasará unas cuarenta y ocho horas. Después, le instalarán en una habitación de dos camas, con otro paciente cuyo tratamiento le lleva a usted uno o dos días de ventaja. Hemos comprobado que en esa etapa crítica la compañía y la atención mutua son fundamentales. Más tarde, cuando comience a caminar por los corredores, compartirá usted las experiencias de recuperación con hombres y mujeres de diferentes edades y condiciones... Los títulos y las jerarquías honoríficos son un obstáculo para esta sencilla comunicación. Por eso los eliminamos. ¿Esa actitud le molesta?

—Por supuesto que no. Procedo de una familia del pueblo. ¡Y no he olvidado por completo el lenguaje!

—Pregunta siguiente. ¿Quién es su pariente más próximo?

—Tanto la familia de mi padre como la de mi madre están extinguidas. Fui hijo único. De modo que mi familia es adoptiva —la Iglesia, y sobre todo la Familia Pontifical del Vaticano.

—¿Tiene amigos íntimos... lo que los italianos llaman amigos del corazón?

—¿Puedo preguntarle la razón de esa pregunta?

De pronto él adoptó una actitud retraída y cautelosa. Su visitante se apresuró a tranquilizarle.

—Incluso en el caso de un hombre tan encumbrado como usted, habrá momentos de profundo agobio emocional. Sentirá, como nunca antes, la necesidad de compañía, de consuelo, de estrechar una mano, de oír una voz de confortamiento. Desearía saber a quién debo llamar para pedirle que le acompañe.

Esa sencilla pregunta le demostró la verdadera magnitud de su soledad, y cuánto le había costado elevarse a las alturas de la eminencia. Había pasado los años del seminario sometido a las normas del viejo orden, cuando todo el sentido de la educación tendía a separar al individuo de las relaciones mundanas. La ambición unilateral de su madre había actuado con el mismo propósito. En definitiva, había sido como matar el nervio de una muela. Lo que se obtenía era una anestesia permanente en perjuicio de la pasión y el afecto. Como carecía del deseo y las palabras necesarias para explicar todo a Tove Lundberg, se limitó a decir:

—No hay ninguna persona que reúna esas características. Ninguna en absoluto. La naturaleza de mi cargo lo impide.

—Eso es muy lamentable.

—Nunca lo he creído así.

—Pero si lo cree necesario, confío en que me llamará. Estoy acostumbrada a compartir el pesar.

—Lo recordaré. Gracias.

Ahora no estaba bromeando. De pronto se sentía menos hombre de lo que habría deseado ser. Tove Lundberg retomó el hilo de su exposición.

—Todo lo que hacemos aquí está concebido de modo que alivie los sentimientos de ansiedad y ayude a nuestros pacientes a cooperar con la mayor tranquilidad posible en el proceso de la curación. La situación no es la que prevalecía en los viejos tiempos, cuando el cirujano jefe y el médico jefe ocupaban una habitación contigua a la de Dios, y todo lo que el paciente podía hacer era inclinar la cabeza y permitir que ellos le aplicasen sus cualidades mágicas...

También en esto él hubiera podido desarrollar el comentario. Esa era la clase de Iglesia que él intentaba recrear: una Iglesia en que el Supremo Pastor fuera el verdadero médico de almas, el cirujano general que extirpaba los miembros enfermos. Pero Tove Lundberg ya estaba incursionando en otro terreno.

—Ya le he explicado todo. Requerimos su colaboración, porque es un elemento necesario de la terapia. Mire esto...

Le entregó lo que parecía una revista de tiras cómicas, en la que se describía el proceso de la cirugía a corazón abierto en una serie de dibujos muy expresivos, cada uno con un epígrafe que estaba al alcance de la inteligencia de un niño.

—Debe leer esto cuando le parezca oportuno. Si desea formular preguntas, el cirujano o yo las contestaremos. Hemos tomado de los norteamericanos el concepto que preside este material. Nosotros mismo inventamos el título: "Una guía amable de la cirujía del corazón". Creo que le parecerá interesante.

—Estoy seguro de que será así. —No estaba convencido ni mucho menos, pero tenía que mostrarse cortés.— ¿Cuál será el paso siguiente?

—Hoy y mañana, análisis: muestras de sangre, análisis de orina, electrocardiograma, radiografías del tórax. Cuando eso termine, tomará un purgante y después se le afeitará de la cabeza a los pies. —Se echó a reír.— Por lo que veo, es usted un hombre velludo; de manera que será una tarea considerable. Por último, se le administrará un sedante para dormir. A la mañana siguiente, muy temprano, recibirá la medicación previa, y después despertará cuando todo haya terminado.

—Parece muy sencillo.

—Lo es... para nosotros. Hemos pasado por eso centenares de veces. Sabemos que el índice de fracasos es sumamente bajo. Pero para usted, como para otro paciente cualquiera, la espera es la peor experiencia; porque se preguntará si su caso no puede ser precisamente el desastre estadístico. Por supuesto, es probable que para un hombre religioso como usted la situación sea muy distinta. No lo sé. Soy... ¿cómo dicen en italiano? Una *miscredente*. ¿Acaso ustedes no enseñan que la creencia es un don? Bien, soy una de las personas que no recibió su parte del premio. De todos modos, lo que una nunca tuvo, no lo añora... ¿verdad? En este sentido, debo informarle que cada credo tiene su servicio religioso. Los católicos romanos, los ortodoxos, los anglicanos, los waldenses, los judíos, y últimamente, por cortesía del gobierno egipcio, tenemos un imán que visita a los pacientes musulmanes... ¡Nunca he comprendido por qué hay tantas disputas acerca del mismo Dios! He leído que hubo épocas en que esa diversidad de servicios religiosos habría sido imposible en Roma, porque el Vaticano lo prohibía. ¿Es cierto?

—Sí. —El propio Pontífice alimentaba graves dudas acerca de la tolerancia religiosa en la sociedad moderna; pero le habría avergonzado revelarlas a esa mujer. Felizmente, ella no insistió en el asunto, y simplemente se encogió de hombros.

—En todo caso, aquí no hay disputas, en la Villa Diana tratamos de complacer a todos. Si desea la presencia del capellán católico, llame a su enfermera y ella le dirá que le visite. Si necesita meditar, hay una habitación tranquila cerca de la entrada. Está a disposición de todos, es un lugar muy sereno, muy tranquilo. Si desea decir misa por las mañanas, puede hacerlo aquí o usar esa habitación. Nadie se opondrá.

—*Signora*, es usted muy competente. No me molestaré en llamar al capellán. Ya he recibido los Ultimos Sacramentos... Pero eso no significa que no sienta temor. Sí, temo. La peor enfermedad que he padecido en el curso de mi vida es la gota. ¡No estaba preparado para esto!

—Ahora es el momento de recordar todas las cosas buenas que ha vivido. —Había un cierto acento de autoridad en la voz.— Usted es un hombre muy afortunado. Millones de personas se preocuparán y rezarán por usted. No tiene esposa, ni hijos, nadie que dependa de su persona. De modo que necesita preocuparse sólo de usted mismo.

—Y del Dios a quien debo rendir cuentas de mi misión.

—¿Acaso le teme?

El inspeccionó la cara de la mujer, para comprobar si había indicios de burla, pero no descubrió nada de eso. Sin embargo, su pregunta reclamaba una respuesta. Necesitó unos momentos para pensarla.

—No temo a Dios; temo en cambio lo que deba soportar para llegar a El.

Tove Lundberg le miró durante un momento prolongado y silencioso, y después le reprendió amablemente.

—Permítame tranquilizarle. En primer lugar, somos muy hábiles para aliviar el dolor. No creemos que el sufrimiento innecesario tenga sentido... Segundo, su caso ha sido analizado detalladamente en la conferencia de cirujanos celebrada anoche. Todos coinciden que el pronóstico es excelente. Como dijo el doctor Salviati, es usted resistente como un olivo viejo. ¡Puede vivir una o dos décadas más!

—Es reconfortante saberlo. Y además, signora Lundberg, usted sabe reconfortar. Me alegro de que haya venido a verme.

—¿Y tratará de confiar en todos nosotros?

De nuevo él se mostró cauteloso y suspicaz.

—¿Por qué piensa que no lo haría?

—Porque usted es un hombre poderoso, acostumbrado a mandar a otros y a controlar su propio destino. Aquí no puede hacerlo. Tiene que renunciar al control y confiar en la gente que le atiende.

—Parece que ya me han clasificado como un paciente difícil.

—Usted es un hombre muy público. La prensa popular nunca se ha mostrado amable con su persona.

—Lo sé. —Su sonrisa mostraba escasa alegría.— Soy el azote de los disidentes, el martillo que golpea a los pecadores. Los caricaturistas fabrican una ópera completa a partir de esta fea nariz y esta mandíbula de piedra.

—Estoy segura de que usted no es tan cruel como le pintan, ni mucho menos.

—¡Signora, no confíe demasiado en eso! A medida que envejezco, me convierto en un individuo más feo. La única ocasión en que me miro al espejo es cuando me afeito... por eso casi siempre encargo esa tarea a mi valet.

En ese momento trajeron el almuerzo: una modesta comida a base de caldo, pasta y frutas frescas. El Papa la examinó con desagrado. Tove Lundberg se echó a reír, y para sorpresa del Pontífice, citó un pasaje de la Escritura.

—"Podemos expulsar a ciertos demonios únicamente mediante la oración y el ayuno". La obesidad es uno de ellos.

—Pero usted me dijo que no creía.

—Así es; pero mi padre era pastor luterano en Aalund. De modo que conozco un amplio repertorio de citas bíblicas. Espero que la comida le agrade. Le veré mañana.

Cuando se marchó, el Papa removió distraído el alimento de los platos, después comió una pera y una manzana y abandonó el resto. Tove Lundberg le había turbado de un modo extraño. Todo su condicionamiento —incluso la devoción obsesiva de su madre con la carrera célibe del hijo— le había llevado a alejarse de las mujeres. Como sacerdote, se sentía separado de ellas, cubierto por la pantalla protectora del confesionario y los protocolos de la vida clerical. Como obispo, se había acostumbrado al homenaje de las mujeres y se había mostrado gravemente contrariado y brutalmente represivo cuando una madre superiora de carácter fuerte y tendencias modernistas se había opuesto a sus decretos o sus criterios. Como Pontífice se había distanciado todavía más: la congregación para los religiosos resolvía los temas conventuales, y por su parte el Pontífice rehusaba celosamente abordar discusiones sobre la ordenación de las mujeres o su derecho a tener voz en los cónclaves superiores de la Iglesia.

Pero en menos de una hora Tove Lundberg —consejera autodesignada— se había acercado a él más que cualquier otra mujer. Le había llevado al borde de una revelación que, hasta ahora, él había confiado sólo a su diario más íntimo:

> "...Un hombre feo percibe un mundo feo, porque su propia apariencia provoca burla y hostilidad. No puede escapar del mundo, del mismo modo que no puede escapar de su propia persona. De modo que intenta rehacerlo, cincelar formas angelicales con la tosca piedra fundida por la mano del Todopoderoso. Cuando llega el momento en que entiende que ésta es

una presunción tan vasta que representa casi una blasfemia, es demasiado tarde... Tal es la pesadilla que ha comenzado a agobiarme. Me habían enseñado, y yo había aceptado con convicción absoluta, que el poder —espiritual, temporal y financiero— era un instrumento necesario de la reforma de la Iglesia, el eje y la palanca para desencadenar el proceso total. Recordaba la sencilla sabiduría de mi padre mientras trabajaba en su propia forja de la finca: Si no avivo el fuego y no manejo el martillo, los caballos nunca tendrán herraduras, y jamás dispondré de arados, y no abriré los terrones para la siembra'.

Tracé planes para llegar al poder, intrigué con esa meta, me mostré paciente. Finalmente, lo alcancé. Fui un hombre vigoroso como Tubal Caín en su forja. Aviyé el fuego del entusiasmo. Esgrimí el martillo de la disciplina con firme voluntad. Aré los campos y planté la simiente del Evangelio... Pero las cosechas han sido magras. Año tras año declinaron y se acercaron al fracaso y al hambre. El pueblo de Dios ya no me escucha. Mis hermanos los obispos desean que desaparezca. También yo he cambiado. Los resortes de la esperanza y la caridad están agotándose en mi fuero íntimo. Lo siento. Lo sé. Rezo pidiendo luz, pero no la veo. Tengo sesenta y ocho años. Soy el monarca más absoluto del mundo. Ato y desato en la tierra y en el cielo. Sin embargo, me siento impotente y muy próximo a la desesperación. *Che vita sprecata!* ¡Qué modo de malgastar la vida!..."

2

La reseña más completa y exacta de las actividadeas de esos dos días en el Vaticano fue escrita por Nicol Peters, del *Times* de Londres. Su fuente oficial era la oficina de prensa de la Comisión Pontifical de Comunicaciones Sociales. Sus informantes oficiosos formaban una amplia gama, desde los cardenales curiales a los funcionarios de segundo y tercer grado de las congregaciones y los empleados jóvenes del Archivo Privado.

Confiaban en Peters porque él jamás había traicionado una confidencia, ni deformado los hechos, ni franqueado la línea invisible que dividía la crítica sincera del buscador capcioso de notoriedad. Su antiguo mentor, George Faber, decano del periodismo durante el pontificado del ucraniano Kiril I, le había enseñado sólidas lecciones:

—...Nicki, todo se resume en una sola palabra: *fiducia*, confianza. No es una virtud italiana; pero por Dios, la respetan cuando la encuentran. Nunca haga una promesa que no pueda cumplir, ni falte a una promesa que hizo. Esta es una sociedad antigua, y a veces violenta... Usted no querrá provocar la muerte de un hombre, o incluso perjudicar su carrera y cargar la culpa sobre su propia conciencia... Otra cosa; Roma es una ciudad pequeña. El escándalo se difunde como un incendio en el bosque. El Vaticano es un reino de juguete —una milla cuadrada, ¡eso es todo!— pero su influencia llega a todas las ciudades del planeta. La noticia que ha enviado usted hoy recorrerá el mundo, y si es un trabajo chabacano, la suciedad finalmente rebotará sobre su propia puerta... Ante todo, tiene que tener la certeza de que sus archivos siempre estén actualizados. La Iglesia Romana tiene mil millones de partidarios en el mundo entero. Nunca se sabe, pero puede llegar el momento en que un obispo exiliado y sin importancia se convierta en un cardenal *in petto*.

Los archivos de Nicol Peters, almacenados en discos de computadora detrás de los paneles de roble de su estudio, merecían una vigilancia tan celosa como los Códices de la Biblioteca Vaticana. Contenían las biografías de los altos prelados del mundo, y un análisis actualizado de la influencia de cada uno y su importancia en los asuntos de la Iglesia Romana. Peters había seguido sus viajes públicos y los tortuosos caminos privados que recorrían para llegar a las alturas o para caer en el olvido en el marco de la organización global. Su información acerca de los asuntos finacieros del Vaticano era desagradablemente exacta.

Su esposa Katrina tenía sus propias fuentes. Dirigía una elegante *boutique* en la Via Condotti, y tenía el oído fino para las murmuraciones políticas y eclesiásticas. Recibía con frecuencia en el apartamento que ambos ocupaban, el último piso de un *palazzo* del siglo XVI en la vieja Roma. La lista de invitados a sus cenas era una de las más exóticas de la ciudad. Ella se encargó de señalar a su marido que, si bien el boletín sobre el ingreso del Pontífice en el hospital usaba un lenguaje desusadamente franco y optimista, se observaba una evidente atmósfera de incomodidad a ambos lados de los muros de la Ciudad Vaticana.

—...Nicki, todos dicen lo mismo. Las probabilidades están a favor de su recuperación; pero se alimentan graves dudas sobre el modo en que actuará después. Se dice que ya ha aceptado abdicar si después de la operación se siente disminuido; pero todos afirman que será necesario presionarle mucho para lograr que renuncie. Dos abdicaciones seguidas provocarían un verdadero escándalo.

—Lo dudo, Kate. El colegio electoral ya está preparado para celebrar un cónclave inmediato en caso de muerte o incapacidad del Papa. Las reglas básicas son conocidas. El propio Gadda las redactó cuando era cardenal... Pero tienes razón. Todo el mundo está como sobre ascuas. Drexel me ha hablado esta tarde (oficiosamente, sin autorización para citarlo... lo de costumbre). Me ha preguntado cuál es el modo más rápido de destrozar el corazón de un actor. Obligarle a representar Hamlet ante una sala vacía. Después me ha regalado un breve y pulcro discurso acerca de lo que ha llamado la Era de la Indiferencia, y del público que se ha distanciado de la Iglesia.

—¿Y cómo ha explicado el alejamiento del público?

—Ha citado a San Pablo. Conoces el texto... Aunque hablo con las lenguas de los hombres y los ángeles y carezco de caridad... Después ha añadido su propia glosa: "En resumen, Nicky, la gente se aleja porque cree que ya no comprendemos o compartimos sus inquietudes. No son siervos a quienes podamos disciplinar. Son seres libres, nuestros hermanos y hermanas; necesitan el toque de compasión de una mano. Cuando elegimos a este Pontífice nos inclinamos por un candidato que defendería la ley y el orden; un anticuado imperialista papal que nos infundiera seguridad en momentos de duda y confusión. No confiamos en la gente. Llamamos a la gendarmería. Y bien, tenemos lo que deseábamos: el hombre de hierro, absolutamente inflexible. Pero hemos perdido a la gente. Nicky, la hemos perdido, en un fútil intento de restablecer el concepto medieval de la monarquía papal, de apuntalar esa extraña autoridad global, el *magisterium*. Resuena la gran campana, pero la gente no oye. No quieren truenos. Desean oír la voz redentora que dice Venid a mí, todos los que trabajáis y soportáis un pesado agobio, y yo os reanimaré'"... Te aseguro, Kate, que habló con verdadera emoción. Y me contagió. Eso es lo que estoy intentando escribir ahora.

—De todos modos, lo que ha dicho no define bien este nerviosismo al que nos referíamos. No todos piensan como Drexel. A muchos romanos les agrada este Pontífice. Le entienden. Sienten que gente como él es necesaria.

—¡Del mismo modo que algunos de los viejos sentían la necesidad de un Mussolini!

—¡Por supuesto, si lo prefieres así! Es el *Führerprinzip*, la ilusión del hombre fuerte y benévolo, con el pueblo que marcha detrás hacia la muerte o la gloria. Pero sin el pueblo, el jefe es un hombre de paja, y el relleno sale por todas las costuras.

—¡Dios mío, de eso se trata! —Nicky Peters de pronto se entusiasmó.— Ese es el tema que yo estaba buscando. ¿Qué le sucede al Pontífice que aliena a la Iglesia? No me refiero sólo históricamente, aunque esa idea merecería por sí misma un ensayo, una crónica sangrienta y violenta de los pontífices sitiados, exiliados, perseguidos por los asesinos. Me estoy refiriendo al hombre mismo y al momento en que él comprende que es un espantapájaros, azotado por las tormentas, y que los cuervos le arrancan la paja de las orejas. Por supuesto, si él no lo entiende, no tendré material para escribir mi artículo; pero si lo comprende... y si está mirando por el cañón de una escopeta, como le sucede hoy a León XIV... ¿qué pasa? ¿No podemos suponer que toda su vida íntima es una catástrofe?

—Nicky, hay un modo de saberlo.

—¿Sí? ¿Cuál?

—Invita a cenar a su cirujano.

—¿Vendrá?

—¿Cuántos rechazos he soportado en diez años? Lograré que venga. Confía en mí.

—¿Qué sabes de él?

—He oído decir que está divorciado, que no tiene hijos, que es judío y un sionista ardiente.

—¡Eso es noticia para mí! ¿Estás segura de que todo lo que me has dicho es cierto?

—Lo supe por una fuente normalmente fidedigna, la princesa Borromini. Salviati es un nombre veneciano, y al parecer nació en el seno de una de esas viejas familias sefardíes que salieron del *ghetto* de Venecia para residir en las dependencias de la República en el Adriático. También hay parientes suizos y friulanos, porque Borromini le conoció primero en St. Moritz, y habla los dialectos ladino y veneciano con la misma soltura que el italiano. Dicen también que es francmasón, no del estilo P2, sino de la corriente más antigua, la de la escuadra y el compás. Si eso es cierto, valía la pena preguntarse quién le eligió en el Vaticano, y por qué. Tú sabes que son muy estirados y sensibles en todo lo que se relaciona con el problema sionista, sin hablar del divorcio y las sociedades secretas.

Nicol Peters abrazó a su esposa, le dio un sonoro beso y bailó con ella sobre el pavimento de mosaico del salón.

—¡Kate, dulce Kate! Siempre me asombras. Divorciado, judío y sionista... ¿qué más?

—Consagrado fanáticamente a su trabajo y —también en esto la fuente es mi princesa— a una de sus más importantes colaboradoras de la clínica.

—¿Sabes su nombre?

—No. Estoy segura de que puedo informarme rápidamente. Pero no te propondrás escribir un artículo que provoque escándalo, ¿verdad?

—Todo lo contrario. Me atengo a la lógica de Drexel. León XIV ha perdido al pueblo. ¿Lo sabe? Si lo sabe, ¿cómo ha influido este hecho sobre él? ¿Qué efecto tendrá sobre su persona en el futuro? Trata de organizar una cena para Salviati... y su amiga, quienquiera sea.

—¿Cuándo?

—Tan pronto lo consideres oportuno; pero yo no haría llamadas ni enviaría invitaciones hasta saber el resultado de esta operación. Incluso en el caso de Salviati, no es poca cosa tener en sus manos la vida del Vicario de Cristo.

Había sido un día colmado de pequeñas humillaciones. Le habían pinchado para extraer muestras de sangre, conectado a una máquina que reflejaba la historia de su corazón en garabatos de diferente forma. Le habían aplicado sondas, presionado, vestido con una bata sin espalda y puesto con el trasero desnudo frente a una máquina de rayos X. Todas sus preguntas habían sido respondidas con monosílabos que no le decían nada.

Cuando le trasladaron de nuevo a su habitación, evocó el recuerdo súbito y vívido de esas sesiones de la Congregación para la Doctrina de la Fe, donde un desafortunado teólogo de Notre Dame o Tubinga o

Amsterdam era interrogado oblicuamente en relación con acusaciones que jamás había escuchado antes, por hombres a quienes no conocía, y en que su único defensor era un clérigo cuyo nombre nunca le revelaban. En su condición de subprefecto y después de prefecto de la congregación, Ludovico Gadda nunca había reconocido la necesidad de modificar los procedimientos. El tema de la investigación, la figura fundamental del coloquio, era por definición menos importante que el tema de la discusión: la posible corrupción de la verdad, el error morboso que, como era una enfermedad, merecía ser extirpado. El antiguo nombre era el de Congregación de la Inquisición Universal, que después fue el Santo Oficio, y por último la denominación en apariencia inocua de Doctrina de la Fe. Pero sus atribuciones eran siempre las mismas, y se definían con términos más claros... "todos los asuntos que guardan relación con la doctrina de la fe y de las costumbres y los usos de la fe, el examen de las nuevas enseñanzas, la promoción de los estudios y las conferencias sobre esas mismas enseñanzas, la reprobación de las que resulten contrarias a los principios de la fe, el examen y a veces la condenación de libros; el Privilegio de la Fe, el juicio de los delitos contra la fe".

Y ahora él, el amo de esa máquina antigua pero todavía siniestra, se veía sometido a inquisición, practicada por enfermeras sonrientes y técnicos de caras inexpresivas, e individuos que anotaban y asentían. Se mostraban corteses, lo mismo que los prelados de la Piazza del Sant'Ufficio. También adoptaban actitudes distantes e impersonales. No les importaba en lo más mínimo lo que él era o lo que sentía. Estaban interesados únicamente en las enfermedades que se habían instalado en su cuerpo. No le decían una palabra de lo que encontraban. Eran como sus propios inquisidores, consagrados a la Disciplina Arcani, la Disciplina del Secreto, el culto de los murmullos y el ocultamiento.

Hacia el principio de la noche estaba irritado y malhumorado. La cena no le gustó más que el almuerzo. Las paredes de su habitación se cerraron sobre él como una celda monástica. Le habría agradado salir al corredor y caminar con los restantes pacientes, pero de pronto le avergonzó su cuerpo voluminoso y el atuendo poco usual, el pijama y la bata. En cambio, se sentó en un sillón, tomó su breviario y comenzó a leer las vísperas y las completas. Las cadencias conocidas de la salmodia le llevaron, como ocurría siempre, a un estado de serenidad sin alegría, pero cercano al alivio de las lágrimas, esas lágrimas que no recordaba haber derramado desde la niñez.

> "Oh, Dios mío, dame un corazón limpio
> y renueva en mí un espíritu justo
> no me alejes de tu presencia
> y no apartes de mí tu santo espíritu
> devuélveme la alegría de tu salvación..."

La estrofa le hipnotizó. Sus ojos no podían apartarse del texto. Sus labios se negaron a formar la antiestrofa...

La alegría era la experiencia que faltaba en su vida. Había conocido la felicidad, la satisfacción, el triunfo; pero la alegría, ese extraño desborde de placer, ese casi éxtasis resonante en que todos los sentidos eran como una cuerda de violín, que emitía música bajo el arco del maestro, esa alegría siempre se le había negado. Nunca había tenido la oportunidad de enamorarse. A causa de un voto permanente se había privado de la experiencia de la unión corporal con una mujer. Incluso en su vida espiritual, los sufrimientos y las exaltaciones de los místicos eran inalcanzables. Catalina de Siena, el hermanito Francisco, San Juan de la Cruz, Santa Teresa de Avila, eran seres extraños a su disposición mental. Los modelos de rol que él elegía eran los grandes pragmáticos, los que ordenaban los hechos: Benedicto, Ignacio de Loyola, Gregorio el Grande, Basilio de Cesarea. Su más antiguo director espiritual solía explicarle los niveles de comunión meditativa con Dios: el purgativo, el iluminativo, el unitivo. Después, había movido la cabeza y palmeado la espalda de su joven discípulo, despidiéndole con esta frase: "Pero en tu caso, Ludovico, hijo mío, será el nivel purgativo del principio al fin. No te atemorices por eso. Naciste para empuñar el arado. Continúa arando, izquierda-derecha, izquierda-derecha, hasta que Dios decida apartarte del surco. Si El no lo hace, de todos modos agradécelo. La alegría de la iluminación, la maravilla del matrimonio místico con Dios, aporta dolor tanto como éxtasis. No puedes tener lo uno sin lo otro..." Era extraño que ahora, a los sesenta y ocho años, de pronto se sintiese tan carenciado y despojado. El resto del salmo fue un eco de la tristeza que sentía:

> "Sosténme con la presencia de tu espíritu
> pues tú no deseas el sacrificio,
> y si no fuera así yo te lo daría.
> No te complaces en las ofrendas por el fuego
> el divino sacrificio es un espíritu conturbado
> tú no despreciarás un corazón quebrantado y contrito..."

Había terminado la última oración cuando entró Salviati con un individuo delgado y de andar desmañado que debía de estar al final de la cincuentena, y a quien presentó como el doctor James Morrison, del Real Colegio de Cirujanos de Londres. Morrison tenía un aire desaliñado y satisfecho, y examinó la habitación entrecerrando los ojos castaños en un gesto alegre y un tanto burlón. Para sorpresa del Pontífice, hablaba un italiano tolerable. Explicó con una sonrisa:

—Tengo lo que usted podría denominar vínculos con Italia. Uno de mis antepasados encabezó un grupo de mercenarios escoceses al servicio de Pío II. Los Morrison, que ahora se llaman Morrissone, fabrican zapatos caros en Varese.

León XIV emitió una risa breve, como un ladrido, se encogió de hombros y respondió con una frase en latín:

—*Tempora mutantur...* Los tiempos cambian, y nosotros con ellos. Gracias por venir, señor Morrison. ¿Puedo pedirle su opinión acerca de mi caso?

—No difiere en absoluto de la que tiene el doctor Salviati. En realidad, debo decir que no puedo aportar nada nuevo. Soy caro y redundante.

—Por el contrario, James, usted es mi póliza de seguro... médica y política.

Morrison recogió el librito de tiras de la mesilla de noche y preguntó:

—¿Ha leído esto, Santidad?

—Sí. No puedo decir que me haya parecido divertido.

Morrison se echó a reír.

—Coincido con usted. Es un intento valeroso; pero la dolencia cardíaca no es precisamente un tema divertido. ¿Desea preguntarme algo más?

—¿Cuánto tiempo permaneceré en el hospital?

—Eso debe decirlo el doctor Salviati. El promedio es de alrededor de dos semanas.

—¿Y después?

—Seis a ocho semanas de convalecencia mientras se sueldan los huesos del tórax. Tenemos que cortar el esternón, y después unirlo con alambre. Ese aspecto de la convalecencia implica cierta incomodidad, pero de todos modos es un asunto bastante controlable. También, lleva tiempo recobrarse de los efectos de la anestesia. Los traumas físicos y psíquicos son graves, pero gracias a Dios los procedimientos son casi a prueba de errores. Y usted, ¿cómo se siente?

—Temeroso.

—Eso es normal. ¿Qué más?

—Turbado.

—¿Qué le inquieta?

—Las cosas hechas, las cosas sin hacer.

—Eso también es normal.

Entonces, el Pontífice se volvió hacia Salviati.

—Su consejera ha venido a verme esta tarde.

—¿Tove Lundberg? Lo sé. He leído el primer informe hace un rato.

—¿Informe?

Salviati se echó a reír.

—¿Por qué se extraña? Tove Lundberg es una profesional de elevado nivel. Tiene doctorados en ciencias de la conducta y medicina psiquiátrica. Su información es esencial para determinar la atención posoperatoria.

—¿Y qué dice de mí?

Salviati reflexionó un momento, y después formuló una respuesta fría y judicial.

—Señala dos problemas. El primero, que un hombre como usted, que ejerce enorme autoridad, se resigna con dificultad a la dependencia creada por la enfermedad. Eso no es nuevo. Aquí hemos tenido príncipes árabes cuyo poder tribal es tan absoluto como el suyo. Afrontan exactamente el mismo problema. Pero no reprimen sus reacciones. Se encolerizan, protestan y hacen escenas. *¡Bene!* Podemos lidiar con eso. Pero usted, según explica el informe —y mis propios contactos con su persona lo confirman— tiene otro problema. Se reprime, se contiene, hierve en silencio, porque a eso le obliga su educación en la disciplina clerical y su idea acerca del comportamiento del Supremo Pontífice de la Iglesia Romana. Asimismo, consciente o inconscientemente reacciona contra los cuidados dispensados por mujeres. Eso no facilitará la recuperación, y en cambio más bien la retrasará. Para usar una metáfora, usted no está fabricado con acero a resorte, forjado y templado y flexible. Usted es hierro fundido en un molde. Sí, es fuerte; pero no flexible. Es rígido, y vulnerable a los golpes. Pero... —Se encogió de hombros y abrió las manos en un gesto de rechazo.— También a eso estamos acostumbrados. Sabremos resolverlo.

—¿Por qué —preguntó sin rodeos el Pontífice León—, por qué le importa? Usted arregla la cañería, guarda sus herramientas, y se dirige a ejecutar otro trabajo.

James Morrison emitió una astuta sonrisa escocesa y dijo:

—Sergio, nunca se enrede en una discusión con la Iglesia. ¡Desde hace siglos practican el juego de la dialéctica!

—Lo sé —dijo secamente Salviati—. Desde que Isidoro redactó sus primeras falsificaciones y Graciano las convirtió pulcramente en un código. —Pero ofreció una respuesta más amable al Pontífice.— ¿Por qué me importa? Porque soy algo más que un fontanero. Soy un sanador. Después de la operación, comienza otra tarea. No sólo tenemos que reeducarle para que afronte lo que ha sucedido. Necesitamos educarle para garantizarle que no se repita. También abrigamos la esperanza de extraer de su caso algunas lecciones aplicables a otros. Esta es una institución de investigación y enseñanza. También usted puede aprender mucho, sobre su propia persona y otros.

En ese momento sonó el llamador para Salviati, una serie de señales agudas y rápidas. Frunció el ceño y se volvió hacia Morrison.

—Tenemos una situación urgente. Un paro cardíaco. Venga conmigo, James. ¡Discúlpenos, Santidad!

Salieron en un instante, dejando al Pontífice con otro comentario irónico acerca de su propia impotencia y su escasa gravitación en las situaciones de vida y muerte de la gente común.

Esta ironía era precisamente lo que le había turbado cada vez más durante los últimos meses, cuando había tratado, primero de explicarse y después de entender la distancia cada vez más ancha entre él mismo y el mundo de los fieles cristianos. Las razones eran diferentes y complejas; pero la mayoría se relacionaba con la difusión de la educación popular y la velocidad y la potencia de las comunicaciones modernas: la prensa, la radio, la televisión y la difusión de noticias por medio de satélites.

La historia ya no era el dominio de estudiosos, que hurgaban en bibliotecas polvorientas. Se volvía a vivir día tras día, en la novelística o en los documentales que aparecían en las pantallas de los televisores. Se invocaba en las discusiones de los paneles como un paradigma del presente y una advertencia sobre el futuro. Se agitaba en los umbríos estanques de la memoria tribal, evocando antiguos espectros y el hedor de viejos campos de batalla.

Ya no era posible reescribir la historia, los hechos se manifestaban a través de la ficción. Ya no era posible tapar los *graffiti* garabateados en la piedra antigua. El yeso que los cubría se descascarillaba o caía bajo los martillos enérgicos de los arqueólogos.

El propio Pontífice había escrito dos encíclicas: una acerca del aborto, la otra referida a la fertilización in vitro. En ambas el texto era suyo; en cada una había insistido con sinceridad absoluta y desusada elocuencia en la santidad y el valor de la vida humana. Incluso mientras las escribía, los agitados demonios del pasado se burlaban de su noble retórica.

Inocencio III había reclamado el dominio soberano de la vida y la muerte sobre todos los cristianos. Había decretado que el hecho mismo de negarse a prestar juramento era un crimen que merecía la muerte. Inocencio IV había estipulado el uso de la tortura por sus inquisidores. Benedicto XI había declarado que los inquisidores que la utilizaban quedaban absueltos de culpa y cargo... ¿Qué respeto por la vida se manifestaba en la locura de la caza de brujas, las masacres de las cruzadas contra los cátaros, la persecución a los judíos a lo largo de los siglos? Aún se recordaban las masacres de Monsegur y Constantinopla, más o menos como se recordaban Belsen y Auschwitz. Las deudas pendientes continuaban en los libros, acumulando intereses.

Ya no bastaba afirmar temerariamente que esos horrores pertenecían a otros tiempos, que habían sido cometidos por hombres primitivos o bárbaros. Esos actos habían sido ordenados de acuerdo con el mismo *magisterium* que él ejercía ahora. Se habían justificado con la misma lógica en que él se había educado. El Pontífice no podía demostrar su propia probidad sin reconocer que esa lógica era errónea, que los hombres que le habían precedido vivían en el error.

Pero la política romana había determinado mucho tiempo antes que un Papa no podía retractarse o tratar de explicar los errores de sus predecesores. Se recomendaba el silencio como el remedio más seguro; el silencio, el secreto y la increíble tolerancia de los creyentes, cuya necesidad de la fe era más grande que la repugnancia que sentían por sus ministros vacíos de fe. Pero la tolerancia de la gente estaba debilitándose, y su fe soportaba duras pruebas a causa de las maniobras y las glosas de los intérpretes oficiales. Para éstos, el último momento de la salvación era el presente.

La única esperanza de alivio estaba en una grandiosa ilusión; una amnistía universal, un solo acto depurador de arrepentimiento, reconocido universalmente. Pero si el hombre que se autodenominaba Vicario de Cristo no podía contemplar una penitencia pública, ¿acaso otros se atreverían a soñar con esa actitud?

Varias décadas atrás, el buen Papa Juan había reconocido los errores y las tiranías de antaño. Había convocado a un gran Concilio, para abrir las mentes del Pueblo de Dios, y permitir que el viento del Espíritu recorriese la asamblea. Durante un breve período hubo un impulso de esperanza y caridad, un mensaje de paz dirigido a las naciones contendientes. Después, la esperanza se desvaneció y la caridad se enfrió, y Ludovico Gadda asumió el poder impulsado por la oleada de desconfianza y miedo que siguió. Se vio primero como un estabilizador, el gran restaurador, el hombre que devolvería la unidad a una comunidad fatigada y dividida por la búsquda de novedades.

Pero las cosas no habían tomado ese sesgo. En la intimidad de su propia conciencia en este momento en que se acercaba a la Hermana Muerte, tenía que reconocer la derrota y el fracaso. Si no podía cerrar la brecha cada vez más ancha que se abría entre el Pontífice y el pueblo, no sólo habría malgastado su vida, sino destruido la Ciudad de Dios.

Consultó el reloj. Aún eran sólo las ocho y media. Deseoso de ahorrarse la humillación de su propia enfermedad, había rechazado a todos los visitantes durante esa primera noche en la clínica. Ahora lo lamentaba. Necesitaba compañía, del mismo modo que un hombre sediento necesita agua. Parecía que Ludovico Gadda, llamado León XIV, Obispo de Roma, patriarca de Occidente, sucesor del Príncipe de los Apóstoles, pasaría una noche larga e inquieta.

A los ochenta años, el cardenal Anton Drexel tenía dos secretos que guardaba celosamente. El primero era su correspondencia con Jean Marie Barette, el ex Papa Gregorio XVII, que ahora vivía en un retiro alpino secreto de Alemania meridional. El segundo era el placer de su ancianidad, una pequeña finca en las colinas Alban, a unos quince minutos en coche desde la Villa Diana.

La había comprado muchos años antes al cardenal Valerio Rinaldi, que había sido Camerlengo en tiempos de la elección de Kiril I. La compra había sido un mero placer personal. Valerio Rinaldi era un príncipe papal de viejo cuño, erudito, humanista, escéptico, un hombre de mucha bondad y mucho humor. Drexel, designado poco antes cardenal y trasladado a Roma, había envidiado tanto el estilo de vida como la destreza con que Rinaldi salteaba los obstáculos y las acechanzas de la vida curial. Rinaldi había concertado con Drexel un acuerdo generoso, y así, había entrado con entusiasmo y habilidad en esa existencia de anciano y anónimo caballero retirado al campo.

Y entonces, sucedió algo extraordinario. A los setenta años, el cardenal Anton Drexel, decano del Sacro Colegio, Cardenal Obispo de Ostia, se enamoró desesperadamente.

La cosa fue muy sencilla. Un cálido día de primavera, vestido con ropas rurales, camisa de cuadros, pantalones de pana y botas claveteadas, caminó los cinco kilómetros que le separaban de Frascati para arreglar la venta de su vino a una cantina local. Los árboles del huerto estaban florecidos. El pasto nuevo llegaba a los tobillos, y los primeros y jóvenes zarcillos verdeaban en los viñedos. A pesar de sus años, Drexel se sentía flexible y animoso, y dispuesto a caminar hasta donde el sendero le llevase.

Siempre había amado la vieja ciudad, con su catedral barroca, su palacio ruinoso y las tabernas oscuras y cavernosas en los callejones. En otro tiempo había sido la sede episcopal de su Serena Alteza, Enrique Benedicto María Clemente, Cardenal Duque de York, el último de los Estuardos, que antaño se había autoproclamado Enrique IX de Inglaterra. Ahora era un próspero centro turístico, que los fines de semana soportaba el horror de los vehículos de motor y los gases de los escapes. Pero en las calles empedradas aún perduraba el encanto del pasado y se practicaban las antiguas cortesías de los habitantes rurales.

El destino de Drexel era una honda caverna excavada en la roca de tufo, donde grandes cubas de roble viejo se alineaban contra los muros y los bebedores serios y los compradores se sentaban frente a largas mesas de refectorio, con botellas polvorientas y platos de aceitunas verdes frente a ellos. El *padrone*, que conocía a Drexel sólo como *il Tedesco* —el viejo alemán— regateó un poco acerca del precio y la entrega, y después decidió aceptar una consignación a prueba, y abrió una botella de su mejor cosecha para sellar el acuerdo.

Unos instantes después, el *padrone* le dejó para atender a otro cliente. Drexel permaneció sentado, descansando a la media luz, y contemplando el paso de la gente por la calle soleada, frente a la entrada. De pronto, sintió un tirón en la pernera del pantalón, y oyó un extraño sonido gorgoteante, como agua que cae por un caño. Cuando bajó los ojos vio una cascada de rizos rubios, la cara angelical de una niñita y un remolino de piernas y brazos muy delgados que parecían desconectados del cuerpo minúsculo. La voz tampoco estaba controlada, pero parecía que la boca intentaba formar una secuencia de sonidos: —Ma-No-No, -Ma-No-No...

Drexel depositó a la niñita sobre la mesa, de modo que quedó sentada frente a él. Las minúsculas manecitas de mono tití, suaves como la seda, trataron de alcanzar la cara y los cabellos del anciano. Drexel le habló afectuosamente.

—¡Hola, pequeña! ¿Cómo te llamas? ¿Vives por aquí? ¿Dónde está tú papá?

Pero todo lo que consiguió fue la dolorosa gesticulación de los labios y el sonido gorgoteante de la pequeña garganta: —Ma-No-No, Ma-No-No. —Sin embargo, ella no sentía miedo. Los ojos sonreían a Drexel, y había o parecía existir una luz de inteligencia en ellos. El *padrone* regresó. Conocía de vista a la niña. La había visto antes, a veces con la madre, y otras con una niñera. Venían a hacer compras a Frascati. No vivían en la ciudad, sino tal vez en una de las villas cercanas. No conocía el nombre, pero la madre parecía extranjera. Era una *bionda*, como la pequeña. Movió tristemente la cabeza.

—Pobre pequeña. Es como para creer que Dios está durmiendo cuando comete errores como éste.

—Pequeña, ¿te parece que eres un error? —Drexel acarició los rizos rubios.— Seguramente conoces el idioma de los ángeles. Pero yo no. ¿Qué intentas decirme?

—Tengo quince nietos —dijo el *padrone*—. Y todos normales. Un hombre puede ser afortunado. ¿Y usted?

Drexel sonrió y movió la cabeza.

—No tengo hijos. Y tampoco nietos.

—Eso es malo, sobre todo para la esposa. Una mujer siempre necesita cuidar de alguien.

—No tengo esposa —dijo Drexel.

—¡Bien! —El *padrone* pareció embarazado.— Quizá sea usted el más afortunado. Las familias le empobrecen a uno... y cuando uno muere se arrojan sobre la herencia como buitres. ¿Desea que llame a la policía y le diga que tenemos a la niña?

—Podría salir con ella y buscar a la madre.

—¡No es buena idea! —El padrone adoptó una actitud muy firme.— Tan pronto salga de aquí con ella, será usted sospechoso. Secuestro, abuso. Así son las cosas ahora. No me refiero a los habitantes de la ciudad, sino a los *forestieri*, los extraños. Podría pasarlo muy mal para demostrar su inocencia. Mejor quédese sentado y déjeme llamar a la policía.

—¿Tiene algo para darle de comer o beber, una naranjada tal vez un bizcocho? Pequeña, ¿te gustan los dulces?

Las manecitas suaves buscaron la cara de Drexel y la niña dijo: —Ma-No-No, Ma-No-No...

El padrone trajo un platito con bizcochos dulces y un vaso de naranjada. La niña cayó torpemente sobre la bebida, pero Drexel la sostuvo y le limpió los labios con su pañuelo. Le ayudó a llevar a la boca el bizcocho. Una voz femenina habló detrás.

—Soy la madre. Espero que no le haya molestado mucho.

—No ha sido ninguna molestia. Nos llevamos maravillosamente bien. ¿Cómo se llama?

—Britte...

—Parece que quiere decirme algo. Suena como Ma, No, No.

La mujer se echó a reír.

—Es lo más aproximado a *Nonno* que puede decir. Cree que usted se parece al abuelo. Y la verdad es que sí, se le parece... Es alto y tiene los cabellos blancos, como usted.

—¿No le preocupa la posibilidad de que se pierda?

—No se ha perdido. Yo estaba enfrente, en la salumería. La he visto entrar aquí. Sabía que no corría peligro. Los italianos cuidan a los niños.

La niña manoteó torpemente otro bizcocho. Drexel se lo dio. El anciano preguntó:

—¿Qué le sucede?

—Diplejía cerebral. Es consecuencia de un defecto de las células nerviosas de la corteza central del cerebro.

—¿Tiene curación?

—En su caso, hay esperanza de que mejore, pero no curación. Trabajamos mucho con ella para facilitar la coordinación muscular y el habla. Felizmente, es una de las especiales...

—¿Especiales?

—A pesar de la falta de coordinación muscular y del lenguaje incoherente, posee una inteligencia muy elevada. Algunas víctimas rozan el idiotismo. Britte podría ser un genio. Pero tenemos que encontrar el modo de entrar en esta... esta cárcel.

—Estoy siendo muy grosero —dijo Anton Drexel—. ¿Desea sentarse y beber conmigo una copa de vino? Britte no ha terminado su bebida y sus bizcochos. Me llamo Anton Drexel.

—Yo soy Tove Lundberg...

Y ese fue el comienzo de la relación amorosa entre un anciano cardenal de la Curia y una niña de seis años, víctima de una dolencia cerebral. Drexel se sintió seducido, y su compromiso fue absoluto. Invitó a la madre y a la niña a almorzar con él en su *trattoria* favorita. Tove Lundberg le llevó en coche de regreso a la finca, y allí Drexel presentó la niña a la pareja casada que le atendía, y al hortelano y al vinatero que preparaba sus vinos. Anunció que había sido adoptado oficialmente como el *nonno* de la niña, y que en adelante ella los visitaría todos los fines de semana.

Si se sorprendieron, no lo demostraron. Su Eminencia podía ser realmente formidable cuando quería, y además, en los antiguos pueblos de las colinas la discreción sobre la conducta del clero y los nobles eran una antigua y arraigada tradición. La niña sería bienvenida; y la señora también, siempre que Su Eminencia decidiera invitarlas.

Más tarde, en la terraza, mientras contemplaban el paisaje que descendía hacia las cúpulas brumosas de Roma, intercambiaron confidencias mientras la niña cojeaba feliz entre los canteros. Tove Lundberg era soltera. Britte era el fruto del amor; pero el amor del padre no había sido tan intenso como para permitirle soportar la tragedia de la niña enferma. En realidad, la ruptura de esa unión había sido menos trágica que el daño infligido a la imagen que ella tenía de sí misma y a su autoestima como mujer. De modo que había rechazado la posibilidad de nuevos vínculos, y se había consagrado a su carrera y al cuidado y la educación de la pequeña. Su formación en el campo de la medicina había sido útil. Salviati la había apoyado con mucha firmeza. Le había propuesto matrimonio; pero ella aún no estaba dispuesta, y quizá nunca lo estaría. Un día cada vez era suficiente... Con respecto a Su Eminencia, ella no podía creer que fuera un hombre sentimental, o impulsivo. ¿Cuál era su verdadero propósito cuando se proponía como abuelo sustituto? Con elocuencia un tanto menor que la acostumbrada en el caso, el cardenal Anton Drexel explicó su locura...

—De acuerdo con algunos de los más antiguos protocolos del mundo occidental, soy príncipe, príncipe de la Santa Iglesia Católica Apostólica Romana. Soy el miembro más antiguo del Colegio de Cardenales, prefecto de una congregación, miembro de secretariados y comisiones; el burócrata eclesiástico perfecto y perfeccionado. A los setenta y cinco años presentaré mi renuncia al Santo Padre. El la aceptará, pero me pedirá que continúe trabajando, *sine die*, de modo que la Iglesia aproveche mi experiencia. Pero a medida que envejezco, más siento que abandonaré este planeta como desaparece un copo de nieve, sin dejar rastros, sin que ni una sola señal permanente marque mi paso. El escaso amor que me queda está marchitándose en mi interior como una avellana en la cáscara. Desearía consagrar la última fracción de ese sentimiento a esta niña. ¿Por qué? ¡Dios lo sabe! Se ha apoderado de mí. Me pidió que fuese su *nonno*. Todos los niños deberían tener dos abuelos. Hasta ahora, ella tiene uno solo. —Rió ante su propio entusiasmo.— En otra época, yo habría tenido amantes y procreado mis propios hijos, y por decencia los habría llamado sobrinos y sobrinas. Los habría enriquecido con dinero de los cofres de la Iglesia y me habría ocupado de que mis hijos llegasen a obispos y mis hijas contrajesen matrimonios con nobles. No puedo hacer eso por Britte, pero puedo proporcionarle la educación y la terapia que necesite. Puedo dedicarle tiempo y amor.

—Me pregunto. —Tove Lundberg de pronto se mostró retraída y pensativa.— Me pregunto si entenderá usted lo que me propongo decir.

—Puedo intentarlo.

—Lo que Britte necesita es la compañía de sus iguales, niños disminuidos pero de elevada inteligencia. Necesita la inspiración de maestros afectuosos e inteligentes. El instituto al que ahora asiste está dirigido por monjas italianas. Son eficaces y abnegadas, pero aplican el criterio latino de la vida institucional. Dispensan caridad y atención por rutina, una antigua rutina... Es eficaz en el caso de los niños que son disminuidos mentales, y que tienden a ser dóciles y sensibles. Pero en el caso de los enfermos como Britte, de las inteligencias prisioneras, está lejos, muy lejos de ser suficiente. No dispongo del tiempo o el dinero necesarios, pero lo que desearía crear es un grupo, lo que los italianos llaman una colonia, con un personal adecuado de especialistas instruidos en Europa y Estados Unidos, con el apoyo de grupos de padres, si es posible una colonia subvencionada por el Estado y la Iglesia. —Se interrumpió y esbozó un leve encogimiento de hombros, como burlándose de sí misma.— Sé que es imposible, pero sería un modo de que usted consiguiera una familia en la última etapa de su vida.

—Para eso —dijo Anton Drexel—, se necesita más vida que la que me queda... Sin embargo, si Dios me ha traído una nieta, El no puede negarme la gracia de cumplir mis obligaciones con ella. Vamos a pasear un rato. Le enseñaré lo que tenemos aquí, los viñedos, la tierra de cultivo. Después puede elegir la habitación en que Britte y usted se alojarán siempre que vengan a visitarnos... Una colonia, ¿eh? ¡Una colonia de inteligencias jóvenes que adornen este maltratado planeta! Sin duda, no puedo permitirme el lujo de organizarla, ¡pero la idea es maravillosa!

...Y ése, siempre que evocaba la escena, fue el día que él identificaba como el comienzo de su carrera en la condición de abuelo sustituto de Britte Lundberg y de dieciséis niñas y niños que, año tras año, se habían apoderado de su villa, de la mayor parte de sus ingresos, y del rincón más feliz de su vida: el lugar pequeño y recogido desde donde ahora se proponía iniciar la aventura más temeraria de su carrera.

3

Eran las diez cuando la enfermera de noche entró para acomodar al Pontífice y administrarle un sedante. Era casi la una de la madrugada cuando se adormeció inquieto, perseguido por un sueño repetitivo.

...Estaba sentado frente a su escritorio del Vaticano rodeado por dignatarios expectantes, las figuras supremas de la Iglesia: los patriarcas, los arzobispos, de todos los ritos y todas las nacionalidades (bizantinos, melquitas, italogriegos, malacaneses, rutenos, coptos, búlgaros, y caldeos). Estaba redactando un documento y se proponía leerlo en voz alta a los presentes, con el propósito de obtener su aprobación y apoyo. De pronto, pareció que perdía el control de los dedos. La pluma se deslizó de la mano. Su secretario la recogió y se la devolvió; pero ahora era una pluma de ganso, demasiado liviana, que goteaba tinta y rasgaba el papel.

Sin saber por qué, estaba escribiendo en griego y no en latín, porque ansiaba demostrar a los bizantinos que tenía una actitud abierta al espíritu que los animaba, y que comprendía sus necesidades. De pronto, se detuvo en una palabra. Podía recordar únicamente la primera letra *M* (Mu). El patriarca de Antioquía le reprendió amablemente: "Siempre es más seguro utilizar un traductor para quien el idioma sea la lengua materna". El Pontífice asintió de mala gana, pero continuó buscando a tientas la palabra entre las telarañas que parecían haber invadido su mente.

Después, siempre sosteniendo el papel, se encontró atravesando a pie la plaza de San Pedro en dirección a la Via del Sant'Ufficio. Parecía importante que hablase con los Consultores de la Congregación para la Doctrina de la Fe, en busca de una explicación de la misteriosa letra. Ellos eran celosos guardianes de la antigua verdad, y sería los primeros que se pondrían de pie para saludar al Vicario de Cristo y después iluminarle con su saber.

No hicieron nada parecido. Cuando él entró en el aula donde se habían reunido los consultores, permanecieron sentados y mudos, mientras el prefecto señalaba un taburete donde el Papa debía sentarse, aislado y sometido al escrutinio hostil de los presentes. Le quitaron de la mano el papel y le hicieron circular entre los presentes. A medida que cada uno lo leía, chasqueaba la lengua y meneaba la cabeza y pronunciaba el sonido Mu, de modo que la habitación estaba poblada de sonidos, como si se tratara de un enjambre de abejas: Mu... Mu... Mu...

Trató de gritar, de decir que estaban convirtiendo en una caricatura una encíclica muy importante, pero el único sonido que pudo emitir fue Mu... Mu..., hasta que avergonzado guardó silencio, cerró los ojos y esperó el veredicto. De las sombras surgió una voz que ordenó: "¡Abre los ojos y lee!"

Cuando obedeció, descubrió que de nuevo era un niño, y estaba en un aula polvorienta, con los ojos clavados en un pizarrón donde habían escrito la palabra que se le había negado tanto tiempo. *METANOIA*. Un gran sentimiento de alivio recorrió su cuerpo. Exclamó: "Ya lo ven, eso es lo que intentaba decir: arrepentimiento, un cambio de actitud, una nueva oientación". Pero nadie contestó. La sala estaba vacía. Se había quedado solo.

Entonces se abrió la puerta y contempló aterrorizado la visión que tenía enfrente: un viejo de nariz ganchuda, arrugas de cólera alrededor de la boca y los ojos negros como cristal volcánico. Cuando el hombre se le acercó, silencioso y amenazador, el Papa gritó, pero no hubo ningún sonido. Era como si le hubiesen anudado una cuerda al cuello, cortándole la respiración y la vida...

...La enfermera nocturna y un joven enfermero le ayudaron a levantarse. Mientras el enfermero arreglaba la cama desordenada, la enfermera le convenció de que fuese al cuarto de baño, se quitase el pijama transpirado y se limpiase el sudor del cuerpo; después, le trajo ropas limpias y una bebida fría. Cuando él le dio las gracias y se disculpó por las molestias que provocaba, ella se echó a reír.

—La primera noche en el hospital siempre es desagradable. El paciente está dominado por temores y tiene que soñarlos, porque no atina a ponerlos en palabras. Los sedantes le adormecen, pero no pueden turbar los ritmos normales del descanso y los sueños... Ahora está mejor. El pulso está normalizándose. ¿Por qué no lee un rato? Probablemente volverá a dormirse...

—Por favor, ¿qué hora es?
—Las tres de la madrugada.
—Entonces, es un signo de mala suerte, ¿verdad?
—¿Mala suerte? No comprendo.
El Pontífice León emitió una risita insegura.
—En la región de Mirándola —de donde yo vengo— los campesinos dicen que los sueños después de medianoche son los que se convierten en realidad.
—¿Y usted lo cree?
—Naturalmente, no lo creo. Estaba bromeando. No es más que un cuento de viejas.

Pero en el acto mismo de decir estas palabras comprendió que era un modo de evadirse. Lo que había soñado era más que una semiverdad, lo que aún no se había convertido en realidad bien podía representar una profecía.

No podía leer. No podía dormir. Se sentía demasiado renuente y vacío para rezar. De modo que, completamente despierto a la media luz de la lamparilla de noche, se entregó a la contemplación de su incierto futuro. La palabra que había estado persiguiendo a través de sus sueños había llegado a ser muy importante en sus pensamientos de los últimos tiempos. Expresaba exactamente lo que él deseaba comunicar a la Iglesia: la penitencia por los errores del pasado, el cambio para mejor, la actitud futura de apertura a las necesidades de los fieles y a los designios del Todopoderoso. Pero ante todo era necesario promover el cambio en él mismo, y no podía encontrar un suelo firme que le sostuviese mientras lo hacía.

El sesgo total de su mente, el eje mismo de su educación, todos los compromisos concertados en el curso de su carrera, estaban destinados a conservar y no a cambiar. No importaba que tantas afirmaciones históricas formuladas por la Iglesia se basaran en la falsificación y el invento; no importaba que tantos aspectos de la legislación canónica fuesen injustos, avasalladores y orientados irremediablemente contra el individuo y en favor de la institución; no importaba que desde el púlpito se explicasen enseñanzas tan dudosas como si fuesen la doctrina oficial, sobre endebles fundamentos extraídos de las Escrituras o la tradición; no importaba que las reformas consideradas en las decisiones de un gran Concilio aún fuesen letra muerta cuatro décadas más tarde... ¡no importaba, no importaba! Si la historia continuaba sumida en la oscuridad, si no se cuestionaban los cánones, si se permitían las enseñanzas dudosas, cada generación concertaría, como siempre había hecho, su propio compromiso con la paradoja. Era mejor que se expulsara a los incrédulos, se silenciara a los escépticos y se censurase a los desobedientes y no que apareciesen rasgaduras en la túnica inconsútil de la unidad romana.

En este marco de referencia, los teólogos y los filósofos era un lujo peligroso, los eruditos de la Biblia una molestia tendenciosa, pues todavía trataban de demostrar la existencia de un Jesús histórico en lugar de presentar a Jesucristo ayer, hoy y por siempre en idéntica forma. Con respecto a los fieles, en el mejor de los casos formaban una familia errática, que se dejaba seducir fácilmente por la pasión o la novedad.

Esta actitud de magistral desaprensión se remontaba, a través de los siglos, a una época en que los fieles eran analfabetos y carecían de espíritu crítico, y la dispensa de la fe, así como el ejercicio del poder, eran prerrogativas únicamente de los cultos, los clérigos que eran los custodios naturales del saber y la autoridad. Con respecto a los aberrantes, los que hacían conjeturas, los teóricos demasiado audaces, era fácil lidiar con ellos. El error no tenía derecho a existir. El individuo errado se arrepentía o era condenado a la hoguera.

Pero en el siglo XX, en las sociedades posrevolucionarias y posconciliares, estas actitudes no tenían sitio. En el peor de los casos eran una tiranía inaceptable, en el mejor un esnobismo de clase que los clérigos encumbrados o humildes mal podían permitirse. Los fieles, metidos hasta el cuello en los problemas de la vida moderna, necesitaban razonar con sus pastores, y tenían el derecho y el deber de hacerlo; y asimismo, el derecho y el deber de considerarlos responsables por su ejercicio de magisterio, porque si la magistratura era un ejercicio autárquico que estaba más allá de toda apelación, por ese mismo hecho todos retornaban al mundo de las denuncias secretas, la caza de brujas, los autos de fe y las excomuniones automáticas. Los fieles no estaban dispuestos a continuar aceptando nada semejante. Eran Hijos de Dios, seres libres que cooperaban con Su divino plan. Si se recortaba esta libertad, rechazarían el recorte y se alejarían de la comunidad en espera de un momento más propicio o de un pastor más caritativo.

En la tenue media luz de la habitación de hospital, cuyo silencio se veía interrumpido sólo por el sonido distante del llamador de un paciente, el Pontífice León lo entendió todo claramente. Aunque lamentaba amargamente sus propios fallos, no veía un modo fácil de repararlos. Carecía de la esencial cualidad que el Buen Papa Juan y Jean Marie Barette habían poseído; el sentido del humor, la disposición de reírse de ellos mismos y de las notables locuras de la humanidad. No se conocía una sola fotografía de León XIV riendo. Incluso su sonrisa, poco frecuente, era más una mueca que una expresión de placer.

Pero a decir verdad le correspondía sólo parte de la culpa. La magnitud misma, el volumen de la institución originaba una inercia semejante a la de un agujero negro en las galaxias. Absorbía un enorme caudal de energía. Y la energía que desprendía estaba disminuyendo constantemente. El antiguo cliché eclesiástico —"Pensamos en términos de siglos y planeamos para la eternidad"— se había convertido en el augurio del desastre.

El gran árbol de la parábola evangélica, en que todas las aves del mundo podían anidar, estaba marchitándose a partir de los extremos de sus ramas extendidas. El tronco todavía era sólido, la gran masa de follaje parecía intacta; pero en su periferia había ramitas muertas y hojas marchitas, y la savia que venía de las raíces huía cada vez más perezosa.

La lenta maldición del centralismo se manifestaba en la Iglesia, como se había manifestado en todos los imperios desde los tiempos de Alejandro. Los británicos habían sucumbido a esa maldición, y los rusos y los norteamericanos eran los pueblos que más recientemente se habían visto forzados a renunciar a sus territorios y sus esferas de influencia. Los síntomas de la dolencia eran siempre los mismos; descontento en las áreas externas, desilusión con la burocracia, distanciamiento e indiferencia por parte del pueblo, y por parte del gobierno un impulso cada vez más acentuado a la reacción y la represión.

En términos religiosos, el numen del papado estaba desvaneciéndose, del mismo modo que su aureola de misterio se veía debilitada por la constante exposición en la televisión y en la prensa. El gobierno por decreto aportaba escasa alegría a las personas que soportaban una crisis, y que anhelaban compasión y la comprensión del Dios que moraba entre ellas. No rechazaban el cargo pastoral. Rendían homenaje ritual al hombre que lo desempeñaba, pero preguntaban de qué modo intercedía él por todos en el doble misterio de la Divinidad creadora y la humanidad confundida. Para el Pontífice León la cuestión era personal e inmediata; pero aún no tenía la respuesta cuando el sueño le reclamó de nuevo. Esta vez la suerte le favoreció, y no soñó. Despertó con las primeras luces del alba y vio a Salviati de pie junto a la cama, con la enfermera de noche un paso detrás. Salviati estaba tomándole el pulso.

—La enfermera me dice que ha pasado una mala noche.

—He tenido algunas pesadillas. De todos modos, acabo de dormir bien un par de horas. ¿Cómo está su paciente?

—¿A qué paciente se refiere?

—El paro cardíaco. Usted y el doctor Morrison salieron anoche con mucha prisa.

—Oh, se refiere a eso... —Salviati movió la cabeza.— La perdimos. Ya había sufrido dos ataques cardíacos antes de que me la trajeran. Su caso de todos modos habría sido difícil. Incluso así, es una situación triste; deja un marido y dos niños pequeños... Si me han informado bien, el marido pertenece a su gente.

—¿A mi gente?

—Un sacerdote, un miembro del clero romano. Parece que se enamoró, dejó embarazada a la muchacha y abandonó el sacerdocio para casarse con ella. Pasó los últimos cinco años tratando de que el Vaticano regularizara su situación, lo cual, según me informan, no es tan fácil como antes.

—Es cierto —dijo el Pontífice León—. No es fácil. La disciplina ahora es más rigurosa.

—Bien, el asunto ya no tiene arreglo. La muchacha ha muerto. Y él tendrá que cuidar de los dos hijos. Si es sensato, intentará encontrarles una madrastra. De modo que la situación se repite, ¿no le parece?

—Si me dice usted su nombre, quizá yo...

—Yo no lo recomendaría. —Salviati mostraba una actitud puntillosa neutra.— Soy judío, de modo que no comprendo cómo ustedes los cristianos razonan en estas cosas; pero el muchacho está muy amargado, y es posible que no vea con buenos ojos su intervención.

—De todos modos, desearía conocer su nombre.

—Su vida ya es bastante complicada. A partir de mañana, inicia una existencia minimalista... De modo que comience ahora a sentirse agradecido... y permita que el Todopoderoso dirija su propio mundo. Por favor, abra el pijama. Quiero escuchar su pecho. Ahora, respire hondo. —Después de auscultar unos minutos pareció satisfecho.— ¡Esto funcionará! Hoy tendremos un hermoso día. Le aconsejo dar un breve paseo por el jardín, y llenar los pulmones de aire puro. No olvide informar a la enfermera cuando salga. No puede perderse, pero preferimos saber dónde están todos nuestros pacientes.

—Aceptaré su consejo. Gracias... De todos modos, deseo conocer el nombre de ese joven.

—Se siente culpable por él.

Era más una acusación que una pregunta.

—Sí.

—¿Por qué?

—Usted mismo sugirió la razón. Es uno de los míos. Infringió la ley. Yo establecí los castigos en que él incurrió. Cuando quiso retornar, las normas que yo dicté le cerraron el paso... Me agradaría reconciliarme con él, y también ayudarle, si me lo permite.

—Tove Lundberg le dará su nombre y dirección. Pero hoy no; lo hará cuando yo diga que usted está listo para ocuparse de asuntos que no sean su propia supervivencia. ¿Hablo claro?

—Sobradamente claro —dijo el Pontífice León—. Ojalá mi mente tuviese la mitad de claridad que usted demuestra.

A lo cual Sergio Salviati contestó con un proverbio: "Cada lobo debe morir en su propia piel".

—Si quiere que intercambiemos proverbios —dijo el Pontífice León—, le diré uno de mi región: "Es duro el invierno en que un lobo se come a otro".

Pareció durante un momento que Salviati se retraía hacia un oscuro receso de su propia mente; después se echó a reír; con un risa profunda y sonora que se prolongó bastante. Finalmente se limpió los ojos llorosos y se volvió hacia la enfermera nocturna.

—¡Muchacha, está presenciando un episodio histórico! Anótelo y cuéntelo a sus nietos. Aquí tiene a un judío de Venecia disputando con el Papa de Roma en su propia ciudad.

—Escriba también esto. —El Pontífice rió al hablar.— El Papa está escuchando muy atentamente, ¡porque esta vez el judío es el que sostiene el cuchillo en la mano! ¡Puede matarme o curarme!

—También hay un proverbio para eso —dijo Sergio Salviati—. "Si uno aferra a un lobo por las orejas, no podrá sujetarlo ni tampoco podrá soltarlo..."

En esa hermosa mañana de primavera también había otras personas que estaban aferrando a un lobo por las orejas. El Secretariado de Estado se veía inundado por reclamaciones de todos los rincones del globo, de los legados y los nuncios y los arzobispos metropolitanos, de los cardenales y los patriarcas, los diplomáticos y los organismos de inteligencia de todos los colores. El eje de las preguntas era siempre el mismo: ¿Cuál era la gravedad de la dolencia del Pontífice? ¿Cuáles las posibilidades de recuperación? ¿Qué sucedería si...?

El Secretariado, dirigido por el Cardenal Matteo Agostini, normalmente atendía sus asuntos con una actitud de objetividad olímpica. Sus funcionarios formaban una selecta tribu de políglotas que mantenían relaciones diplomáticas —y antidiplomáticas— con todas las regiones del mundo, del Zaire a Tananarive, de Seúl a San Andrés, de Ecuador a la Alejandría de los coptos. Sus comunicaciones eran las más modernas y las más antiguas: los satélites, los correos, las palabras dichas al oído en reuniones elegantes. Tenían la pasión por el secreto y el talento para la casuística y la discreción.

No podía ser de otro modo, pues su competencia, definida por la Constitución Apostólica, era la más amplia entre todas las organizaciones de la Iglesia: "Ayudar de cerca *da vicino*) al Supremo Pontífice, tanto en la atención de la Iglesia Universal como en sus relaciones con los dicasterios de la Curia romana." Lo cual, como destacaban los cínicos, ¡determinaba que la tarea de administrar la Curia estuviese al mismo nivel que la atención dispensada a mil millones de almas humanas!

La palabra dicasterio tenía su propio matiz bizantino. Significaba un tribunal, y por extensión, un ministerio o un departamento. Sugería un protocolo complicado, una compleja red de intereses, una antigua sutileza en la conducción de los asuntos. De manera que cuando los diplomáticos del Secretariado de Estado trataban con sus pares seculares o con los dicastos de las Congregaciones Sacras, debían demostrar agilidad y dinamismo, y estar muy atentos a lo que se hablaba.

Sus respuestas a los interrogantes que llegaban a los despachos eran neutras, pero no demasiado. Después de todo, eran hombres que actuaban en los centros del poder. Por el momento, eran los portavoces de la Santa Sede. Debían dejar bien aclarado que jamás podía sorprenderse a Roma. Lo que el Espíritu Santo no revelaba, ellos lo aportaban obteniéndolo de sus propios y refinados servicios de inteligencia.

Sí, los boletines médicos de Su Santidad podían y debían interpretarse por su valor aparente. El Santo Padre había ordenado que se aplicase una política de información franca. No, no se había convocado al Colegio Electoral y no se haría hasta que el Camerlengo declarase que el trono de Pedro estaba vacante. De hecho, el Secretariado estaba desalentando activamente las visitas a Roma de los cardenales y los arzobispos extranjeros. El Santo Padre comprendía y alababa el deseo de todos de ofrecer apoyo y manifestar su lealtad, pero francamente prefería que se ocupasen de las cosas de Dios en sus propios viñedos.

Los interrogantes sobre la futura competencia del Pontífice fueron respondidos brevemente. Eran inoportunos y estériles. La decencia común exigía que se desalentaran las conjeturas públicas acerca de esta delicada cuestión. ¿El factor tiempo? Los médicos aconsejaban un período de tres meses de convalecencia antes de que el Pontífice reanudara sus tareas normales. De hecho, eso significaba que regresaría después de las acostumbradas vacaciones estivales, quizás alrededor de un mes después de Ferragosto... ¡Ciertamente, Excelencia! Informaremos a Su Santidad de su llamado. Sin duda, querrá darle las gracias personalmente después de su recuperación. Entretanto, nuestro saludo a Su Excelencia y a su familia...

Todo lo cual era bastante claro, pero de ningún modo suficiente para satisfacer a los hombres decisivos de la Iglesia, los príncipes papales que tendrían que decidir acerca de la competencia del Papa viviente o del sucesor, si el

Pontífice fallecía. En el contexto del tercer milenio, el secreto absoluto era una imposibilidad y el ocio necesario para adoptar una decisión madura constituía un lujo del pasado. Había que estar preparado de un momento al siguiente. Los agrupamientos debían ser estables, se imponía a poner a prueba las alianzas, y había que convenir de antemano las condiciones de las negociaciones y el precio que se exigía por cada uno de los votos. De modo que había un movimiento intenso —por teléfono, por fax, por correo personal— todo lo cual omitía completamente a Roma. Chicago hablaba con Buenos Aires, Seúl con Westminster, Bangkok con Sydney. Parte de los diálogos era áspera y pragmática: "Entonces, ¿estamos de acuerdo en que...?", o "¿Podemos permitirnos...?" Parte adoptaba el tono de *le sfumature*, matices y sugerencias y alusiones medidas que podían ser desautorizadas o interpretadas de distinto modo de acuerdo con el cambio de la situación.

El problema que exigía la máxima delicadeza en la discusión era el mismo cuya respuesta parecía menos evidente: ¿Hasta dónde podía confiarse en que un Pontífice enfermo dirigiese los asuntos de una comunidad global en situación crítica?

La tradición, creada por dinastas papales muertos hacía mucho tiempo, determinaba que un Pontífice se desempeñaba hasta su muerte. En cambio, la historia probaba del modo más indudable que quien ya no era útil se convertía en una carga para la comunidad de los fieles; una carga instantánea, porque en el mundo moderno los tiempos se habían reducido, porque el acto y la consecuencia confluían inmediatamente. Había sólidos argumentos en favor de un período de servicio fijado por la norma canónica, como sucedía en el caso de los cardenales y de otros prelados; pero el hombre que propusiera el tema bien podía descubrir que en ese mismo acto su propia carrera concluía súbitamente.

De todos modos, el tema fue abordado temprano por la mañana en el curso de una conversación telefónica entre Anton Drexel y su viejo amigo el Cardenal Manfred Kaltenborn, Arzobispo de Río de Janeiro. Ambos eran alemanes, si bien uno había nacido en Brasil y el otro en la

Renania. Hablaron en su lengua materna, y la conversación tuvo pasajes críticos y humorísticos. Ambos eran viejos amigos y políticos veteranos que sabían todos los trucos del oficio.

—Anton, ¿podemos hablar libremente?

—Nunca tan libremente como desearíamos. —Drexel tenía un saludable respeto por la tecnología de los satélites y las posibilidades del espionaje.— Pero te daré algunos antecedentes. Nuestro amigo ya está sometido al cuidado de los médicos. De acuerdo con la información de una autoridad excelente, todas las posibilidades están en favor de la recuperación.

—¿Recobrará la totalidad de su competencia?

—Sí; pero a mi juicio ésa no será la cuestión.

—Entonces, ¿de qué se trata?

—Parece que la mayoría de nuestros colegas no ha advertido que nuestro amigo está sufriendo una *Gewissenskrise*, es decir, una crisis de conciencia. Ha intentado reformar la Iglesia. Pero sólo ha conseguido crear un desierto. No ve modo de devolver la fecundidad a la tierra. Tiene pocos confidentes, carece de apoyos emocionales, y su vida espiritual se basa por completo en la ortopraxis... la conducta recta, de acuerdo con sus limitadas luces. No se arriesgará más allá de ese límite, y tampoco la razón le ayudará a sobrepasarlo. De modo que se siente desesperadamente solo, y tiene miedo.

—¿Cómo es posible que otros no lo hayan visto? Todos son observadores inteligentes.

—La mayoría le teme. Dedican su tiempo a esquivarle o manipularle. Yo soy demasiado viejo para preocuparme por eso. Y él lo sabe. No intenta intimidarme.

—Entonces, ¿qué hará?

—Se quebrará o cambiará. Si se quiebra, sospecho que se limitará a renunciar a su cargo, y quizás a la vida misma. Si cambia, necesitará realizar la experiencia de una caridad que no ha conocido en el curso de su vida.

—No podemos creer que lo logrará. Es algo por lo cual debemos rezar.

—Me propongo trabajar para llegar a eso. Le invitaré a pasar parte de su convalecencia en mi villa. Está a tiro de piedra de Castel Gandolfo, y a una hora en automóvil desde el Vaticano... Es hijo de campesinos, y quizás aprecie volver al ambiente rural. También puede conocer a mi pequeña tribu y observar cómo viven.

Hubo un breve silencio y de pronto Su Eminencia de Río de Janeiro murmuró una advertencia:

—Algunos colegas tal vez no entiendan tus intenciones, Anton. Desconfían de los hacedores de reyes y las eminencias grises.

—En tal caso, lo dirán. —El tono de voz de Anton Drexel revelaba obstinación.— Y Su Santidad decidirá por sí mismo. Es posible que la caridad tuerza esa obstinada voluntad que le caracteriza. La oposición a lo sumo la fortalecerá.

—En ese caso, Anton, avancemos un paso más. Nuestro señor tiene su segundo Pentecostés, lenguas de fuego, el advenimiento del Espíritu, una oleada de caridad semejante al movimiento de primavera. ¿Y después? ¿Qué hace al respecto? ¿Cómo abandona las trincheras que cavó para él mismo y para todos? Ya sabes cómo son las cosas en Roma. Nunca se explica nada, jamás se ofrecen excusas. Se diría que jamás se adoptan de prisa las decisiones.

—He hablado extensamente de todo esto con su médico, que está tan preocupado como yo, aunque por otras razones. Es judío. Perdió a varios parientes en el Holocausto y el Sabbath Negro de Roma... Para él, es un momento de extraordinaria ironía. Tiene en sus manos la vida del Pontífice Romano. ¿Adviertes las implicaciones?

—Por lo menos algunas las veo claramente. Pero, ¿de qué modo responde ese hombre a mi pregunta? ¿Qué hace el Santo Padre después?

—Salviati afirma enfáticamente que el Pontífice no puede hacer nada si no le ayudamos. Y coincido con su opinión. Conozco la historia de su familia. Agricultura de subsistencia. Un padre que murió demasiado temprano. Una madre decidida a arrancar a su hijo y a salir ella misma del montón de estiércol. La mejor o quizá la única solución era la Iglesia. Una historia lamentable y dolorosa. Lo único que él nunca ha vivido es la experiencia de la familia humana, las riñas, los besos, los cuentos de hadas alrededor del fuego.

—Mi querido Anton, tú y yo no somos muy expertos en esa área.

—Me subestimas, amigo mío —dijo riendo Anton Drexel—. Tengo una progenie adoptiva muy numerosa, dieciséis niños y niñas, y todos viven bajo mi techo.

—Anton, ¡no trates de enseñarme lo que sé de memoria! ¡Aquí, en las favelas, tengo un millón de niños sin hogar! Si alguna vez andas escaso de pupilos, siempre puedo enviarte algunos remplazos.

—En cambio, envíame tus oraciones. No tengo tanta confianza, ni mucho menos, en los resultados de este asunto.

—Me parece que estás jugando con el alma de un hombre... y muy posiblemente con su salud. Y también estás enredándote en una política muy peligrosa. Podrían acusarte de manipular a un enfermo. ¿Por qué procedes así, viejo amigo?

Era la pregunta que Drexel había temido, pero tenía que contestarla.

—¿Sábes que me escribo con Jean Marie Barette?

—Lo sé. ¿Dónde está ahora?

—Continúa en Alemania, en esa pequeña comuna montañesa de la que te hablé; pero se las arregla para estar bien informado acerca de lo que sucede en el gran mundo. El me alentó a iniciar esta tarea con los niños... Ya conoces a Jean Marie; puede hacer bromas como un actor de music-hall parisiense, y un instante después está analizando los misterios más profundos. Hace más o menos un mes me escribió una carta muy extraña. Una parte era profecía pura. Me dijo que el Santo Padre pronto se vería obligado a realizar un viaje peligroso, y que yo era la persona destinada a apoyarle en ese trayecto. Poco después se diagnosticó la enfermedad del Pontífice; el médico papal afirmó que Salviati era el mejor cirujano del corazón en Italia —y la madre de mi *enkelin* favorito es consejera de la misma clínica. De modo que empezó a formarse alrededor de mí una trama completa de hechos interrelacionados.

—Anton, omites algo.

—¿Qué?

—¿Por qué te preocupas tanto por un hombre a quien durante tanto tiempo profesaste antipatía?

—Manfred, te muestras duro conmigo.

—Responde a mi pregunta. ¿Por qué te interesa tanto?
—Porque tengo más de ochenta años. Quizá puede decirse que estoy más cerca del juicio final incluso que nuestro Pontífice. He renunciado a muchas dulzuras de la vida. Si ahora no las saboreo, serán como frutos del Mar Muerto, polvo y cenizas en mi boca.

Nicol Peters, sentado bajo una pérgola de sarmientos en su terraza, bebía café, comía bollos y observaba el despertar de los que dormían en los techos de la vieja Roma y abrían los ojos a la cálida mañana de primavera.

Allí estaba el individuo adiposo de pijama a rayas abierto sobre el vientre, cuya primera preocupación era quitar la cubierta de la jaula de su canario e inducir a los pájaros a iniciar un coro matutino, con trémolos y cadencias que él les enseñaba. Y el ama de casa con rulos y zapatillas, regando sus azaleas. En la terraza siguiente, una joven de anchas caderas con leotardos negros realizó quince minutos de ejercicios aeróbicos al compás de la melodía de una cinta grabada. Más lejos, junto a la Torre Argentina, unos amantes abrían las persianas y entonces, como si se viesen por primera vez, se abrazaban apasionadamente y volvían a la cama para unirse frente a los ojos de los espectadores.

El miembro más cercano del público era un enjuto solterón que usaba una toalla como taparrabos, lavaba su ropa y la colgaba todas las mañanas, la camisa, los pantalones cortos, el chaleco de algodón y los calcetines, todo lo que acababa de lavar bajo la ducha. Hecho esto, el hombre encendió un cigarrillo, contempló el acto de amor de sus vecinos y se retiró de la ventana para reaparecer pocos minutos más tarde con una taza de café y el diario de la mañana... Sobre ellos, los primeros vencejos se zambullían y revoloteaban alrededor de los campanarios y a través del bosque de antenas, mientras algunas figuras grisáceas pasaban y volvían a pasar junto a las puertas abiertas y los ventanales, para formar una cacofonía cada vez más estridente de música, anuncios de la radio y el rumor del tráfico más abajo, en las calles.

Estas personas eran el tema que formaban el centro de la columna semanal de Nicol Peters: "Panorama desde mi terraza". Apiló las páginas dispersas, tomó un lápiz y comenzó a corregir.

"...Los romanos tienen un interés particular en el Papa. Son sus propietarios. El es el obispo que ellos han elegido. Sus dominios están todos en suelo romano. No es posible exportarlos, pero en una crisis futura cabe expropiarlos. No hay un solo ciudadano romano que no reconozca francamente que la mayor parte de sus ingresos personales dependen directa o indirectamente del Pontífice. ¿Acaso no es él quien atrae a los turistas y los peregrinos, y a los amantes del arte y a los románticos, jóvenes y viejos, que se agrupan en el aeropuerto y llenan los hoteles y aportan a la ciudad las divisas fuertes del turismo y la exportación?

"Pero el hecho de que le necesiten no obliga a los romanos a amarle. Algunos en efecto le aman. Otros no. La mayoría le aceptan con un encogimiento de hombros y el expresivo '¡Bah!', un monosílabo que desafía la traducción, pero expresa un sentimiento completamente romano: 'Los papas vienen y van. Los aclamamos. Los enterramos. Nadie puede exigir que temblemos ante cada proclamación y cada anatema que ellos nos regalan'."

"Ya lo ve, somos así. Los extranjeros nunca lo entenderán. Sancionamos leyes horrendas, que incluyen terribles castigos, ¡y después diluimos el resultado con *tolleranza* y casuística!...

"Todo eso no tiene nada que ver con la fe y muy poco con la moral. Se relaciona con el acto de *arrangiarsi*, el arte de convivir, de abrirse paso en un mundo contradictorio. Si los engranajes de la creación fallan, eso debe ser imputable a defectos del plan original. De modo que Dios no puede ser demasiado duro con sus criaturas que viven en un planeta bastante defectuoso.

"El Papa nos dirá que los matrimonios cristianos son concertados en el cielo. Su destino es durar la vida entera. Somos buenos católicos, y no nos oponemos a eso. Pero

Beppi y Lucia, que viven en la habitación contigua, casi se asesinan noche tras noche, y nos impiden dormir. ¿Eso es cristiano? ¿Eso es un matrimonio? ¿Lleva el sello celestial? Por favor, dejemos en duda la afirmación. Cuanto antes se separen, antes podremos dormir un poco; pero por Dios, no impidamos que encuentren nueva pareja; pues en ese caso nuestras vidas se verán turbadas de nuevo por un toro desatado y una vaca en celo...

"Es evidente la imposibilidad de que el romano medio se avenga a discutir esto con el Papa. Después de todo, el Papa duerme solo y ama a todos los hijos del Señor, de modo que no reúne las condiciones necesarias para resolver estas cuestiones. Por lo tanto, nuestro romano escucha cortésmente lo que él tiene que decir, procede a arreglar sus propios asuntos y se presenta fielmente en la iglesia para celebrar los matrimonios, los bautismos, los funerales y la primera comunión.

"Hasta aquí, todo está bien, ¡para los romanos! No necesitan ni desean modificar su interés fundamental en el Papa. Pero, ¿qué podemos decir del resto de la cristiandad, por no hablar de los millones que están fuera de la comunidad cristiana? Su actitud es exactamente la inversa. Se sienten felices de aceptar al Papa —o a otro cualquiera— como campeón de la buena conducta, del trato justo, de las relaciones de familias estables, de la responsabilidad social. Lo que ahora se convierte en el problema fundamental es la teología del Papa. ¿Quién, pregunta esta gente, determina que el Papa perciba la creación entera clara como la luz del día, un momento después de ser elegido? ¿Quién le confiere el derecho prescriptivo de crear, mediante una simple proclamación, la doctrina de la Asunción de la Virgen, o declarar que es un delito absolutamente condenable que un marido y su esposa controlen su propio ciclo procreador con una píldora o un condón?

"A juicio de quien esto escribe, los interrogantes son legítimos y merecen una discusión franca y respuestas más francas que las que se han ofrecido hasta ahora. Necesitan también otra cosa, la compasión del que responde, la actitud abierta a la historia y a la discusión, el respeto por las dudas honestas y las reservas de quienes le interrogan. No he podido hallar la fuente de la siguiente cita, pero no vacilo en adoptarla como mi propia actitud: 'No habrá esperanza de reforma en la Iglesia Católica Romana, no habrá restablecimiento de la confianza entre los fieles y la jerarquía a menos y hasta que un Pontífice reinante esté dispuesto a reconocer y abjurar de los errores de sus predecesores...'"

Eran palabras enérgicas, las más enérgicas que Nicol Peters hubiese escrito en mucho tiempo. Dado el tema y las circunstancias, un Pontífice enfermo amenazado por la muerte, incluso se podía considerar un grosero quebrantamiento de la etiqueta. Cuanto más practicaba el oficio, más conciencia adquiría de la dinámica del lenguaje. La proposición más sencilla y más obvia, dicha en el lenguaje más elemental, podía transformarse de tal modo en la mente del lector que llegase a expresar lo contrario de lo que el autor había buscado. Lo que él escribía como evidencia aportada por la defensa podía llevar a ahorcar al hombre a quien estaba defendiendo.

El crédito y la credibilidad de Nicol Peters como comentarista de los asuntos del Vaticano dependía de su capacidad para expresar la argumentación más compleja en una prosa clara destinada al lector escaso de tiempo. La claridad de la prosa dependía de la comprensión exacta del tema en cuestión. En este caso se trataba de un asunto sumamente delicado. Tenía que ver con el concepto romano de la ortodoxia (la doctrina justa) y la ortopraxis (la práctica justa), la naturaleza del derecho del Pontífice a prescribir ambas cosas, y su deber de corregir los errores que pudiesen deslizarse en la prescripción.

Era el problema que aún dividía a la cristiandad como si fuera una manzana, y que los anticuados absolutismos de León XIV a lo sumo habían exacerbado. No se resolvería como lo resolvían los romanos, mediante la indiferencia cínica. No desaparecería como una verruga ni se curarían como el corte causado por la navaja. Se agravaría y emponzoñaría como un cáncer, debilitando la vida interna de la Iglesia, reduciendo ésta a la invalidez y a la indiferencia.

Lo cual proponía otros interrogantes a Nicol Peters, decano de prensa, confidente de cardenales, cómodo en su elegante dominio romano: "¿Por qué debo preocuparme tanto? ¡Por Dios, ni siquiera soy católico! ¿Por qué debo sudar sangre sobre cada matriz de la opinión clerical, mientras los propios jerarcas se sientan satisfechos al abrigo de las murallas de la Ciudad Vaticana y contemplan la decadencia y la destrucción de la Iglesia Romana?"

A lo cual su esposa Katrina, que llegó en ese momento con una taza de café recién hecho y su sonrisa de buenos días, ofreció la respuesta perfecta:

—Hoy estamos sombríos, ¿verdad? ¿El sexo por la mañana no te sienta bien? Anímate, enamorado. Ha llegado la primavera. La tienda prospera. Y acabo de recibir una fascinante llamada telefónica de Salviati y su amiga, y nada menos que de tu amigo Drexel.

4

Exactamente a las diez de esa misma mañana monseñor Malachy O'Rahilly, principal secretario privado del Pontífice, esperaba a su jefe en la clínica.

Su presencia era radiante: cara redonda y reluciente, ojos azules de límpida inocencia, una sonrisa alegre, seis idiomas que brotaban de su lengua con una zalamera tonada irlandesa que suavizaba a todos. Su Santidad, un hombre de mal carácter, dependía del buen humor de monseñor O'Rahilly, e incluso más de su talento celta para olfatear los vientos de la intriga, que en los enclaves curiales soplaban cálidos y gélidos, y de los dos modos en el mismo instante.

La fidelidad de monseñor O'Rahilly era absoluta. Apuntaba siempre al norte magnético, el lugar en que moraba el poder. A juzgar por las estadísticas, los secretarios papales sobrevivían a sus jefes; los más sensatos se preocupaban para conseguir que hubiera siempre un seguro *post mortem*. Por supuesto, todos los seguros exigían el pago de una prima: una recomendación discreta, una carpeta que atraía la atención del Pontífice, un nombre deslizado en el momento oportuno. La moneda utilizada podía variar; pero el principio tenía férrea solidez, y estaba confirmado por el mandato bíblico: con cierta amistad con el monstruo de iniquidad, de modo que cuando tú falles (o tu patrón muera, que equivale a lo mismo) pueda recibirte en su casa.

Esa mañana el monseñor estaba sirviendo a su jefe suplente, el cardenal secretario de Estado, que le había recomendado firmemente: "¡Nada de trabajo, monseñor, absolutamente, nada! ¡Mañana le operan, y no habrá nada, absolutamente nada que pueda hacer en ningún aspecto!"

Malachy explicó al Pontífice, con volátil buen humor:

—...Estoy bajo la amenaza del exilio instantáneo si elevo su presión sanguínea en un solo punto. Debo decirle, de parte de Sus Eminencias de la Curia, que todo se hace de acuerdo con las instrucciones que impartió usted, y que las oraciones y los buenos deseos manan como agua de la Fons Bandusiae... Incluso hay una carta de amor del Kremlin, y otra del patriarca Dimitri de Moscú. El presidente Tang ha enviado una nota cortés desde Beijing, y el Secretariado está preparando una lista completa de todas las restantes comunicaciones... El cardenal Agostini ha dicho que vendrá a verle poco antes del almuerzo. Insisto, la orden rigurosa es que no trabaje, y esa es la firme exigencia del médico. Pero si desea que me ocupe de algunos asuntos personales...

—Solamente uno. —Monseñor Malachy O'Rahilly se preparó instantáneamente: el cuaderno abierto, la pluma en el aire sostenida por su puño regordete.— Anoche murió aquí una joven. Deja esposo y dos niños pequeños. El marido es un sacerdote de la diócesis romana que rompió sus votos y contrajo matrimonio civil. Me dicen que nos presentó una serie de solicitudes con el fin de que lo devolviésemos a la condición de laico, y para regularizar la unión. Las solicitudes fueron rechazadas todas. Deseo que me traiga los detalles completos del caso así como copias de todos los documentos de la carpeta...

—Por supuesto, me pondré a trabajar inmediatamente en eso. ¿Su Santidad puede indicarme el nombre?

—Todavía no. Necesito hablar con la consejera.

—No importa. Lo sabré por otras vías... Aunque usted no podrá concederle mucha atención durante una semana o dos...

—De todos modos, considere que el tema es muy urgente.

—¿Puedo preguntarle la razón de su interés en este caso, Santidad?

—Mi estimado Malachy, dos niños y un esposo afligido... y un texto que no puedo apartar de la mente: "No quebrará el junco al que roza, ni apagará la mecha humeante."

—En primer lugar, en un asunto complicado como éste, tendré que descubrir quién tiene la documentación, si la Doctrina de la Fe, la Congregación de los Clérigos, la Correccional Apostólica, la Rota. Ninguno de estos organismos se sentirá complacido ante una intervención de Su Santidad.

—No se les pide que sientan complacencia. Dígales que es un asunto que me interesa personalmente. Quiero que los documentos lleguen a mis manos tan pronto esté en condiciones de leerlos.

—Y bien —dijo monseñor O'Rahilly con expresión de profunda duda—, ese será el nervio de una serie de discusiones. ¿Quién determinará cuándo Su Santidad estará en condiciones... y para qué? Se trata de una operación mayor en el caso de un hombre que ha sobrepasado la edad madura y que necesita una convalecencia prolongada... Usted trabajó muy eficazmente y consiguió concentrar el poder en sus manos. Ahora, los *grossi pezzi* de la Curia harán lo posible para recuperar algo. Puedo mantenerle informado, pero no puedo protagonizar una batalla enconada con el prefecto de una congregación romana.

—¿Quiere decir que ya está tropezando con dificultades?

—¿Dificultades? No es una palabra que yo me atrevería a pronunciar ante Su Santidad, sobre todo en este momento. Me limito a señalar que los miembros de su casa se verán un tanto aislados mientras usted esté ausente. Comenzarán a actuar autoridades más importantes que la nuestra. Por eso mismo necesitamos una orientación clara emanada de la Silla de Pedro.

—¡Ya la tiene! —El Pontífice de pronto recuperó su anterior personalidad, el ceño fruncido y la voz enfática.— Mis asuntos reservados y mis documentos privados conservan ese carácter. En otros aspectos, usted representará lo que sabe son mis opiniones. Si un miembro cualquiera de la Curia le imparte órdenes opuestas, usted le pedirá instrucciones por escrito antes de acatarlas. Si tiene un problema grave, acuda al Cardenal Drexel y explíquele el asunto. ¿Está claro?

—Está claro —dijo monseñor O'Rahilly—, pero es un tanto sorprendente. Siempre creí que había cierta tensión entre Drexel y Su Santidad.

—La había y la hay. Somos personas muy distintas. Pero Drexel tiene dos grandes virtudes: está más allá de la ambición y posee un sentido del humor que no es usual en los alemanes. Discrepo a menudo con sus opiniones; pero confío siempre en él. Y usted también puede confiar.

—Me alegro de saberlo.

—Pero también debo hacerle una advertencia, Malachy. No intente con él ninguna de sus trampas irlandesas. Soy italiano, y comprendo —¡casi siempre!— cómo funciona su mente. Drexel es muy directo: 1-2-3. Trabaje así con él.

Monseñor O'Rahilly sonrió e inclinó la cabeza ante la admonición. El Pontífice tenía razón. Los irlandeses y los italianos se comprendían muy bien. Después de todo, el gran San Patricio nació en Roma; pero después de su conversión, los celtas fueron los que exportaron a Europa el saber y el civismo mientras el Imperio se desplomaba en ruinas. Además, había muchas experiencias comunes entre el hijo de un cavador de turba de Connemara y un hombre que había paleado abono en la finca de un mediero de Mirándola. Todo esto otorgaba a Malachy O'Rahilly cierta libertad para aconsejar a su encumbrado jefe.

—Con el mayor respeto, Santidad... —Esbozó la pausa propia de un actor puntilloso.

—¡Dígalo, Malachy! ¡Dígalo francamente, sin cumplidos! ¿Qué tiene en mente?

—El informe sobre las finanzas de la Iglesia. Llegará a su escritorio a fines de este mes. Se trata de un asunto que por cierto no puedo remitir al cardenal Drexel.

—Nada justifica que lo haga. Puedo estudiar el documento durante mi convalecencia.

—¿El trabajo de cuatro años de quince prelados y legos? ¿Mientras todos los obispos del mundo miran por encima de su hombro, y todos los fieles se preguntan si el año próximo convendrá ofrecer donaciones al Fondo de Pedro y a Propaganda Fide? Santidad, no se engañe. Es mejor que no lea el informe, y no que lo maneje chapuceramente.

—Soy perfectamente capaz de...

—No es así. Y no será capaz durante un tiempo. ¡Y yo sería un mal servidor si no se lo dijera! Piense en todos los individuos muy capaces que estuvieron trabajando cuatro años en ese documento. Piense en todos los embrollos que descubrieron, y los embrollos que trataron de ocultar realizando los mayores esfuerzos... Y usted estará recobrándose de una agresión quirúrgica masiva. Es imposible que estudie debidamente el documento.

—¿Y quién, Malachy, lo hará en mi lugar? ¿Usted?

—Escúcheme, Santidad, ¡por favor! —Ahora estaba rogando sinceramente.— Recuerdo el día y la hora en que usted juró por todos los santos del calendario que limpiaría el *covo di ladri*, los directores del Instituto de Obras Religiosas y todos sus organismos financieros. Estaba tan enfadado que temí que explotase. Dijo: "...Estos banqueros creen que me impresionan con su jerga técnica. ¡En cambio me insultan! Son como malabaristas de feria, que extraen vino del codo, y retiran monedas de las orejas de los niños. Soy hijo de campesino. Mi madre guardaba todo su dinero en un frasco de mermelada. Me enseñó que si uno gastaba más de lo que ganaba iba a la quiebra, y si uno se acuesta en la pocilga se ensucia. Jamás seré canonizado, porque tengo muy mal carácter y soy muy altivo. Pero le prometo, Malachy, seré un Papa de quien nunca dirán que fue un delincuente ni amigo de los delincuentes, y si descubro a otro canalla de las finanzas vistiendo la púrpura, ¡se la arrancaré de la espalda antes de que se vaya a la cama!"... ¿Recuerda todo eso?

—Lo recuerdo.

—En ese caso, tendrá que reconocer que este informe será su primera y última oportunidad de cumplir la promesa. No puede tratar de estudiarlo, no se atreverá a leerlo mientras su mente está debilitada por los anestésicos o enturbiada por la depresión. Salviati le formuló una advertencia clara. Debe tenerla en cuenta. No olvide que prometió llamar a un Sínodo Especial para estudiar el informe. Antes de que se enfrente a sus hermanos los obispos tendrá que tener un conocimiento perfecto de las cifras y los hechos contenidos en el documento.

—¿Y qué sugiere que haga con él entretanto?

—Recíbalo. Guárdelo *in petto*. Enciérrelo en su caja fuerte privada. Impida todas las discusiones. Haga saber que al hombre que quiebre el silencio antes de que usted hable le costará la carrera. Si no procede así, la Curia se le adelantará, y cuando formule usted su declaración habrá trampas y pistolas amartilladas en todos los rincones.

—Y bien, Malachy, contésteme a esto. Suponga que no sobrevivo a la intervención quirúrgica. ¿Qué sucederá en ese caso?

Monseñor O'Rahilly tenía la respuesta a flor de labios.

—Es elemental. El Camarlengo se posesionará del material, como se posesionará del Anillo, el Sello, su testamento y todas sus pertenencias personales. Si la historia anterior puede servirnos de guía —y si el talento de mi madre para la adivinación aún funciona— entre el momento en que usted sea sepultado y la instalación de su sucesor, extraviarán el documento, lo hundirán en el archivo, lo sumergirán más hondo que el *Titanic*.

—¿Y por qué harían eso?

—Porque están convencidos de que usted cometió un error cuando ordenó el estudio de la situación financiera. Yo también lo creí, aunque no me correspondía decirlo. ¡Vea! El misterio más profundo de esta Iglesia Sagrada, Romana y Universal, no es la Trinidad, o la Encarnación, o la Inmaculada Concepción. Es el hecho de que estamos metidos hasta el cuello en dinero. Somos el banco más importante del mundo. Recibimos dinero, lo prestamos, lo invertimos en acciones y bonos. Pero el dinero crea sus propias reglas, del mismo modo que crea sus propios genios y sus propios sinvergüenzas (de estos tenemos nuestra buena cuota, con o sin sotana). La Curia esperaba que lo comprendiese, porque vieron que tragaba muchos otros hechos indigestos relacionados con el lugar y el cargo. Pero en esta cuestión, usted no aceptó. Por la razón que fuere, comenzó a sentir náuseas. Pero ellos continúan afirmando la idea cierta de que si usted quiere tener el presupuesto equilibrado y pagar al personal, y alimentar ordenadamente la enorme estructura de la Iglesia, necesita permanecer en el negocio financiero. Y si está en esto, se atiene a las normas y trata de molestar lo menos posible a sus colegas. Una actitud muy sensata, aunque no muy religiosa... Y ahora que he recitado mi discursito, ¿Su Santidad desea mi cabeza... sobre una bandeja de plata o empalada en la pica del guardia suizo?

El Pontífice León sonrió por primera vez, y la sonrisa se convirtió en su extraña risa parecida a un ladrido.

—Malachy, es una cabeza astuta. No puedo darme el lujo de perderla en este momento. Con respecto a su futuro, estoy seguro de que usted ha comprendido que quizá yo no seré la persona que lo determine.

—También he pensado en eso —dijo Malachy O'Rahilly—. Todavía no estoy muy seguro de que desee permanecer en el Vaticano... en el supuesto de que me lo pidan. Dicen que el servicio junto a un Pontífice es todo lo que un cuerpo humano puede soportar.

—¡Y con Ludovico Gadda ya es demasiado! Malachy, ¿eso es lo que quiere sugerirme?

Malachy O'Rahilly le ofreció una sonrisa breve y torcida, y se encogió de hombros.

—No siempre ha sido fácil; pero para un muchacho campesino corpulento como yo, no sería divertido lidiar con un peso liviano... no sería en absoluto divertido. Me han dicho que no debo permanecer mucho tiempo con usted. De manera que si no hay nada más que pueda hacer por Su Santidad, me retiraré.

—Malachy, tiene nuestro permiso. Y no olvidará el otro asunto, ¿verdad?

—Me ocuparé hoy mismo. Dios sonría sobre Su Santidad. Por la mañana le ofreceré mi misa...

—Vaya con Dios, Malachy.

El Pontífice León cerró los ojos y se recostó sobre las almohadas. Se sentía extrañamente vacío, un fragmento de resaca humana flotando impotente en un océano vasto y vacío.

Al salir de la clínica, Malachy O'Rahilly se detuvo frente al mostrador de recepción, ofreció a la joven su más seductora sonrisa irlandesa y preguntó:

—La joven señora que anoche falleció aquí...

—¿La signora de Rosa?

—La misma. Necesito hablar con su marido. ¿Tienen su dirección?

—En realidad, monseñor, ahora está aquí, conversando con la signora Lundberg. Los empleados de la funeraria acaban de retirar el cuerpo de su esposa. La enterrarán en Pistoia. Si desea esperar... Estoy segura de que no tardarán mucho.

O'Rahilly estaba atrapado. No podía retirarse sin pasar por tonto. Y sin embargo, lo que menos deseaba era la confrontación con un marido pesaroso y ofendido. En el mismo instante una luz se encendió en su mente. De Rosa, Lorenzo, de Pistoia, en Toscana, un hombre que había asistido a la Universidad Gregoriana al mismo tiempo que O'Rahilly. Era un demonio de hermosa figura, que irradiaba inteligencia, pasión y encanto, y exhibía una arrogancia tan natural que tanto los amigos como los profesores juraban que un día se convertiría en cardenal o heresiarca.

En cambio, aquí estaba, atrapado en una sórdida y mezquina tragedia matrimonial que no era digna de él ni de la Iglesia, y de la que ni siquiera el Papa podía rescatarle ahora. No por primera vez, Malachy O'Rahilly agradeció a su estrella la excelente educación jansenista irlandesa, que le garantizaba que, si bien la bebida podía atraparle un día, una mujer no lo conseguiría jamás.

Entonces, como un cadáver ambulante, Lorenzo de Rosa apareció en el vestíbulo. La piel, pálida y transparente, parecía el tenso pellejo de un tambor sobre los huesos de la cara de rasgos clásicos. Tenía los ojos mortecinos y los labios exangües. Se movía como un sonámbulo. O'Rahilly le había dejado pasar sin decirle una palabra, pero la recepcionista cerró la trampa sobre él.

—Signor de Rosa, este caballero desea verle.

Desconcertado y desorientado, de Rosa se detuvo súbitamente. O'Rahilly se puso de pie y le extendió la mano.

—¿Lorenzo? ¿Me recuerda? Malachy O'Rahilly, de la Gregoriana. He venido a visitar a un enfermo, y he sabido

85

la noticia de su lamentable pérdida. Lo siento, lo siento sinceramente.

La mano cayó inútil frente a él como una hoja de otoño. O'Rahilly le imitó. Hubo un silencio prolongado y hostil. Los ojos mortecinos le examinaron de la cabeza a los pies, como un ejemplar de una sustancia venenosa. Los labios exangües se movieron y una voz lisa y mecánica le contestó.

—Sí, le recuerdo, O'Rahilly. Ojalá jamás le hubiese conocido, o conocido a cualquiera de su especie. Ustedes son estafadores e hipócritas. Todos ustedes son eso, y el dios que comercian es la estafa más cruel que uno pueda concebir. Por lo que recuerdo, llegó a secretario papal, ¿verdad? ¡Pues bien, diga de mi parte a su jefe que ansío que llegue el momento en que yo pueda escupir sobre su tumba!

Y se alejó, una figura sombría y espectral salida de una antigua leyenda popular. Malachy O'Rahilly se estremeció en la atmósfera helada que emanaba de la cólera y la desesperación del hombre. Le llegó de muy lejos la voz de la recepcionista con sus acentos calmantes y solícitos.

—Monseñor, no debe preocuparse. El pobre hombre ha sufrido un golpe terrible; su esposa era una mujer muy buena. Se amaban profundamente, y estaban consagrados a sus hijos.

—No lo dudo —dijo Malachy O'Rahilly—. Todo esto es muy lamentable.

Se sintió tentado a regresar e informar al Pontífice lo que había sucedido. Después, se formuló la pregunta clásica: *¿Cui bono?* ¿Qué bien podía obtenerse de todo eso? Todo el daño había sido cometido siglos atrás, cuando se había puesto a la ley por encima de la sencilla caridad y se había entendido que las almas dolientes eran bajas necesarias en la cruzada interminable contra las locuras de la carne humana.

El resto de la jornada del Pontífice fue una lenta procesión hacia las sombras bienhechoras que le habían prometido. Se paseó solo por el jardín, fragante con los primeros árboles en flor, el olor de la hierba cortada y la tierra recién removida. Se sentó sobre el borde de mármol de la fuente, la misma que según le explicó el jardinero era el asiento del antiguo santuario de Diana, donde el nuevo rey de los bosques se lavaba después de la muerte ritual. Ascendió la colina hasta el límite de la propiedad, para contemplar las oscuras honduras del lago Nemi; pero cuando llegó allí, le faltaba el aliento y estaba mareado, y sintió el conocido dolor en el pecho. Se apoyó en el tronco de un pino hasta que pasó el dolor y tuvo aliento suficiente para regresar a la seguridad de su habitación, donde estaba esperándolo el secretario de Estado.

La actuación de Agostini fue como siempre impecable. Traía sólo buenas noticias: los solícitos buenos deseos de la realeza y los jefes de Estado, los saludos ansiosos de los miembros del Sacro Colegio y la alta jerarquía... las respuestas que había esbozado y que sometía a la aprobación del Pontífice. Todo el resto se desarrollaba de acuerdo con las normas aprobadas por Su Santidad. Y rehusó absolutamente enredarse en discusiones sobre los asuntos concretos o las cuestiones de Estado.

Sin embargo, había una cuestión importante. Si Su Santidad deseaba pasar parte de su convalecencia fuera del territorio del Vaticano, en la República de Italia, no habría objeciones, con la condición de que se mantuviesen condiciones apropiadas de seguridad; y por su parte, el Vaticano estaba dispuesto a solventar el costo de un contingente oficial de seguridad. Las únicas salvedades eran que la República se reservaba el derecho de aprobar el lugar, y que se consultara de antemano a las autoridades provinciales y comunales acerca de los problemas del tráfico y las reuniones públicas.

El secretario de Estado comprendía perfectamente que Su Santidad no deseara adoptar una decisión hasta que se hubiese realizado la operación, pero por lo menos las alternativas estaban disponibles. El Pontífice se lo agradeció. Agostini preguntó: —¿Su Santidad desea que me ocupe de algunos encargos personales?

—No, gracias, Matteo. Estoy cómodo aquí. He aceptado que el futuro está fuera de mi control. Me encuentro en un lugar tranquilo... pero también solitario.

—Ojalá fuese posible compartir la experiencia, de modo que la soledad fuese un poco más soportable.

—No es así, amigo mío; pero no llego a esta soledad sin ninguna preparación. Casi podría decirse que en la mente y el cuerpo hay un mecanismo que nos prepara para este momento. ¿Puedo decirle algo? Cuando era un sacerdote joven, solía predicar con mucho ardor sobre los consuelos de los últimos sacramentos, la confesión, la extremaunción, el viático... Parecían poseer un sentido especial para mí porque mi padre, a quien yo amaba profundamente, había muerto sin ellos. De pronto cayó muerto sobre los surcos, detrás de su arado. Imagino que en cierto modo eso me molestó. Era un buen hombre, y merecía algo mejor. Sentí que se le había privado de algo que él se había ganado realmente...

Agostini esperó en silencio. Era la primera vez que veía al Pontífice en esa actitud elegíaca.

—...Como usted sabe, antes de venir aquí mi capellán me administró los últimos ritos. No sé qué esperaba... un sentimiento de alivio, quizá de excitación, como lo que siente la persona que está en una estación ferroviaria con todo su equipaje, y espera subir a un tren que la llevará a un lugar exótico... Pero de ningún modo fue así. Fue —¿cómo podría explicarlo?— sólo una cosa apropiada, algo bien hecho pero un tanto redundante. Lo que persistía entre mi propia persona y el Todopoderoso era como había sido, algo completo y definitivo. Yo estaba, como había estado siempre, en la palma de Su mano. Podía salir de allí si lo deseaba; pero mientras quisiera continuar en su lugar, allí me quedaba. Yo era, yo soy. Tengo que aceptar que eso es suficiente. ¿Mis palabras le incomodan, Matteo?

—No. Pero me sorprende usted un poco.

—¿Por qué?

—Quizá porque Su Santidad generalmente no se muestra tan elocuente acerca de sus propios sentimientos.

—¿O tan sensible ante los sentimientos ajenos?

Matteo Agostini sonrió y movió la cabeza.

—Soy su secretario de Estado, no su confesor.

—Por lo tanto, no necesita juzgarme; pero puede soportarme un momento más. Pregúntese cuánto de lo que hacemos en Roma, cuánto de lo que recomendamos o legislamos, tiene verdadera importancia en la vida secreta de cada alma humana. Durante siglos hemos tratado de convencernos y persuadir a los fieles de que nuestro mandato llega hasta las puertas mismas del cielo, y desciende hasta las rejas del infierno. No nos creen. En el fondo, nosotros mismos no lo creemos. ¿Mis palabras le extrañan?

—Santidad, nada extraña a un diplomático. Usted lo sabe. Pero desearía que concibiera pensamientos más felices.

—¡Y bien, Matteo! En definitiva cada hombre afronta su propia y particular agonía. Esta es la mía: saber cuál es la magnitud de mi fracaso como hombre y como pastor; ignorar si sobreviviré para reparar el daño. Vuelva ahora a su casa. Escriba a sus primeros ministros, a sus presidentes y sus reyes. Envíeles nuestro agradecimiento y nuestra Bendición Apostólica. Y consagre un pensamiento a Ludovico Gadda, que pronto iniciará su vigilia nocturna en Getsemaní.

Pero la vigilia nocturna estuvo precedida por una serie de pequeñas humillaciones.

El anestesista llegó para explicar los procedimientos, para aliviar los temores de su paciente acerca del sufrimiento que podía prever, y para sermonearle acerca del régimen que debía aplicar después con el fin de reducir su peso, aumentar la intensidad de sus ejercicios, y mantener los pulmones libres de fluidos.

Después llegó el barbero, un napolitano charlatán, que le afeitó dejándole liso como un huevo, del cuello a la ingle, y que riendo le prometió toda suerte de exquisitas incomodidades cuando el vello comenzara a crecer otra vez. Siguió al barbero una enfermera que le introdujo un supositorio en el recto y le advirtió que tendría un movimiento intestinal rápido y frecuente durante una hora o dos, y que después podría ingerir sólo líquidos, y absolutamente nada después de medianoche.

Así le encontró Anton Drexel, privado de dignidad, con el estómago vacío, y el humor destemplado, cuando vino para hacerle la última visita permitida del día. Drexel traía un portafolios de cuero, y su saludo fue brusco y directo como siempre.

—Santidad, veo que ha tenido un mal día.

—He vivido momentos mejores. Me dicen que esta noche me dormirán con una pastilla. Me alegro de que sea así.

—Si lo prefiere, le daré la comunión y antes de irme leeré las completas con usted.

—Gracias. Anton, es un hombre considerado. Me pregunto por qué he tardado tanto tiempo en apreciarle.

Anton Drexel se hechó a reír.

—Ambos somos obstinados. Se necesita tiempo para infundirnos un poco de sensatez... Voy a arrimar un poco esta lámpara. Tengo que enseñarle algo.

Abrió su portafolios y sacó un gran álbum de fotografías, encuadernado en cuero repujado, y lo depositó sobre las rodillas del Pontífice.

—¿Qué es esto?

—Véalo primero. Se lo explicaré después.

Drexel se atareó depositando sobre la mesilla de noche un lienzo de hilo, un copón, un pequeño recipiente de plata y una copa. Al lado de estos objetos depositó su breviario. Cuando terminó, el Pontífice estaba por la mitad del volumen de fotografías. Sin duda se sentía intrigado.

—¿Qué lugar es éste? ¿Dónde está?

—Es una villa, a quince minutos de aquí. Pertenecía a Valerio Rinaldi. Usted seguramente le conoció. Sirvió bajo su predecesor, el papa Kiril. Su familia pertenecía a la antigua nobleza, y según creo eran gente adinerada.

—Le conocí, pero nunca muy bien. El lugar parece encantador.

—No es sólo eso. Es un lugar próspero y lucrativo: tierras de cultivo, viñedos y huertos.

—¿Quién es su actual propietario?

—Yo. —Drexel no pudo resistir la tentación de esbozar un breve gesto teatral.— Y tengo el honor de invitar a Su Santidad a pasar allí la convalecencia. Lo que está viendo ahora es la casa destinada a los huéspedes. Hay una habitación para alojar a un criado, si usted desea llevar a su propio valet. En caso contrario, mi personal de buena gana le servirá. Tenemos un terapeuta residente y un dietólogo. El edificio grande está ocupado por mi familia y las personas que la atienden...

—Veo que es una familia muy numerosa. —El tono del Pontífice era seco.— Estoy seguro de que Su Eminencia me lo explicará a su debido tiempo. Y abrigo la esperanza de que también me explique de qué modo un miembro de mi Curia puede tener una propiedad como ésta.

—Esa parte es fácil. —Era evidente que Drexel gozaba con la situación.— Rinaldi me vendió el lugar a cambio de un pequeño depósito y una prolongada hipoteca financiada por el Instituto de Obras de Religión a las tasas actuales de interés. También se incluyó una cláusula en el sentido de que a mi muerte el título de propiedad pasaría a una obra de caridad conocida. Con un poco de buena suerte y una buena administración pude afrontar los pagos de la hipoteca con los recursos de la finca, y mi propio estipendio como prelado... Sabía que era un lujo, pero también sabía que no podría soportar la vida en Roma si no disponía de un lugar donde lograra retirarme, ser yo mismo. Además —dijo con humor— como Su Santidad sabe, ¡los alemanes tenemos una antigua tradición de príncipes obispos! Me agradaba el modo de vivir de Rinaldi. Admiraba su estilo anticuado. Y decidí tener el placer de emularle. Y lo hice, sin mérito espiritual pero con mucha satisfacción humana, hasta que decidí fundar esto que es ahora mi familia.

—¡Y hasta ahora ha conseguido mantenerla en secreto a los ojos de todos! ¡Explíquese, Eminencia! ¡Explíquese!

Drexel explicó, con elocuencia y extensamente, y el Pontífice León se sintió celoso de la alegría que había en su voz, en los ojos, y en todos sus gestos, mientras relataba la historia de su encuentro en Frascati con la niña Britte y cómo ella le había asignado el papel de abuelo. Ahora ella tenía dieciséis años —dijo orgullosamente Drexel— y era una artista de talento que pintaba con el pincel sostenido entre los dientes, y cuyos cuadros se vendían en una galería muy prestigiosa de Via Margutta.

¿Los otros niños? Tove Lundberg le había presentado algunos padres de niños dipléjicos. A su vez, ellos habían recomendado a otros. Anton Drexel había pedido dinero a colegas más ricos de Estados Unidos, América Latina y Europa. Había mejorado la calidad de su vino y de los productos de la finca, y duplicado los ingresos de sus tierras. Salviati le había presentado a especialistas de disfunción cerebral, y a un pequeño núcleo de hombres acaudalados que ayudaban a pagar al personal docente y de enfermería.

—...Sí, aunque hemos vivido con bastante estrechez durante diez años, estamos educando a artistas y matemáticos y diseñadores de programas de computadora; pero sobre todo, hemos ofrecido a estos niños la oportunidad de ser realmente humanos, de mostrar la imagen divina con arreglo a la cual, pese a sus graves dolencias, fueron creados realmente... Santidad, le invitan ellos tanto como yo, quieren que venga y comience a mejorar junto a nosotros. No necesita decidirlo ahora. Es suficiente que lo piense. Pero por lo menos una cosa puedo prometerle: es una familia muy feliz.

La reacción del Pontífice fue muy extraña. Durante un instante pareció estar muy cerca de las lágrimas, y después la cara se le endureció y mostró la máscara conocida del depredador implacable. Su tono fue duro, acusador e implacablemente informal.

—Nos parece, Eminencia, que por meritoria que sea esta iniciativa, nos ha hecho escaso favor al ocultarla durante tanto tiempo. Como usted sabe, despreciamos todos y cada uno de los aspectos del lujo en la vida de nuestros hermanos los obispos. Pero al margen de eso, parece que usted es culpable de cierta presunción respecto de nuestro cargo como Vicario de Cristo. No estamos tan mal informados ni somos tan sordos para las murmuraciones palaciegas como la gente cree a veces. Por ejemplo, sabemos que el doctor Salviati pertenece a la raza judía y simpatiza con el sionismo; que su consejera de confianza, la señora Lundberg, es madre soltera, y que se habla de cierta relación entre ellos. Como ninguno de los dos pertenece a nuestra fe, su moral privada no nos concierne. Pero que usted haya concertado esta... esta relación imaginaria con la hija de la señora Lundberg, y por inferencia con ella, que usted lo haya ocultado tanto tiempo y luego haya intentado llevarnos a eso, por honestas que sean las razones... Eso nos parece intolerable y muy peligroso para nosotros y para nuestro cargo.

Anton Drexel había oído en sus tiempos algunas parrafadas clásicas de León XIV, pero ésta las superaba a todas. Todos los temores, las frustraciones y los sentimientos de cólera del hombre se habían volcado en ese discurso; todos los rencores contenidos del niño campesino que había ascendido penosamente para convertirse en príncipe. Ahora, después de ventilar toda su furia, esperó, tenso y hostil, que se desencadenara el contraataque. En cambio, Drexel contestó con sereno formalismo.

—Su Santidad ha aclarado que tendré que responder a una acusación. Ahora no es el momento oportuno. Me limitaré a decir que si he ofendido a Su Santidad, lo lamento profundamente. Le he ofrecido lo que creía que era un gesto bondadoso y un servicio. Pero no debemos separarnos así, encolerizados. ¿No podemos rezar juntos, como hermanos?

El Pontífice no contestó, y en cambio extendió las manos hacia sus gafas y el breviario. Drexel abrió su libro y recitó el primer versículo: *"Munda cor meum...* Purifica mi corazón, Señor, de modo que mis labios puedan entonar tus alabanzas..." Pronto el ritmo de los antiguos salmos se apoderó de ellos, calmándolos como a las olas de un mar amigo. Un rato después el rostro tenso del Pontífice comenzó a relajarse, y la hostilidad desapareció de sus ojos oscuros. Cuando leyó las palabras "Sí, aunque camino por el valle de la muerte, Su vara y Su cayado me reconfortarán..." se le quebró la voz y comenzó a sollozar en silencio. Ahora Drexel sobrellevó la carga del recitador, mientras su mano se cerraba sobre la de su superior y la sostenía en un apretón firme y reconfortante.

Después de pronunciar el último Amén, Drexel se puso una estola alrededor del cuello y administró la comunión al Pontífice, y un momento más tarde se sentó silencioso mientras él ofrecía su acción de gracias. Durante casi cuarenta minutos no se habían cambiado palabras, sino plegarias, entre ellos. Drexel comenzó a preparar su portafolios. Y entonces, de acuerdo con las normas del protocolo, pidió permiso para retirarse.

—¡Por favor! —Era la llamada dolorosa de un hombre encumbrado y orgulloso.— ¡Por favor, quédese un momento! Lamento lo que he dicho. Usted me comprende mejor que nadie. Siempre ha sido así. Por eso lucho contra usted. Usted no aceptará que me forje ilusiones.

—¿Sabe por qué?

Drexel se mostraba amable con él, pero sin ceder ni un milímetro.

—Desearía que me lo explicara.

—Porque ya no podemos forjar ilusiones. El pueblo de Dios clama por el pan de la vida. Y lo estamos alimentando con piedras.

—¿Y usted cree que yo he estado haciendo precisamente eso?

—Santidad, formúlese usted mismo la pregunta.

—Lo hago... todos los días y todas las noches, desde hace varios meses. Me lo pregunto esta misma noche, antes de que me retiren de aquí en una camilla y me anestesien y me corten como si fuera un pedazo de carne, y me provoquen un paro cardíaco... Sé que las cosas deben cambiar, y que yo debo ser el catalítico del cambio, pero, ¿cómo lo haré, Anton? Soy sólo lo que soy. No puedo retornar al seno de mi madre para renacer.

—Me dicen —observó Drexel con voz pausada— los que sufrieron esta operación, que es lo que más se parece a un renacimiento. Salviati y Tove Lundberg confirman esa idea. Implica una nueva posibilidad de vida, y por lo tanto, una nueva clase de vida. De modo que el problema para mí, y también para la Iglesia, es cómo utilizará usted este renovado don.

—Y usted, Anton, ¿puede recomendarme algo?

—No. Usted ya conoce la recomendación. Se repite constantemente en las Escrituras. "Hijos míos, amaos los unos a los otros"... "Sobre todo, practicad una constante caridad mutua entre vosotros"... La cuestión es cómo interpretará usted la revelación, cómo responderá a ella en el futuro.

—¿Cómo lo he hecho hasta ahora?

—¡De acuerdo con el antiguo estilo romano! ¡Legislación, admonición, decreto! Somos los custodios de la verdad, los censores de la moral, los únicos intérpretes auténticos de la revelación. Somos los que atamos y desatamos, los heraldos de las buenas nuevas. ¡Allanad el camino del Señor! ¡Abridle paso!

—¿Y usted no concuerda con eso?

—No. No lo acepto. Durante cuarenta y cinco años he sido sacerdote del rito romano. Me formé en el sistema y para el sistema. Respeté mis votos sacerdotales y viví de acuerdo con los cánones. He servido a cuatro pontífices, dos veces como miembro del Sacro Colegio. Su Santidad sabe que he discrepado a menudo y francamente. ¡Me he sometido siempre obedeciendo al magisterio!

—En efecto, Anton, y por eso le he respetado. Pero ahora usted dice que hemos fracasado, que yo he fracasado.

—Todos los datos disponibles lo confirman.

—¿Pero por qué?

—Porque usted y yo, todos nosotros, la Curia y la jerarquía por igual, somos los productos casi perfectos de nuestro sistema romano. Jamás lo combatimos. Recorrimos con él cada paso del camino. Cauterizamos nuestros sentimientos, endurecimos nuestros corazones, nos convertimos en eunucos por el amor de Dios —¡cómo he llegado a odiar esa frase!— y en algún lugar del camino, creo que cerca del principio, perdimos el sencillo arte de amar. Si piensa en ello, verá que nosotros, los sacerdotes solteros, somos personas muy egoístas, como los auténticos fariseos bíblicos. Descargamos pesos insoportables sobre las espaldas de los hombres y por nuestra parte no movemos un dedo para aliviarlos. Y entonces el pueblo se aleja; no en busca de dioses extraños, como nos complace creer; no para entregarse a orgías y desenfrenos que no pueden permitirse; sino en busca de cosas sencillas que nosotros, los custodios, los censores y los gobernantes, les hemos arrebatado. Ansían cuidados y compasión y amor, y una mano que los guíe fuera del laberinto. ¿Lo hace la suya? ¿Lo hace la mía? Creo que no. Pero si un hombre honesto, franco y valeroso ocupase la Silla de Pedro y pensara primero, después y siempre en la gente, existiría una posibilidad. ¡Tal vez habría una oportunidad!

—¿Pero yo no soy ese hombre?

—Hoy, no lo es. Pero después, si hay un nuevo plazo de vida y la gracia necesaria para usarlo bien, tal vez un día Su Santidad pueda escribir el mensaje que calme el hambre y la sed del pueblo: el mensaje del amor, la compasión y el perdón. Es un llamado que debe resonar alto y claro como el cuerno de Rolando en Roncesvalles...

Se interrumpió, porque de pronto tuvo conciencia de su propio fervor.

—En todo caso, éste es el motivo que me mueve a invitarle a pasar parte de su convalecencia con mi familia. Verá el amor actuando día tras día. Verá a seres humanos que lo ofrendan y lo reciben, que crecen al calor de ese sentimiento. Puedo prometerle que también se le ofrecerá, y que un día usted tendrá riqueza suficiente para retribuirlo... Necesita un período así; necesita esa experiencia. Veo los efectos de este cargo sobre su persona... ¡sobre un hombre cualquiera! Seca la savia de su cuerpo, lo encoge como si fuese una uva puesta al sol. Ahora se le ofrece una posibilidad de renovación. ¡Aprovéchela! ¡Por una vez muéstrese generoso con Ludovico Gadda, que ha pasado demasiado tiempo lejos de su hogar!

—Me pregunto —dijo astutamente el Pontífice— por qué no le designé predicador de la Casa Pontificia.

Drexel se echó a reír.

—Su Santidad sabe muy bien por qué. Me habría enviado a la hoguera al cabo de una semana... —Un instante después retornó a la actitud formal.— Ha pasado hace rato la hora de acostarme. Si Su Santidad permite que me retire...

—Lo permito.

—Y de nuevo pido perdón por mi presunción. Abrigo la esperanza de que finalmente haya paz entre nosotros.

—Anton, hay paz. Dios sabe que no dispongo de tiempo para riñas y trivialidades. Agradezco su consejo. Quizá vaya a alojarme con usted; pero como bien sabe, debo considerar otros aspectos: los protocolos, rivalidades palaciegas, los antiguos recuerdos de episodios ingratos de nuestra historia. No puedo ignorar esas cosas o mostrarles indiferencia. Pero una vez que haya salido del túnel, lo pensaré. Y ahora, Anton, ¡vuelva a su casa! ¡Vuelva a su familia y llévele mi bendición!

En el último momento de intimidad que le restaba antes de la llegada de la enfermera nocturna, León XIV escribió lo que bien sabía podía ser la última entrada en su diario. Incluso si llegaba a escribir otras entradas, éstas provendrían de la pluma de otro León, un hombre reconstruido que había sido separado de la fuente de su vida y luego accionado como un juguete mecánico. Por eso mismo, había cierta urgencia brutal en sus anotaciones.

"Me he comportado como un patán del campo. He insultado a un hombre que sólo me desea bien. ¿Por qué? La verdad desnuda es que siempre he tenido celos de Anton Drexel. A los ochenta años es un hombre mucho más saludable, más feliz y más sabio que lo que yo he sido jamás. Para llegar donde estoy, el cargo de Pastor Supremo de la Iglesia Universal, he trabajado como una bestia cada día de mi vida. En cambio, Drexel es un hombre indulgente consigo mismo y que con su estilo y su talento ha llegado casi sin esfuerzo a ocupar un lugar encumbrado en la Iglesia.

"En la época renacentista, sin duda le habrían hecho Papa. Como mi tocayo León X, habría decidido gozar de la experiencia. Sean cuales fueren sus imperfecciones como clérigo, es el diplomático más perfecto. Siempre dirá la verdad, porque su amo, y no él mismo, debe soportar las consecuencias. Defenderá una posición con los términos más enérgicos; pero en definitiva se someterá a la decisión de la autoridad. Roma es un lugar muy cómodo y agradable para un hombre así.

"Pero esta noche ha sido evidente que estaba ofreciéndome participar en una experiencia de amor que ha transformado su vida y convertido en algo positivo incluso su autocomplacencia. No he tenido el valor necesario para decirle cuánto envidio la intimidad y la inmediatez del amor que siente por sus hijos adoptados, cuando todo el amor que yo tengo se diluye y difunde hasta el agotamiento sobre una multitud humana.

"De todos modos, he sentido que incluso así intentaba manipularme, determinar aunque fuese indirectamente lo que podía quedar de mi vida y mi autoridad como Supremo Pontífice. Incluso eso yo podría tolerarlo, porque lo necesito.

Mi problema es que él puede darse el lujo de cometer un error sin consecuencias excesivamente graves. Yo estoy constreñido por todos los protocolos, y tengo concienca de todos los riesgos. Soy el poder personificado, pero un poder inerte y estático.

"Los hechos fríos son estos. Se ha demostrado que mis criterios políticos están errados. El cambio, un cambio radical, es necesario en todos los niveles del gobierno de la Iglesia. Pero incluso si sobrevivo, ¿cómo puedo promover el cambio? Yo fui quien creó la atmósfera rigorista y represiva. Yo fui quien reclutó a los fanáticos para imponer mi voluntad. Tan pronto comience a insinuar un cambio, se unirán para rodearme, obstruir mis comunicaciones, confundirme con episodios escandalosos y cismáticos, y reflejar deformadamente mis opiniones y directrices.

"No puedo librar solo esta batalla. Ya se me ha advertido que seré vulnerable durante un tiempo, un ser emocionalmente frágil, sujeto a depresiones súbitas y amenazadoras. Si ya soy una baja, ¿cómo puedo organizar una campaña que quizá desemboque en una guerra civil?

"Es un riesgo enorme; pero si no estoy en condiciones de afrontarlo, no soy apto para gobernar. Tendré que contemplar la posibilidad de la abdicación, y eso también encierra otros riesgos para la Iglesia.

"Incluso mientras escribo estas palabras, me siento aferrado por un recuerdo de mis tiempos de escolar. Mi profesor de historia intentaba explicarnos la Pax Romana, el período de calma y prosperidad que prevaleció en el imperio bajo el gobierno de Augusto. Nos lo explicó así: 'Mientras las legiones marchasen, mientras se mantuviesen y extendiesen los caminos que ellas pisaban, la paz duraría, el comercio prosperaría, el imperio podría perdurar. Pero el día que levantaran el último campamento, que construyesen las últimas obras de tierra y empalizadas y se instalasen al abrigo de esas obras, como guarniciones, la Pax Romana estaría acabada, el imperio terminado, y los bárbaros comenzarían a moverse avanzando hacia el corazón de Roma.'

"Ahora, sentado aquí, escribiendo estas líneas para alejar el pensamiento de lo que sucederá mañana, imagino a ese último comandante de esta última castra en las marcas exteriores. Lo veo realizando sus rondas nocturnas, inspeccionando los puestos de guardia, mientras más allá del foso y las empalizadas y el terreno despejado, los hombres cubiertos con máscaras de animales bailan su danza de guerra e invocan a los antiguos y perversos dioses del bosque, el agua y el fuego.

"Para él no hay retirada. No la hay para mí. Oigo a la enfermera nocturna empujando su carrito por el corredor. Yo seré su última visita. Controlará mis signos vitales, el pulso, la temperatura, la presión sanguínea. Preguntará si he orinado y si he movido el vientre. Después, gracias a Dios, me administrará una píldora que me inducirá a dormir hasta el alba. Es extraño, verdad, que yo que siempre he sido un hombre inquieto, ahora busque tan celosamente ese sueño que es el hermano de la muerte. O quizá no tan extraño, quizás ésta es la última y misteriosa merced, que Dios nos prepare para la muerte antes de que la muerte esté preparada para nosotros.

"Es hora de terminar, de dejar la pluma y guardar el libro. Ya es bastante dolor para un solo día. Más que suficiente son los temores y las irritaciones y la vergüenza que siento por Ludovico Gadda, ese hombre feo que vive bajo mi piel... Señor, perdónale las transgresiones, como él perdona a quienes transgredieron contra él. No le lleves a afrontar pruebas que no sabe soportar, y líbrale de todo mal. Amén."

5

Cuando regresó a sus habitaciones en el Vaticano, monseñor Malachy O'Rahilly telefoneó a su colega, monseñor Matthew Neylan, del Secretariado de Estado. Matt Neylan era un hombre alto y apuesto, moreno como un gitano, con una sonrisa torcida y satírica, y el paso ágil de un atleta que inducía a las mujeres a mirarle dos veces, y después a clavarle los ojos para fijarlo en sus recuerdos y preguntarse cómo sería sin la sotana. El título de Matt Neylan era el de *secretario di Nunziature di prima classe*, que, no importaba cuál fuese el modo de traducirlo, significaba que ocupaba el vigésimo lugar en el orden jerárquico. Su cargo también le permitía acceder a un gran caudal de información relacionada con una amplia gama de cuestiones diplomáticas. O'Rahilly le saludó con todo su humor y su acento irlandés.

—¡Matt, muchacho! ¡Habla Malachy! Tengo que hacerte una pregunta.

—En ese caso, Mal, escúpela. ¡Que no se te pudra en la boca!

—Si yo te pidiese, muy cortésmente, que cenases conmigo esta noche, ¿qué dirías?

—Bien, eso dependería.
—¿De qué?
—Del lugar elegido y de quien pagase... ¡y cuál sería el quid que se me pediría a cambio del quo de O'Rahilly!
—Te daré la respuesta, tres en una. Cenamos en Romolo, yo pago la cuenta y tú me ofreces un consejo.
—¿Qué coche llevaremos?
—¡Caminamos! ¡Son diez minutos de marcha, incluso para un inválido!
—Pues ya estoy saliendo. Nos encontramos en la Porta Angélica. ¡Ah!, y trae efectivo; no les gustan las tarjetas de crédito.
—¡Eres muy precavido!

Da Romolo, cerca de la Porta Settimiana, había sido antaño la residencia de la Fornarina, amante y modelo del pintor Rafael. Al margen de la validez de la leyenda, la comida era buena, el vino auténtico y el servicio —en el secular estilo romano— gratamente impertinente e informal. En invierno se comía dentro, al calor de un fuego de madera de olivo que ardía en el antiguo horno de panadero. En primavera y verano servían fuera, bajo un dosel de sarmientos. A veces acudía un guitarrista, que entonaba canciones populares en napolitano y romanaccio. Siempre había enamorados, viejos, jóvenes y maduros. También acudían los clérigos, con sotana o de civil, porque eran un rasgo distintivo de la escena romana tanto como los amantes, los músicos ambulantes y los ágiles arrebatadores de bolsos en los callejones de Trastevere.

Fiel al auténtico estilo romano, O'Rahilly reservó su pregunta hasta que hubieron saboreado la pasta y bebido el primer litro de vino.

—Dime una cosa, Matt, ¿recuerdas a un hombre llamado Lorenzo de Rosa, que asistía a la Gregoriana?
—Lo recuerdo. Apuesto como Lucifer. Tenía una memoria fenomenal. ¡Podía recitar páginas enteras de Dante! Por lo que recuerdo, hace pocos años volvió al estado laico.
—No fue así. Se saltó los formalismos y se casó por civil.
—Bien, ¡por lo menos tuvo la sensatez de cortar por lo sano!

—No. Ese fue su problema. Estuvo tratando de arreglar todo el embrollo. Y por supuesto, nadie se mostró muy servicial.

—¿Y bien?

—Pues anoche su esposa murió en la clínica Salviati, dejando a su marido con dos niños pequeños.

—Es lamentable.

—Matt, más lamentable de lo que crees. Esta noche he ido a la clínica para ver a nuestro amo y señor. En ese momento salía de Rosa. Hablamos. El pobre diablo está casi enloquecido de dolor. Dijo, y son palabras textuales: "¡Espero llegue cuanto antes el momento de escupir sobre la tumba de su jefe!"

—Bien. He oído lo mismo dicho por otros... aunque por supuesto, con más cortesía.

—Matt, no es tema de broma.

—¿Y yo he dicho que lo fuese? Dime, Mal, ¿qué te inquieta?

—No sé muy bien si ese hombre es o no una amenaza para el Santo Padre. Si lo es, tengo que hacer algo al respecto.

—¿Por ejemplo?

—Informar al personal de seguridad. Pedirles que hablen con los carabinieri y que vigilen a de Rosa.

—No se limitarán a vigilarle, Mal. Le asarán al fuego lento, simplemente para atemorizarle. Una situación muy ingrata para un hombre con dos hijos y una esposa recién fallecida.

—Matt, por eso estoy pidiéndote una opinión. ¿Qué debería hacer?

—Ante todo, veamos el aspecto legal. Pronunció una maldición, no una amenaza. Lo dijo en privado, a un sacerdote. Por lo tanto, no cometió delito; pero si les conviniera, los muchachos de seguridad inmediatamente lograrían que pareciese un crimen. Lo que es más, tu informe y los adornos que ellos agreguen se incorporarán a su prontuario y quedarán allí hasta el Día del Juicio. Todas las restantes circunstancias de su vida serán interpretadas a la luz de esa única denuncia. Así funciona el sistema. ¡Y es una carga muy pesada para dejarla caer sobre un inocente!

—Lo sé. Lo sé. Pero consideremos la peor de las posibilidades: el hombre realmente está enloquecido, ansioso de venganza por una injusticia que se le infligió, no sólo a él, sino a la mujer amada. Un día estival se acerca a una audiencia pública en la plaza de San Pedro y dispara sobre el Papa. ¿Cómo me sentiría si eso sucede?

—No lo sé —dijo Matt Neyland con aire inocente—. ¿Cómo te ha tratado últimamente el Gran Hombre?

Malachy O'Rahilly se echó a reír.

—No tan bien como para concederle una medalla por buena conducta. No tan mal como para desear verle muerto. Y tendrás que reconocer que el riesgo es real.

—No tengo que reconocer nada por el estilo. Tú has visto a de Rosa. Yo no. Además, si desearas eliminar todas las amenazas posibles a Su Sagrada Persona, tendrías que practicar arrestos preventivos de extremo a extremo de la península. Personalmente me inclinaría a ignorar todo el asunto.

—¡Por Dios, soy el secretario de este hombre! Tengo una obligación especial con él.

—¡Un momento! Quizá haya un modo sencillo de resolver el asunto sin que nadie sufra demasiado. Déjame pensar, mientras tú pides otra botella de vino. Y esta vez que sea un tinto decente. El Frascati de la casa está tan aguado que los peces dorados podrían vivir cómodamente en él.

Mientras Malachy O'Rahilly se ocupaba del vino, Matt Neyland rebañó el último resto de salsa de su pasta, y después pronunció su fallo.

—Conozco a un hombre que trabaja para nuestra seguridad aquí, en Ciudad del Vaticano. Se llama Baldassare Cotta. Me debe un favor porque recomendé a su hijo para ocupar un cargo como empleado en Correos. Era investigador de la Guardia di Finanza. Dice que realiza trabajos para una agencia privada de detectives de la ciudad. Puedo pedirle que investiguen a de Rosa y me presente un informe. Te costará unas cien mil liras. ¿Puedes destinar a ese fin parte de la caja chica?

—¿No estaría dispuesto a hacerlo como un favor?

—Lo haría, pero entonces podría exigirme a cambio otro favor. ¡Vamos, Mal! ¿Cuánto vale el Obispo de Roma?

—Depende del lugar en que te encuentres —dijo Malachy O'Rahilly con una sonrisa—. Pero es una buena idea. Conseguiré el dinero. Matt, eres una buena persona. Todavía es posible que llegues a obispo.

—Mal, no estaré aquí para verlo.

Malachy O'Rahilly le dirigió una mirada rápida y apreciativa.

—Me parece que hablas en serio.

—Absolutamente en serio.

—¿Qué intentas decirme?

—Estoy pensando en la posibilidad de retirarme del juego; sencillamente, salir del asunto como nuestro amigo de Rosa.

—¿Para casarte?

—¡Demonios, no! ¡Solamente para retirarme del asunto! Mal, soy el hombre equivocado en el lugar equivocado. Lo sé desde hace mucho. Pero sólo últimamente he reunido el coraje suficiente para reconocerlo.

—Matt, háblame francamente, ¿se trata de una mujer?

—Quizá fuera más fácil si se tratara de eso... pero no. Ni tampoco lo otro.

—¿Deseas hablar del asunto?

—Después del bistec, si no te importa. No quiero sofocarme en mitad de mi despedida.

—Estás tomando esto muy a la ligera.

—He tenido mucho tiempo para pensarlo. Estoy muy tranquilo. Sé qué quiso decir exactamente Lutero cuando afirmó: "Soy así, y no puedo ser de otro modo". Lo único que me preocupa es el modo de realizar la maniobra con el menor escándalo posible... Aquí viene el bistec, y el vino. Vamos a saborearlo. Después tendremos mucho tiempo para charlar.

El bistec florentino era tierno. El vino era suave y tenía cuerpo, y por tratarse de un hombre que estaba a un paso de promover un cambio drástico en su vida y su carrera, Matt Neyland parecía extrañamente sereno. Malachy O'Rahilly se vio obligado a dominar su propia curiosidad hasta que retiraron la vajilla y el camarero aceptó dejarlos en paz para que meditasen acerca del postre. Pero incluso entonces Neyland dio un rodeo para explicar su situación.

—...¿Por dónde empezar? Mira, eso es en sí mismo un problema. Bien, la cosa es tan sencilla y definida que me cuesta creer que haya sufrido tanto para llegar a esto. Malachy, tú y yo hicimos la misma carrera del principio al fin: la escuela con los Hermanos en Dublín, el seminario en Maynooth, y después Roma y la Gregoriana. Recorrimos las mismas etapas: filosofía, estudios bíblicos, teología —dogmática, moral y pastoral—, latín, griego, hebreo y exégesis e historia. Pudimos organizar juntos una tesis, defenderla, ponerla del revés como una media sucia y convertirla en una herejía destinada al debate siguiente del Aula. Roma era el lugar apropiado para nosotros, y nosotros le conveníamos a Roma. Malachy, éramos los jóvenes inteligentes. Veníamos del país católico más ortodoxo del mundo. Bastaba que comenzáramos a subir los peldaños de la escala, y fue lo que hicimos. Tú te incorporaste a la casa papal, y yo al Secretariado de Estado, con el título de agregado de primera clase... Lo único que nos faltó fue precisamente lo que, de acuerdo con nuestro juramento, en el principio de todo nos llevó al sacerdocio: el servicio pastoral, la atención dispensada a la gente. ¡En ese sentido no hicimos absolutamente nada que valiera la pena! Nos convertimos en clérigos de carrera, en antiguos abates cortesanos de las monarquías europeas. No soy sacerdote, Malachy. Soy un condenado diplomático —y bastante bueno, un hombre que podría defenderse en cualquiera de las embajadas del mundo— pero de todos modos habría podido llegar a eso, sin renunciar a las mujeres, al matrimonio y a la vida de familia.

—¡Y ahora llegamos al nervio del asunto! —dijo Malachy O'Rahilly—. Sabía que más tarde o más temprano estaríamos en eso. Te sientes solo, estás cansado de tu cama desierta, aburrido con la compañía de los solteros. Muchacho, eso nada tiene de malo. Forma parte del paisaje. ¡Y en este momento estás atravesando el desierto!

—¡Te equivocas, Malachy! Te equivocas de medio a medio. Roma es el lugar más propicio del mundo para adaptarse a las necesidades de la carne y al demonio. ¡Sabes perfectamente que aquí pueden dormir dos en una misma cama durante veinte años, sin que nadie se entere! El nervio del asunto —el nervio auténtico y sensible, mi viejo amigo— es que ya no creo.

—¿Quieres repetirme eso, por favor? —dijo O'Rahilly en voz muy baja—. Quiero estar seguro de haber oído bien.

—Me has oído, Malachy. —Neylan se mostraba sereno como un profesor frente a la pizarra.— No sé qué determina la fe —si es una gracia, un don, una disposición, una necesidad—, pero en todo caso ya no la tengo. Ha desaparecido. Y lo extraño del asunto es que no me siento turbado. No soy como el pobre Lorenzo de Rosa, que lucha por la justicia en el seno de una comunidad a la cual aún está atado en cuerpo y alma, y después se desespera porque no la consigue. No pertenezco a la comunidad, porque ya no creo en las ideas y los dogmas que la sostienen...

—Pero Matt, todavía formas parte de ella.

—Sólo por cortesía. ¡Mi cortesía! —Matt Neyland se encogió de hombros.— Estoy haciendo un favor a todos cuando no provoco un escándalo, cuando continúo desempeñando mis funciones hasta el momento en que pueda asegurar una salida cortés. La cual probablemente adoptará la forma de una serena conversación con el Cardenal Agostini a principios de la semana próxima, una amabilísima carta de renuncia, *¡y presto!* Me esfumaré como un copo de nieve.

—Pero Matt, no te permitirán salir así, ya conoces cómo es este baile: suspensión voluntaria *a sacris*, pedido de dispensa...

—No es aplicable —explicó paciente Matt Neyland—. Todo ese baile funciona únicamente cuando crees en él. ¿Con qué pueden sujetarte, salvo las sanciones morales? Y éstas no son aplicables, porque ya no me adhiero al código. Ahora no disponen de la Inquisición. Los estados papales no existen. Los *sbirri* del Vaticano no pueden venir a arrestarme a medianoche. De modo que me marcho cuando me parece bien y a mi modo.

—Por el modo en que lo dices, te alegras de todo esto.

El tono de O'Rahilly era agrio.

—No, Malachy. Hay cierta tristeza en el asunto, un tipo brumoso y grisáceo de tristeza. He perdido o desaprovechado gran parte de mi vida. Dicen que un amputado puede sentirse perseguido por el espectro del miembro faltante; pero la persecución se interrumpe después de un tiempo.

—¿Qué harás para ganarte la vida?

—Oh, eso es fácil. Mi madre falleció el año pasado. Me dejó una pequeña propiedad en el condado de Cork. Y la semana pasada, aprovechando mi experiencia de la diplomacia vaticana, firmé un contrato por dos libros con un editor neoyorquino, y ganaré más de lo que nunca había soñado. De modo que no tendré preocupaciones económicas, y gozaré de la oportunidad de vivir mi vida.

—¿Y no tendrás tampoco problemas de conciencia?

—El único problema que afronto, Malachy —y es demasiado temprano para saber cómo lo resolveré—, es el modo de arreglármelas para vivir sin el credo y el código.

—Comprobarás que es más difícil de lo que crees.

—Ya es difícil. —Matt Neyland sonrió a su amigo.— ¡Ahora mismo es difícil! ¡Entre tú y yo! Tú perteneces a la Comunión de los Santos, yo estoy fuera. Tú crees. Yo soy un *miscredente*, un infiel. Parecemos lo mismo, porque vestimos el uniforme de oficiales en la Barca de Pedro. Pero tú continúas usando los servicios del piloto. Yo le he abandonado y manejo mi propia nave; y eso representa una actitud solitaria y peligrosa en aguas turbulentas.

—¿Dónde te propones vivir después? El Vaticano no querrá que permanezcas en Roma y sus alrededores. Como bien sabes si lo desean pueden crearte una situación muy incómoda.

—Malachy, todavía no he pensado en ello. Viajaré primero a Irlanda para arreglar el asunto del legado y comprobar que se administra bien la propiedad. Después, recorreré el mundo, para ver qué aspecto ofrece a un sencillo turista de mente abierta. Dondequiera termine mi recorrida, abrigo la esperanza de que continuemos siendo amigos. Pero si no es posible, lo comprenderé.

—¡Por supuesto, hombre, seremos amigos! Y para demostrarlo, permitiré que me pagues un brandy muy generoso; ¡después de esta noticia de verdad lo necesito!

—Me uniré a ti... ¡y si eso te hace más feliz, te conseguiré gratis el informe de De Rosa!

—Muchacho, eres magnífico. ¡Ya cuidaré de que te reconozcan el mérito el Día del Juicio!

Para Sergio Salviati, italiano nativo, judío por linaje y tradición, sionista por convicción, cirujano extraordinario de un pontífice romano, el Día del Juicio ya había llegado. Un personaje que era sagrado para mil millones de habitantes del planeta dependía de su custodia y sus cuidados. Y antes incluso de que él empuñase el bisturí, ese personaje sagrado ya soportaba amenazas, una amenaza tan letal como un infarto o un aneurisma.

Menachem Avriel, embajador israelí ante la República, explicó la situación después de la cena en casa de Salviati.

—...Al final de la tarde nuestro servicio de inteligencia me ha informado que está organizándose un intento de asesinar al Pontífice mientras aún se encuentre en la clínica.

Salviati sopesó un momento la información y después se encogió de hombros.

—Supongo que ésa es siempre una posibilidad. ¿Qué validez tiene la información?

—Absoluta, comunicada por un hombre del Mossad que trabaja clandestinamente en un grupo iraní, la Espada del Islam. Dice que ofrecen un contrato... un adelanto de cincuenta mil dólares, y otro tanto una vez completado el trabajo. Aún no sabe quiénes lo han aceptado.

—¿Los italianos y el Vaticano están enterados?

—Ambos han sido informados a las seis de la tarde.

—¿Qué han contestado?

—Gracias... y adoptaremos las medidas apropiadas.

—Es mejor que lo hagan. —Salviati habló con voz dura.— El asunto ya no está en mis manos. Comencé a prepararme con el equipo a las seis de la mañana. No puedo ocuparme de otra cosa.

—Nuestra opinión más ponderada —es decir, la opinión más ponderada del Mossad— es que habrá acción durante el período de convalecencia, y que el intento se realizará desde dentro manipulando las drogas, la medicación o los sistemas de sostén de la vida.

—Tengo casi cien personas en la clínica. Entre todos hablan de ocho a diez idiomas. No puedo garantizar que uno de ellos no sea un agente infiltrado. Maldita sea, ¡conozco por lo menos a tres que son agentes introducidos por el Mossad!

Menachem Avriel se echó a reír.

—¡Ahora puede alegrarse de que los hayamos introducido allí! Por lo menos conocen la rutina, y pueden dirigir a la gente que enviaremos mañana!

—¿Y quiénes serán, si puedo saberlo?

—Oh, ¿no estaba enterado? La Agenzia Diplomatica ha recibido esta tarde la petición de dos enfermeras suplementarias, dos técnicos electricistas y dos enfermeros. Se presentarán a trabajar a las seis de la mañana. Issachar Rubin estará a cargo de la operación. Usted no tendrá que preocuparse por nada (y el Mossad pagará la cuenta). Puede concentrar los esfuerzos en su distinguido paciente. A propósito, ¿cuál es el pronóstico?

—Bueno. En realidad, muy bueno. El hombre tiene un cuerpo obeso y mal ejercitado, pero en su infancia y adolescencia vivió y trabajó en el campo. También tiene una voluntad de hierro. Y ahora eso le ayuda.

—Me gustaría saber si también nos ayudará.

—¿Para qué?

—Para lograr que el Vaticano reconozca el Estado de Israel.

—¡Usted bromea! —De pronto Salviati se mostró tenso e irritado.— ¡Esa ha sido una aspiración absurda desde el primer momento! ¡Es imposible que apoyen a Israel contra el mundo árabe! No importa lo que digan oficialmente, de acuerdo con la tradición somos los asesinos de Cristo, los que recibieron la maldición de Dios. No tenemos derecho a una patria, porque expulsamos al Mesías, y después fuimos expulsados. Créame, nada ha cambiado. Nos fue mejor bajo el Imperio Romano que bajo los Papas. Ellos fueron los que nos aplicaron la estrella amarilla, siglos antes de Hitler. Durante la guerra, enterraron a seis millones en el Gran Silencio. Si Israel se viese desmembrada otra vez, ellos asistirían al episodio, e intentarían convalidar los títulos de propiedad de sus Santos Lugares.

—Y sin embargo usted, mi estimado Sergio, se propone dar un nuevo plazo de vida a este hombre. ¿Por qué? ¿Por qué no le ha remitido a los cuidados de su propia gente?

—¡Amigo mío, bien sabe por qué! Quiero que me deba algo. Quiero que me deba la vida. Cada vez que mire a un judío quiero que recuerde que debe su supervivencia a un miembro de esa raza, y su salvación a otro. —De pronto cobró conciencia de su propia vehemencia, sonrió y abrió las manos en un gesto de resignación.— Menachem, amigo mío, lo siento. Siempre estoy nervioso la noche que precede a una operación importante.

—¿Tiene que pasarla solo?

—No, si puedo evitarlo. Más tarde llegará Tove Lundberg. Pasará aquí la noche, y por la mañana me llevará en coche a la clínica. Es buena conmigo... ¡lo mejor que hay en mi vida!

—Y bien, ¿cuándo se casará con ella?

—Lo haría mañana mismo, si me lo permitiese.

—¿Cuál es su problema?

—Los hijos. No quiere tenerlos. Abriga la seguridad de que no puede tenerlos. Dice que es injusto pedir a un hombre que soporte eso, incluso si él lo acepta.

—¡Es una mujer sensata! —De pronto, el embajador adoptó una actitud muy reflexiva.— Tiene suerte de conseguir una mujer buena en condiciones tan favorables. Pero si está pensando en la posibilidad del matrimonio y la creación de una familia...

—¡Lo sé! ¡Lo sé! Su esposa Leah me encontrará una joven judía bonita e inteligente, y la embajada nos enviará a pasar la luna de miel a Israel. ¡Olvídelo!...

—Modificaré el calendario, pero no lo olvidaré. ¿Dónde está Tove ahora?

—Atendiendo a James Morrison, el cirujano visitante.

—Pregunta: ¿está enterada de la existencia de la Agenzia Diplomatica y de sus restantes conexiones?

—Está enterada de que simpatizo con Israel. Sabe que la gente que usted me envía tiene que ser atendida. Por lo demás, no hace preguntas y yo no ofrezco explicaciones.

—¡Bien! Como usted sabe, la Agenzia es muy importante para nosotros. Es una de las mejores ideas que he tenido en mi vida...

Menachem Avriel decía la verdad. Mucho antes de ocupar su primer cargo diplomático, cuando aún era agente del Mossad, había concebido la idea de una cadena de agencias de empleos, cada una en una capital diplomática, oficinas que podían ofrecer personal eventual —cocineros, camareros, doncellas, niñeras, enfermeras y chóferes— a diplomáticos destacados en el lugar y a las familias de los empresarios que trabajaban en países extranjeros. Se seleccionaba a todos los candidatos, se les contrataba y se les pagaba la tarifa más elevada que fuese posible. Se cumplían meticulosamente las normas laborales de cada país. Se pagaban los impuestos. Los registros eran exactos. La clientela se ampliaba por recomendación. Se infiltraban agentes israelíes, masculinos y femeninos, en las listas de trabajadores, y así el Mossad tenía ojos y oídos en todas las reuniones diplomáticas y los agasajos de carácter empresarial. Sergio Salviati mantenía en su nómina lugares reservados al personal eventual de la Agenzia, y si llegaba a tener cierta aprensión acerca del papel doble que estaba jugando, la disipaba apelando a una avalancha de recuerdos dolorosos de la historia de su pueblo: los decretos de los papas medievales que habían anticipado las leyes hitlerianas de Nüremberg en 1935, las infamias de la existencia en los ghettos, el Sabbath Negro de 1943, la masacre de las Cavernas Ardeatinas.

Había momentos en que advertía la posibilidad de que le arrastrasen las fuerzas que procedían del centro de sí mismo, la monomanía que le convertía en un gran cirujano y un reformador de la medicina, la fiera adhesión de todos los latinos a su *paese*, su lugar natal, la presión de diez mil años de tradición tribal, la nostalgia de las salmodias que habían llegado a ser la voz de su propio corazón secreto: "Si te olvido, oh Jerusalén, que mi mano derecha olvide su saber".

—Me marcho —dijo Menachem Avriel—. Usted necesita acostarse temprano. Gracias por la cena.

—Gracias por la advertencia.

—No se obsesione con eso.

—No me preocuparé demasiado. Trabajo con la vida en mis manos y la muerte mirando por encima del hombro. No puedo permitirme distracciones.

—Hubo un tiempo —dijo secamente Menachem Avriel— en que se prohibía a los judíos prestar asistencia médica a un cristiano... y un médico cristiano tenía que convertir al judío antes de tratarle.

Y entonces, por primera vez, Sergio Salviati reveló la tortura que estaba desgarrándole.

—Hemos aprendido bien, ¿verdad, Menachem? Israel ha alcanzado la mayoría de edad. Ahora tenemos nuestros propios ghettos, nuestra propia inquisición, nuestras propias brutalidades, ¡y nuestras propias y particulares víctimas propiciatorias, los palestinos! Eso es lo peor que los goyim nos hicieron. ¡Nos han enseñado el camino de nuestra propia corrupción!

En su apartamento, al lado opuesto del patio, Tove Lundberg estaba explicando la personalidad de Salviati al colega inglés.

—...Es como un caleidoscopio, que cambia de un instante al siguiente. Es una personalidad tan multifacética que parece contener a veinte hombres, y uno se pregunta cómo puede lidiar con tantos aspectos distintos... o incluso cómo resuelve su propia diversidad. Y de pronto, se muestra claro y simple como el agua. Así le verá mañana en la sala de operaciones. Ejercerá un dominio absoluto de sí mismo. No dirá una palabra innecesaria, ni hará un gesto redundante. He oído decir a las enfermeras que nunca han visto a un cirujano que dispensara tanta consideración al tejido humano. Lo manipula como si fuese gasa.

—Lo respeta. —James Morrison saboreó el último sorbo de vino.— Ese es el rasgo característico de un gran sanador. Y es una actitud que se manifiesta claramente... ¿Y cómo se muestra frente a otras cosas?

—Siempre considerado. Muy gentil la mayor parte del tiempo. Pero guarda en sí mismo muchos sentimientos de cólera que yo desearía ver disipados. Hasta que vine a Italia nunca entendí cuán profundo es el prejuicio contra los judíos, incluso contra los que han nacido aquí y provienen de un linaje antiguo en el país. Sergio me dijo cierta vez que muy temprano decidió que el mejor modo de resolver el problema era estudiando las raíces y las causas. Puede hablar horas enteras sobre el tema. Cita pasajes de los doctores de la Iglesia, de las encíclicas y decretos papales, de documentos de archivo. Es una historia triste y lamentable, sobre todo cuando uno piensa que el ghetto de Roma no fue abolido y el pueblo judío no adquirió derechos por decreto real hasta 1870.

—A pesar de las palabras calmantes y de las rectificaciones verbales no del todo entusiastas, el Vaticano nunca repudió su actitud antisemita. Jamás reconoció el derecho y el título del pueblo judío a una patria tradicional... Esas cosas turban a Sergio. También le ayudan, porque le impulsan a alcanzar un nivel de excelencia, a convertirse en una suerte de portaestandarte de su pueblo... Pero la otra faceta de su personalidad es el hombre renacentista, que lo ve todo, que desesperadamente intenta comprenderlo y perdonarlo todo.

—Usted le ama mucho, ¿verdad?

—Sí.

—¿Entonces...?

—Entonces, a veces creo que le amo demasiado para mi propio bien. Pero de una cosa estoy segura: el matrimonio sería un error en su caso y en el mío.

—¿Porque él es judío y usted no?

—No. Se trata de que... —vaciló largamente buscando las palabras, como si examinara cada una de ellas para determinar el peso que debía asignarles—. Se trata de que yo he llegado a ocupar mi propio lugar. Sé quién soy, dónde estoy, lo que necesito, lo que puedo tener. Sergio continúa trasladándose, continúa buscando, porque llegará mucho más lejos y rayará a altura mucho mayor que la que yo puedo siquiera soñar. Llegará el momento en que él necesite de otra persona. Yo seré una especie de equipaje superfluo... Quiero que ese momento sea absolutamente simple, para él y para mí.

—Me pregunto... —James Morrison se sirvió otra copa de vino.— Me pregunto si usted sabe realmente todo lo que significa para él.

—Lo sé, créame. Pero lo que yo puedo dar tiene límites. He consagrado tanto amor y tantos cuidados a Britte, y necesitaré consagrarle tanto más, que no queda nada para otro niño. No lo he lamentado en absoluto; pero mi capital está agotado... Estoy casi al final de mi capacidad de engendrar, de modo que esa parte especial de mi pasión por un hombre ya no existe. Soy buena amante, y Sergio necesita eso porque, como usted bien sabe, James, los cirujanos pasan gran parte de su vida pensando en los cuerpos de otros y a veces olvidan el que tienen junto a ellos en la cama. Y para colmo, soy danesa. El matrimonio de estilo italiano o de estilo judío no me sienta bien. ¿Eso responde a su pregunta?

—Sí, gracias. También me lleva a formular otra. ¿Cómo interpreta a nuestro distinguido paciente?

—Más bien simpatizo con él. No fue así al principio. Vi en su persona todos los rasgos objetables que sesenta años de educación clerical, de celibato profesional y de egoísmo de solterón pueden determinar en un hombre, por no hablar del ansia de poder que parece afligir a algunos ancianos. Es feo y tiene mal carácter, y puede ser bastante grosero. Pero a medida que hablamos recogí algunos destellos de otra persona, del hombre que podría haber sido. Sé que usted se reirá de esto, pero recordé la antigua fábula de la Bella y la Bestia... ¿la conoce? Si la princesa pudiera reunir el coraje necesario para besar a la bestia, ésta se convertiría en un príncipe apuesto.

James Morrison echó hacia atrás la cabeza y rió de buena gana.

—¡Me encanta! No lo intentó, ¿verdad?

—Por supuesto, no. Pero esta noche, cuando me preparaba para volver a casa, he ido a visitarle. Eran las nueve y pocos minutos. Acababan de administrarle los sedantes con el fin de ayudarle a pasar la noche. Estaba somnoliento y relajado, pero me ha reconocido. Tenía un mechón de cabellos colgándole sobre la frente. Sin pensarlo, se lo he recogido. Me ha tomado la mano y la ha sostenido apenas unos instantes. Después ha dicho, con tanta sencillez que casi me he echado a llorar:

"Mi madre solía hacer eso. Fingía creer que era mi ángel de la guarda, acariciándome con sus alas femeninas."

—¿Eso ha dicho? "*Sus* alas femeninas."

—Sí. De pronto he visto frente a mí a un niño pequeño y solitario cuyo fantasmal compañero de juegos era un ángel femenino. Es triste, ¿verdad?

—Pero durante ese breve momento, alegre. Usted es toda una mujer, Tove Lundberg, ¡toda una mujer! Y ahora, iré a acostarme antes de hacer el papel de tonto.

En el Palacio Apostólico de la Ciudad del Vaticano las luces permanecieron encendidas hasta tarde. El cardenal secretario de Estado había convocado a una conferencia a los altos funcionarios de su secretariado y a los miembros del Concilio de Asuntos Públicos de la Iglesia. Unidos, estos dos organismos atendían todas las relaciones exteriores del Estado Vaticano, y al mismo tiempo armonizaban los intereses complejos y a veces contradictorios que existían en el seno de la Iglesia. Para el funcionamiento cotidiano de los asuntos curiales había un gabinete reducido; esa noche, porque estaba en juego la seguridad del Pontífice, formaban un consejo de guerra de mentes lúcidas, frías e implacables.

El secretario de Estado Agostini resumió la situación.

—...Acepto como auténtica la información israelí. Acepto, con bastante alivio, que los agentes secretos del Mossad cooperen con el personal estable en la unidad de terapia intensiva, y después en la habitación ocupada por Su Santidad. Se trata de una intervención irregular y oficiosa, de modo que no podemos considerarnos oficialmente enterados. Nos apoyamos en las fuerzas de la República de Italia, sobre todo en el *Nucleo Centrale Anti-Terrorismo*, cuyos hombres en este momento están reforzando el perímetro de la clínica, y que apostarán guardias de civil en lugares estratégicos del edificio mismo. Eso es más o menos todo lo que podemos hacer por la seguridad física del Pontífice durante su enfermedad. Sin embargo, una rápida consulta realizada esta tarde por nuestros contactos diplomáticos indican que las cosas quizá no sean tan sencillas como parecen. Nuestro colega Anwar El Hachem tiene algo que decir acerca del aspecto árabe-israelí del asunto.

El Hachem, maronita del Líbano, presentó su informe.

—...La Espada del Islam es un pequeño grupo escindido de los iraníes del Líbano, y actúa en la misma Roma. No están relacionados con la corriente principal de la opinión palestina, pero por lo que se sabe disponen de fondos considerables. Incluso en el momento en que estamos hablando, los agentes de seguridad italianos están deteniendo a algunos para interrogarlos. Los representantes diplomáticos de Arabia Saudita y las repúblicas norteafricanas, así como los Emiratos, afirman no saber nada de la amenaza y ofrecen toda su cooperación contra lo que consideran es una iniciativa anárquica que tiende a perjudicarlos. Uno o dos preguntaron si los israelíes no habían amañado todo el plan como un gesto provocador. Pero hallé escaso sostén para dicho concepto.

—Gracias, Anwar. —El secretario continuó.— ¿Hay dudas del ofrecimiento realizado por La Espada del Islam, el contrato por 100.000 dólares?

—Ninguna. Pero el hombre que presentó la oferta ahora se ha ocultado.

—Los norteamericanos no saben nada. —Agostini repasó rápidamente la lista.— Los rusos afirman que no tienen datos, pero de buena gana intercambiarían noticias si reciben información. Los franceses nos han recomendado que hablemos con París. ¿Y los británicos?

Los británicos eran de dominio del Muy Reverendo Hunterson, Arzobispo titular de Sirte, y desde hacía muchos años encumbrado servidor del Vaticano. Su informe fue breve pero concreto.

—Los británicos dijeron caramba, qué lamentable, prometieron considerar el asunto y llamaron alrededor de las nueve con la misma información que Anwar... que La Espada del Islam es la pantalla de un grupo libanés respaldado por Irán. En efecto, disponen de dinero en las cantidades indicadas. Y en efecto, financian el secuestro de rehenes y el asesinato. En este caso, Su Santidad constituye un blanco destacado y oportuno.

—Lo que no sería el caso —afirmó secamente el subsecretario—, si hubiésemos acudido a Salvator Mundi o Gemelli. Nos cabe la responsabilidad de haberle expuesto a un ambiente hostil.

—El ambiente no es hostil —replicó obstinadamente Agostini—. Hostiles son los terroristas. Dudo que pudiésemos ofrecerle una seguridad igualmente eficaz en otros lugares. Pero eso nos lleva a otro tema importante. Su Santidad habló de pasar su convalecencia fuera del territorio del Vaticano, quizás en una villa privada. No creo que podamos permitir tal cosa.

—¿Podemos impedirlo? —Había hablado un miembro alemán del Concilio.— Nuestro jefe no mira con buenos ojos la oposición.

—Estoy seguro —dijo el secretario de Estado— de que la República tiene buenos motivos para evitar que le maten en su propio suelo. Su Santidad, que es italiano nativo, tiene buenos motivos para abstenerse de molestar a la República. Deje a mi cargo esa discusión.

—¿Cuándo volverá a casa?

—Si todo sale bien, dentro de diez a catorce días.

—Digamos diez. Podríamos enviar a Castel Gandolfo un equipo de hermanas enfermeras. Yo hablaría con la madre superiora de la Pequeña Compañía de María. Incluso podría traer en avión desde el extranjero parte de su mejor personal.

—Según recuerdo —observó el Arzobispo Hunterson—, la mayoría de las órdenes que trabajan en hospitales se ven en dificultades para atender sus propios servicios. Ahora, la mayoría depende del personal lego. Francamente, no entiendo por qué tanta prisa. Mientras pueda mantenerse la seguridad, yo lo dejaría en la Villa Diana.

—La Curia propone —dijo Agostini, con seco humor—, pero el Pontífice dispone... ¡incluso desde su lecho de enfermo! Veamos qué ideas puedo meterle en la cabeza mientras aún esté dispuesto a escuchar.

Precisamente a esas alturas de la discusión se presentó monseñor Malachy O'Rahilly, respondiendo a la convocatoria de la oficina central de comunicaciones. Tenía las mejillas enrojecidas, le faltaba el aliento y estaba un poco —sólo un poco— aturdido por el vino blanco y el tinto y los abundantes brandys que había bebido para suavizar la impresión provocada por la defección de Matt Neylan.

También llamaron a Neylan, porque era secretario de primera clase de las Nunziature, y su misión era redactar las noticias y difundirlas a través de su oficina. Se inclinaron ante los prelados reunidos, ocuparon en silencio sus asientos y escucharon respetuosamente mientras Agostini primero los comprometía a guardar el secreto y después les esbozaba el tema de las amenazas y los correctivos.

Monseñor Matt Neylan no formuló comentarios. Sus funciones estaban preestablecidas. Se sobreentendía que su actuación sería puntual. En cambio O'Rahilly, que había bebido, tendió a mostrarse hablador. En su carácter de ayudante personal del Pontífice y de portador de un encargo papal sobre el desempeño de su cargo, las palabras que dirigió a Agostini tendieron a ser más enfáticas que discretas.

—...Ya he preparado una lista de los que tendrán acceso a Su Santidad en la clínica. En vista de las circunstancias, ¿no debería suministrárseles una tarjeta especial de admisión? Después de todo, no puede pretenderse que los miembros de seguridad identifiquen las caras, y una sotana y un cuello eclesiástico fácilmente oculta a un terrorista. Podría ordenar que se impriman las tarjetas y se distribuyan en el plazo de medio día.

—Una buena idea, monseñor. —Agostini asintió aprobador.— Si usted encarga el trabajo a los impresores a primera hora de la mañana. Mi oficina se encargará de la distribución... por supuesto, bajo la firma de los interesados.

—Así se hará, Eminencia. —Desmedidamente animado por el elogio desusado y muy apreciado en los círculos eclesiásticos— O'Rahilly decidió arriesgarse un poco más. He hablado con Su Santidad hace algunas horas, y me ha pedido que realice una investigación especial del caso de cierto Lorenzo de Rosa, ex sacerdote de esta diócesis cuya esposa —es decir, esposa bajo el código civil— falleció ayer en la clínica Salviati. Al parecer, de Rosa había realizado repetidos pero inútiles intentos para obtener que se le devolviese canónicamente al estado laico y se convalidase su matrimonio, pero...

—¡Monseñor! —la voz del secretario de Estado era fría—. Yo diría que este asunto nada tiene que ver con el que ahora nos preocupa, y que no es oportuno en el contexto...

—¡Pero Eminencia, tiene relación con todo esto!

O'Rahilly con el freno entre los dientes habría avergonzado a un pura sangre del Derby. En medio del silencio helado, explicó a la asamblea su encuentro personal con de Rosa y su posterior discusión con monseñor Matt Neylan acerca de la conveniencia de tomar en serio la amenaza.

—...Matt Neylan opinó, y yo comparto su idea, que ese pobre hombre sencillamente estaba abrumado por el dolor, y que exponerle al interrogatorio y maltrato de las fuerzas de seguridad sería una crueldad grave e innecesaria. Pero después de lo que acabo de escuchar, debo preguntarme —y preguntar a Sus Eminencias— si por lo menos no deben adoptarse ciertas precauciones.

—¡Ciertamente, es necesario hacerlo! —El subsecretario no dudaba de ello. Su nombre era Mijaelovic, y era un yugoslavo que ya estaba condicionado para preferir los procedimientos de seguridad.— La seguridad del Santo Padre es nuestro interés supremo.

—En el mejor de los casos, ésa es una afirmación dudosa —Matt Neyland de pronto se convirtió en una presencia hostil en la pequeña asamblea.— Con todo respeto, afirmo que molestar y perseguir a este hombre dolorido con investigaciones policiales sería una crueldad desmedida. El propio Santo Padre está preocupado porque es posible que incluso antes de que le acaeciera esta desgracia quizá de Rosa no fue tratado con la justicia y la caridad cristiana que son su derecho. Además, lo que monseñor O'Rahilly ha omitido mencionar es que ya he promovido una investigación privada acerca de las circunstancias que rodean a de Rosa.

—Y al proceder así ha sobrepasado los límites de su autoridad. —El cardenal Mijaelovic no había recibido con agrado la rectificación.— La mínima precaución que podemos adoptar es denunciar a este hombre a la gente de seguridad. Ellos son los expertos. Nosotros, no.

—Eminencia, eso es precisamente lo que quiero destacar. —Neylan adoptó una actitud puntillosamente formal.— Los grupos antiterroristas no se sujetan a las reglas normales del procedimiento policial. Durante sus interrogatorios hay accidentes. La gente aparece con los huesos rotos. Otros caen por las ventanas. Además, deseo recordarles que esta situación compromete a dos niños pequeños.

—¡Retoños ilegítimos de un sacerdote renegado!

—¡Oh, en el nombre de Cristo! ¿Qué clase de sacerdote es usted?

La blasfemia conmovió a todos. La represión de Agostini fue helada.

—Monseñor, debe usted dominarse. Ha explicado su posición. Le prestaremos cuidadosa atención. Le veré en mi oficina, a las diez de la mañana. Puede retirarse.

—¡Pero Su Eminencia no puede retirarse —y tampoco ninguno de ustedes— a la hora de cumplir un deber de compasión común! ¡Deseo buenas noches a Sus Excelencias!

Se inclinó ante los dignatarios allí reunidos, y regresó a paso rápido a su pequeño apartamento en el Palacio de la Moneda. Ardía de cólera: por Malachy O'Rahilly, que no podía mantener cerrada su enorme boca irlandesa y necesitaba pavonearse frente a un puñado de ancianas eminencias y excelencias, porque simbolizaban todo lo que, año tras año, le habían distanciado de la Iglesia y se habían burlado de la caridad que era fundamental para su existencia.

Todos ellos eran mandarines, envejecidos *Kuan* imperiales, que vestían prendas llamativas e imponentes tocados, que poseían su propio lenguaje esotérico y desdeñaban discutir con el pueblo común. No eran pastores, ardientes en la atención de las almas. No eran apóstoles, celosos en la difusión de la palabra de Dios. Eran funcionarios, administradores, miembros de comités, tan privilegiados y protegidos como cualquiera de sus colegas de Whitehall, Moscú o el Quai d'Orsay.

Para ellos, un hombre como Lorenzo de Rosa era lo contrario de una persona, un ser excomulgado y remitido con un encogimiento de hombros a la Divina Piedad, pero excluido definitivamente de todo lo que fuera una intervención compasiva de la comunidad humana, salvo que la mereciera gracias a la humillación penitente y a la vigilia invernal en Canossa. Sabía exactamente lo que le sucedería a de Rosa. Le delatarían a los Servicios de Seguridad. Un cuarteto de matones le detendrían en su apartamento, le llevarían al centro de la ciudad, entregarían a los niños a la custodia de una matrona policial, y después le lanzarían contra las paredes durante dos o tres horas. Por último, le obligarían a firmar una declaración y él estaría tan aturdido que ni siquiera podría leerla. Todo sería absolutamente impersonal. Sin intención de infligirle verdadero daño. Era el procedimiento estándar, conocer rápidamente los hechos antes de que explotase una bomba, y desalentar la acción contraria de un sospechoso inocente (por otra parte, bajo el antiguo sistema inquisitorial, nadie era inocente hasta que lo demostraba frente al tribunal).

¿Y qué podía decirse de él mismo, de Matt Neylan? La discreta despedida que había planeado para sí mismo ahora era imposible. Había dicho lo que no debía decir. Ya no había modo de silenciar las palabras, ¡y todo porque Malachy O'Rahilly no aguantaba el alcohol, y tenía que hablar de más frente a una conferencia urgente de los altos dignatarios de la Santa Iglesia Romana! Pero, ¿no era precisamente eso, todo el proceso de condicionamiento, lo que había originado un perfecto clon clerical romano? Las palabras esenciales de la fórmula no habían cambiado desde Trento: jerarquía y obediencia. El efecto que originaban en el sencillo sacerdote o en el encumbrado obispo era siempre el mismo. Permanecían inmóviles, los ojos bajos, tirándose de mechones de cabellos, como si escucharan truenos procedentes de la Montaña de la Revelación.

Bien, esa noche la copa de Matt Neylan se había desbordado. Al día siguiente prepararía sus maletas y se marcharía, sin añoranzas, sin despedidas. Un día más tarde dirían que era un renegado, como de Rosa, y tacharían su nombre en el libro de los Elegidos, y le remitirían, con algo que era poco menos que desprecio, al Dios que le había creado.

Abrió la guía telefónica de Roma y pasó el dedo sobre la lista de las personas que llevaban el apellido de Rosa... Había seis entradas con la inicial L. Comenzó a llamarlas una tras otra, confiando en que la mención de la clínica Salviati le aportase una respuesta aclaratoria. Abrigaba la esperanza de que el hombre conservase la cordura necesaria para aceptar la advertencia de un ex colega. Sería grato advertir al Hermano Zorro que buscase refugio seguro, antes de que los sabuesos comenzaran a ladrar sobre sus huellas.

Sobre la casa de Salviati, la luna nueva del estío navegaba a gran altura en un mar de estrellas. En las sombras del jardín, un ruiseñor comenzó a cantar. La luz y la música formaban una magia antigua en la habitación abovedada donde Salviati dormía y Tove Lundberg, apoyada en un codo, se inclinaba sobre él como una diosa protectora.

Hacían el amor de acuerdo con una pauta conocida: un preludio prolongado y tierno, la súbita transición al juego, el rápido ascenso a la cumbre de la pasión, una serie de fieros orgasmos, la lánguida rememoración de los placeres cada vez más tenues, y después la súbita caída de Sergio en el sueño, sus rasgos clásicos juveniles y tersos contra la almohada, los músculos de sus hombros y su pecho marmóreos a la luz de la luna. Después, Tove Lundberg siempre permanecía despierta, preguntándose cómo era posible que una tormenta tan desenfrenada pudiese convertirse en una serenidad tan mágica.

No tenía una imagen clara de sí misma; pero conocía de memoria el papel que se esperaba que ella representara durante esas noches críticas. Ella era la servidora del cuerpo de Salviati, la hetaira perfecta, que se volcaba sobre él, sin reclamar nada y dispuesta a servirle. La razón de que Salviati se comportase así estaba sepultada en la profundidad de su inconsciente, y ella no deseaba que tales motivaciones emergieran a la luz. Sergio Salviati era el permanente extranjero. Se había convertido en príncipe mediante la conquista. Necesitaba el botín como comprobación de sus victorias (el oro, las joyas, las esclavas, y el respeto de los poderosos de la tierra).

En el caso de Tove Lundberg, la motivación era distinta, y ella podía afrontarla sin avergonzarse. Como madre, había dado a luz a una hija defectuosa; no tenía el más mínimo deseo de repetir la experiencia. Como amante, aportaba un placer perfecto, y si bien el tiempo podía disminuir su encanto o sus cualidades como compañera de lecho, sólo podía incrementar su jerarquía y su influencia como camarada de la profesión. Y lo mejor de todo eso estaba en el reconocimiento del propio Sergio: —Tú eres el único lugar completamente sereno de mi vida. Eres como un estanque profundo en el centro de un bosque, y cada vez que acudo a ti me siento refrescado y renovado. Pero tú nunca pides nada. ¿Por qué?

—Porque —contestó ella— no necesito nada más de lo que tengo: un trabajo que puedo hacer bien, un lugar donde mi Britte pueda crecer y convertirse en una mujer independiente y de talento, un hombre que merece mi confianza y a quien admiro y amo.

—Tove Lundberg, ¿cuánto me amas?

—Tanto como tú quieras, Sergio Salviati. Tanto como tú me permitas.

—¿Por qué no me preguntas cuánto te amo?

—Porque ya lo sé...

—¿Sabes que siempre temo?

—Sí.

—¿Y qué temo?

—Que un día, en un momento ingrato, la magia curativa te falle, que equivoques la lectura de los signos, que pierdas el toque maestro. Pero no sucederá. Te lo prometo.

—¿Nunca temes?

—Sólo en un sentido especial.

—¿Cuál es?

—Temo necesitar tanto algo que otra persona pueda lastimarme quitándomelo.

Y habría podido añadir que venía de una antigua cepa de navegantes nórdicos, cuyas mujeres esperaban en las dunas barridas por el viento y no se inquietaban si sus hombres estaban borrachos, sobrios o heridos después de una riña; sólo les importaba que, una vez más, hubiesen escapado a la grisácea fabricante de viudas.

En las horas sombrías que preceden a la falsa alborada, el Pontífice León comenzó a mover la cabeza a un lado y a otro sobre la almohada, y a murmurar nerviosamente. Tenía la garganta espesa de mucosidad, y el ceño pegajoso a causa de la transpiración de la noche. La enfermera nocturna le acomodó mejor en la cama, le pasó una esponja sobre la cara y le humedeció con agua los labios. Él respondió somnoliento.

—Gracias. Lamento molestarla. He tenido una pesadilla.

—Ahora eso ha terminado. Cierre los ojos y vuelva a dormir.

Durante un momento breve y confuso tuvo la tentación de relatarle el sueño, pero no se atrevió. Se había elevado como una luna nueva desde los lugares más oscuros de su recuerdo infantil; y ese mismo sueño proyectaba una luz implacable sobre un hueco oculto de su conciencia adulta.

En la escuela había un niño, mayor y más corpulento, que le molestaba constantemente. Un día él se enfrentó a su torturador y le preguntó por qué hacía cosas tan crueles. La respuesta aún resonaba en su memoria: "Porque tú me ocultas la luz; estás quitándome el sol". Y entonces preguntó cómo era posible que, puesto que era mucho más pequeño y menor, pudiera hacer tal cosa. A lo cual el prepotente respondió: "Incluso un hongo produce una sombra. Si la sombra cae sobre mi bota, yo destruyo el hongo".

Fue una lección cruel pero duradera acerca de las aplicaciones del poder. Un hombre que se ponía frente al sol se convertía en una sombra oscura, anónima y amenazadora. Sin embargo, la sombra estaba rodeada por la luz, como una aureola o la corona de un eclipse. Y entonces, el hombre-sombra asumía el numen de una persona sagrada. Desafiarle era sacrilegio, un crimen condenable.

Así, durante las últimas horas que precedieron al momento en que le administraron drogas y le llevaron a la sala de operaciones, Ludovico Gadda, León XIV, Vicario de Cristo, Supremo Pastor de la Iglesia Universal, comprendió cómo, al aprender del prepotente, se había insinuado él mismo en la tiranía.

En una actitud de desafío a la exhortación bíblica, a la costumbre histórica, el descontento de los clérigos y los fieles había designado arzobispos principales, en Europa y las Américas, a hombres elegidos por él mismo, a conservadores de la línea dura, obstinados defensores de bastiones superados mucho tiempo antes, ciegos y sordos a todas las peticiones de cambio. Eran llamados los hombres del Papa, la guardia pretoriana del Ejército de los Elegidos. Eran los ecos de su propia voz, que sofocaban los murmullos de los clérigos descontentos, de la multitud sin rostro que permanecía fuera de los santuarios.

Había sido una batalla dura y una victoria reconfortante. Incluso al recordar esos episodios, su cara se endurecía y adoptaba la expresión del viejo luchador. Habían silenciado a los clérigos inconformistas mediante una doble amenaza: la suspensión en sus funciones y la designación de un administrador apostólico especial. Con respecto al pueblo, cuando se logró silenciar a los pastores, también él enmudeció. No tenía voz en la asamblea. La única manifestación libre del pueblo era fuera de la asamblea, entre los herejes y los infieles.

Esa pesadilla infantil avergonzó al Pontífice León, y le indujo a reconocer el daño que había cometido. La sombra del bisturí del cirujano le recordó que quizá nunca se le ofrecería la oportunidad de reparar lo hecho. Cuando los primeros gallos cantaron desde las tierras próximas a la Villa Diana, el Pontífice cerró los ojos, volvió la cara hacia la pared y elevó su última y desesperada plegaria.

—...Si mi presencia oculta Tu Luz, oh, Señor, ¡apártame! Bórrame del libro de los vivos. ¡Pero si me dejas aquí, dame, te lo ruego, ojos para ver y corazón para sentir los terrores solitarios de tus hijos!

LIBRO II

Lazarus redivivus

"...Y dijo con voz fuerte:
¡Lázaro, ven aquí, ven a mí! Y entonces el muerto salió, con las manos y los pies, sujetos con tiras de lienzo, y la cara cubierta con un velo. Jesús dijo: 'Desatadle. Dejadle libre'".

Juan XI, 43, 44.

6

Más o menos a la misma hora, la misma mañana, monseñor Matt Neylan por fin consiguió comunicarse telefónicamente con Lorenzo de Rosa, antes sacerdote de la diócesis romana, excomulgado, que había enviudado poco antes, y padre de dos niñas pequeñas. Neylan se explicó brevemente.

Hay una amenaza terrorista contra el Pontífice, que en este momento es paciente de la Clínica Internacional. Usted es sospechoso, porque ayer dijo algunas cosas a Malachy O'Rahilly. De modo que es probable que reciba una visita de la escuadra antiterrorista. Le sugiero que salga de la ciudad con la mayor rapidez posible.

—¿Y a usted por qué le importa eso?

—Dios lo sabe. Tal vez una visita de los Squadristi me parece agravar demasiado la situación que ya soporta usted.

—Ahora ya nada pueden hacernos. Pero gracias por llamar. Adiós.

Matt Neylan permaneció de pie, aturdido, con el auricular mudo en la mano. De pronto, un pensamiento sombrío asaltó su mente, y le indujo a correr a su automóvil y a cruzar como un loco la ciudad sorteando el tráfico de la mañana.

La casa ocupada por De Rosa era una villa modesta pero bien conservada en un callejón próximo a la Via del Giorgione. Había un coche en el camino interior, y la puerta del jardín estaba sin llave. La puerta principal también estaba abierta. Neylan llamó, pero no hubo respuesta. Entró en la casa. La planta baja estaba desierta. Arriba, en el cuarto de los niños, dos niñitas yacían inmóviles, con las caras color de cera en sus camas. Neylan las llamó en voz baja. No contestaron. Les tocó las mejillas. Estaban frías e inertes. Cruzando el corredor, en la gran cama matrimonial, Lorenzo de Rosa yacía junto al cuerpo de su esposa, que estaba vestida como para pasar la noche de Bodas. La cara de De Rosa estaba deformada en el último rictus de la agonía. Había una pequeña capa de espuma alrededor de sus labios.

Matt Neylan, que realizaba sus primeras armas en el universo de la incredulidad, descubrió que estaba murmurando una plegaria por esas pobres almas. Después, la oración explotó en una blasfemia contra toda la hipocresía y la locura que había en la raíz de la tragedia. Durante un brevísimo instante pensó en la posibilidad de llamar a la policía; pero se decidió por la negativa, y salió de la casa a la calle desierta. El único testigo de su partida fue un gato vagabundo. La única persona que supo de su visita fue el cardenal secretario de Estado, a quien explicó, en la misma ocasión, su descubrimiento de la tragedia y su decisión de abandonar la Iglesia.

Agostini, el diplomático de toda la vida, recibió con calma la noticia. Con Neylan no había terreno para la discusión. En su carácter de incrédulo, en adelante pertenecía a otra categoría de ser. Arreglar la situación con la policía era todavía más fácil. Ambas partes respondían a un interés común. Su Eminencia lo explicó con palabras sencillas.

—Fue sensato por su parte abandonar la escena. De lo contrario, estaríamos enredados ahora en una maraña de declaraciones e interrogatorios. Hemos comunicado a la policía su presencia en la casa y el descubrimiento de los cadáveres. Aceptarán que su visita respondió a una necesidad pastoral, sujeta al secreto de la confesión. No le obligarán a responder al interrogatorio.

—Lo cual, por supuesto, deja todo pulcramente resuelto.

—¡Monseñor, ahórrese las ironías! —Su Eminencia de pronto se encolerizó.— Este triste asunto me conmueve tanto como a usted. El asunto entero fue llevado chapuceramente desde el principio. No simpatizo con los fanáticos y los reaccionrios, por encumbrado que sea el lugar que ocupan en el Sacro Colegio; pero debo trabajar con ellos, y exhibir toda la tolerancia y la caridad que estén a mi alcance. Usted puede permitirse el lujo de la cólera. Ha decidido retirarse de la comunidad de los fieles y prescindir de sus obligaciones. No le culpo. Comprendo lo que le ha llevado a esta decisión.

—Eminencia, mal puede decirse que sea una decisión. Es un nuevo estado de ser. Ya no soy creyente. Mi identidad ha cambiado. No me corresponde ocupar un lugar en una asamblea cristiana. De modo que me separo con la mayor discreción posible. Hoy abandonaré mi despacho. Ocupo mi apartamento con un alquiler privado, que no depende del Vaticano; de modo que ése no es problema. Tengo pasaporte irlandés, y por lo tanto le devolveré mis documentos vaticanos. De ese modo todo quedará resuelto.

—Para los fines que nos interesan —dijo Agostini con puntillosa cordialidad—, le suspenderemos formalmente en el ejercicio de las funciones sacerdotales y procederemos a restaurar inmediatamente su condición de laico.

—Con todo respeto, Eminencia, estos procedimientos me tienen absolutamente sin cuidado.

—Pero yo, amigo mío, no me siento indiferente frente a usted. Hace mucho que preveía un desenlace de este género. Fue como ver una rosa clásica convertirse lentamente en un seto. La bella flor ha desaparecido, pero la planta conserva una vida vigorosa. Anoche le censuré; pero comprendí su cólera y admiré su coraje. Debo decir que en ese momento me pareció que habían en usted un verdadero espíritu cristiano.

—Siento cierta curiosidad —dijo Matt Neylan.

—¿Acerca de qué?

—Ambos sabemos que el Santo Padre pidió un informe especial sobre el asunto de De Rosa.

—¿Y bien?

—Mi pregunta es: ¿cómo reaccionará ante la noticia de sus muertes, el asesinato y el suicidio?

—No tenemos la intención de informarle hasta que se haya repuesto en la medida suficiente para saberlo.

—Y entonces, ¿qué? ¿Cómo reaccionará? ¿Se arrepentirá de su dureza original? ¿Cómo juzgará a De Rosa... como se juzgará él mismo? ¿Corregirá la legislación contenida en los cánones, o suavizará sus castigos?

—Lo que en realidad pregunta —Agostini se permitió una pequeña y helada sonrisa— es un interrogante permanente. ¿La Iglesia cambia cuando un Papa cambia de actitud o de opinión? De acuerdo con mi experiencia, no cambia. La inercia es excesiva. El sistema entero se opone a los desplazamientos rápidos. Además —y éste es el nervio de la cuestión— la Iglesia está tan centralizada ahora que cada estremecimiento se amplía hasta convertirse en un terremoto. El más sencillo acto de tolerancia oficial puede convertirse en un escándalo. La conjetura más inocente del teólogo más ortodoxo acerca de los misterios de la fe desencadena una persecución contra los herejes. —El humor de Agostini de pronto se atenuó.— Vivir a estas alturas y en este lugar es como estar encaramado sobre el borde de la falla de San Andrés. Y aquí tienen la respuesta a su pregunta: cada manifestación pública del Pontífice está sometida a un control ritual. En su vida privada puede vestirse con harapos, cubrirse con ceniza, gemir como Job en su estercolero; pero, ¿quién lo sabrá? La Iglesia tiene su propia *omertà*, su norma de silencio, en todos los aspectos tan obligatoria como la que aplica la Mafia.

—¿Y que sucedería...? —Matt Neylan se rió al formular la pregunta. —¿Qué sucedería si yo decidiese romper ese silencio?

—Nada. —Agostini desechó la idea con un gesto.— ¡Absolutamente nada! ¿Qué autoridad podría invocar? Dirían que es un apóstata, un sacerdote renegado. La Iglesia rezaría por usted y no le harían caso. Fuera exhibiría otro estigma: fue un tonto que se dejó engañar la mitad de la vida antes de apartarse.

—¿Una advertencia, Eminencia?

—Sólo un consejo. Me dicen que intenta realizar una nueva carrera como autor. Estoy seguro de que no la perjudicará vendiendo escándalos o traicionando secretos profesionales.

—Su confianza me halaga —dijo Matt Neylan.

—Todos le recordaremos como un colega discreto y fiel. Rezaremos por su bienestar.

—Gracias... y adiós, Eminencia.

Así, sencilla y brevemente, concluyó una vida, y una identidad completa se desprendió como la piel de un reptil. Neylan pasó por el Palacio Apostólico para despedirse de Malachy O'Rahilly, pero le informaron que estaba esperando en la clínica hasta que se conociera el resultado de la intervención quirúrgica.

Y entonces, porque necesitaba por lo menos que hubiese un punto de escala entre su antigua vida y la nueva, porque necesitaba por lo menos un arma contra la implacable rectitud de la burocracia vaticana, telefoneó a Nicol Peters y le rogó que le invitase a una taza de café.

—Es mi día de suerte. —Nicol Peters deslizó un nuevo casete en el grabador.— Dos noticias importantes, y ahora usted me aporta los detalles más reservados de ambas. Matt, estoy en deuda con usted.

—No me debe nada. —Neylan habló con energía.— Creo que el asunto De Rosa es un escándalo que debe ser ventilado... Usted puede hacerlo. Yo no... por lo menos mientras no haya afirmado una identidad y una autoridad nueva. Lo cual, dicho sea de paso, es un problema que deberá usted afrontar. Si llega a saberse que yo soy su informante, su historia sufrirá cierto descrédito. Los desertores como yo pueden constituir una molestia.

Nicol Peters desechó la advertencia.

—Hemos acordado las reglas básicas. Confíe en que me atendré a ellas.

—En efecto, le creo.

—De modo que volvamos al comienzo. La amenaza de asesinato es la historia principal, aunque no sé cómo podré utilizarla sin poner en peligro la vida de un agente secreto. Sea como fuere, ése es mi problema, no el suyo. Examinemos la secuencia de los hechos. El Mossad recibe la noticia de un agente infiltrado. Los israelíes la comunican al Vaticano y las autoridades italianas. Ambas organizan una operación conjunta de seguridad en la clínica de Salviati y sus alrededores. Los israelíes no pueden participar públicamente; pero es evidente que están metidos en el asunto hasta el cuello.

—Sin duda.

—¿Hasta ahora el Pontífice no sabe nada de este asunto?

—Nada. La noticia llegó ayer por la tarde temprano. La reunión a la que yo asistí se celebró muy tarde. La cuenta regresiva de la intervención quirúrgica del Pontífice ya había comenzado. No tenía objeto turbarle con la noticia.

—Acepto eso. Ahora, formulemos algunas conjeturas. Se identifica a un asesino antes de que intente matar al Papa. ¿Quién se ocupa de él, o quizá de ella, según sea el caso?

Matt Neylan se sirvió más café y ofreció una exposición levemente caricaturesca de la situación.

—La posición del Vaticano podría definirse en términos muy sencillos. He redactado el número suficiente de cuadros de situación, de modo que puedo decirlo de corrido. Lo único que les preocupa es la seguridad de la Sagrada Persona de Su Santidad. Dejan a cargo de la República el tratamiento del criminal. ¡Sencillo! ¡Las manos limpias! No habrá embrollos con el mundo musulmán. La posición de la República de Italia es algo diferente. Tienen el derecho, el poder y la autoridad soberana necesarios para ocuparse de los criminales y los terroristas. ¿Desean hacerlo? ¡Demonios, no! Eso significa más terror, ataques, rehenes, secuestros, con el fin de arrancar a los criminales de las manos de sus custodios. Conclusión: aunque jamás lo reconocerían, prefieren que el Mossad resuelva el asunto rápida y limpiamente, y entierren el cadáver antes del amanecer. ¿Desea que se lo demuestra? No tengo medios para hacerlo. Y si quiere que jure que oí decirlo en el Palacio Apostólico... ¡tampoco puedo! Nadie lo dijo. ¡Jamás lo dirían!

—Me parece —dijo amablemente Nicol Peters—, ¡me parece que ya tenemos suficiente! Hay elementos adecuados para desarrollar la historia, y extraer el resto de otras fuentes. Ahora hablemos un poco de la situación de De Rosa. También aquí está claro. De Rosa abandona el sacerdocio, se acuesta con una joven sin la ayuda del clero, y tiene dos hijas con ella. Son felices. Desean regularizar su unión, una situación que no carece de precedentes, que de ningún modo es insoluble de acuerdo con los cánones...

—Pero que contraría totalmente la política actual, que consiste en dificultar todo lo posible las cosas a los ofensores y disipar las esperanzas de que haya soluciones benignas.

—Entendido. Se desencadena la tragedia. La mujer muere, sin haberse reconciliado con la Iglesia, a pesar de su deseo en ese sentido. El esposo desesperado organiza una macabra reunificación de la familia, mata a sus dos hijas con una sobredosis de píldoras somníferas, y se suicida con cianuro; todo esto mientras está bajo sospecha como posible asesino del mismo Papa que le negó la solución canónica.

—¡Con una salvedad! Hasta que llamé a De Rosa esta madrugada, él no sabía que era sospechoso. No podía saberlo.

—¿Es posible que su comunicacion desencadenara la decisión de matar a sus hijas y suicidarse?

—Puede ser. Dudo que haya tenido ese efecto. El hecho de que hubiese llevado el cadáver de su esposa a la casa parece indicar que ya había decidido apelar a una especie de salida ceremonial... Pero, ¿qué puedo saber? El asunto entero es absurdo; y todo porque una pandilla de burócratas clericales se negaron a aportar un alivio legítimo a una situación humana. ¡Nico, le diré una cosa! ¡Se trata de una historia que quiero sea leída por Su Santidad, no importa cuál sea el efecto que origine en su sagrada presión sanguínea!

—¿Usted cree realmente que importará algo lo que él piense o diga acerca del tema?

—Podría significar. El Papa podría cambiar muchas vidas de la noche a la mañana si tuviese la voluntad y el coraje necesarios. Podría devolver la compasión y la clemencia a lo que, créame, se ha convertido en una institución rigorista.

—Matt, ¿usted lo cree realmente? He vivido en esta ciudad mucho mas tiempo que usted, y no lo creo en absoluto. En la Iglesia Católica Romana el sistema entero, la jerarquía, la educación del clero, la administración eclesiástica, el colegio electoral, todo está concebido para perpetuar el *status quo* y eliminar en el camino todos y cada uno de los elementos aberrantes. El Hombre que ustedes tienen en la cumbre es lo que más se parece al Candidato Manchuriano, el representante perfectamente condicionado del interés mayoritario del propio colegio electoral.

—Es un buen argumento —dijo Matt Neylan con una sonrisa—. Yo mismo soy un hombre condicionado. Sé cuán profundamente se marca la impronta, cuán potentes llegan a ser las palabras activadoras. Pero precisamente por eso, Nico, soy también el fallo del argumento. He perdido todo el condicionamiento. Me he convertido en otra persona. Sé que el cambio es imposible para bien o para mal, y los dos instrumentos más poderosos del cambio son el poder y el dolor.

Nicol Peters le dirigió una mirada prolongada e indagadora, y después dijo amablemente:

—Amigo mío, creo que se me escapa algo. ¿Tendría usted la paciencia necesaria para explicarme qué es?

—No es gran cosa, Nico. Y sin embargo, en cierto modo, lo es todo. Es también la razón por la cual siento tanta cólera por lo que sucedió a De Rosa. Agostini lo dijo muy claramente esta mañana. Ahora estoy marcado, soy un apóstata, un renegado, un desertor, un loco. Pero ésa no es en absoluto la naturaleza de mi experiencia. He perdido algo, una capacidad, una facultad, del mismo modo que uno puede perder la potencia sexual o el don de la vista. He cambiado, y he cambiado irrevocablemente. He retornado al primer día de la creación, cuando la tierra era todavía un desierto vacío y las sombras se cernían sobre las profundidades... ¿Quién sabe? Es posible que aún aparezcan cosas maravillosas, pero yo no las espero. Vivo aquí y ahora. Lo que veo es lo que es. Lo que sé es lo que he experimentado y —Nico, eso es lo más terrible— ¡lo que será es algo totalmente casual!... Por eso el mundo es un lugar muy triste. Tan triste que ni siquiera el temor puede sobrevivir aquí.

Nicol Peters esperó bastante antes de ofrecer un áspero comentario.

—Por lo menos usted está al principio de un nuevo mundo, no al fin del mismo. Y tampoco es un mundo tan nuevo. Es el mismo lugar que habitamos muchos que nunca fuimos condicionados ni fuimos agraciados por las macizas certidumbres de la cristiandad. Tenemos que arreglarnos con lo que se nos da: la luz fugaz, la tormenta pasajera, cierta medida de amor para atemperar el dolor de las cosas, el débil atisbo de razón en un mundo enloquecido. ¡De modo que, compañero, no se desaliente demasiado! Usted se ha unido a un club de muchos afiliados, ¡e incluso los cristianos creen que Dios fue uno de los miembros fundadores!

Mientras el Pontífice, frío y cianótico, adornado con tubos y electrodos, era instalado en la Unidad de Cuidados Intensivos, Sergio Salviati bebía café con James Morrison y redactaba su primer comunicado al Vaticano.

"Su Santidad, el Papa León XIV, hoy ha sido sometido a una intervención quirúrgica con el fin de aplicarle un *by-pass*, después de una breve historia de *angina pectoris*. La operación, en la cual tres injertos de vena safena han sido incorporados a la circulación coronaria, se ha ejecutado en la Clínica Internacional bajo la dirección del doctor Sergio Salviati, con la ayuda del doctor James Morrison, del Colegio de Cirujanos de Londres, y la presencia del médico papal, el profesor Carlos Massenzio. Los procedimientos se completaron con éxito en dos horas y cincuenta minutos. Su Santidad se encuentra ahora en la Unidad de Cuidados Intensivos, y su condición es estable y satisfactoria. El profesor Salviati y el médico asistente anticipan una convalecencia sin complicaciones, y se muestran optimistas respecto al pronóstico general."

Firmó el documento y lo entregó a su secretaria.

—Por favor, envíe dos copias al Vaticano, la primera personalmente al secretario de Estado, la segundo a la Sala Stampa. Después, mecanografíe el siguiente texto, que nuestros operadores de la centralita repetirán verbalmente cuando necesiten responder a las preguntas sobre el Pontífice. El texto dice: "La operación de Su Santidad ha concluido con éxito. Su Santidad continúa en cuidados intensivos. Para mayores detalles, diríjase a la Sala Stampa,

Ciudad del Vaticano, que se encargará de difundir la totalidad de los boletines siguientes."

—¿Algo más, profesor?

—Sí. Por favor, pida al jefe de personal y a los dos principales funcionarios de seguridad que se reúnan conmigo aquí dentro de treinta minutos. Eso es todo por ahora.

Una vez que la secretaria se alejó, James Morrison hizo entusiastas elogios.

—¡Mis felicitaciones, Sergio! Ha organizado un gran equipo. Nunca había trabajado con mejores ayudantes.

—James, soy yo quien se lo agradece. Me alegro de que me haya acompañado. Ha sido un trabajo difícil.

—El viejo buitre debería sentirse agradecido por haber caído en sus manos.

Salviati echó hacia atrás la cabeza y se rió.

—Es un viejo buitre, ¿verdad? Esa nariz ganchuda, los ojos encapotados y hostiles. Pero es un pájaro duro. Después de esto, es probable que viva diez años más.

—Por supuesto, es una cuestión meramente académica determinar si el mundo o la Iglesia se lo agradecerán.

—¡Es cierto, James! ¡Muy cierto! Pero por lo menos hemos honrado el juramento hipocrático.

—Me pregunto si le propondrá una condecoración vaticana.

—¿A un judío? Lo dudo mucho. Y yo no lo aceptaría. No podría. Sea como fuere, es demasiado pronto para hablar del éxito, y mucho menos de las recompensas. Aún necesitamos mantenerle vivo hasta el fin de su convalecencia.

—¿Le inquieta la amenaza de asesinato?

—Sin duda, ¡estoy preocupado! Nadie entra o sale de la unidad de cuidados intensivos sin un control de identidad. Las drogas administradas a este paciente proceden de frascos sellados, que están a cargo de personal identificado. ¡Se vigila incluso a las mujeres encargadas de la limpieza y se inspecciona a los recolectores de residuos!

—Pero observo que usted y Tove continúan viajando entre sus casas y la clínica sin guardaespaldas. ¿Eso es prudente?

—No somos el blanco.

—Podrían ser un objetivo secundario.

—James, si yo considerase todos los peligros de mi trabajo, me encerraría en una celda acolchada... Cambiemos de tema. ¿Cuáles son ahora sus planes?

—Viajaré tranquilamente al norte para ver a mis parientes italianos, y después volveré a Londres.

—¿Cómo desea el pago?

—Francos suizos en Zurich, si es posible.

—Como el dinero provendrá del Vaticano, todo es posible. ¿Cuándo se marcha?

—Dentro de dos días, quizá tres. El embajador británico me ha invitado a comer. Quiere aprovechar mi presencia... y no lo critico, porque estaré comiendo del dinero que yo mismo pago en concepto de impuestos. Pero antes de viajar desearía invitarles a usted y a Tove. Elijan el lugar. Yo pagaré la cuenta.

—De acuerdo. ¿Desea venir conmigo y echar una rápida ojeada a nuestro paciente? Seguramente ya lo han instalado, y ese monseñor irlandés, su secretario, insiste en hablar personalmente con usted...

Monseñor Malachy O'Rahilly estaba fatigado y deprimido. La excitación del vino y el sentimiento de su propia virtud que le habían sostenido durante la reunión del secretariado ahora se habían convertido en las cenizas grises del remordimiento. Había llegado a la clínica en el momento mismo en que trasladaban al Pontífice a la sala de operaciones, y había pasado tres largas horas recorriendo el terreno circundante bajo los ojos vigilantes de hombres armados.

Incluso antes de la emisión del comunicado de Salviati, había telefoneado al secretario de Estado para decirle que la operación había sido un éxito. Su Eminencia había retribuido la gentileza con un breve resumen del asunto De Rosa, y la recomendación de que no se comunicara a Su Santidad ninguno de los informes periodísticos que probablemente tendrían su cuota de exageración hasta que el Pontífice se hubiese recobrado lo suficiente. O'Rahilly interpretó la orden como un reproche a sus indiscreciones y deseó que hubiese alguien como Matt Neyland, ante quien pudiese realizar una confesión fraterna.

De modo que cuando estuvo junto al lecho del Pontífice con Salviati y Morrison, se mostró desconcertado e incómodo. Su primer comentario fue una trivialidad.

—El pobre hombre parece tan... tan vulnerable.

Morrison le tranquilizó con palabras animosas.

—Está muy bien. Todo el procedimiento ha sido un ejercicio de libro de texto. Ahora no hay nada que hacer, excepto vigilar la pantalla.

—Por supuesto, tiene razón. —O'Rahilly aún sentía la necesidad de apuntalar su propia dignidad.— Me preguntaba si sería conveniente repasar las instrucciones de seguridad con usted, profesor Salviati; de ese modo podré tranquilizar al secretario de Estado y a la Curia.

—¡No es posible, monseñor! —Salviati habló secamente.— La seguridad no es asunto suyo, ni mío. Debemos dejarla en manos de los profesionales.

—Pensaba únicamente que...

—¡Basta, por favor! Todos estamos fatigados. Yo no le digo cómo debe escribir las cartas del Papa. No me diga cómo administrar mi clínica. ¡Por favor, monseñor! ¡Por favor!

—Lo siento. —Malachy O'Rahilly se moderó, pero no guardó silencio.— Yo también he pasado una mala noche. No dudo que las medidas de seguridad son perfectas. No he podido caminar diez metros por el jardín sin toparme con el cañón de un arma. ¿Cuándo podrán venir visitas para Su Santidad?

—De un momento a otro. Pero él carecerá de lucidez por lo menos en las próximas treinta y seis horas. E incluso después, su atención tendrá alcance limitado, y no podrá controlar bien sus emociones. Advierta a su gente que no espere demasiado, y que abrevie las visitas.

—Eso haré. Deberían saber una cosa más...

—¿Sí?

Y eso fue todo lo que Malachy O'Rahilly necesitó para volcar la historia del suicidio de De Rosa, la muerte de sus hijas y las macabras exequias que había preparado en su casa.

Morrison y Salviati le oyeron en silencio; después Salviati abrió la marcha fuera de la unidad de cuidados intensivos hacia el corredor. Estaba profundamente impresionado, pero su comentario fue cuidadosamente controlado.

—¿Qué puedo decir? Es una situación trágica y desastrosa, y un lamentable despilfarro de vidas humanas.

—Deseamos vivamente —Malachy O'Rahilly se sentía feliz de ser otra vez el centro de atención—, deseamos vivamente que Su Santidad no conozca estas novedades, por lo menos hasta que tenga fuerzas suficientes para afrontarlas.

Salviati desechó la idea con un encogimiento de hombros.

—Monseñor, estoy seguro de que no lo sabrá por nuestro personal.

A lo cual James Morrison añadió un seco recordatorio.

—Y no podrá sostener, y mucho menos leer, un diario en varios días.

—De manera que, monseñor, ustedes deben cuidar lo que hablen sus propios visitantes. —Salviati ya se dirigía a los ascensores.— Ahora debe disculparnos. Hemos tenido una mañana muy atareada; y aún no ha terminado.

También Anton Drexel tenía una mañana activa; pero mucho más serena. Se levantó temprano, dedicó un rato a la meditación matutina, dijo misa en la minúscula capilla de la villa con su vinatero más acólito y los residentes de la casa y la colonia que deseaban asistir. Había desayunado con café y bollos horneados en la casa, y miel de sus propias colmenas. Ahora, vestido con prendas de trabajador, un ancho sombrero de paja sobre los cabellos blancos y un canasto al brazo, realizaba el recorrido de los huertos, cortando alcachofas frescas, arrancando lechugas y rábanos, recogiendo tomates rojos y melocotones blancos, y los grandes frutos amarillos que los habitantes locales llamaban "caquis".

Su acompañante era un niño flacucho y desmañado de cráneo hidrocefálico, que estaba arrodillado entre las hileras de habas, sosteniendo una grabadora sobre la que de tanto en tanto murmuraba ciertas palabras rúnicas de su propia invención. Drexel sabía que después los sonidos serían transcritos al registro escrito de un experimento mendeliano sobre la hibridación de la *fave*, las anchas habas que florecían en el suelo blanco al pie de la colina. El niño, llamado Tonino, tenía sólo quince años, pero bajo la tutela de un botánico de la Universidad de Roma ya estaba profundizando los principios de la genética vegetal.

La comunicación verbal con Tonino era difícil, y lo mismo podía decirse de muchos de los niños de la colonia, pero Drexel había desarrollado la técnica de escuchar pacientemente, y un lenguaje de sonrisas y gestos y caricias aprobadoras, todo lo cual en cierto modo parecía bastar a esos genios enjutos y tullidos cuyo alcance intelectual, como él bien sabía, era muy superior al que podía poseer el propio Cardenal Drexel.

Mientras ejecutaba las tareas sencillas y satisfactorias del campo, Drexel meditó acerca de las paradojas, humanas y divinas, que se le presentaban en ese hermoso día del Veranillo de San Martín. Se vio él mismo claramente como un hombre de la transición de una Iglesia en crisis, un hombre cuyo tiempo ya se agotaba, y que pronto sería juzgado por lo que había hecho y lo que había dejado sin hacer.

Su principal talento había sido siempre el talento del navegante. Sabía que era imposible navegar de cara al viento o enfrentar de proa las aguas del mar. Había que elevarse y descender, recibir de costado las grandes olas, a veces buscar refugio y siempre contentarse con llegar en tiempo oportuno.

Siempre había rehusado comprometerse en los combates de los teólogos, y se contentaba aceptando la vida como un misterio, y la Revelación como una antorcha que le permitía explorar aquél. A sus ojos, la fe era el don que hacía aceptable el misterio, y por su parte la esperanza determinaba que fuese soportable, y el amor aportaba alegría incluso en la penumbra de la ignorancia. De ningún modo creía en la eficacia de la *Romanità*, la antigua costumbre romana de prescribir una solución jurídica a todos los dilemas humanos, y después asignar a cada solución un carácter sagrado bajo el sello del magisterio.

Su método para lidiar con la Romanità —y salvaguardar su propia conciencia— había sido siempre el mismo. Formulaba la protesta, claramente pero ajustándose al protocolo más riguroso, defendía su causa sin pasión, y después se sometía en silencio al veredicto del Pontífice o de la mayoría curial. Si le hubiesen desafiado a justificar dicho conformismo —¡Y ni siquiera el Pontífice deseaba un choque de frente con Anton Drexel!— habría contestado con razonable veracidad que el conflicto franco en nada le habría beneficiado o habría favorecido a la Iglesia, y que si bien podía sentirse feliz de renunciar y convertirse en cura rural, no veía virtud en la abdicación, y menos aún en la rebelión. En su vida oficial se atenía al lema de Gregorio el Grande: *"Omnia videre, multa dissimulare, pauca corrigere"*. Verlo todo, reservarse muchas cosas y corregir unas pocas.

Pero en su vida privada e íntima en la villa, con los niños, los padres de éstos y los maestros, ya no contaba con el lujo o la protección del protocolo y la obediencia. En un sentido muy especial, era el patriarca de la familia, el pastor del minúsculo rebaño, hacia quien todos volvían los ojos en busca de guía y decisión. Ya no podía disimular los hechos evidentes de una creación dura y cruel, y el carácter casual de la tragedia humana. Ya no podía sugerir una actitud de aprobación personal frente a la prohibición de los anticonceptivos artificiales, ni sostener que todos los matrimonios concertados formalmente en la Iglesia eran por su naturaleza cristianos, tenían su correlato en el cielo y por lo tanto eran indisolubles. Ya no estaba dispuesto a formular un juicio ético definitivo sobre el deber de un médico que se encontraba frente a un recién nacido monstruoso, o de la conciencia de una mujer desesperada por interrumpir un embarazo. Se irritaba cuando se silenciaba o censuraba a los teólogos o filósofos a causa de sus intentos por ampliar la comprensión de la Iglesia. Libraba una prolongada guerra de desgaste contra los secretos y las injusticias del sistema inquisitorial, que aún sobrevivía en la Congregación para la Doctrina de la Fe. Veía que él mismo insistía cada vez más en la libertad de la conciencia esclarecida y la necesidad constante de compasión, caridad y perdón que se manifestaban en todas las criaturas humanas.

Estos eran los conceptos que intentaba difundir entre sus amigos de alta jerarquía, y en definitiva transmitir al

Pontífice, si éste decidía pasar un tiempo con los niños de la colonia. Por esas cosas ofrecía su misa cotidiana y sus oraciones nocturnas. Por eso trataba de preparar la mente y el espíritu en esas cavilaciones murmuradas en el huerto estival. Incluso su recolección de los frutos del verano formaba el texto de su discurso frente a los niños y sus maestros, reunidos en el prado para beber el café matutino.

—...Ya lo veis, hay un orden incluso en lo que se nos presenta como un cataclismo. Ese lago Nemi fue antes un volcán activo. Esta tierra en otro tiempo estaba cubierta de cenizas, piedra pómez y lava negra. Ahora es dulce y fértil. No vimos el cambio. Si lo hubiésemos visto, no habríamos comprendido lo que estaba sucediendo. Habríamos intentado explicar el fenómeno apelando a mitos y símbolos... Incluso ahora, con todo nuestro conocimiento del pasado, todavía nos parece difícil distinguir entre los hechos históricos y los mitos, porque los propios mitos son parte de la historia... Por esta razón nunca debemos temer la conjetura, y jamás, jamás temer a quienes nos exhortan a contemplar lo que nos parece imposible, a examinar las antiguas fórmulas en busca de nuevos sentidos. Creedme, es más fácil que nos traicionen nuestras certidumbres que nuestras dudas y expresiones de curiosidad. Creo que la mitad de las herejías y los cismas jamás habrían sucedido si los cristianos hubiesen estado dispuestos a escucharse unos a otros con paciencia y caridad, en lugar de esforzarse por convertir los misterios divinos en teoremas geométricos que podían inculcarse con escuadra y compás... Escuchad ahora, amigos míos, lo que los Padres del Concilio Vaticano II han dicho acerca de nuestras peligrosas certidumbres: "...Si la influencia de los hechos o de los tiempos ha conducido a fallos de la conducta, en la disciplina de la Iglesia, o incluso en la formulación de la doctrina (la cual debe distinguirse cuidadosamente del caudal mismo de la fe) dichos fallos deberían ser corregidos adecuadamente en el momento apropiado." ...Pero, ¿qué intento decir precisamente con todas estas palabras? Soy un hombre viejo. Me atengo a la antigua fe apostólica. Jesús es el Señor, el Hijo del Dios vivo. Fue encarnado. Sufrió y murió por nuestra salvación, y al tercer día Dios le resucitó de nuevo. Todo lo que veo en este jardín es un símbolo de ese nacimiento, de la muerte y la resurrección... Todas las verdades que han sido enseñadas siempre en el seno de la Iglesia emanan de ahí. Todos los males que han sido infligidos siempre en la Iglesia fueron un modo de oponerse a ese episodio redentor... De modo que no me pidáis que los juzgue, hijos míos, familia mía. Permitidme sólo que los ame, como Dios nos ama a todos...

La charla concluyó con la misma informalidad con que había comenzado. Drexel se acercó a la amplia mesa sobre caballetes, donde una de las mujeres le ofreció café y un bizcocho dulce. Y entonces advirtió la presencia de Tove Lundberg, que estaba de pie a pocos pasos de distancia, acompañada por James Morrison. Tove Lundberg le presentó a Drexel. Morrison le expresó un medido elogio.

—Eminencia, he sido sordo a los sermones durante muchísimos años. Pero éste me ha conmovido profundamente.

Tove Lundberg explicó la presencia de ambos.

—Sergio deseaba que se le informase personalmente que la intervención quirúrgica ha tenido éxito... Y he creído que James debía ver lo que usted está haciendo aquí por Britte y los niños.

—Un gesto muy amable. —Drexel sintió como si le hubiesen quitado de los hombros un gran peso.— Supongo, señor Morrison, que eso significa que no ha habido consecuencias imprevistas, un ataque, daño cerebral, ese tipo de cosas.

—Nada que podamos ver o prever en este momento.

—¡Loado sea Dios! ¡Y también ustedes, hombres inteligentes!

—Pero tenemos algunas noticias lamentables.

Tove Lundberg le explicó el asunto de De Rosa, de acuerdo con la información suministrada por el monseñor O'Rahilly. La cara de Drexel cobró súbitamente una expresión sombría.

—¡Impresionante! ¡Es absolutamente vergonzoso que haya podido permitirse una tragedia como ésta! Hablaré del asunto con los dicasterios comprometidos y con el Santo Padre cuando se haya recobrado bastante. —Se volvió hacia James Morrison.— Doctor Morrison, los burócratas son la maldición de Dios. Lo registran todo y no entienden nada. Inventan una matemática espúrea gracias a la cual todos los factores humanos se ven reducidos a cero... —dijo más serenamente a Tove Lundberg—: Imagino que el profesor Salviati se ha sentido muy conmovido.

—Más de lo que está dispuesto a confesar, incluso conmigo. Detesta el despilfarro de vidas humanas. Además, en este momento la clínica parece un campamento armado, y eso es un recordatorio de otra clase de despilfarro.

—¡Vengan! —dijo bruscamente Anton Drexel—. Aunque sea un momento, sintámonos agradecidos. Los llevaré a recorrer la villa y los viñedos y después, doctor Morrison, saboreará un poco del mejor vino que se ha cultivado en estos lugares durante mucho tiempo. Lo llamo Fontamore, y sabe mejor que el Frascati. Estoy muy orgulloso del resultado...

La conferencia de Sergio Salviati con los hombres de seguridad duró casi una hora. En general, abordó los detalles del control del personal: la nómina de todas las personas incluidas en cada turno, el control de las tarjetas de identidad comparadas con los documentos personales, por ejemplo pasaportes y permisos para conducir, el acceso a los depósitos de drogas y los instrumentos quirúrgicos, las vías y las horas que podían utilizar ciertas personas esenciales para entrar en las áreas más delicadas, la vigilancia móvil de los lugares estratégicos en el edificio y fuera. Se coincidió en que por el momento se había pasado revista a todo el personal del establecimiento, y en que cada uno desarrollaba su actividad normal. Podía resolverse sin mucha dificultad el problema de los visitantes. Los guardias armados recibirían a los proveedores, y los artículos que ellos entregaban serían examinados y revisados antes del traslado a los depósitos. Hasta ahí, todo bien. Los miembros de seguridad dijeron al profesor que podía dormir tan tranquilo y seguro como si estuviese en la cripta de San Pedro.

El visitante siguiente fue menos agradable: un hombre delgado y cetrino, de ojos fríos, ataviado con la chaqueta blanca del enfermero. Era uno de los hombres del Mossad que residía permanentemente en la clínica, una figura esquiva a quien todos identificaban, que estaba disponible en una situación urgente, pero cuyo nombre nunca aparecía en una nómina regular. Sus primeras palabras tuvieron cierto carácter críptico:

—Becas y permisos.
—¿Qué pasa con ellos?
—Ustedes reservan cierto número para los que no son italianos. ¿Cómos se asignan?
—Sobre la base del mérito y la recomendación. Aceptamos únicamente candidatos con diplomas de sus países de origen y referencias de sus consulados o embajadas en Roma. Les ofrecemos dos años de instrucción especializada en el área de la cirugía cardíaca y la práctica posoperatoria. Se anuncian las becas en los consulados y en publicaciones profesionales de Túnez, Arabia Saudita, Omán, Israel, Kenya y Malta. Suministramos manuntención, alojamiento, uniformes, entrenamiento y cuidados médicos. Los candidatos o el país que los patrocina deben solventar el resto. El sistema funciona bien. Conseguimos un personal deseoso de aprender, y los países patrocinadores reciben un personal entrenado que puede continuar su educación. Fin de la historia...
—¿Se practican controles de seguridad sobre los solicitantes?
—Usted sabe que sí. Tienen que solicitar visados y permisos de residencia como estudiantes. Los italianos dirigen su propio sistema de inspección. La gente del Mossad realiza un control oficioso para mí. De modo que no puede haber sorpresas.
—No deberían existir; pero esta vez tenemos una bastante fea. ¿La reconoce?

Arrojó sobre el escritorio una pequeña fotografía de pasaporte; correspondía a una joven. Salviati la identificó instantáneamente.

—Miriam Latif. Lleva un año aquí. Viene del Líbano. Trabaja en hematología. Y es sumamente eficaz. ¿Qué demonios puede tener contra ella?
—Tiene un amigo.

—La mayoría de las jóvenes lo tienen... y Miriam es muy bonita.

—El amigo es un tal Omar Asnán, oficialmente comerciante de Teherán. Trafica en tabaco, cuero, aceites y opio de uso farmacéutico. También dispone de grandes cantidades de efectivo y cuenta con una serie de amigas, algunas más bonitas que Miriam Latif. También es el hombre que financia al grupo La Espada del Islam.

—¿Entonces?

—Entonces, lo menos que podemos decir es que tiene una amiga, una aliada, una posible asesina instalada en la clínica... Y si usted lo piensa, la unidad de hematología es un lugar muy útil para tenerla.

Sergio Salviati movió la cabeza.

—No lo acepto. La joven está aquí hace doce meses. La operación del Pontífice fue decidida hace unos pocos días. La amenaza de asesinato surgió como respuesta a la oportunidad.

—¿Y para qué —preguntó pacientemente el hombre del Mossad—, para qué cree que uno infiltra gente, evita que la identifiquen, la deja allí acechando, si no es para aprovechar las oportunidades inesperadas? ¿Por qué demonios cree que estoy aquí? Piense en todas las personas famosas o políticamente importantes que pasan por la clínica. Este es un escenario que sencillamente espera el comienzo del drama... Y Miriam Latif podría ser la primera actriz de una tragedia.

—Y bien, ¿qué piensa hacer con ella?

—Vigilarla. Le aplicaremos uno de nuestros anillos mágicos, de manera que ni siquiera pueda ir al cuarto de baño sin que lo sepamos. No tenemos mucho tiempo. ¿Cuánto tiempo pasará antes de que den de alta al paciente?

—Si no hay complicaciones, diez días; a lo sumo catorce.

—Como usted ve, tenemos que actuar de prisa. Pero ahora que estamos sobre aviso, podemos proceder con más rapidez.

—¿Los italianos están al tanto de esto?

—No. Y no pensamos decirles nada. Nos ocuparemos de todo lo que sea necesario. Usted tiene que recordar una sola cosa. Si la joven no se presenta a trabajar, quiero que usted arme un gran escándalo... interrogue al personal, informe a la policía, llame a la embajada... ¡Haga todo eso!

—¿Y no pregunto por qué desea que proceda así?

—Exactamente —dijo el hombre del Mossad—. Usted es un mono muy sabio, que no oye, no ve y no habla.

—Pero ustedes podrían equivocarse respecto a Miriam Latif.

—Ojalá que sea así, profesor. ¡Ninguno de nosotros desea derramar sangre! ¡Ninguno quiere represalias por un agente perdido!

Sergio Salviati de pronto sintió que se hundía en las aguas oscuras del miedo y el desprecio de sí mismo. Ahí estaba él, un sanador encerrado como un atún en una trampa laberíntica, esperando impotente que se cometiese el crimen. El mensaje que le habían comunicado era claro como la luz del día. En el juego del terror, se cometían masacres en serie; vosotros matáis al mío, yo mato al vuestro. Y ahora el juego adquiría un nuevo sesgo: cometer el asesinato, pero atribuir la culpa a otra persona; un automovilista que había atropellado y después huía, un amante vengativo, un adicto en busca de una dosis. Y mientras la sangre no salpicara su propia puerta, Sergio Salviati guardaría silencio, no fuese que sucedieran cosas incluso peores.

Y entonces, como era casi mediodía, se dirigió a la unidad de cuidados intensivos para echar una ojeada a la causa de todos sus problemas, a León XIV, Pontifex Maximus. Todos los signos indicaban que se desenvolvía bien; la respiración era regular, las fibrilaciones atriales se ajustaban a los límites normales, los riñones funcionaban y la temperatura corporal se elevaba lentamente. Salviati sonrió agriamente y dirigió un silencioso apóstrofe a su paciente: "Es usted un anciano terrible! Yo le ofrezco la vida, ¿y qué me da? Nada más que dolor y muerte... Morrison estaba en lo cierto. Es usted un pájaro de mal agüero... Sin embargo —¡Dios me ayude!— ¡todavía me atengo al compromiso de mantenerle vivo!

7

Las primeras y turbias confusiones habían pasado: las horas prolongadas e inestables en que oscilaba entre el sueño y la vigilia, la procesión apenas entrevista de visitantes del Vaticano que murmuraban solícitas cortesías, las noches irregulares en que el tórax le dolía abominablemente y tenía que llamar a la enfermera y pedirle que le moviese en la cama y le administrase una píldora para recobrar el sueño. Pero ni las confusiones ni el sufrimiento podían ocultar la maravilla del episodio principal; le habían desarmado como un reloj y armado de nuevo; había sobrevivido. Era exactamente como había prometido Salviati. El era como Lázaro saliendo de la tumba para detenerse, parpadeante e inseguro, a la luz del sol.

Ahora, cada día era un nuevo don, cada paso inseguro una aventura distinta, cada palabra hablada una renovada experiencia del contacto humano. En ocasiones la novedad era tan acerba que sentía que de nuevo era un niño, despertando para ver la primera oleada de la primavera, cuando todos los árboles florecidos de Mirándola parecían encenderse al mismo tiempo. Quería compartir la experiencia con todos: el personal, Malachy O'Rahilly, los cardenales que acudían como cortesanos para besarle la mano y felicitarle.

Lo extraño del caso fue que cuando intentó explicar a Salviati tanto la maravilla del asunto como su gratitud, sus palabras de pronto parecieron secas e inapropiadas. Salviati estuvo cortés y alentador; pero cuando se marchó, el Pontífice León sintió que un hecho muy importante había pasado de largo, y que jamás sería posible volver a celebrarlo.

Este sentimiento de pérdida le hundió, sin previo aviso, en una sombría depresión y un prolongado acceso de llanto que le avergonzó y le hundió en una depresión todavía más honda. Entonces apareció Tove Lundberg y se sentó junto al lecho para sostenerle la mano e inducirlo a salir del valle oscuro y a remontar de nuevo las laderas soleadas. El Pontífice no evitó el contacto de la mano, y se entregó agradecido a él, sabiendo, aunque fuese de modo impreciso, que necesitaba todos los apoyos posibles para defender su equilibrio. Ella utilizó su propio pañuelo para enjugarle las lágrimas, y le reprendió bondadosamente:

—...No debe avergonzarse. Así sucede con todos: intensa alegría, después desesperación, un amplio movimiento del péndulo. Usted ha soportado una terrible invasión. Salviati dice que el cuerpo llora por lo que le hicieron. También dice otra cosa. Todos creemos que somos inmortales e invulnerables. Y entonces sucede algo, y la ilusión de inmortalidad se quiebra definitivamente. Entonces, lloramos por las ilusiones perdidas. Incluso así, las lágrimas son parte del proceso terapéutico. De manera que déjalas brotar... Mi padre solía recordarnos que Jesús lloró por el amor y por la pérdida, como todos nosotros...

—Lo sé. Pero entonces, ¿por qué me siento tan mal preparado, tan ineficaz?

—Porque... —Tove Lundberg ordenó con mucho cuidado su respuesta.— Porque hasta aquí usted siempre pudo dictar los términos de su vida. En el mundo entero no hay una persona más encumbrada o más segura, porque usted ha sido elegido de por vida, y nadie puede refutarle. Todos sus títulos confirman, de un modo incuestionable, que usted es el hombre que ejerce el control de la situación. Todo su carácter le exhorta a retener ese control.

—Me imagino que es así.

—Usted sabe que es así. Pero ahora ya no es el dueño de usted mismo o de los acontecimientos. Cuando mi padre recorría su última enfermedad, solía citarnos un pasaje del Evangelio de Juan. Creo que es parte de la Misión que Cristo encomendó a Pedro... ¿Cómo es? "Cuando eras joven, solías ajustar tu cinturón e ibas donde deseabas..."

El Pontífice León recitó el resto del texto como si hubiera sido la respuesta de un coro.

—"Pero cuando uno es viejo, extiendes las manos y otro te aferra y te conduce adonde no quieres ir..." Para un hombre como yo, es difícil aprender esa lección.

—¿Cómo puede enseñarla, si no la ha aprendido?

La sombra de una sonrisa curvó las comisuras de los labios exangües. Dijo en voz baja:

—¡Vaya, esto es algo nuevo! Una hereje —y además una mujer— enseña Doctrina al Papa.

¡Probablemente sería usted mucho más sabio si escuchase tanto a los herejes como a las mujeres! —La risa de Tove Lundberg suavizó la punzada del reproche.— Ahora tengo que marcharme. Debo ver a tres pacientes más antes del almuerzo. Mañana pasearemos por el jardín. Llevaremos una silla de ruedas, y así podrá descansar cuando se fatigue.

—Eso me agradará. Gracias.

Como gesto de despedida, ella salpicó con colonia una servilleta y la pasó por la frente y las mejillas del paciente. El gesto provocó en él un sentimiento poco usual. La única mujer que le había cuidado así era su madre. Tove Lundberg pasó las yemas de los dedos sobre la mejilla del Papa.

—Su cara parece un trigal. Le enviaré a una persona para que le afeite. No podemos permitir que el Papa parezca descuidado a los ojos de todos sus encumbrados visitantes.

—Por favor, antes de que se vaya.

—¿Sí?

—El día que ingresé aquí falleció una mujer en esta clínica. No recuerdo el nombre, pero el marido había sido sacerdote. Pedí a mi secretario que averiguase algo acerca de él y su familia. Hasta ahora no me ha traído información. ¿Usted puede ayudarme?

—Lo intentaré. —Pareció que él no advertía la levísima vacilación.— Hay ciertas normas de confidencialidad; pero veré lo que puedo hacer. De modo que hasta mañana.

—Hasta mañana. Y gracias, *signora*.

—¿Su Santidad puede hacerme un favor?

—Todo lo que esté a mi alcance.

—Entonces, llámeme Tove. No estoy casada, aunque tengo una hija. De modo que no puede considerárseme tampoco una *signorina*.

—¿Por qué —preguntó él amablemente— ha considerado necesario decirme esto?

—Porque si yo no lo hago, otros le hablarán. Si he de ayudarle, usted debe confiar en mí y no escandalizarse por lo que soy o lo que hago.

—Le estoy agradecido. Y ya sé quién y qué es usted, gracias al cardenal Drexel.

—¡Por supuesto! Tendría que haberlo recordado. Britte le llama *nonno* Anton incluso ahora. Es muy importante para nosotras dos.

—Como usted es importante para mí en este momento.

Tomó las manos de Tove entre las suyas y las sostuvo un momento prolongado, y después alzó una mano y con el pulgar dibujó sobre la frente de Tove el signo de la cruz.

—La bendición de Pedro para Tove Lundberg. Es exactamente la misma que le dio su padre.

—Gracias. —Ella vaciló un momento y después formuló la pregunta cautelosa.— ¿Un día debe usted explicarme por qué la Iglesia Romana no permite el matrimonio de sus sacerdotes. Mi padre era buen hombre y buen pastor. Mi madre le ayudaba en la Iglesia y con la gente... ¿Por qué se prohíbe a un sacerdote contraer matrimonio, amar como aman otros hombres...?

—Es una pregunta importante —dijo el Pontífice León—. Tan importante que no podría contestarla ahora. Pero ciertamente, podemos hablar de eso en otra ocasión... Por el momento, le diré que lo que usted hace por mí me provoca alegría y agradecimiento. Necesito esta ayuda de un modo que quizás usted nunca llegue a entender. Rezaré por su bienestar y el de su hija... Ahora, le ruego me envíe al barbero y ordene a una enfermera que me traiga un pijama limpio. ¡Un Papa desaliñado! ¡Es intolerable!

La suave ternura que ella le había demostrado, y la oleada de emoción que le había provocado, destacaba todavía más la pregunta de Tove acerca del clero célibe y la pregunta sin respuesta que él había hecho sobre Lorenzo de Rosa. Ese núcleo de pequeños incidentes era sencillamente una microimagen de los problemas que le habían agobiado durante largo tiempo y que habían inquietado a la Iglesia a lo largo de más de mil quinientos años.

La disciplina del celibato clerical forzoso en la comunión romana había demostrado ser en el mejor de los casos discutible, y en el peor un desastre cada vez más grave para la comunidad de los fieles. El intento de equiparar el celibato, el estado de soltería, con la castidad, la evitación de las relaciones sexuales ilegales, estaba condenada al fracaso, y era la causa de una gran serie entera de males, y no era el menor de ellos la hipocresía oficial y la cosecha de tragedias en los propios clérigos. Ante la prohibición de casarse, algunos hallaban alivio en las relaciones secretas, otros en las prácticas homosexuales, o más generalmente en el alcohol. No era un hecho desusado que una carrera prometedora culminase en el colapso mental.

A mediados de los años sesenta, después del Concilio Vaticano II, se habían aflojado los lazos de la disciplina para permitir a los que se sentían angustiados que se retirasen del sacerdocio y contrajesen matrimonios válidos. Se había observado una súbita avalancha de dispensas. Decenas de millares abandonaron el ministerio. Las nuevas vocaciones disminuyeron hasta el mínimo. Se había revelado la triste verdad: que el clero no formaba un grupo feliz de hermanos, alegre en el servicio del Señor, sino un ministerio solitario de hombres solitarios que afrontaban la perspectiva de una ancianidad en mayor soledad todavía.

Después, todos los intentos de cubrir el problema con el flujo de retórica piadosa habían fracasado miserablemente. La política rigorista del Papa —pocos pero buenos, y que no hubiera una salida fácil para nadie— al principio pareció eficaz, y año tras año se ordenaba un reducido núcleo de fanáticos espartanos. Pero incluso él, León XIV, el Martillo de Dios, tenía que reconocer en el fondo de su corazón que el remedio era un sustituto. Tenía buen aspecto, sabía bien, pero en nada contribuía a la salud del Cuerpo Místico. El número de pastores del vasto rebaño era muy reducido. Los fanáticos —en quienes el Papa reconocía su propia personalidad juvenil— carecían de contacto con la realidad. La escueta teología que era el respaldo de una legislación destinada a salvar la cara no constituía una excusa para privar a la gente del Verbo Redentor.

Lo que él podía o debía hacer al respecto era por supuesto otro asunto. No tenía —por lo menos hasta ese momento— la intención de pasar a la historia como el primer Papa en mil años que había legalizado el matrimonio del clero. Cualquiera que fuese el sustento moral de esa iniciativa, el costo de la operación inauguraría un nuevo capítulo de horrores. Entretanto, proliferaban las tragedias personales; los fieles demostraban tolerancia y afecto a sus pastores, jóvenes y viejos, y adoptaban sus propias medidas para mantener vivo el fuego sagrado del Verbo. El no podía hacer más que esperar y rezar pidiendo que la luz iluminase su mente turbada, y que la fuerza acudiese a sus miembros todavía temblorosos.

Llegó el barbero, esta vez uno distinto, un hombre de tez cetrina y expresión melancólica, que sostenía en la mano una vieja navaja, y que le afeitó la cara como una bola de billar, y durante su trabajo pronunció a lo sumo una docena de palabras. Una enfermera le trajo pijamas limpios y después le acompañó a la ducha y le ayudó a cepillarse, porque el pecho y la espalda todavia le dolían. Ya no se sentía humillado o siquiera disgustado por su propia dependencia; pero comenzaba por lo menos a comparar sus propias circunstancias y las de otros clérigos ancianos, obligados a depender de los cuidados de las mujeres, de quienes ellos mismos se habían vistos separados por decreto la vida entera. Finalmente, afeitado, vestido y más reanimado, volvió a su habitación, se sentó en un sillón y esperó la llegada de los visitantes.

Como siempre, el primero fue monseñor Malachy O'Rahilly, que trajo una lista de los que habían solicitado visitar a Su Santidad para presentarle sus respetos y atraer la atención del Pontífice sobre ellos mismos y sus asuntos. Siempre habían visto en él a un tradicionalista italiano de viejo cuño, y éste era el método tradicional de atender los asuntos papales: el protocolo, el sentido de lo que era propio, el cumplido y la cortesía.

Ahora que le habían devuelto a su amo, Malachy O'Rahilly también se sentía renovado, y su buen humor era casi bullicioso.

—...¿Y le tratan bien, Santidad? ¿Necesita algo? ¿Un bocado que le apetezca? Se lo traeré en el plazo de una hora. Usted lo sabe.

—Lo sé, Malachy. Gracias. Pero no hay nada que necesite. ¿Qué dice la lista hoy?

—Sólo cuatro personas. Mantengo reducido el número porque tan pronto vean esa expresión vivaz en sus ojos todos querrán hablar de los asuntos que les interesan —¡y eso está *verboten*! El primero en la lista es el secretario de Estado. Necesita verle. Después, el Cardenal Clemens, de la Congregación para la Doctrina de la Fe. Todavía está saltando irritado a causa de la Petición de Tubinga. Se aviva la discusión en la prensa y la televisión. Su Eminencia desea que usted apruebe la adopción de medidas disciplinarias inmediatas contra los teólogos que firmaron el documento... Usted conoce sus argumentos: se trata de un desafío directo a la autoridad papal, y cuestiona el derecho que usted ejerce de designar a los obispos de las iglesias locales...

—Conozco los argumentos. —La conocida expresión de ave de presa le transformó instantáneamente en un antagonista.— Dije muy claramente a Clemens que debemos tomarnos nuestro tiempo para reflexionar antes de dar una respuesta. En esa cuestión necesitamos luz, no calor. Muy bien. Le veré a las cuatro y media. Quince minutos. Nada más. Si continúa hablando, entre y sáquele. ¿Quién sigue?

—El Cardenal Frantisek, de la Congregación de Obispos. Es una visita de cortesía en representación de la jerarquía. Será breve. Su Eminencia es un modelo de tacto.

—¡Malachy, ojalá tuviésemos muchos como él! ¿A las cinco y cuarto?

—Por último, el cardenal Drexel. Está pasando el día en Roma; pregunta si puede verle entre siete y ocho, cuando regrese a su casa. Si usted acepta, debo telefonearle a su oficina.

—Dígale que le veré con mucho gusto.

—Y eso es todo, Santidad. No significa que yo no haya trabajado. Significa que el secretario de Estado me cortará la cabeza si tolero que soporte usted aunque sea una mínima molestia.

—Malachy, yo mismo le diré que usted es un chambelán modelo. Bien, debía usted investigar un poco el caso de la joven que falleció la noche que yo ingresé en la clínica. La que se casó con un sacerdote de la diócesis romana.

Ahora, Malachy O'Rahilly estaba atrapado entre una roca muy grande y una púa muy afilada. El Pontífice exigía información. El secretario de Estado había prometido hervirle en aceite si la divulgaba. Siempre fiel a su carácter, Malachy O'Rahilly decidió que si deseaba conservar su cargo, debía inclinarse en favor del Obispo de Roma, y no de sus ayudantes de la Curia. De modo que dijo la verdad; pero esta vez por lo menos la dijo sencillamente, sin mencionar los recortes de diario que tenía en su portafolios, ni referirse a la reunión de seguridad en el Palacio Apostólico, o a la apasionada intervención de Matt Neyland en defensa de De Rosa.

Cuando concluyó su relato, el Pontífice guardó silencio largo rato. Permaneció muy erguido en su silla, con las manos aferrando los brazos del sillón, los ojos cerrados, la boca como un tajo descolorido sobre la cara blanca como la tiza. Finalmente habló. Pronunció las palabras en un murmullo duro y tenso, sencillo y definitivo como las muertes que lo habían originado.

—He hecho algo terrible. Que Dios me perdone. Que Él nos perdone a todos.

Después comenzó a sollozar compulsivamente, de modo que el cuerpo entero se vio sacudido por el dolor y la angustia. Malachy O'Rahilly, el secretario perfecto, permaneció de pie, mudo y avergonzado, incapaz de elevar una mano o pronunciar una palabra para confortar al Pontífice. De modo que salió sigilosamente de la habitación y llamó a una enfermera que pasaba para decirle que su paciente se sentía mal.

—Profesor, necesito explicaciones. —El hombre del Mossad, desprovisto de humor y lacónico como siempre, empujó una tablilla con una hoja de papel sobre el escritorio de Salviati.— En general, sé a qué atenerme, pero quiero verificarlo con usted.

—Adelante.

—Esta es una copia de la planilla colgada a los pies de la cama de cada paciente, ¿verdad?

—Así es.

—¿Dónde se imprimen las planillas?

—En nuestra fotocopiadora de la clínica.

—Ahora, ¿quiere leer los encabezamientos de las columnas?

—Hora. Temperatura. Pulso. Presión sanguínea. Tratamiento aplicado. Drogas administradas. Observaciones de la enfermera. Observaciones del médico. Tratamiento prescrito. Drogas prescritas. Firma.

—Ahora, eche una ojeada a la planilla que tiene ante usted. Vea la fecha de ayer. ¿Cuántas firmas hay?

—Tres.

—¿Puede identificarlas?

—Sí. Carla Belisario, Giovanna Lanzi, Domenico Falcone.

—¿Funciones?

—Enfermera diurna, enfermera nocturna, médico de guardia.

—Ahora, examine las anotaciones. ¿Cuántos tipos diferentes de letra ve?

—Seis.

—¿Cómo explica eso?

—Es sencillo. Las enfermeras que firman son responsables por el paciente. Cada una tiene varios pacientes. Los ayudantes toman la temperatura, el pulso y la presión sanguínea. El personal de farmacia administra la dosis, y es posible que el tratamiento esté a cargo de un fisioterapeuta. El sistema es esencialmente sencillo. El médico receta, la enfermera supervisa, y los restantes trabajan dirigidos y supervisados... Ahora, quizá me explique usted qué están buscando.

—Fallos en el sistema —dijo el hombre del Mossad.— Cómo asesinar a un Papa en una clínica judía y salir bien librado.

—¿Y ya ha encontrado lo que deseaba?
—No estoy seguro. Examine de nuevo la planilla. ¿Se menciona la hematología?
—Al comienzo mismo, en la etapa preoperatoria de este paciente. Está incluida la orden de que se realice una serie completa de análisis de sangre.
—Explíqueme exactamente cómo se hace en relación al paciente.
—En la planilla aparece la orden de realizar los análisis. La oficina de este piso llama a hematología y ejecuta la orden. Hematología envía a alguien que tome muestras de sangre, y se las lleva al laboratorio para practicar los análisis.
—Esa persona que extrae las muestras. ¿Qué equipo utliza? ¿Cómo procede?
—Generalmente es una mujer —dijo Salviati con una sonrisa—. Extrae una pequeña bandeja y sobre ésta transporta el alcohol, un poco de algodón, algunos trozos de tela adhesiva, y frascos con tapón que llevan el nombre del paciente y el número de la habitación escritos en los rótulos; además, una aguja hipodérmica estéril en un envase hermético de plástico. Es posible que también traiga un pequeño lazo de goma para comprimir la circulación y bombear la vena. Eso es todo.
—¿Cómo trabaja?
—Identifica la vena en el hueco del brazo, frota el lugar con alcohol, inserta la aguja, extrae la sangre y la transfiere al frasco. Frota el pinchazo con alcohol, y después lo cierra con tela adhesiva. Todo eso dura un par de minutos.
—Mientras extrae la sangre, ¿hay otra persona en la habitación?
—Generalmente no. ¿Acaso sería necesario?
—Exactamente. Ahí está el fallo, ¿verdad? La joven está sola con su paciente, y tiene en la mano un arma letal.
—¿Y cuál es esa arma, exactamente?
—Una jeringa vacía, con la cual puede extraerse sangre de una vena, ¡o inyectarse en ella una burbuja de aire que provoca la muerte!
—No había pensado en eso. Pero esa joven todavía tiene que salvar un importante obstáculo. Ya se han realizado todos los análisis de sangre necesarios en el caso de nuestro

distinguido paciente. ¿Quién escribirá en su planilla la orden de practicar nuevos análisis? ¿Quién llamará a hematología?

—Ese es el segundo fallo —dijo el hombre del Mossad—. Profesor, en su sistema sumamente ordenado, las planillas llegan a la oficina cuando termina el turno del día y el turno de la noche. Las cuelgan de ganchos numerados, y la enfermera a cargo inspecciona cada una antes de completar la información correspondiente a su recorrido. Cualquier persona puede pasar por allí y escribir en la planilla. He visto que lo hacen. La joven que tomó la temperatura del paciente olvidó anotar el pulso o la presión sanguínea. Usted sabe que esas cosas suceden, y cómo suceden. ¿Cuántas veces una enfermera ha tenido que preguntarle si era necesario continuar aplicando suero?

Salviati rechazó totalmente la idea.

—No lo creo. ¡No creo una sola palabra de lo que dice! Está inventando una novela: cómo podría cometerse un asesinato. Está inventando un asesino de la nada. Esa muchacha es miembro de mi personal. No permitiré que la inculpe falsamente de este modo.

El hombre del Mossad no se conmovió. Se limitó a decir:

—Profesor, todavía no he terminado. Deseo que escuche algo. —Depositó sobre el escritorio una pequeña grabadora de bolsillo y le enchufó un auricular que entregó a Salviati.— Hace varios días que implantamos micrófonos en Miriam Latif, en su habitación, en la chaqueta de su laboratorio, en el forro de su cuaderno de bolsillo. Siempre usa un teléfono público, de modo que tiene que llevar consigo algunos *gettoni*. El cuaderno la acompaña a todas partes. Lo que usted escuchará es una serie de breves conversaciones con Omar Asnán, su amigo. Hablan en farsi, de modo que usted tendrá que aceptar mi palabra acerca de lo que dicen.

—Salviati escuchó unos minutos, y después, exasperado por su imposibilidad de seguir el diálogo, se quitó el auricular y lo devolvió.

—La traducción, por favor.

—La primera conversación fue desde un bar de la aldea. Ella dice que sí, que es posible. Asnan pregunta cuándo.

Ella contesta que en unos pocos días. El pregunta por qué. Y ella responde que a causa de la lógica. El quiere saber qué quiere decir con la palabra lógica. A lo cual ella responde que ahora no puede explicárselo. Intentará hacerlo en la siguiente llamada... La explicación llega un poco más avanzada la cita. La joven explica que no se permite que nadie llegue al hombre sin pasar primero por el personal de seguridad. Y afirma que no sería lógico pedir un análisis de sangre en el proceso de la convalecencia. Sería más normal poco antes de dar de alta al paciente. Asnan dice que ella está hilando demasiado fino. Tendrán que pensar en las soluciones consiguientes. La respuesta de la joven cierra el capítulo por lo que a nosotros concierne. Dice: "Ten cuidado. El lugar está sembrado de gusanos, y todavía no los he identificado a todos". Hay más, pero ésa es la esencia de la conversación.

—¿No es posible dudar de que ella sea la asesina?
—No.
—¿Qué sucede ahora?
—Usted no pregunta, nosotros no hablamos.
—¿Sería útil —es un tiro a distancia, y detestaría dar ese paso— sería útil si trasladase el paciente a Gemelli o a Salvator Mundi?
—¿Sería bueno para el paciente? —preguntó el hombre del Mossad, que pareció dispuesto a contemplar la idea.
—Bien, no sería lo más apropiado, pero lo soportaría.
—Profesor, ¿para qué? Por lo que se refiere a Miriam Latif, la situación no cambiaría. La hemos identificado como una asesina. El Vaticano no la quiere. Como ella aún no ha cometido ningún delito, los italianos se limitarán a deportarla al Líbano. Ciertamente, nosotros no deseamos que actúe libremente en nuestro teatro de operaciones. La conclusión es bastante obvia, ¿no le parece?
—¿Por qué? —preguntó amargamente Sergio Salviati— por qué demonios tenía que decírmelo?
—Por la naturaleza de las cosas —dijo con calma el hombre del Mossad—. Usted pertenece a la familia. Este es su país natal, estamos protegiéndole y protegiendo a todos los que residen aquí. Además, ¿qué le irrita? Usted es médico. Incluso sus casos de más éxito terminan en la funeraria.

Y se marchó, un espectro siniestro y exangüe que caminaba por los corredores de un submundo de cuya existencia la gente común apenas tenía sospechas. Y ahora él, Sergio Salviati, era un habitante de ese mundo subterráneo, atrapado en los hilos de sus conspiraciones como una avispa en una telaraña. Ahora él, el sanador, tendría que ser cómplice silencioso de un asesinato; pero si no consentía en guardar silencio, habría más muertes, y más sangrientas. Como italiano, no se hacía ilusiones acerca del reverso de la vida en la República; como judío y sionista, comprendía cuán amarga y brutal era la lucha por la supervivencia en Oriente Medio. De buena o mala gana, durante mucho tiempo había representado un papel en el juego. Su clínica era un puesto de escuchar y un refugio de los miembros temporalmente inactivos del mundo del espionaje. Le agradase o no, él mismo representaba un papel político; y no podía representar simultáneamente el papel de inocente. Y ya que pensaba en ello, si la persona del Papa se veía amenazada directamente, ¿los miembros de la seguridad del Vaticano se abstendrían de disparar? El sabía que no. No se pedía a Sergio Salviati que oprimiese un disparador, sólo que guardase silencio mientras los profesionales realizaban su trabajo normal. El hecho de que el blanco fuera una mujer carecía de importancia en el caso. La hembra era un instrumento tan letal como el macho. Además, si unas gotas de sangre salpicaban las manos de Sergio Salviati, siempre podía lavárselas cuando se cepillase para entrar en la sala de operaciones. En definitiva, por lo menos allí tenía que entrar limpio...

En medio de esa gélida meditación, llegó el correo con la invitación, dirigida al propio Salviati y a Tove Lundberg, para cenar con el señor y la señora Peters en el Palazzo Lanfranco.

El secretario de Estado tenía una mente ordenada y sutil. Detestaba sobrecargar su agenda con pequeñeces; insistía siempre en resolverlas antes de abordar las cuestiones principales. De modo que en su visita vespertina a la clínica habló primero con Salviati, que le aseguró que el Pontífice estaba realizando una recuperación normal y satisfactoria, y que probablemente podría retirarse en cinco o seis días. También habló brevemente con los funcionarios italianos y vaticanos a cargo de la seguridad, poniendo siempre cuidado en evitar preguntas que sugiriesen que Su Eminencia sabía algo más que sus oraciones. Después, se presentó al Pontífice y paseó con él hasta un lugar tranquilo del jardín, mientras un enfermero esperaba a discreta distancia con la silla de ruedas. Su Santidad expresó bruscamente el nudo de la cuestión.

—Amigo mío, estoy enfermo, pero no estoy ciego. ¡Mire alrededor! Este lugar parece un campamento armado. Dentro, me rodean y acompañan siempre que hago un movimiento. ¿Qué sucede?

—Santidad, ha habido amenazas... amenazas terroristas contra su vida.

—¿De quiénes?

—Un grupo árabe extremista autodenominado La Espada del Islam. La información procede de altas fuentes de la inteligencia.

—De todos modos, no lo creo. Los árabes saben que nuestra política favorece al Islam en perjuicio de Israel. ¿Qué pueden ganar si me matan?

—Santidad, las circunstancias son especiales. Es usted paciente en una clínica dirigida por un destacado sionista.

—Que también trata a muchos pacientes árabes.

—Mayor razón todavía para enseñar a todos una lección. Pero por retorcida que sea la lógica, la amenaza es real. Hay dinero en juego... una gran suma.

—Saldré de aquí dentro de pocos días... probablemente en menos de una semana.

—Lo cual, Santidad, me lleva al punto siguiente. La mayoría de los miembros de la Curia nos oponemos enérgicamente a su propuesta de residir en casa de Anton Drexel. Eso implicaría una nueva y muy costosa operación de seguridad, posiblemente un riesgo para los niños y —lo diré francamente— la situación que usted menos desea: celos en el Sagro Colegio.

—¡Dios me dé fuerzas! ¿Qué clase de gente son ellos? ¿Una pandilla de niñas?

—No, Santidad. Son todos hombres adultos, que entienden la política del poder, y no todos son amigos de Anton Drexel. Por favor, Santidad, le ruego considere atentamente esta cuestión. Cuando salga de aquí, vaya directamente a Castel Gandolfo. Como bien sabe, dispondrá de los mejores cuidados. Desde allí, puede visitar a Drexel y su pequeña tribu cuando le plazca...

El Pontífice guardó silencio un momento prolongado, observando a Agostini con ojos hostiles y mirada fija. Finalmente, le desafió:

—Hay más, ¿verdad? Quiero saberlo ahora.

No suponía que su interlocutor esquivaría la pregunta. Y Agostini no la esquivó. Fue derecho al centro de la cuestión.

—Santidad, todos sabemos de su preocupación por las divisiones y los disensos en la comunidad de los fieles. Los que están cerca de usted han percibido desde hace algún tiempo que está pasando un período de... bien, de duda y de nueva evaluación de las medidas que aplicó tan enérgicamente durante su pontificado. Ese estado de incertidumbre se ha acentuado a causa de su enfermedad. Algunos —y me apresuro a decir que no soy uno de ellos— creen que la misma enfermedad, el sentimiento de apremio que ella origina, pueden inducir a Su Santidad a adoptar medidas precipitadas que, en lugar de beneficiar a la Iglesia, la perjudiquen todavía más. Esta es mi opinión: si va a haber cambios para mejorar, necesitará usted toda la ayuda posible de la Curia y la alta jerarquía de las Iglesias nacionales. Usted es un hombre que sabe bien cómo funciona el sistema, y cómo puede usarse para frustrar a los pontífices más decididos o más sutiles... Confía en Drexel. También yo. Pero es un hombre que está al final de su vida; es alemán; se muestra muy impaciente frente a nuestros extravíos romanos. En mi opinión, es un impedimento para los planes que usted pueda trazarse; y si usted mismo se lo dijera, creo que él coincidiría en esta opinión.

—Mateo, ¿usted se lo ha dicho?

—No.

—¿Y qué lugar ocupa usted en este tema político?

—El mismo que he ocupado siempre. Soy diplomático. Lidio con las posibles situaciones. Siempre temo las decisiones apresuradas.

—Drexel vendrá a visitarme esta tarde. Le debo la cortesía de una discusión antes de decidir algo.

—Por supuesto... Necesito contar con la autoridad personal de Su Santidad en otra cuestión, porque de lo contrario el asunto navegará entre las congregaciones durante meses. Esta semana hemos perdido a uno de nuestros mejores hombres del Secretariado. Me refiero a monseñor Matt Neylan.

—¿Le hemos perdido? ¿Qué significa exactamente eso?

—Nos ha abandonado.

—¿Una mujer?

—No. En cierto sentido, ojalá se tratase de eso. Vino a decirme que ya no creía.

—Una noticia lamentable. Muy lamentable.

—Desde nuestro punto de vista, se ha comportado con singular corrección. Y es más fácil devolverle sin escándalo al estado laico.

—Hágalo y de prisa.

—Gracias, Santidad.

—Mateo, deseo revelarle un secreto. —El Pontífice pareció retirarse a un mundo íntimo.— A menudo me he preguntado cómo sería despertar una mañana y descubrir que uno ya no tiene la fe que ha profesado la vida entera. Uno lo sabría todo, como podría conocer un tema jurídico o una ecuación química o un fragmento de historia; pero ya no tendría importancia... ¿Cuál es la frase de Macbeth? "Es un cuento, narrado por un idiota, cargado de sonido y furia, que nada significa". Como usted sabe, en los viejos tiempos nos habríamos apartado de un hombre así, le habríamos tratado como a un leproso, como si la pérdida fuese su propia culpa. ¿Cómo es posible conocer la causa? La fe es un don. El don debe ser anulado, del mismo modo que a veces uno pierde los dones de la vista o el oído. Podría sucederle fácilmente a usted o a mí... Confío en que se haya mostrado bondadoso con él. Sé que usted nunca dejará de ser cortés.

—Santidad, me temo que no se sintió muy complacido conmigo.

—¿Por qué no?

La pregunta le llevó de golpe a la historia de la última intervención del Vaticano en el destino de Lorenzo de Rosa y su familia. Pero pareció que esta vez el Pontífice ya no podía sentir nada. Lo que formuló fue un lamento por las esperanzas perdidas.

—Mateo, estamos perdiendo mucha gente. No se sienten felices en la familia de los fieles. No hay alegría en nuestra casa, porque hay muy poco amor. Y nosotros, los ancianos, tenemos la culpa.

Una vez por semana, a diferentes horas, Sergio Salviati realizaba lo que él mismo denominaba "el recorrido de los guantes blancos" de un extremo a otro de la clínica. Había tomado la frase de un viejo pariente que solía dedicarse a los viajes por mar bajo la bandera británica, y se refería al episodio en que el capitán, acompañado por el comodoro y el jefe de máquinas, se ponía guantes blancos e inspeccionaba el barco de popa a proa. Los guantes blancos revelaban el más mínimo atisbo de polvo o suciedad, y protegían las delicadas manos de la autoridad.

Sergio Salviati no usaba guantes blancos, pero su jefe de personal tenía en las manos una planilla y un plano fotocopiado de la institución, y allí se anotaban todos los defectos para corregirlos inmediatamente. Era un procedimiento muy poco latino; pero Salviati arriesgaba demasiado en las esferas del patronazgo y la reputación profesional para confiar en las normas heterogéneas de un personal políglota. Examinaba todo: los cuartos de herramientas, las pilas de ropa blanca, la farmacia, la sección de patología, los archivos y las historias clínicas, la eliminación de los desechos quirúrgicos, la cocina, los cuartos de baño. Incluso extraía muestras microscópicas de los conductos de aire acondicionado, porque en el caluroso verano romano podían albergar bacterias peligrosas.

Las inspecciones se realizaban siempre hacia el final de la tarde, cuando habían terminado los apremios de la sala de operaciones, y se habían completado las visitas a las salas. Además, a esa hora el personal se mostraba más tranquilo y abierto. Habían llegado al fin de la jornada, y eran vulnerables a la crítica y sensibles a las palabras de elogio.

Pocos minutos después de las cinco de ese mismo día ominoso llegó al Departamento de Hematología, donde se guardaban las reservas de sangre y los sueros, y se realizaban los análisis de las muestras traídas de las salas.

Normalmente había tres personas de guardia en el laboratorio. Esta vez había sólo dos. Salviati quiso conocer el motivo de esta situación. Le explicaron que Mirian Latif había pedido la tarde libre para atender ciertos asuntos personales. Debía regresar a su puesto al día siguiente. Lo había convenido con la oficina del jefe de personal. Era usual que los miembros del personal de las secciones se remplazaran unos a otros.

De regreso a su propia oficina, Salviati convocó al hombre del Mossad y le interrogó acerca de la ausencia de la joven. El hombre del Mossad movió con tristeza la cabeza.

—Profesor, para tratarse de un hombre inteligente, aprende usted con mucha lentitud. Su propio personal le ha dicho todo lo que necesita saber. Y lo que es mejor, le ha dicho la verdad. La joven fue llamada para atender un asunto personal. Y solicitó personalmente que la excusaran. ¡Deje así las cosas!

—¿Y la amenaza a nuestro paciente?

—La ausencia de la joven la ha eliminado. Su presencia la restablecería. Como siempre, esperamos y vigilamos. Por lo menos esta noche usted podrá dormir bien.

—¿Y mañana?

—¡Olvídese de mañana! —El hombre del Mossad se mostró impaciente y grosero.— Usted, profesor, debe adoptar hoy una decisión... ¡ahora mismo, aquí!

—¿Acerca de qué?

—Acerca del papel que desea representar: el médico prestigioso que desempeña su actividad prestigiosa en un mundo perverso, o el entrometido que no puede privarse de meter la nariz en los asuntos ajenos. En cualquiera de ambos casos podemos utilizarle. Pero si está dentro, se compromete hasta el cuello y juega de acuerdo con nuestras normas. ¿Hablo claro?

—En cualquiera de los dos casos —dijo Salviati—, parece que están manipulándome.

—¡Por supuesto, le manipulamos! —El hombre del Mossad le mostró su sonrisa avinagrada.— Pero hay una importante diferencia: en su papel del profesor Salviati se le manipula y usted es inocente y no sabe nada. En caso contrario, hace lo que se le ordena, con los ojos abiertos y la boca cerrada. Si queremos que mienta, usted miente. Si queremos que mate, usted mata... y al demonio con el juramento hipocrático. Amigo, ¿puede soportar eso?

—No, no puedo.

—Fin de la discusión —dijo el hombre del Mossad—. Esta noche tomará su agradable cena y dormirá mucho mejor.

—Pero no duermes —le reprendió tiernamente Tove Lundberg—. Ni siquiera te agrada hacer el amor; porque no eres inocente, no eres una persona que no sabe nada, y el sentimiento de culpa te tortura constantemente.

Estaban sentados frente a sus cócteles en la terraza de la casa de Salviati, contemplando un cielo tachonado de estrellas, brumoso y desdibujado por las emanaciones de Roma: la niebla del río, los escapes de los vehículos, el polvo y las exhalaciones de una ciudad que se asfixiaba lentamente. Salviati no había deseado revelarle todo el asunto, porque el mero conocimiento del episodio implicaba cierto riesgo para ella. Pero el ocultamiento era un peligro aún mayor para él, porque enturbiaba su inteligencia, le arrebataba la objetividad de la que dependía la vida de sus pacientes. Tove Lundberg resumió su propia argumentación.

—...El problema es, querido, que sabes muy poco y pretendes demasiado.

—Sé que matarán a Miriam Latif... si a estas horas ya no está muerta.

—No lo sabes. Estás conjeturando. Ni siquiera estás seguro de que mañana no venga a la clínica.

—Entonces, ¿qué debo hacer?

—¿Qué harías si se tratase de una persona completamente distinta?

—Me enteraría mucho más tarde que los demás. La oficina del jefe de personal ya habría investigado su ausencia. Si ella no se presenta a una hora razonable, me pedirían que autorizara la designación de un sustituto. Probablemente les aconsejaría que se comunicasen con la policía y los funcionarios de inmigración, porque la clínica ha patrocinado la entrada de la joven y garantizado su empleo. Y después, el asunto ya no nos compete.

—Que es ni más ni menos que lo que te dijo desde el principio tu hombre del Mossad.

—Pero, ¿no ves que...?

—¡No! No veo nada. No puedo ver un paso más allá de la rutina que acabas de esbozar. ¿A quién se lo dirás? ¿Al Papa? El está al tanto de la amenaza que pesa sobre su vida. Está informado de las medidas de seguridad. Consiente, por lo menos tácitamente, en que todo lo que pueda suceder es consecuencia de esas medidas. Si la muchacha es una terrorista, ella misma ya aceptó todos los riesgos de la misión para la que fue entrenada.

—Pero se trata precisamente de eso. —De pronto Salviati se irritó.— Toda la prueba contra ella es circunstancial. Parte de esa prueba es negativa, en el sentido de que en las listas del Mossad no apareció otro candidato más probable. De modo que se la condena y ejecuta sin juicio.

—¡Tal vez!

—Muy bien. ¡Tal vez!

—De nuevo: ¿qué puedes hacer al respecto, si el gobierno italiano renuncia a su autoridad legal en favor de la acción directa de los israelíes? Es lo que está sucediendo, ¿verdad?

—Y el Vaticano se apoya en el protocolo del Concordato. Los guardaespaldas del Papa pueden protegerle con la fuerza de las armas, si es necesario; pero el Vaticano no puede intervenir en la administración de justicia de la República.

—En ese caso, ¿por qué te golpeas la cabeza contra tu propio Muro de las Lamentaciones?

—Porque ya no estoy seguro de lo que soy o del destinatario de mi fidelidad. El Papa es mi paciente. Italia es mi país. Los israelíes son mi pueblo.

—¡Escucha, amor mío! —Tove Lundberg extendió la mano sobre la mesa y sujetó las de Salviati.— No aceptaré que me hables así. Recuerda lo que me dijiste cuando empecé a trabajar contigo. "La cirugía del corazón es un trabajo peligroso. Depende de una libre decisión, de la aceptación de los riesgos conocidos y expresados claramente entre el cirujano y el paciente. ¡No hay un camino de retirada si un factor desconocido inclina negativamente la balanza!" Por lo tanto, me parece que estás en la misma situación en el caso de Miriam Latif. Es probable que sea una asesina entrenada, a quien se le ordenó matar al Papa. Se ha adoptado una decisión: impedir que actúe sin provocar represalias. Pero en este caso la decisión fue adoptada por otros. No se cuestiona su identidad; más bien se confirma. Eres médico. Nada tienes que hacer en el lugar de la ejecución. ¡Manténte apartado de eso!

Sergio Salviati se desprendió del apretón de Tove y se puso de pie. Habló en un tono áspero e irritado.

—¡Y bien! ¡En Roma siempre es lo mismo! Mi fiel consejera se ha convertido en jesuita. Seguramente se llevaría muy bien con Su Santidad.

Tove Lundberg permaneció largo rato en silencio, y después, con un formalismo extraño y distante, contestó a Salviati.

—Querido, hace mucho tiempo tú y yo hicimos un trato. No podíamos compartir nuestras historias personales o nuestras tradiciones. No lo intentaríamos. Nos amaríamos el uno al otro todo lo que fuese posible, todo el tiempo que pudiéramos, y cuando concluyese el amor mantendríamos siempre nuestra amistad. Sabes que no tengo inclinación ni talento para los juegos crueles. Sé que a veces tú los practicas, cuando te sientes frustrado y temeroso, pero siempre he creído que me respetabas demasiado para obligarme a participar en eso... Pues bien, ahora me vuelvo a casa. Cuando nos encontremos por la mañana ojalá hayamos olvidado este momento desagradable.

Esa noche, el Pontífice permaneció hasta tarde conversando con Anton Drexel. Después de las sacudidas emocionales del día sentía la necesidad del discurso sereno y tranquilo con Drexel. La respuesta de Drexel a las objeciones formuladas contra la visita papal a la colonia fue típica del hombre.

—...Si origina problemas, olvidemos la idea. Se concibió la iniciativa como una terapia, no como un factor de tensión. Además, Su Santidad necesita aliados y no adversarios. Cuando se haya aquietado el escándalo y se atenúen los riesgos de un ataque contra su persona, como sucede siempre, podrá visitar a los niños. Incluso puede invitarlos a que le visiten...

—¿Y qué me dice, Anton, de sus propios planes referentes a mí? Mi educación con el fin de incorporar nuevos conceptos y nuevos criterios políticos.

Drexel se echó a reír, y era la risa de un hombre cómodo consigo mismo y con su jefe.

—Santidad, mis planes dependen de la acción del Espíritu. Con mis solas fuerzas, no podría lograr que usted cediese un milímetro. Además, su secretario de Estado tiene razón, como casi siempre. Soy demasiado viejo y todavía se me ve como al *auslander*, de modo que no puedo cumplir la función de un auténtico centro de poder en la Curia. Fue así como Su Santidad ganó la batalla contra Jean Marie Barette. Reunió a los latinos contra los alemanes y los anglosajones. Yo no ensayaría dos veces la misma estrategia.

Ahora tocó al Pontífice el turno de reír, un esfuerzo doloroso que le aportó escaso placer.

—Y bien, Anton, ¿cuál es su estrategia? ¿Y qué espera obtener de mí y a través de mí?

—Lo que según creo usted mismo espera: un revivalismo en la Asamblea de los Fieles, un cambio en las actitudes que sancionan las leyes que son el principal obstáculo para la caridad.

—Es fácil decirlo, amigo mío. Lograrlo implicaría el trabajo de una vida... y ya he aprendido cuán breve y frágil puede ser la vida.

—Si está pensando en una serie de soluciones —el elegir problemas uno por uno como si fuesen patos en una galería de tiro—, en ese caso, por supuesto, tiene razón. Cada tema origina un nuevo debate, nuevas disputas y casuísticas. Finalmente, sobreviene la fatiga y la clase de desesperación sinuosa que nos ha agobiado desde el Concilio Vaticano II. El fuego de esperanza que Juan XXIII encendió se ha extinguido y ahora es un montón de cenizas grises. Los conservadores —usted mismo, Santidad, entre ellos— conquistaron una serie de victorias pírricas, y en todos los casos los fieles fueron los que perdieron.

—Bien, Anton, dígame cuál es su remedio.
—Una sola palabra, Santidad... descentralizar.
—Le escucho, pero no estoy seguro de entenderle.
—Entonces, intentaré hablar más claramente. Lo que necesitamos no es la reforma, sino la liberación, un acto que nos libere de los grillos que nos tienen atados desde Trento. Devuelva a las iglesias locales la autonomía que les corresponde por derecho apostólico. Comience a desmantelar este resquebrajado edificio de la Curia, con sus tiranías, sus secretos y sus sinecuras para los mediocres o ambiciosos. Abra paso a la consulta libre con sus hermanos los obispos... Confirme en los términos más claros el principio de colegialidad y su decisión de que funcione... Un documento iniciaría el proceso, una sola encíclica escrita por usted mismo, no redactada por un comité de teólogos y diplomáticos, y después castrada por los latinistas y aguada por los comentarios de los conservadores...

—Usted está pidiéndome que redacte un plan revolucionario.
—Santidad, si no recuerdo mal el Sermón de la Montaña fue un manifiesto revolucionario.
—Las revoluciones son la tarea de los jóvenes.
—Los viejos escriben los documentos, los jóvenes los convierten en acción. Pero ante todo tienen que liberarse de la cárcel en que están retenidos ahora. Concédales la libertad necesaria para pensar y hablar. Deposite en ellos su confianza y encomiéndeles el ejercicio de la libertad. Quizá de ese modo no tendremos tantas bajas como De Rosa y Matthew Neylan.
—Anton, es usted un hombre obstinado.
—Santidad, soy más viejo que usted. Tengo todavia menos tiempo.
—Le prometo que pensaré en lo que me ha dicho.
—Piense también en esto, Santidad. Según están ahora las cosas en la Iglesia, la lucha secular por la supremacía

papal ha concluido con la victoria, y las consecuencias de ese triunfo nos están costando caro. Todo el poder está reunido en un hombre, usted mismo; pero no puede ejercerlo únicamente a través de la complicada oligarquía de la Curia. En este momento usted es una persona casi impotente. Continuará así durante varios meses. Entretanto, los hombres a quienes designó en cargos influyentes están preparados para formar una oposición unida a todo lo que represente una política nueva. Eso es un hecho. Agostini ya le hizo la misma advertencia. ¿Puede afirmarse que nos encontramos en una situación prometedora? ¿Esa es la verdadera imagen de la Iglesia de la que Cristo es la cabeza y todos somos los miembros?

—No, de ningún modo. —El Pontífice León ahora mostraba signos de fatiga.— Pero ninguno de nosotros puede hacer absolutamente nada al respecto en este momento, salvo pensar y orar. ¡Vuelva a su casa, Anton! Vuelva a su familia y a sus viñedos. Pronto llegará la vendimia y comenzarán a aplastar la uva, ¿verdad?

—Muy pronto. Dentro de dos semanas, según dice mi empleado.

—Quizá pueda ir a verlo. Desde que era niño no he asistido a una vendimia.

—Se le dará una cálida bienvenida. —Drexel se inclinó para besar el Anillo del Pescador.— Y una bendición papal quizás haga maravillas en el vino de Fontamore.

Mucho después de que Drexel se marchara, mucho después del momento en que la enfermera nocturna le acomodó para dormir, León XIV, sucesor del Príncipe de los Apóstoles, permanecía despierto, escuchando los ruidos nocturnos, tratando de descifrar su destino en las sombras proyectadas por una lamparita. El argumento que Drexel le había expuesto por una parte tenía cierta sencillez grandiosa, y por otra establecía una distinción muy sutil entre la autoridad y el poder.

Bonifacio VIII en el siglo XIV y Pío V en el XVI habían asignado la definición más rígida y extrema al concepto del poder papal. Bonifacio había declarado *tout court* que "a causa de la necesidad de la salvación, todas las criaturas humanas están sometidas al Pontífice Romano".

Pío V había desarrollado la idea con sobrecogedora presunción. León XIV, su sucesor moderno, heredero de la rígida voluntad y el carácter irascible de Pío V, podía recitar de memoria las palabras:

"Quien reina en los cielos, aquél que ejerce todo el poder en el cielo y sobre la tierra, entregó la única y sagrada Iglesia Católica y Apostólica, fuera de la cual no hay salvación, de modo que fuese gobernada, en la plenitud de la autoridad, a un solo hombre, es decir, a Pedro, el Príncipe de los Apóstoles, y a su sucesor, el Pontífice Romano. Designó a este único gobernante como príncipe sobre todas las naciones y los reinos, con el fin de que arrancase, destruyese, dispersara, disipara, afirmase y construyese..."

Era la afirmación más definitiva y más flagrante de un papado imperial, refutado hacía mucho tiempo por la historia y el sentido común; el poder era todavía la meta humana definitiva, y aquí residía la fuerza para movilizar a casi mil millones de personas, mediante la sanción última: *timor mortis*, el temor a la muerte y sus misteriosas consecuencias.

Por consiguiente, la propuesta de Drexel implicaba renunciar a posiciones mantenidas durante siglos, cedidas en fragmentos y aún así sólo bajo suma presión. Implicaba, no un concepto imperial, sino otro mucho más primitivo y radical: que la Iglesia era una porque poseía una fe, un bautismo y un Dios, Jesucristo, en quien todos estaban unidos como las ramas están unidas a un sarmiento vivo. Suponía no poder, sino autoridad, la autoridad fundada en el libre albedrío, la conciencia libre, el acto de fe ejecutado libremente. Los que gozaban la autoridad debían usarla respetuosamente y en bien del servicio. No debían pervertir la autoridad para convertirla en instrumento de poder. Para usarla bien, necesitaban no sólo doblegarla, sino reconocer libremente la fuente que la delegaba en ellos y las condiciones de su aplicación. Una de las ironías de una jerarquía célibe era que cuando uno privaba de cierta satisfacción a un hombre acentuaba su apetito por otras, y el poder tenía un sabor muy agradable en la boca.

Incluso si aceptaba el plan de Drexel —y en verdad le merecía muchas reservas, lo mismo que el propio Drexel— los obstáculos que se oponían a su realización eran enormes.

Esa misma tarde su entrevista de un cuarto de hora con Clemens, de la Congregación para la Doctrina de la Fe, se había prolongado casi cuarenta minutos. Clemens había insistido firmemente en que su congregación era el perro guardián que vigilaba el Depósito de la Fe; y si se le prohibía ladrar, y más aún morder, ¿para qué molestarse en conservar ese organismo? Si Su Santidad deseaba responder directamente a los contestatarios de Tubinga, por supuesto estaba en su derecho. Pero una palabra del Pontífice no toleraba una revocación fácil, y tampoco debía permitirse que esos clérigos intransigentes la refutasen, como bien podía suceder.

Era de nuevo el juego del poder, e incluso él, el Pontífice, debilitado, no se veía exento de participar en ello. ¿Qué posibilidades tenía un obispo rural, instalado a quince mil kilómetros de Roma, delatado a causa de un acto o una manifestación por el Nuncio Apostólico? Drexel podía luchar, porque era el igual de Clemens y porque era más veterano en el juego y lo conocía mejor. Pero ese mismo distanciamiento olímpico determinaba que en cierto grado fuese una figura sospechosa.

En cambio, un hombre que se autodenominaba Vicario de Cristo tenía obligadamente un lugar en la historia. A lo largo de los siglos se citaban como precedentes sus palabras y sus actos, y las consecuencias de éstos pesaban en la balanza cuando afrontaba su propio Día del Juicio. De modo que mal podía sorprender que los sueños que rondaban alrededor de su almohada esa noche fuesen un extraño caleidoscopio de escenas de los frescos de Miguel Angel y de hombres, enmascarados y armados, que perseguían a su presa a través de un bosque de pinos.

8

Fuera del enclave de la Clínica Internacional, entre las cinco y las diez, hubo una serie de episodios triviales.

Una mujer realizó una llamada telefónica y dejó un mensaje; otra mujer tomó un avión que dos horas después llegó a destino. Un cajón, con un rótulo que decía "documentos diplomáticos", fue cargado en otro avión con destino diferente. En una villa de la Appia Antica un hombre esperó una llamada que nunca llegó. Después llamó a su chófer y ordenó que le llevase a un club nocturno cercano a Via Veneto. En el aeropuerto de Fiumicino, un empleado de la oficina de la Middle East Airlines hizo una fotocopia del cupón de un billete aéreo, se guardó la fotocopia en el bolsillo y en el camino de regreso a su casa la entregó al portero de un edificio de apartamentos. El ciclo completo de pequeños episodios fue informado al funcionario de guardia de la Embajada Israelí en Roma. Por la mañana, antes de dirigirse a la clínica, el hombre del Mossad fue informado del significado de estos hechos.

La llamada telefónica a la clínica, a las 7 de la tarde, se originó en el vestíbulo del aeropuerto. La voz estaba deformada y casi cubierta por el ruido de fondo, pero la operadora de la centralita de la clínica afirmó que había atendido el mensaje y lo había anotado exactamente. Miriam Latif no se presentaría a trabajar por la mañana, como había prometido. Su madre estaba muy enferma. Se disponía a tomar el vuelo nocturno a Beirut, con la Middle Eastern Airlines. Si no regresaba, debía pagarse el sueldo pendiente a su cuenta del Banco di Roma. Lamentaba el inconveniente, pero esperaba que el profesor Salviati lo entendería.

A las 7.30, una mujer, con el rostro cubierto por el velo tradicional, se presentó en el mostrador de la Middle East Airlines. Tenía un billete para Beirut y un pasaporte libanés a nombre de Miriam Latif. Llevaba únicamente equipaje de mano. Como estaba saliendo de la República y no entrando, la policía de fronteras no la obligó a quitarse el velo. Tres horas después la misma mujer desembarcó en el aeropuerto de Beirut, presentó un pasaporte con otro nombre y desapareció.

El cajón que llevaba el rótulo de "documentos diplomáticos" fue cargado en el vuelo nocturno de El-Al a Tel Aviv. Dentro yacía Miriam Latif, completamente drogada, envuelta en mantas térmicas y ventilada con orificios para permitir el paso del aire, y un tanque de oxígeno de liberación lenta. Cuando llegó a Tel Aviv fue llevada a la enfermería de un centro de detención del Mossad y registrada con un número y un código que indicaban la orden de someterla a un interrogatorio especial y prolongado.

En el club nocturno que estaba cerca del Veneto, Omar Asnán, el comerciante de Teherán, pidió champaña para la joven que solía acompañarle, y deslizó en su escote un billete de 50.000 liras. El mensaje incluido en el billete fue entregado diez minutos después a dos hombres que bebían café en uno de los reservados. La entrega fue advertida por la vendedora de cigarrillos, una agente israelí que hablaba francés, italiano y árabe.

Su informe completó la operación. La asesina Miriam Latif había sido eliminada del juego. El Mossad se había adueñado de una rehén valiosa y una fuente de información vital. Omar Asnán y sus secuaces de La Espada del Islam aún ignoraban lo que había sucedido. Solamente sabían que Miriam Latif no había acudido a la cita. Necesitaría por lo menos veinticuatro horas para ordenar una explicación verosímil de los hechos. Había pocas posibilidades de que pudieran organizar otro intento de asesinato durante el limitado tiempo de convalecencia del Pontífice.

El único problema que quedaba era tranquilizar a Salviati y obligarle a ensayar su testimonio. El hombre del Mossad lo hizo con su habitual brevedad.

—¿La operadora de la centralita copió el mensaje de Miriam Latif?

—Sí. Lo tengo aquí.

—¿Generalmente es una persona precisa y fidedigna?

—Todas nuestras operadoras tienen que serlo. Atienden cuestiones médicas... asuntos de vida o muerte.

—¿Qué hará con las ropas de la joven, con sus efectos personales?

—He pedido a su compañera de habitación que las reúna y las guarde. Las retendremos hasta que nos lleguen noticias de la propia Miriam.

—Entonces, eso es todo —dijo el hombre del Mossad—. Excepto que me pareció conveniente que viera esto para tranquilizar su delicada conciencia.

Entregó a Salviati la fotocopia del cupón del billete aéreo, a nombre de Miriam Latif. Salviati la examinó con una ojeada y la devolvió.

—Por supuesto, usted no lo ha visto —dijo el hombre del Mossad.

—Soy un mono sabio —dijo agriamente Sergio Salviati—. Sordo, mudo y ciego.

Pero el hombre del Mossad no estaba ciego. Advertía muy claramente las nuevas posibilidades de violencia creadas por la desaparición de Miriam Latif. La operación contra el Pontífice se había frustrado completamente, como la propia Latif había advertido que podía suceder: "el lugar está sembrado de gusanos". Pero se había pagado dinero —una suma importante— y las normas del juego de la muerte eran explícitas: nosotros pagamos, usted entrega. De manera que alguien debía mucho dinero a La Espada del Islam. Y esa persona debía devolver el dinero o en su lugar un cadáver. Y no se trataba sólo del dinero. Estaban en juego el honor, la dignidad, la autoridad del movimiento sobre sus adeptos.

Si no se aplicaban las reglas, si no se entregaba a la víctima prometida, los adeptos buscarían otra organización.

Por último —y quizás éste era el golpe más duro para los profesionales— tan pronto se descubriese el secuestro de Miriam Latif, el grupo terrorista se dispersaría, y todo el trabajo de penetración, todos los riesgos afrontados para mantener allí a una agente se perderían de la noche a la mañana.

Eso dejaba a cargo del hombre del Mossad algunas decisiones delicadas. Cuánto debía decir a los italianos. Qué tipo de advertencia, si se llegaba a eso, correspondía hacer a la gente del Vaticano, y si el propio Sergio Salviati necesitaba o merecía protección. En definitiva, parecía sensato mantener la red de seguridad alrededor de su persona. Pasaría mucho tiempo antes de que el Mossad pudiese crear una pantalla más segura, tan útil y tan auténtica como la Clínica Internacional.

En un rincón tranquilo del jardín, protegido de la brisa por una pared y del sol por un dosel de sarmientos, el Pontífice León estaba sentado frente a una mesa de piedra gastada por la intemperie, y escribía el diario de su séptimo día en el hospital.

Ahora se sentía mucho más fuerte. Mantenía más erguido el cuerpo, caminaba más. Las variaciones de su temperamento eran menos violentas, aunque se conmovía hasta las lágrimas o soportaba dolorosos sentimientos de ansiedad. Todos los días un terapeuta trabajaba sobre su espalda y hombros, y aunque la caja torácica aún le dolía, comenzaba a sentarse y acostarse más cómodamente. Lo único que le molestaba más que todo el resto era la conciencia de que estaba sometido a estricta vigilancia cada hora del día y de la noche. Incluso así, no mencionaba el asunto, por temor a parecer caprichoso y quejicoso.

El propio Salviati habló del tema con él una mañana que fue a beber una taza de café con su paciente. El Pontífice manifestó su placer ante la desusada concesión. Salviati se encogió de hombros y sonrió.

—Hoy no operaré. Pensé que a usted le vendría bien un poco de compañía. Esos individuos... —Su gesto abarcó a los tres tiradores que rodeaban el sector.— Esos individuos no son muy habladores, ¿verdad?

—No, no hablan mucho. ¿Usted cree que los necesito realmente?

—No me pidieron opinión —dijo Salviati—. Y creo que tampoco a usted. Y ya que hablamos del asunto, es una situación extraña. Usted es el Papa. Yo dirijo esta clínica. Pero parece que siempre hay un momento en que la Guardia del Palacio asume el control. De todos modos, no permanecerá usted aquí mucho tiempo. En poco más le daré de alta.

—¿Cuándo?

—En tres días. El sábado.

—Es una magnífica noticia.

—Pero tendrá que continuar cumpliendo el régimen... dieta y ejercicio.

—Lo haré, créame.

—¿Ha decidido dónde se alojará?

—Había abrigado la esperanza de ir a la villa del cardenal Drexel; pero mi Curia no lo aprueba.

—¿Puedo preguntar por qué?

—Me dicen que exigiría una nueva y costosa operación de seguridad.

—Lo dudo. He visitado el lugar varias veces con Tove Lundberg. Probablemente sería muy fácil clausurar el sitio. El muro de circunvalación puede ser visto claramente desde la propia villa.

—Por supuesto, ésa no es la única razón. El Vaticano es una corte, como señaló cierta vez André Gide. Y los cortesanos se muestran celosos como niños de su jerarquía y sus privilegios.

—Creía que los eclesiásticos estaban más allá de esas cuestiones mundanas.

La sonrisa de Salviati despojó de malicia al comentario. El Pontífice se echó a reír.

—Amigo mío, el hábito no hace al monje.

—¿Y desde cuándo el Papa lee a Rabelais?

—Créame, amigo mío, jamás lo he leído. Mi lista de lecturas ha sido algo limitada.

—En todo caso, las ha aprovechado bien.

—He aprendido más durante la última semana que en media vida... y ésa es la verdad, *senza complimenti*. Le estoy profundamente agradecido, y debo mucho a la sabiduría y a la gentileza de su consejera.

—Es muy eficaz. Puedo considerarme afortunado de contar con sus servicios.

—Es evidente que ustedes se tienen mucho afecto.

—Hemos mantenido una relación estrecha durante mucho tiempo.

—¿No han pensado en el matrimonio?

—Hemos hablado de eso. Coincidimos en que no funcionaría para ninguno de los dos... Pero hablemos un momento de usted. Es evidente que volverá a la situación tensa de su propia residencia. Había abrigado la esperanza de postergar eso hasta que se sintiera más fuerte... Sin duda, está recobrándose muy bien; pero debe comprender que el sentimiento de bienestar es relativo. Hoy es mejor que ayer, mañana se sentirá todavía más fuerte, pero agota rápidamente sus energías y todavía depende de los cuidados de nuestro personal. Con su autorización, desearía hablar de esto con el cardenal Agostini. Francamente, creo que su bienestar es más importante que los celos de sus cardenales y la Curia. ¿Por qué no los ignora y sigue mi consejo?

—Podría hacerlo. Preferiría que no fuese el caso.

—Entonces, permítame ser su defensor. Por lo menos, nadie puede acusarme de perseguir un interés egoísta. Mi opinión clínica debe tener cierto peso. Quisiera hablar con el Cardenal Agostini.

—Pues hágalo.

—En efecto, lo haré.

—Deseo que sepa, amigo mío, cuánto le agradezco su habilidad y la atención que me ha dispensado.

Salviati sonrió como un escolar avergonzado.

—Ya le dije que era un fontanero muy bueno.

—Es mucho más que eso. Advierto todo el esfuerzo consagrado a este lugar, y toda la energía que aún lo mantiene funcionando. Más tarde, desearía comentar con usted la posibilidad de una contribución permanente a su obra, quizás una donación, o el aporte de equipos especiales. Usted me dirá qué conviene más.

—Ahora mismo puede realizar su aporte. —Salviati fue directo y habló con energía.— Tove Lundberg y yo estamos trazando una serie de perfiles psíquicos del posoperatorio de los pacientes cardíacos. En todos nuestros pacientes advertimos síntomas de un cambio psíquico radical. Necesitamos comprender mejor ese estado. En sus sesiones con Tove, usted ha descrito ese cambio con diferentes metáforas: la serpiente que se desprende de su vieja piel, el injerto en un árbol que origina un fruto distinto, Lázaro saliendo de la tumba, un hombre nuevo en un mundo nuevo...

—Es la mejor descripción que he hallado hasta ahora. Por supuesto, sé que no he muerto, pero...

—Estuvo bastante cerca —dijo secamente Salviati—. Latido cardíaco más o menos. Pero ésta es mi pregunta. Usted llegó a esta situación mejor equipado que la mayoría. Tenía una fe definida, una concepción filosófica bien armada, una teología y una práctica moral... ¿Qué parte de todo ese equipaje ha dejado atrás? ¿Qué parte ha conservado?

—Todavía no lo sé. —Las palabras brotaron lentamente de sus labios, como si estuviera sopesando cada una.— Ciertamente, no todo el equipaje ha sobrevivido al viaje, y lo que he conservado es mucho, muchísimo menos que lo que tenía al principio. Respecto al resto, es demasiado temprano para saberlo o para decir algo... Quizá más tarde pueda explicarme mejor.

—La respuesta será importante para todos. Es suficiente que pasee la mirada por este jardín para saber que los fanáticos están apoderándose del mundo.

—Parte del equipaje que todavía conservo —dijo el Pontífice León—, es una serie de instrucciones referidas a la supervivencia. Fue escrita por un judío, Saúl de Tarso... "Ahora quedan estas cosas: la fe, la esperanza y la caridad. Y la principal es la caridad". Yo mismo no siempre las he usado bien; pero estoy aprendiendo.

Sergio Salviati le miró largamente, y después una sonrisa lenta suavizó las líneas sombrías de su cara.

—Quizás hice mejor trabajo de lo que creía.

—Por mi parte, jamás le subestimaré —dijo el Pontífice León—. Vaya con Dios.

Observó a Salviati que atravesaba de prisa el jardín. Vio cómo los guardias le saludaban al paso. Después, abrió su diario y retomó la tarea de explicar su nueva personalidad a la antigua.

"...En mi discusión con el Cardenal Clemens, ayer, hizo mucho hincapié en los peligros de 'la nueva teología', en el rechazo por ciertos eruditos católicos de lo que él denominó 'las normas clásicas de la enseñanza ortodoxa'. Sé lo que quiere decir. Comprendo su sospecha frente a la novedad, su preocupación en vista de que están proponiendo nuevos conceptos de las doctrinas tradicionales a los alumnos de los seminarios y universidades, y eso antes de que hayan sido demostradas por la discusión y la experiencia, y confrontadas con el Depósito de la Fe, de la cual Clemens y yo somos guardianes designados, y yo el árbitro e intérprete definitivo.

"¡Bien! ¡Acabo de escribirlo! La frase me mira desde la página... 'El árbitro y el intérprete definitivo.' ¿Lo soy? ¿Quién me asigna ese carácter? ¿La elección por un colegio de mis iguales? ¿Un coloquio privado con el Espíritu Santo, un episodio acerca del cual no tengo registro ni recuerdo? Incluso en mi condición de Papa, ¿podría atreverme a sostener una discusión contra un filósofo, un teólogo o un erudito en la Biblia de las grandes universidades? Sé que no podría, haría el papel del tonto; porque sólo podría apelar a esas 'normas clásicas' y a su expresión tradicional, la que me fue inculcada tan exhaustivamente en otra época. No fui elegido por mis logros intelectuales o por el caudal de mi intuición en las cuestiones espirituales. No soy Irineo, no soy Orígenes, ni Tomás de Aquino. Soy y siempre fui un hombre de la organización. La conozco al derecho y al revés, sé como servirla, y cómo mantenerla en funcionamiento. Pero ahora la organización está envejecida y yo no tengo imaginación suficiente para renovarla. Soy tan deficiente en física social como en filosofía y teología. Por lo tanto, me veo obligado a reconocer que mis arbitrios e interpretaciones pertenecen a otros, y que todo lo que contribuyo a ellos es el sello del Pedro.

"Pasemos a la pregunta siguiente: ¿cuál es la verdadera autoridad de los individuos en cuyo criterio me apoyo? ¿Por qué los elegí a ellos y no a otros que ven más lejos, que comprenden mejor el idioma, el espíritu y el simbolismo de nuestros tiempos? La respuesta es que he temido, como tantos en este cargo han temido, la posibilidad de que el viento del Espíritu recorriera libremente la Casa de Dios. Hemos sido miembros de una guarnición, hombres que defienden las murallas de una ciudadela en ruinas, temerosos de salir a enfrentarse al mundo que avanza por el camino de los peregrinos y nos deja a un lado.

"Cuando por primera vez salí de mi hogar para ir al seminario me sorprendió comprobar que las cosas del mundo no se desenvolvían utilizando el dialecto emiliano de mi tierra natal. El primer paso de mi educación fue aprender la lengua de un mundo más ancho, las costumbre de una sociedad menos rústica. Sin embargo, en el gobierno de la Iglesia que se autodenomina universal, intenté aferrar la institución al lenguaje y los conceptos de siglos anteriores, como si en cierto modo mágico la antigüedad garantizara la seguridad y la importancia.

"Nuestro Señor bendito usaba el lenguaje y las metáforas de un medio rural, pero su mensaje era universal. Abarcaba a todas las criaturas, del mismo modo que el mar abarca a todos los habitantes de las profundidades. He intentado reducir ese lenguaje a un compendio estático, y sofocar la especulación acerca de sus infinitos sentidos.

"Comienzo lentamente a comprender lo que quiso decir uno de mis críticos más francos cuando escribió: 'Este pontífice se asemeja a un científico que trata de organizar el tercer milenio con un texto de física newtoniana. El cosmos no ha cambiado, pero nuestra comprensión del modo en que funciona es más amplia y distinta... En esa medida, todos hemos penetrado un poco más profundamente en el misterio de la Divinidad. Precisamente por eso, rodeados por las confusiones y las amenazas del mundo moderno, la pedagogía del pasado no nos basta. Necesitamos un maestro que dialogue con nosotros por referencia al mundo en que estamos comprometidos.'

"Cuando leí por primera vez estas líneas me ofendí. Sentí que el autor, un lego, estaba profiriendo un insulto arrogante. Ahora lo veo de distinto modo. Se me pide que explore audazmente los misterios de una nueva época, ayudado por la luz de la antigua verdad, confiando en que esa luz no se apagará..."

Una sombra se proyectó sobre la página, y él levantó los ojos y vio a Tove Lundberg de pie, a pocos pasos de distancia. Le dirigió una sonrisa de bienvenida y la invitó a reunirse con él frente a la mesa. En ese mismo instante le atacó un espasmo en la columna vertebral, y se estremeció ante el dolor. Tove Lundberg pasó detrás del Pontífice y comenzó a masajearle el cuello y los hombros.

—Cuando escribe, adopta una postura defectuosa. Y entonces, cuando se endereza, siente un pinchazo y sufre un espasmo... Trate de mantenerse erguido.

—Mi viejo maestro solía reprenderme por la misma razón. Afirmaba que parecía que estaba tratando de arrastrarme hacia el interior del papel como un gusano.

—¡Pero usted escucha sólo ahora, porque le duele!

—Es cierto, mi querida Tove. ¡Es cierto!

—Bien, ¿se siente mejor?

—Mucho mejor, gracias. ¿Puedo ofrecerle un poco de agua mineral?

—Puede ofrecerme un consejo.

—De buena gana.

—¿Extiende usted el secreto de la confesión a los incrédulos?

—Con fuerza especial. ¿Qué la inquieta?

—Sergio y yo hemos reñido.

—Lamento saberlo. ¿Es grave?

—Me temo que sí. Desde que sucedió, hemos podido cambiar solamente frías cortesías. Es algo que llega a la raíz de nuestra relación. Ninguno de los dos está dispuesto a renunciar a su posición.

—¿Y cuáles son esas posiciones?

—En primer lugar, hemos sido amantes mucho tiempo. Usted probablemente lo sabe.

—Lo sospechaba.

—Por supuesto, ¿usted no lo aprueba?

—No puedo saber qué pasa en la conciencia privada de ambos.

—A menudo hemos hablado del matrimonio. Sergio lo desea, pero yo no.

—¿Por qué no?

—Mis razones son muy claras para mí misma. No estoy dispuesta a arriesgar la posibilidad de tener otro hijo. No creo que pueda condenar a un hombre —a ninguno— a un matrimonio sin hijos. Britte está terminando su educación en la colonia; pero en determinado momento tendrá que abandonarla, y mi obligación será darle un hogar y atenderla. No quiero contemplar la perspectiva de internarla en una institución. Es demasiado inteligente para soportar eso. De modo que ésa es otra carga que no estoy dispuesta a imponer a un esposo. Creo que como amante el convenio es más equitativo, aunque más provisional...

—¿Y Sergio Salviati? ¿Qué siente acerca de todo esto?

—Lo acepta. Creo que incluso se siente aliviado, porque tiene sus propios problemas, que calan más hondo que los míos, pero no admiten una definición igualmente fácil. En primer lugar, es judío, y usted precisamente sin duda sabe lo que significa ser judío, incluso ahora, en este país. Segundo, es un apasionado sionista, que a menudo se siente frustrado y degradado porque está ganando dinero y conquistando reputación, mientras su pueblo combate por la supervivencia en Israel. Al mismo tiempo, su situación le obliga a enredarse en toda suerte de compromisos. Usted es uno de esos compromisos. Es el Pontífice reinante, pero aún se niega a reconocer al Estado de Israel. Los jeques árabes a quienes trata aquí son otro compromiso, y lo es también el hecho de que este lugar sea además un puesto de observación para los agentes del Mossad que trabajan en Italia. No hay nada demasiado secreto en eso. Los italianos lo saben y lo aprovechan. Los árabes lo saben y se sienten seguros frente a sus propias facciones. Pero todo esto destroza a Sergio, y cuando está conmovido y se siente frustrado aparece una veta de crueldad, que me parece insoportable. Es lo que provocó nuestra discusión.

—Usted todavía no me ha dicho cuál fue la causa de la discusión.

—¿Estamos todavía amparados por el secreto de la confesión?

—En efecto.

—La discusión fue sobre usted.

—Con tanta mayor razón debe explicarse.

—Usted no lo sabe; pero la persona a quien se encomendó asesinarle era una mujer, una agente iraní empleada en esta clínica. Los agentes del Mossad la identificaron, la secuestraron y... bien, nadie sabe muy bien qué sucedió después. El Vaticano no se vio implicado por razones de jurisdicción. Los italianos de buena gana permitieron que los israelíes resolvieran el asunto, porque no deseaban represalias. Sergio se sintió muy culpable, porque la joven era una de sus empleadas, la conocía y simpatizaba con ella. Consideró además que las pruebas contra ella tenían un carácter acentuadamente circunstancial. Incluso así, no pudo intervenir para evitar lo que sucedió. Traté de consolarle diciéndole que incluso usted tenía que representar un papel pasivo. Aceptaba guardias armados, lo cual significaba que aceptaba la posibilidad de que matasen a alguien para protegerle. Sergio tampoco recibió con agrado el comentario. Dijo... no importa lo que dijo. Fue muy doloroso, y en cierto modo definitivo.

—¡Repita las palabras!

—Dijo: "Al fin ha sucedido. Siempre pasa lo mismo en Roma. Mi fiel consejera se ha convertido en jesuita. Debería llevarse muy bien con el Papa".

Tove Lundberg estaba al borde de las lágrimas. El Pontífice extendió las manos sobre la mesa y aprisionó en las suyas las de Tove. Con toda la gentileza posible le dijo:

—No sea demasiado dura con su hombre. La culpabilidad es una medicina muy amarga. Estaba sentado aquí, tratando de digerir una vida entera de culpas... Con respecto a la crueldad, recuerdo que cuando era pequeño mi perro se rompió la pata porque cayó en una trampa para cazar conejos. Cuando intenté liberarlo, me mordió la mano. Mi padre me explicó que un animal dolorido muerde a quien se le acerca. ¿Acaso puede reaccionar de otro modo? Su hombre debe de estar sufriendo mucho.

—¿Y yo? ¿No cree que yo también estoy sufriendo?

—Sé que sufre; pero usted siempre se repondrá más rápido. Ha aprendido a mirar fuera de sí misma, a su hija, a sus pacientes. Cada vez que Sergio entra en la sala de operaciones, entabla un duelo privado con la muerte. Cuando sale, descubre que todos los temores que había dejado en la puerta están allí, esperándole.

—¿Qué me propone hacer?

—Bese a su hombre y reconcíliese. Sean buenos el uno con el otro. El amor escasea demasiado en el mundo. No debemos desperdiciar ni una gota... Ahora, ¿tiene tiempo de llevarme hasta el bosque de pinos?

Ella le ofreció el brazo, y los dos descendieron lentamente por el sendero pavimentado, en busca de la protección de los pinos. Los guardias, alertas y tensos, se desplegaron para rodearlos. Monseñor Malachy O'Rahilly, que acababa de llegar para su visita matutina, sintió tentaciones de seguirlos. Después, al verlos juntos, animados pero tranquilos, como un padre con su hija, lo pensó mejor y se sentó frente a la mesa de piedra, a esperar el regreso de su jefe.

Katrina Peters ofreció su cena en la terraza del Palazzo Lanfranco, con los techos de la vieja Roma como fondo y la pérgola de sarmientos como dosel. Los camareros eran un grupo seleccionado, enviado por la mejor agencia. La cocinera era un préstamo de Adela Sandberg, que escribía artículos de moda italiana para las revistas más prestigiosas de Nueva York. Seleccionaba a los invitados de manera que podía satisfacer su propia inclinación a los encuentros exóticos y el talento de su esposo para extraer de ellos los elementos que después utilizaba como comentarista.

Para enfrentarse a Sergio Salviati y a Tove Lundberg había elegido al embajador soviético y su esposa. Se decía que el embajador era un formidable arabista que había pasado cinco años en Damasco. Su esposa era una concertista de piano de elevada reputación. Como compañera de Matt Neylan —que según la opinión de Nicol merecía sobradamente ocupar un lugar en la mesa— había invitado a la visitante más reciente de la Academia Norteamericana, una atractiva mujer de treinta años que acababa de publicar una tesis muy elogiada sobre la condición de las mujeres en las religiones mistéricas. A estas personas sumó la figura de Adela Sandberg, con su caudal de coloridas murmuraciones; Menachen Avriel, porque su esposa estaba en Israel y él simpatizaba con Adela Sandberg. Después, para completar el cuadro, añadió a Pierre Labandie, que dibujaba caricaturas para *Le Canard Enchâiné*, y a Lola Martinelli, que había protagonizado lujosos matrimonios y lucrativos divorcios en serie. El hecho de que ella fuera abogada por derecho propio confería cierta pátina al producto.

Las ceremonias comenzaron con champaña y un desfile por la terraza para admirar el paisaje, e identificar las cúpulas y las torres, que se recortaban sombrías contra el cielo. Durante este preludio Katrina Peters se desplazó etérea pero atenta entre sus invitados, salvando vacíos embarazosos en la charla, explicando a un invitado la personalidad del otro, siempre bajo ese azote de las relaciones romanas: el apretón de manos sin fuerza, las presentaciones apenas murmuradas, las confesiones casi furtivas de la identidad y de la profesión.

Esta vez tuvo suerte. Matt Neylan, acostumbrado a la diplomacia, se mostró desenvuelto y conversador. El ruso era un individuo animoso y enérgico. Ambos se ocuparon de Tove Lundberg y la dama de los misterios, que eran conversadoras amables y fluidas.

Nicol Peters aprovechó la oportunidad para sostener un rápido diálogo con Salviati y Menachem Avriel acerca de la amenaza terrorista.

—He oído decir que Castelli se ha convertido casi en un campamento armado.

—Estamos protegidos. —Salviati intentó esquivar el tema.— De todos modos, con amenaza o sin ella tenemos que cuidarnos.

—La amenaza es real. —Avriel tenía experiencia en el trato con el periodismo.— El grupo está identificado.

—Extraoficialmente, tengo entendido que el Mossad ya ha infiltrado al grupo.

—Sin comentarios —dijo Avriel.

—Todavía no entiendo la idea política que es la base de este plan. Las relaciones entre el Islam y el Vaticano por lo menos son estables. ¿Qué se gana asesinando al Pontífice?

—Hacer una advertencia. —Menachem Avriel hizo un gesto enfático.— Israel está apestado. El contacto o el compromiso con mi país acarrean la muerte.

—Pero, ¿por qué no liquidan a Salviati? Es el propietario de la clínica. Y conocido sionista.

—Sería contraproducente. Sergio trata a muchos árabes acaudalados. Es la mejor clínica entre Karachi y Londres... ¿Por qué perder sus servicios? ¿Para qué granjearse la enemistad de los hombres ricos del Islam?

—Es comprensible; pero creo que en esa lógica falta algo.

Menachem Avriel se echó a reír.

—¿Todavía no ha aprendido que en la lógica Farsi faltan siempre uno o dos eslabones? Uno parte de un conjunto de ideas claras, en terreno liso y despejado. Y de pronto... ¡está aleteando con los murciélagos en la Montaña Mágica!

—No creo que tampoco nuestra propia lógica sea mucho más válida —dijo Sergio Salviati.

—¿A quién le importa la lógica? —Adela Sandberg trató de adueñarse del pequeño grupo.— Entra el amor; ¡la lógica sale por la ventana! ¡Béseme, Menachem! ¡Y usted también, Sergio Salviati, puede besarme!

En un extremo de la terraza, el embajador soviético mantenía una conversación seria con Tove Lundberg.

—Usted trabaja con este Papa... ¿Cómo es? ¿Cómo reacciona frente a usted?

—Debo decir que incluso ahora es un hombre formidable. A veces le imagino como un viejo olivo, retorcido y encorvado, pero siempre produciendo hojas y frutos... Pero en su fuero íntimo es un hombre vulnerable y afectuoso que trata de alcanzar una solución antes de que sea demasiado tarde. Conmigo se muestra muy humilde, muy agradecido ante la más pequeña atención. Pero —sonrió y se encogió de hombros— es como jugar con un león adormecido. ¡Tengo la sensación de que si despierta de mal humor me devorará de un bocado!

—He oído que hubo amenazas contra su vida.

—Es cierto. La clínica está vigilada día y noche.
—¿Eso le inquieta?
—Le inquieta la suerte del personal, de los restantes pacientes, pero no de su propia persona.

—Excelencia, tiene usted que entender algo. —Matt Neylan se acercó con la dama de los misterios, y se incorporó a la conversación.— Este hombre, León XIV, es un arquetipo, una regresión. Se niega absolutamente a dialogar con el mundo moderno.

—No estoy de acuerdo. —Tove Lundberg refutó bruscamente a Neylan.— No soy ni siquiera creyente, pese al hecho de que mi padre fue un pastor luterano. Pero veo a ese hombre todos los días, para ofrecerle asesoramiento posoperatorio. Le veo abierto, dudando de sí mismo, siempre preocupado por el problema del cambio en la Iglesia.

—Le creo. —Matt Neylan se mostraba dulce como la miel.— ¿Sabe algo de latín?

—Un poco —dijo Tove Lundberg.

—Mi marido es muy buen latinista —dijo la pianista—. Habla bien diez idiomas.

—Entonces, no tendrá dificultades para interpretar este pequeño proverbio: *Lupus languebat, monachus tunc esse volebat; sed cum convaluit, lupus ut ante fuit.*

El embajador se echó a reír y tradujo el proverbio en un inglés con fuerte acento.

—Cuando el lobo estaba enfermo quería ser monje; cuando sanó volvió a ser lobo... Y usted, señor Neylan, ¿afirma que eso es lo que sucederá con su Papa?

—Aceptaría apuestas en ese sentido.

—¿Cómo dice?

—Estoy seguro, casi cien por cien seguro, de que retornará exactamente a lo que era.

—Cinco mil liras a que se equivoca —dijo Tove Lundberg.

Matt Neylan sonrió.

—¡Acepto la apuesta, señora! Y si usted gana le ofreceré la mejor cena de esta ciudad.

—En estos tiempos es difícil encontrar un restaurante que sea realmente de primera clase —dijo Katrina Peters, que se había acercado silenciosamente al grupo.

—¡Es mucho más difícil encontrar un hombre de primera clase! —dijo Lola Martinelli.

—No renuncie todavía, Lola —dijo Katrina Peters—. Matt Neylan acaba de incorporarse al mercado... nuevo y reluciente, ¡y muy bien instruido!

—Yo tengo la primera opción —dijo la dama de los misterios—. ¡Y somos de la misma profesión!

La docena de personas se sentó alrededor de una mesa redonda adornada con manteles de hilo florentino, cristales venecianos, platería de Buccellati y porcelana de la casa de Ginori. Nicol Peters ofreció un brindis de bienvenida: —Esta casa es la casa de todos. Lo que aquí se diga esta noche serán palabras entre amigos, dichas en confianza. *¡Salute!*

Después, se sirvió la comida y comenzaron a hablar, con voz más fuerte y mayor libertad a medida que avanzó la velada. Nicol Peters observaba y escuchaba y recogía los fragmentos de diálogo que más tarde incorporaría al mosaico de su columna, "Panorama desde mi terraza". Ese era el nervio de su trabajo. Para eso le pagaban. Un tonto cualquiera podía informar las noticias: que el Papa lavaba los pies el Jueves Santo, que el Cardenal Clemens había criticado a otro teólogo alemán. Pero se necesitaba un hombre inteligente y de mente abierta como Nicol Peters para leer las escalas de Richter y afirmar valerosamente que el viernes habría un terremoto.

El hombre de Moscú era un individuo dinámico y agradable. Ahora concentraba su atención en Matt Neylan, que, lanzado auspiciosamente al mundo de las mujeres elegantes, estaba prodigando generosas dosis de encanto irlandés.

—Bien, señor Neylan, desearía conocer su opinión... ¿Qué papel atribuye a la ortodoxia rusa en la política de la próxima década?

—Fuera de Rusia —dijo sensatamente Matt Neylan—, en las comunidades cristianas de Occidente, tiene que forjarse un papel en el debate teológico, filosófico y sociopolítico. No será fácil. Su vida intelectual se ha mantenido estática desde el Gran Cisma del siglo XI. Desde el punto de vista político, ustedes la mantuvieron cautiva desde la revolución... A pesar de todo, todavía se mantiene más próxima al espíritu de los primeros padres orientales. Tiene mucho que ofrecer a Occidente. Para ustedes, bien puede ser un baluarte más sólido que posean contra la expansión del Islam en la propia Unión Soviética... Seguramente no necesito informarle de la amplitud estadística de esa expansión.

—¿Y usted trataba estas cuestiones en el Secretariado de Estado?

—No lo hacía personal ni directamente. El *peritus* en esta área es monseñor Vlasov, a quien quizás usted conozca.

—No le conozco, pero me agradaría relacionarme con él.

—En otras circunstancias, yo le habría ofrecido la oportunidad de una presentación. Ahora, como usted sabe, ya no soy miembro del club.

—¿Le pesa?

—¿Qué puede pesarme? —La dama de los misterios palmeó con aprobación la mano de Neylan.— ¿No dicen que la cosecha tardía produce el vino más suave?

A los postres, Nicol Peters se volvió súbitamente hacia Menachem Avriel y dijo, a propósito de nada en particular:

—Todavía me preocupa la lógica del asunto.

—¿Y...?

—Creo que tengo el eslabón perdido.

—¿Cuál es?

—Dos líneas de pensamiento, dos líneas de acción. Lo que usted llamó "aletear con los murciélagos sobre la Montaña Mágica".

—Nico, explíquese mejor.

—Podemos suponer —aunque usted no está en condiciones de reconocerlo— que el Mossad ha infiltrado La Espada del Islam.

—¿Y qué se deduce de ello?

—Un panorama posible. El grupo traza un plan falso. El Vaticano, la República, el Mossad y todos adoptan medidas para afrontar el caso. Quizás incluso le entregan a un falso asesino, a quien arrestan o matan. Después, no necesitan al Papa ni a Salviati. Tienen lo que realmente desean: un *casus belli*, una razón para organizar el golpe público que necesitan, desde el secuestro al asalto de un avión. Es una idea, ¿verdad?

—Una idea muy desagradable —dijo Sergio Salviati.

Menachem Avriel desechó la idea con un encogimiento de hombros. Después de todo, era un diplomático acostumbrado a la mentira en reuniones sociales. Nicol Peters abandonó el tema y se dedicó al brandy. En definitiva, él era un periodista que comprendía que la verdad a menudo estaba en el fondo del pozo, y que había que agitar el lodo para alcanzarla.

Cuando se retiraron de la mesa, separó del resto a Sergio Salviati con el fin de interrogarlo en privado.

—Desearía decir esto del modo más sencillo posible. Recibo los boletines diarios sobre los progresos del Papa. ¿Usted puede añadir algo sin faltar a la ética?

—No mucho. Está recuperándose muy bien. Sus facultades mentales no han sufrido daño y supongo que a eso apunta usted con su pregunta.

—¿Podrá desempeñarse bien en el cargo?

—Si cumple el régimen, sí. Probablemente se desempeñará mejor que en el pasado inmediato.

—¿De diferente modo? Me refiero a la charla entre Tove y Matt Neylan.

—No puede mencionar mis palabras en relación con ese asunto.

—No lo haré.

—Tove tiene razón. El hombre ha cambiado mucho. Creo que el cambio persistirá.

—¿Podría denominarlo una "conversación" en el sentido religioso de la palabra?

—Eso es cuestión de semántica. Prefiero limitarme al vocabulario clínico... Y ahora, ¿puedo hacerle una pregunta?

—Adelante.

—Su sugerencia sobre el falso asesino... ¿Usted lo cree posible?

—Creo que es muy posible.

—Supongamos —dijo Salviati eligiendo cuidadosamente las palabras—, sólo supongamos que el asesino ya ha sido identificado.

—¿Y detenido?

—Suponga también eso, si lo desea.

—¿Debo suponer algo más?

—Que no hubo reacción de La Espada del Islam.

Nicol Peters curvó los labios y después emitió un tenue silbido de sorpresa.

—En ese caso, yo recomendaría que nos ajustáramos los cinturones. ¡Nos espera un viaje muy accidentado! Si sucede algo, infórmeme, ¿quiere?

—Usted probablemente lo sabrá antes que yo —dijo Sergio Salviati—. Tal como se desenvuelve mi vida, nunca dispongo de tiempo para leer los diarios de la mañana.

Después, la conversación cobró un sesgo más intrascendente. Mientras la bruma nocturna se elevaba en el Tíber, todos pasaron al salón. Matt Neylan se sentó al piano y entonó canciones napolitanas con su dulce voz de tenor irlandés. Y después, la esposa del embajador se sentó al piano y volcó un torrente entero de música: Chopin, Liszt, Tchaikovsky. Incluso Katrina Peters, una anfitriona de agudo espíritu crítico, tuvo que convenir en que la velada había sido un éxito. Nicol Peters estaba preocupado. Todos sus instintos le decían que estaba a punto de explotar una bomba. Pero por mucho que se devanaba los sesos, no podía definir de qué se trataba.

9

La villa de Omar Asnán en la Antigua Vía Apia le había costado una fortuna. Situada en el sector más caro del antiguo camino, entre la tumba de Cecilia Metella y el cruce de caminos que llevaba a Tor Carbone, era una colección de construcciones erigidas entre los tiempos romanos y el siglo XX.

Una pared alta y desnuda, el borde superior sembrado de vidrios rotos, la separaba de la carretera y de los campos abiertos de la campiña que se extendía detrás. El jardín, con su piscina de natación y los canteros de flores florecidas, se extendía a la sombra de altos cipreses y grandes pinos. También estaba vigilado de noche por un sereno armado y dos dobermans.

Un rasgo particular de la casa era la torre cuadrada construida alrededor de la chimenea; desde ella podía observarse la Appia Antica en ambas direcciones, contemplar a los pastores que conducían sus rebaños a la campiña, y mirar sobre los techos de otras villas hasta los bloques de apartamentos del E.U.R.

La segunda característica, una comodidad especial para Omar Asnán, era el sótano, abovedado y revestido de piedras reticuladas, y que se remontaba al mismo período del cercano Circo de Maxentius. El sótano mismo nada tenía de particular, pero una losa floja en el piso había revelado la existencia de un tramo de diez peldaños que conducían a un túnel. El túnel, excavado en la blanda piedra de tufa, avanzaba unos cincuenta metros a través de la campiña y desembocaba en una amplia cámara circular ocupada por grandes vasijas de cerámica, usadas antaño para almacenar el grano. El aire era rancio, pero el lugar estaba completamente seco, y fue muy sencillo instalar un sistema de ventilación con las tomas de entrada y salida ocultas por los matorrales del jardín.

—De modo que Omar Asnán —¡gracias a Alá, el justo y compasivo!— tenía allí un almacén para depositar mercancías especiales, como armas, granadas y drogas, una sala de conferencias a salvo de miradas inquisitivas, y una casa segura para alojar amigos o enemigos. Precisamente allí se reunió con sus cuatro lugartenientes de más confianza para analizar la desaparición de Miriam Latif de la Clínica Internacional.

Se sentaron sobre almohadones dispuestos alrededor de una alfombra, dos a cada lado, bajo la presidencia de Omar Asnán. Era un hombre pequeño y moreno, pulcro como un maniquí, de manos elocuentes y sonrisa fácil. Su discurso fue breve y concreto.

—Esto es lo que hemos podido confirmar en veinticuatro horas. A las tres de la tarde yo mismo llamé a Miriam a la clínica para concertar un encuentro aquí. Ella aceptó. Dijo que podría solucionar fácilmente la hora al final del día. Iría en coche a Roma para hacer unas compras y me vería en el camino de regreso.

Se volvió hacia el hombre que estaba a la derecha.

—Khalid, usted recuerda todo esto. Estaba aquí conmigo.

—Lo recuerdo.

—Convinimos en cenar aquí, en la villa. No llegó nunca.

—Sin duda, fue...

—¡Por favor! —Asnán levantó una mano en un gesto de advertencia.— Por favor, mencionemos lo que sabemos, no lo que creemos saber. Miriam no llegó. Alrededor de las diez de la noche fui al club para comunicar la noticia e informar que nuestra operación probablemente estaba frustrada. Todos recibieron el mensaje, ¿verdad?

Hubo un murmullo de asentimiento.

—Ahora, les diré lo que supimos después, gracias a nuestros contactos en la policía y el aeropuerto. El coche de Miriam apareció en el estacionamiento de Fiumicino. La clínica afirma —y he visto el mensaje recibido por la operadora de la centralita— que Miriam llamó desde el aeropuerto a las 7 de la tarde para decir que su madre estaba muy enferma y que viajaba inmediatamente a Beirut en la Middle East Airlines. Personalmente verifiqué ese punto con nuestros amigos de la compañía aérea. En efecto, una mujer que dio el nombre de Miriam Latif compró el billete, presentó un pasaporte libanés, y subió al avión. El único problema era que esta mujer usaba el velo tradicional. Miriam Latif jamás usó velo... Más aun, he confirmado con Beirut que nadie presentó el pasaporte de Miriam Latif o una tarjeta de desembarco que tuviese su nombre. La propia Miriam no estuvo con sus padres, que gozan ambos de excelente salud... Por lo tanto, amigos míos, ¿cuál es nuestra conclusión?

El hombre llamado Khalid contestó por todos.

—Creo que la conclusión es obvia. Seguramente la vigilaban. La interceptaron y secuestraron en camino a Roma. Otra persona llevó su coche al aeropuerto y viajó con su nombre a Beirut.

—¿Por qué se tomaron tantas molestias?

—Para retrasar lo que ahora hemos comenzado: la búsqueda de Miriam Latif.

—¿Está viva o muerta?

—Mi conjetura es que está viva.

—¿Motivo?

—Si no fuera así, ¿qué propósito tendría toda la maniobra del aeropuerto? Era mucho más simple matarla y desprenderse del cadáver.

—Pregunta siguiente: ¿quién la retiene?

—El Mossad, sin ninguna duda.

—¿Para qué?

—Para interrogarla. Saben que existimos. Sin duda, se enteraron de nuestros planes; si no fuera así, ¿cómo se explica esa enorme concentración de fuerzas en la clínica?

—¿Y cómo lo pudieron saber?

—Porque alguien les informó.

—¿Usted afirma que hay un traidor entre nosotros?

—Sí.

—Precisamente —dijo Omar Asnán—. Y para desenmascarar a ese traidor era necesario sacrificar a Miriam Latif. Lo siento muchísimo.

Hubo un silencio mortal en la habitación. Los cuatro hombres se miraron y después volvieron los ojos hacia Omar Asnán, que permanecía sereno, con la expresión benigna, complacido ante la incomodidad del resto. Después, metió la mano en el bolsillo interior de la chaqueta y extrajo un bolígrafo y un pequeño cuaderno de tapas de cuero. Abrió el cuaderno y retomó el hilo de su discurso.

—...Ustedes saben cómo estamos organizados. Aquí somos cinco. Debajo de este grupo hay núcleos de tres personas. Cada núcleo es autónomo. Cada persona de un grupo se relaciona con sólo una persona de otro grupo. De ese modo, la traición no puede extenderse fácilmente. Sólo nosotros cinco conocíamos la existencia de Miriam Latif y los planes que habíamos trazado para ella. Sólo uno de ustedes sabía que yo la había citado aquí. —En un gesto casi juguetón, apoyó el bolígrafo contra la sien de Khalid.— ¡Sólo usted, Khalid, amigo de mi corazón!

Presionó el clip del bolígrafo. Se oyó un sonido breve y áspero y Khalid se desplomó. Un delgado hilo de sangre brotó del agujero en la cabeza. Omar Asnán dijo secamente:

—Recójanle. Métanle en el recipiente grande, el de vidrio con tapa. Sellen la tapa con cemento. Después, desinfecten este lugar. ¡Ya huele a judío! Cuando hayan terminado, nos reuniremos arriba.

En su oficina de la clínica, Sergio Salviati hablaba con el Cardenal Matteo Agostini, secretario de Estado. Después de una trasnochada y de una intervención quirúrgica sencilla que de pronto había adquirido un sesgo peligroso, su paciencia estaba agotada.

—Entiéndame, Eminencia. Hablo en términos clínicos del bienestar de mi paciente. El dijo que se atendrá a los criterios que usted formule... Sé que usted tendrá otras preocupaciones, pero éstas no son asunto que me concierna.

—Su Santidad no necesita mi consentimiento para hacer algo.

—Desea su aprobación, su apoyo frente a los posibles críticos.

—¿Esa es una cuestión clínica?

—¡Sí, lo es! —Salviati habló con voz seca.— En esta etapa de la recuperación cardíaca, todo es una cuestión clínica, todo lo que signifique una tensión innecesaria, todo lo que le impresione o le provoque angustia. Si no me cree, puedo mostrarle cómo se reflejan esas cosas en la pantalla de un monitor.

—Le creo, profesor. —Agostini parecía sentirse completamente cómodo.— Por lo tanto, me encargaré inmediatamente del traslado de Su Santidad a la villa del Cardenal Drexel. La seguridad en ese lugar correrá por nuestra cuenta. Supongo que usted continuará suministrando apropiada supervisión médica.

—Su propio médico le vigilará diariamente. Yo estaré cerca, para atender una consulta rápida. En todo caso, le veré al final del mes. Tove Lundberg es una visitante permanente de la villa. Sin embargo, sugiero que utilicen ustedes los servicios de un buen fisioterapeuta que vigile el ejercicio diario de Su Santidad. Puedo recomendarle un profesional.

—Gracias. Ahora le voy a hacer algunas preguntas. ¿Su Santidad está en condiciones de reanudar sus tareas normales?

—Estará en condiciones, después de una convalecencia adecuada.

—¿Qué significa eso?

—Ocho semanas para completar la curación de la caja torácica. Por lo menos seis meses de actividad graduada. Recuerde que no es un hombre joven. Pero como no desarrolla tareas físicas pesadas... sí, puede hacer sus funciones muy bien. Pero debo hacer un par de advertencias: nada de ceremonias prolongadas, misas en San Pedro, transportar la cruz alrededor del Coliseo, ese tipo de cosas. Sé que ustedes deben ponerle en escena de vez en cuando, pero inicien y terminen las ceremonias con la mayor rapidez posible. Segunda precaución: nada de viajes aéreos largos por lo menos durante seis meses.

—Haremos todo lo posible para moderarlo —dijo Agostini—. Pregunta siguiente: su mente. ¿Gozará de cierta estabilidad? Dios sabe que nunca fue un hombre de trato fácil, y en efecto sabemos que en este momento padece cierta fragilidad emocional.

—Sí, fragilidad. Pero comprende su propio estado y lo afronta. Tove Lundberg le admira mucho. Se ha ofrecido para seguir de cerca el caso mientras sea necesario.

—Y bien, mis últimas preguntas. ¿Ha cambiado? ¿En qué sentido? ¿Y cuál es la permanencia del cambio?

—Ciertamente, ha cambiado. Antes, el paciente realizaba la "experiencia de Dios", la metanoia, que era el momento crítico de la terapia. Por mucho que se controlase, la experiencia ciertamente implicaba terror, cierto trauma y el shock de la supervivencia. Este hombre ha pasado por todo eso... Quizá parezca que estamos dramatizando el asunto, pero...

—Comprendo el dramatismo —dijo tranquilamente Agostini—. Me pregunto cómo se manifestará ese mismo estado en la actuación pública.

—Me temo que en eso no puedo ayudarle. —Salviati se echó a reír y abrió las manos en un gesto de impotencia.— Soy sólo el fontanero. La profecía es tema que compete a la Iglesia.

—Por lo tanto, Anton, para mejor o para peor, aquí me tiene en la condición de huésped.

—Santidad, no puedo expresarle cuánto me complace que esté aquí.

Se habían sentado en el rincón del jardín que era el preferido del Pontífice, bajo la pérgola de sarmientos, y bebían limonada fría que Tove Lundberg les había enviado. Drexel tenía el rostro sonrojado de placer. El Pontífice parecía alimentar cierta aprensión.

—¡Un momento, amigo mío! No sólo yo seré el huésped. Vendrá un séquito completo. Miembros de seguridad, mi valet, el fisioterapeuta, los visitantes a quienes no puedo rechazar. ¿Está seguro de que podrá afrontar todo eso?

—Absolutamente seguro. Usted se alojará en la *villetta*, la pequeña villa que está en el límite inferior de la propiedad. Es cómoda e íntima, y tiene su propio jardín y su huerto. Además protegerla es tarea fácil. Los miembros de seguridad ya la han inspeccionado y no creen que haya problemas. Hay habitaciones para su valet. En la suite que usted ocupará hay un salón, un despacho y un comedor. Contará con los servicios de mi cocinera. La traeré de Roma.

—Anton, a decir verdad creo que a usted le encanta todo este embrollo.

—¡Por supuesto! ¿Sabe que el primer y último Papa que visitó mi villa fue Clemente VIII, es decir, Ippolito Aldobrandini, en 1600? Su sobrino Piero levantó ese gran palazzo en Frascati... Pero imagine lo que era una visita papal en esos tiempos, con los conductores de los vehículos, los jinetes de escolta, los lacayos, los hombres de armas, los cortesanos y sus mujeres... —Se echó a reír.— Si hubiéramos contado con más tiempo, sin duda podríamos haber preparado por lo menos un desfile para usted.

—Al demonio con los desfiles. —El Pontífice rechazó con un gesto la idea.— Voy porque quiero volver a ser un campesino. Necesito despojarme de mi sotana blanca y vestir ropas de trabajo, y atarearme con cosas sencillas como son el hongo de los tomates y si la lechuga está creciendo bien. No necesitaré secretario, porque no quiero abrir un libro ni una carta, aunque en efecto me agradaría escuchar un poco de buena música.

—Y así se hará. Ordenaré que instalen un equipo y le enviaré algunas cintas grabadas y varios discos.

—Y quiero charlar, Anton. Deseo que hablemos como amigos, y pasemos revista a una vida entera, pero también que miremos hacia adelante, hacia el mundo que los niños heredarán. Quiero participar de su familia, aunque confieso que eso me atemoriza un poco. Ignoro si tendré la habilidad o la energía necesaria para afrontarlos.

—¡Por favor! No se inquiete por eso. No tendrá que afrontar nada. No tendrá que aprender nada, excepto el modo de controlarse usted mismo. Usted llegará. Yo le presentaré. Le darán la bienvenida. Usted les concederá su bendición. Todo eso representa cinco minutos, nada más. Después, se olvida de ellos... Comprobará, como me sucedió a mí, que todos son criaturas muy inteligentes, deseosas de ocuparse de sus propios asuntos. Cuando estén preparados para acercarse, lo harán... y establecerán la comunicación con rapidez mucho mayor que lo que usted podría hacer jamás. Lo único que necesitan es que usted les sonría y los toque para reconfortarlos. Recuérdelo. El contacto físico es muy importante. Son sensibles a todo lo que sugiera repugnancia o incluso timidez. Ellos mismos son tímidos. Son valerosos y fuertes, y muy inteligentes.

—Y tienen un *nonno* que los ama.

—Imagino que eso también. Pero dan más de lo que reciben.

—Anton, debo confesarle una cosa. De pronto, temo abandonar este lugar. Aquí me defienden del dolor y la incomodidad. Me aconsejan como si fuera un novicio. Sé que si algo sale mal, Salviati sabrá exactamente qué hacer... ¿me entiende?

—Creo que sí. —Pareció que Drexel extraía las palabras de lo más profundo de sí mismo.— De noche estoy despierto y me pregunto cómo la Hermana Muerte vendrá a buscarme. Ruego que sea un encuentro decente, sin escándalo ni desorden. Pero si ella decide otra cosa, ¡bah!, ¿a quién puedo quejarme? Los niños no pueden ayudarme. Las mujeres duermen lejos de mis habitaciones... ¡En fin! Sí, sé lo que usted siente. Es la soledad de los ancianos y los dolientes. Pero puesto que se nos ha dado más que a la mayoría, debemos soportar con más elegancia la situación.

—He sido reprendido —dijo con seco humor el Pontífice León—. La próxima vez me buscaré un confesor más amable.

—Nadie tiene mejores posibilidades que usted para eso —dijo Drexel, completando la broma.

—Y ahora, necesito un consejo. —El Pontífice depositó sobre la mesa dos paquetitos envueltos en papel de seda.— Son regalos, para Salviati y Tove Lundberg. Me agradaría su opinión al respecto. He pensado mucho en Salviati. Es un hombre brillante y angustiado. He querido regalarle algo que signifique para él un momento de alegría. —Desenvolvió el primer paquete y mostró, sobre un lecho de seda en una caja revestida de terciopelo, un antiguo *mezuzah* plateado.— Mi inteligente secretario O'Rahilly lo eligió para mí. Se remonta al siglo XVI, y se dice que lo trajeron de Jerusalén. El original está allí, escrito en hebreo. ¿Cree que le gustará?

—Estoy seguro de que será muy bien recibido.

—Y esto para Tove Lundberg. —Extrajo un disco de oro batido, grabado con letras rúnicas y colgado de una cadena de oro.— Según me dice O'Rahilly, vino de Estambul, y ha sido atribuido a los primeros vikingos que llegaron a Turquía descendiendo por los sistemas fluviales de Rusia.

—O'Rahilly tiene muy buen gusto —y sin duda un cabal conocimiento de las antigüedades.

—Para eso, depende del subprefecto del Museo Vaticano, ¡que también es irlandés! Según me dicen, a veces beben juntos.

—Afirman —observó Drexel— que a veces bebe demasiado y con excesiva frecuencia. En la situación actual, eso puede ser más peligroso para Su Santidad que para él.

—Es un buen hombre, y bondadoso. Y es un secretario muy bueno.

—Pero no necesariamente un hombre discreto. Quizás usted deba preguntarse si puede conservarle en su cargo.

—O en realidad, si puedo tener a alguien en ese cargo. Anton, ¿eso es lo que usted quiere decirme?

—Para ser franco, Santidad, sí. Todos somos prescindibles... incluso usted. Y ésta es mi idea. Cuando usted se restablezca, como ocurrirá, cuando comience la batalla para reconstruir la ciudad de Dios, tendrá menos que temer de sus enemigos que de los perezosos y los indiferentes, que jamás lo combatirán, y en cambio esperarán, cómodos y tranquilos, hasta que usted haya muerto.

—¿Y cómo lidiaré con ellos, estimada Eminencia?

—Santidad, como hacen todos los campesinos. Abren el surco y echan la simiente... ¡y esperan que provea la cosecha!

El Pontífice abandonó la clínica en un episodio mucho más ceremonioso que a la llegada. Esta vez había tres limusinas; una para el Pontífice, otra para el secretario de Estado, y la tercera para los prelados de la Casa Papal. Los hombres de la vigilancia tenían sus propios coches rápidos, al frente, a retaguardia y sobre los flancos de la caravana. La Polizia Stradale suministró una escolta de motociclistas. Se habían levantado barricadas a lo largo de la ruta que iba de la clínica a la villa de Drexel, y había tiradores escogidos en los lugares de peligro a lo largo del camino sinuoso.

El Pontífice se despidió de Salviati y Tove Lundberg en la intimidad de su habitación. Los regalos habían complacido a ambos. Salviati dijo que reservaría la *mezuzah* para la casa que se proponía construir en el asiento de una antigua finca que acababa de comprar cerca de Albano. Tove Lundberg inclinó la cabeza y pidió que el Papa le confiriese el talismán rúnico. Después de hacerlo, el Pontífice estrechó las manos de ambos y se despidió.

—En el curso de mi vida jamás me sentí tan pobre como ahora. Ni siquiera tengo las palabras necesarias para darles las gracias. Lo mejor que puedo hacer es ofrecerles el regalo de Dios mismo: paz en vuestras casas. ¡Shalom!

—Shalom aleichem —dijo Sergio Salviati.

—Aún no se ha librado de mí —dijo Tove Lundberg—. Tengo que presentarle a mi hija.

Después, le acomodó en la silla de ruedas, le empujó por el corredor y salió del sendero, donde el personal se había reunido para despedirle.

Cuando la caravana atravesó las puertas y salió al camino, el Papa experimentó un súbito acceso de emoción. Era el auténtico día de la resurrección. Lázaro salía de la tumba, liberado de su mortaja, y caminaba entre los vivos, alineados a lo largo del camino, agitando banderines y arrojando flores y ramas arrancadas de los setos. El grito que se elevaba de ellos era siempre el mismo: *Evviva il Papa*. "Viva el Papa". Y el Papa esperaba devotamente que ese deseo se realizara.

A causa del riesgo conocido por todos, la escolta policial imprimió considerable velocidad a la caravana, y los chóferes se vieron obligados a tomar bruscamente las curvas de la ladera. Los movimientos bruscos presionaron sobre la espalda y los músculos pectorales del Pontífice, de modo que cuando llegaron a la villa de Drexel estaba transpirando de dolor y náuseas. Cuando le ayudaron a descender de la limusina, murmuró a su chófer:

—No se vaya. Quédese a mi lado. Ayúdeme.

El chófer permaneció al lado del Pontífice, sosteniéndole el brazo mientras él respiraba grandes bocanadas del aire de la montaña y enfocaba la mirada en las apretadas filas del huerto y en los viñedos, y en los altos cipreses que se desplegaban como piqueros sobre los perfiles de las colinas. Con su consideración acostumbrada, Drexel esperó hasta que el Papa estuvo listo, y después le acompañó en un rápido recorrido de presentación al personal de la colonia, las mujeres, las madres, los docentes y los terapeutas.

Después, le llevaron a los niños, una extraña procesión de cuerpos desmañados, algunos en sillas de ruedas, otros caminando, otros sostenidos por bastones o muletas. Durante un momento el Papa sintió que sus emociones inestables le traicionarían; pero consiguió dominarlas, y en una demostración de ternura que sorprendió incluso a Drexel, abrazó a cada uno, les tocó las mejillas, los besó, les permitió que ellos le llevasen a voluntad de uno al otro lado. El último, una niña, fue presentada por el propio Drexel.

—Y esta es Britte. Quiere decirle que le agradaría pintar su retrato.

—Dígale, dígale...

La voz se le quebró. No podía soportar la visión de esa hermosa cara de niña-mujer implantada sobre el cuerpo enflaquecido.

—Dígaselo usted mismo. —La voz de Drexel se le impuso como una orden militar.— Entiende todo.

—Britte, querida, posaré para ti todos los días. Y cuando el cuadro esté terminado, le llevaré al Vaticano y lo colgaré en mi estudio.

Después, extendió la mano y la atrajo hacia él, deseando tener la fe necesaria para crear el milagro que la convirtiese en un ser completo y bello.

En la terraza del Palazzo Lanfranco, Nicol y Katrina Peters estaban bebiendo café. Nicol clasificaba los mensajes que se habían acumulado en el curso de la noche sobre su máquina.

...El Papa será dado de alta en la clínica esta mañana. Su estado es satisfactorio. Su convalecencia será supervisada por el médico papal... eso lo sabemos todos... Aquí hay algo extraño. Procede de la agencia de noticias árabe. Reuter y Associated Press lo repiten. Dice el texto: "Misteriosa desaparición. Se teme que una joven musulmana haya sido secuestrada. Miriam Latif, atractiva técnica de laboratorio de veinticinco años, empleada en la clínica del profesor Salviati en Castelli, donde es paciente el Papa actual, León XIV. El martes pasado pidió permiso para hacer compras en Roma y después asistir a una cena con un amigo.

"No llegó a la cena en cuestión. A las siete de la tarde la clínica recibió una llamada telefónica, presuntamente de Miriam Latif. Dijo que estaba en el aeropuerto de Fiumicino y que salía inmediatamente para Beirut porque su madre se encontraba gravemente enferma.

"Las investigaciones policiales han confirmado que una mujer que usó el nombre de Miriam Latif en efecto compró un billete para Beirut en la Middle East Airlines, y que la misma mujer, usando el espeso velo tradicional, presentó el pasaporte de Miriam Latif y subió al avión. Al llegar a Beirut, la mujer usó otro pasaporte para pasar los puestos de aduana en inmigración, y después desapareció. Se ha hablado con los padres de Miriam Latif, que viven en Biblos, al norte de Beirut. Ambos gozan de perfecta salud. Nada saben de los movimientos de su hija y no han tenido noticias suyas.

"A última hora de hoy la policía del aeropuerto ha descubierto el automóvil de Miriam Latif en el estacionamiento de Fiumicino. Se están recogiendo pruebas del vehículo. El director de la clínica, profesor Sergio Salviati, afirma que Miriam es un miembro muy competente y apreciado de su personal. Dice que todos los miembros del personal a veces se ausentan para realizar compras y visitas personales en Roma. No se formulan objeciones, si se solicita permiso y hay suplentes. La compañera de habitación de Miriam y sus amigos del personal la describen como una persona amable y responsable. Preguntado si Miriam Latif tenía afiliaciones políticas, el doctor Salviati dijo que no las conocía, y que en todo caso Miriam Latif había sido investigada por las autoridades italianas antes de que se la autorizara para ocupar un cargo en el plan de entrenamiento dirigido por la Clínica Internacional.

"El actual novio de Miriam, el señor Omar Asnán, con quien ella debía cenar la noche de su desaparición, está profundamente preocupado y reconoce sin rodeos que teme por la seguridad de la joven. El señor Asnán es ciudadano iraní, y dirige una próspera empresa de importación y exportación entre Italia y Oriente Medio..."

—Y esto —dijo Nicol Peters— me dice exactamente lo que yo deseaba saber.

—¿Crees que podrías explicármelo?

—Durante la cena, Salviati estuvo muy misterioso, y formuló conjeturas del tipo "supongamos esto... supongamos aquello". ¡Aquí está todo! Sabíamos que el Papa estaba amenazado de muerte. La Espada del Islam sin duda había infiltrado a una persona en la clínica: Miriam Latif. El Mossad la ha eliminado, viva o muerta... ¿quién lo sabe? Y ahora, La Espada del Islam está comenzando el proceso del "misterio y martirologio".

—¿Y eso de qué le sirve?

—Cubre sus actividades actuales y prepara el clima para las posibles represalias. Y créeme, ¡habrá represalias!

—Y bien, ¿qué piensas hacer al respecto?

—Lo de siempre. Formular preguntas a diferentes fuentes: a los italianos, a los israelíes, a Salviati, al Vaticano, a todos los embajadores musulmanes, incluso los iraníes. También probaré con el señor Omar Asnán, el amante dolido.

—¡Espero que seas cuidadoso!

—¿No lo soy siempre? ¿Hay más café?

Katrina Peters sirvió el café y después inició su propio recitado de distintos asuntos, que a su juicio eran mucho más importantes que la política de terror y la teología. A medida que conocía mejor las costumbres de una ciudad muy antigua, Nicol Peters tendía a coincidir con ella.

—...Los rusos nos invitan a cenar en la embajada el día 25. Elia desea que la ayude a elegir un guardarropa de otoño e invierno para Roma. ¡Ahí ya tendremos un agradable beneficio!... Salviati nos ha enviado una nota muy cálida. Lo pasó bien. Tove Lundberg ha enviado una pieza de porcelana danesa, algo muy amable e imprevisto. ¡Esa mujer me agrada!

—¡Es un cumplido desusado viniendo de ti! — Nicol Peters dirigió una sonrisa a su esposa.

—¡Pero no estoy tan segura de que me agrade Micheline Mangos-O'Hara!

—¿Y quién es esa persona?

—Nuestra dama de los misterios, de la Academia Norteamericana. Tampoco me parece verosímil su apellido. Dicen que la madre era griega, y el padre irlandés.

—¿Como Lafcadio Hearn?

—Por favor, ¿quién es ése?

—Un periodista, como yo, pero vivía en una época que tenía mayores posibilidades. Se casó con una japonesa. Olvídalo. ¿Qué sucede con Mangos-O'Hara?

—Dará una conferencia sobre las religiones mistéricas. Estamos invitados.

—¡Rechaza la invitación!

—Ya lo he hecho. Pero también afirma que Matt Neylan es el varón más interesante que ha conocido en muchos años. La nota de Neylan afirma que ella le pareció muy divertida, ¡y que quizá la invite a compartir un apartamento durante el resto de la estancia de la dama en Roma!

—Yo diría que eso es apresurar un poco las cosas; pero si comete un error, Neylan dispone de mucho tiempo para repararlo. —Los pensamientos de Nicol estaban en otra cosa.— El también me ha llamado. Los rusos están cortejándole, sin duda a causa de su pasado en el Vaticano.

Está invitado a almorzar en la embajada, y el embajador sugirió la idea de un viaje a Moscú para reunirse con miembros de la jerarquía ortodoxa. Matt no está muy entusiasmado con la idea. ¡Dice que ya ha tenido bastante del tema divino, y desea beber un trago largo y abundante de vino de la vida! Lo cual significa que probablemente morderá un buen pedazo de la realidad. Tiene mucho que aprender.

—Y habrá un montón de mujeres que se disputarán el privilegio de enseñarle.

—¿Por qué no? Es inteligente y divertido. Sabe cantar... e incluso después de tantos años vistiendo el hábito no es un *tenor castrato*.

—Lola Martinelli le ha echado el ojo.

—¿Cómo lo sabes?

—Ha llamado para preguntarme si creía que a Matt Neylan podía interesarle que ella le nombrase su secretario privado. Le he contestado que se lo preguntase al propio Matt.

—¿Y?

—Así lo ha hecho, y él ha contestado con su mejor y más dulce acento irlandés: "Querida señora, soy un caballero de medios independientes, de modo que no necesito el dinero. Poseo muchas cualidades, pero sería un mal secretario. Pero si puedo ofrecerle otra cosa de buena gana lo hablaré con usted mientras cenamos a una hora y en un lugar apropiados."

—Bien, si no es cierto, por lo menos puede considerársele *ben trovato*. Parece el estilo de Matt. ¿Y qué ha dicho Lola?

—Que se fuera al infierno. Después, me ha telefoneado para decirme que Matt no es más que otro de esos ex sacerdotes que quieren llevarse el mundo por delante.

—¡Bien por ella!

—Es lo que he pensado; pero mantengamos a Matt en la lista de invitados. Siempre puede cantar para pagar su cena.

—...Ahora, es mejor que me ponga a trabajar y vea cómo desarrollaré este asunto de Miriam Latif.

Las primeras personas que saludaron al Pontífice en su nuevo alojamiento fueron su valet, Pietro, y una joven de mejillas sonrosadas que usaba el velo azul de la Pequeña Compañía de María. Tenía una amplia sonrisa, y un humor sin alegría, y se presentó diciendo que era la hermana Paulina.

—...Su Eminencia me ha traído de Roma para cuidarle. Procedo de Australia, y eso explica mi mal italiano. Lo primero que hará usted es acostarse y descansar un par de horas. Está pálido y demacrado, y el pulso se le ha acelerado con tanto movimiento... Pietro puede ayudarle a desvestirse. Volveré para acomodarle y darle su medicación... Su Eminencia dijo que quizá se mostrase usted difícil; pero no será así, ¿verdad? Tengo una cura infalible para los pacientes difíciles. Empiezo a hablar y no me detengo...

—Me rindo. —El Pontífice elevó una mano fatigada en señal de protesta.— Puede dejar de hablar ya mismo. Estoy dispuesto a acostarme.

Diez minutos después estaba instalado, con el olor a sábanas limpias alrededor, escuchando el canto de las cigarras en el jardín. Lo último que oyó fue la voz de la hermana Paulina que explicaba a Pietro.

—¡Por supuesto, puedo manejarle! Es un gatito. Nuestro viejo cura parroquial se lo habría comido en el desayuno. ¡Ese sí que era terrible!

Despertó entrada la tarde. Se sentía tranquilo y relajado, ansioso de explorar ese pequeño rincón de un mundo del que se había visto excluido durante tantos años. Sobre la mesa, al lado de su cama, había una campanita de plata. Cuando llamó, apareció Pietro, con toallas, lavanda, las zapatillas... y órdenes superiores.

—La hermana dice que debo afeitarle, ayudarle a tomar la ducha y vestirle, y después salir con usted a dar un paseo. Han empezado a cosechar la uva. Su Eminencia está en los viñedos. Dice que tal vez a usted le agrade venir a ver.

—De acuerdo, Pietro. —De pronto sintió el entusiasmo de un escolar.— Y monseñor O'Rahilly me dijo que ha traído usted ropas civiles para mí.

—Así es, Santidad. —Pareció dudar un poco.— Sé que le quedarán bien, porque entregué las medidas al monseñor. El se encargó de seleccionar el tipo de prendas.

Depositó las ropas sobre la cama, de modo que su amo las inspeccionara: pantalones de algodón, camisa abierta en el cuello, zapatos cómodos y jersey deportivo. El Pontífice vaciló un momento y después se rindió con una sonrisa.

—¿Quién sabe, Pietro? Si hay escándalo, atribuiremos la culpa a Su Eminencia.

—Santidad, espere a ver cómo viste él. Parece un viejo campesino.

—Pietro, quizás es lo que deberíamos hacer: convertir a todos nuestros príncipes en campesinos... yo mismo incluido.

Cuando salió al aire libre y contempló la ondulada pendiente de tierra fecunda, comprendió súbitamente que había pasado gran parte de su vida en claustros y salas y corredores que olían a desinfectante y a cera, y en capillas saturadas de viejo incienso. Pero todavía era peor pensar cuánto tiempo precioso había malgastado en el papeleo y las discusiones agotadas por siglos de debate estéril. En la Ciudad del Vaticano y en Castel Gandolfo era un prisionero, a quien se permitía salir en las ocasiones ceremoniales y en los viajes llamados misioneros, donde cada movimiento estaba predeterminado, y cada palabra escrita de antemano.

Y ahora estaba allí, en una ladera de Castelli, contemplando a los cosechadores de la uva que subían y bajaban entre las hileras de viñedos, acomodaban los frutos en canastos, vaciaban los canastos en los carros unidos al tractor amarillo que después llevaría todo a las grandes vasijas. Allí estaban todos: el personal de la villa, los peones de la finca, los maestros, los terapeutas, la hermana Paulina. Incluso los niños se atareaban con los trabajos que podían realizar. Los que ocupaban sillas de ruedas se desplazaban entre los viñedos. Los que caminaban con muletas se apoyaban en las estacas y arrancaban los racimos que estaban al alcance de los brazos. Solamente Britte no trabajaba en eso. Estaba sentada, encaramada —¿o enredada?— precariamente sobre un taburete, con un caballete y una caja de pinturas, y pintaba con un pincel sostenido entre los dientes.

La escena era tan vivaz, mostraba tal abundancia de detalles humanos, que el Pontífice permaneció largo rato contemplando la simple maravilla del espectáculo (y la grisácea futilidad de gran parte de su propia existencia). Allí era donde debía buscar al pueblo de Dios. Ese era el modo de encontrarlo, haciendo las cosas cotidianas de acuerdo con los ritmos del mundo del trabajo.

El, León XIV, Obispo de Roma, en otro tiempo Ludovico Gadda, ¿qué hacía? Bien, gobernaba la Iglesia, lo cual significaba que la mayor parte del día se sentaba frente a su escritorio y recibía a la gente, leía trabajos, escribía documentos, intervenía en algún desfile, pronunciaba un discurso todos los domingos en la plaza de San Pedro, discursos que todos escuchaban pero nadie entendía, porque el eco y la resonancia de la plaza de San Pedro determinaba que el episodio entero fuese ridículo... Por eso mismo, más valía no desperdiciar un solo instante de ese día tan bello, de esa vendimia tan especial...

Descendió los peldaños de las terrazas con la ayuda de Pietro, y caminó lentamente para mezclarse con los recolectores. Le saludaron al pasar, pero no interrumpieron sus tareas. Estaban trabajando seriamente, pues era una labor que prometía dinero. Uno de los hombres le ofreció un trago de vino. El Papa aceptó la botella, la llevó a los labios y bebió gozosamente. Se limpió la boca con el dorso de la mano y devolvió la botella con una palabra de agradecimiento. El hombre sonrió y volvió al trabajo.

Por fin, al terminar la tercera hilera, llegaron donde estaba Drexel, sentado frente al volante de un tractor, esperando arrancar apenas el carro estuviese lleno de racimos de uva. Bajó para saludar al Pontífice.

—Tiene mejor aspecto, Santidad.

—Así debe ser, Anton. Esta tarde he descansado maravillosamente. Y gracias por haberme enviado una enfermera.

Drexel se echó a reír.

—Conozco a la hermana Paulina desde que vino a Roma. Es un auténtico personaje. ¡Incluso a mí consiguió domesticarme! Cuando visité por primera vez la comunidad me preguntó cuál era la tarea de un cardenal protector. Se lo expliqué: proteger los intereses de la Congregación. Me miró a los ojos y me dijo con ese horrible italiano que habla: "Bien, para empezar, hay una lista entera de cosas en las que no recibimos protección, ¡y aquí hay otra lista en que la protección que recibimos es bastante ineficaz!" Y tenía razón. Desde entonces, somos amigos.

—¿Qué puedo hacer para ayudar aquí?

—Por el momento, nada. Conténtese mirando a los demás y descansando. Podría acompañarme en el tractor, pero el movimiento sería excesivo. Pietro, ¿por qué no va al huerto con Su Santidad y recoge fruta para la cena? Esta noche comemos al estilo del campo... ¡y otra cosa! Tiene que conocer a Rosa. Le espera con un puñado de medallas, porque quiere que las bendiga... ¡nuestra cena depende de la seriedad con que usted lo haga!

En el camino de regreso el Papa vaciló un poco, y Pietro le reprendió.

—¡Por favor, Santidad! Esta no es una competición olímpica. No tiene que demostrar que es usted un atleta. Nunca lo fue. Nunca lo será. De modo que tómelo con calma. *¡Piano, piano!...* Un paso cada vez.

Se detuvieron un momento para observar a Britte que trabajaba en su tela. La niña estaba totalmente absorta, como si la mecánica complicada de la operación no le permitiese aliviar su concentración. Y sin embargo, el cuadro que estaba formándose bajo el pincel revelaba vigor y color extraordinarios. Con el pincel apretado entre los dientes y la cabeza oscilando entre la paleta y la tela, parecía un pájaro grotesco, invadido de pronto por el espíritu de un maestro de la pintura. Pietro, apenas consciente de lo que decía, expresó el ruego acerbo.

—¿Por qué? ¿Por qué tienen que existir estas cosas? A veces me pregunto si Dios soporta un exceso de trabajo y a veces se vuelve loco. Si no se trata de eso, ¿cómo es posible que cometa estas crueldades?

En otro momento y en otro lugar, el Pontífice León tal vez se habría sentido obligado a reprender la blasfemia de su valet, o por lo menos ofrecerle una homilía acerca de los caminos misteriosos del

Todopoderoso. Esta vez, sencillamente se limitó a mover la cabeza con tristeza.

—No lo sé, Pietro. ¿Por qué un viejo asno como yo puede sobrevivir, y esta niña se ve condenada a su propia cárcel y a una muerte temprana?

—¿Es lo que les dirá el domingo?

El Pontífice León se volvió bruscamente para mirar a Pietro.

—¿Qué quiere decir?

—Nada, Santidad, excepto que la gente del lugar espera que el domingo diga usted una breve misa para ellos, y les ofrezca un pequeño sermón. Por supuesto, nada más que unas palabras. Su Eminencia se expresó muy claramente acerca de esto.

Y ahí estaba, limpiamente organizada como una cortesía de la casa, la primera prueba del nuevo hombre, de Lázaro redivivo. Era la más sencilla y la más tradicional de las costumbres cristianas: el obispo visitante presidía la mesa de la Eucaristía, pronunciaba la homilía, afirmaba la unidad de todos los hermanos dispersos en el vínculo de la fe común. Una costumbre que él no podía esquivar; una cortesía a la que no podía negarse.

Pero la pregunta de Pietro representaba una situación aún más apremiante. Todo su público, las mujeres, los terapeutas y los niños, afrontaban la misma paradoja. Todos esperaban que él —¡el intérprete infalible de la verdad revelada!— explicase la paradoja y la convirtiese en algo aceptable y fecundo en la vida de sus oyentes.

¿Por qué, Santidad? ¿Por qué, por qué, por qué? Vivimos en la fe y la esperanza, somos los dadores del amor. ¿Por qué nosotros y nuestros hijos padecemos esta tortura? ¿Y cómo usted y sus presbíteros célibes nos piden que de nuevo engendremos al azar o vivamos solitarios y abandonados en nombre de este Dios que en efecto practica un cruel juego de dados con sus criaturas?

—Y bien, Pietro, dime —el Pontífice hizo la pregunta con extraña humildad—. ¿Qué debería decirles?

—Dígales la verdad, Santidad, así como me la dijo a mí. Dígales que no sabe, que no puede saber. Dígales que a veces Dios les da más luz y comprensión que la que usted mismo ha recibido, y que deben seguir el camino que señala esa luz con la conciencia tranquila.

Y así el Pontífice León se vio obligado a aceptar que esa respuesta era un modo muy cortés de decir que ni siquiera un Papa es un héroe para su valet.

El señor Omar Asnán recibió al invitado en el jardín de su villa en la Appia Antica. Le ofreció café y dulces, y le concedió libre acceso a toda la información que poseía.

—En primer lugar, señor Peters, usted debe entender que Miriam Latif es una amiga, una amiga muy apreciada. Estoy muy turbado por lo que ha sucedido. Consentí en hablar con usted porque creo que el asunto debe ser conocido con la mayor rapidez y amplitud posibles.

—Entiendo que usted no cuestiona la versión que el doctor Salviati ofreció de la desaparición de la joven.

—No, no la cuestiono. Dentro de ciertos límites, esa versión es exacta.

—¿Sugiere que sabe más de lo que dice?

—¡Por supuesto! Estaba —y está— en una posición muy difícil. Es judío, y atiende al Papa, que, como todos los hombres públicos, según parece soporta una amenaza permanente. Salviati tiene un personal heterogéneo: cristianos, musulmanes y judíos de toda la cuenca del Mediterráneo. Admiro su trabajo. Lo digo sin rodeos. Creo que es una labor inteligente y útil. Pero en una atmósfera de amenaza y crisis como la que afrontaron mientras el Pontífice residía en la clínica, los propios miembros del personal soportaron cierto nivel de amenaza... por lo menos una amenaza a su intimidad.

—¿Cómo es eso, señor Asnán?

—Bien, es sabido que la clínica estuvo intensamente vigilada por miembros de seguridad del Vaticano, los italianos... y creo que también los israelíes.

—¿Usted sabe lo que dice, señor Asnán? Oficialmente no se permite la acción de los agentes israelíes en Italia. Incluso la *Vigilanza* del Vaticano se ajusta a acuerdos muy restrictivos.

—De todos modos, señor Peters, usted y yo sabemos, como asunto de lógica elemental, que en esto participaron agentes israelíes.

—¿Quiere decir que estuvieron complicados en el secuestro de Miriam Latif?

—Sin la más mínima duda.

—Pero, ¿por qué? El profesor Salviati ha hecho los más cálidos elogios de la joven. Por lo que él sabe, carece de vinculaciones políticas.

—Sobre la base de lo que sé, afirmo lo mismo, no tiene ese tipo de relaciones; pero a veces ha hablado de un modo sumamente indiscreto. Mataron a su hermano durante un ataque israelí a Sidón. Nunca ha olvidado o perdonado eso.

—Y sin embargo, aceptó un subsidio para trabajar y formarse en un hospital judío.

—Yo la exhorté a aceptar. Le dije que podía mirarlo de dos modos: como un aporte a la ciencia médica, o como el pago parcial de una deuda de sangre. Decidió considerarlo en este último sentido.

—Entonces, ¿es posible que los israelíes la hayan identificado —con o sin razón— como agente de La Espada del Islam.

—Sí, eso es lo que sugiero.

—¿Dónde cree que está ahora?

—Abrigo la esperanza de que continúe en este país. Si no es así, la situación puede complicarse mucho y mostrar perfiles peligrosos.

—Señor Asnán, ¿puede explicarme eso?

—Me temo que es bastante sencillo. Si no devuelven a Miriam Latif, habrá actos de violencia. Nadie lo desea... y yo menos que nadie, porque vivo muy bien aquí. Hago buenos negocios y mantengo relaciones personales con italianos. No quiero echar a perder esos vínculos. Pero, mi estimado señor Peters, no controlo los hechos.

—Tampoco yo —dijo Nicol Peters.

—Pero usted puede influir sobre ellos, y lo hace. Con lo que publica, incluso con la información que transmite entre sus diferentes fuentes. Sé que usted saldrá de aquí y usará lo que le he dicho para provocar el comentario de otros. No me opongo a eso. No tengo nada que ocultar. Es posible que el resultado sea beneficioso... Pero recuerde el aspecto más importante de lo que le he dicho... ¡se avecinan problemas!

—Lo recordaré —dijo Nicol Peters—. Señor Asnán, una última pregunta. ¿Cuál es su relación con La Espada del Islam? Sin duda usted conoce su existencia.

Omar Asnán se encogió de hombros y sonrió.

—Sé que existe. Señor Peters, no mantengo con esa organización la más mínima relación. Como Miriam Latif, como tantos de mis compatriotas, soy un exiliado. Trato de vivir cómodamente ajustándome a las leyes del país que me ha recibido. No creo en el terrorismo, y permítame recordarle que el único acto terrorista cometido ha sido el secuestro de Miriam Latif. No es imposible que toda la historia acerca de La Espada del Islam sea una invención concebida por los israelíes. ¿Ha pensado en eso?

—Estoy seguro de que alguien lo ha pensado —dijo animosamente Nicol Peters—. Yo continúo siendo un observador neutral, como usted mismo.

—No confunda lo que le he dicho, señor Peters. He dicho únicamente que trato de vivir de acuerdo con las leyes. En realidad, me siento ofendido por lo que le ha sucedido a Miriam Latif, y no me importa que otros lo sepan.

Y eso, se dijo Nicol Peters, era lo más parecido a una declaración de guerra que él podía concebir, y fue un sentimiento que se repitió en todas sus entrevistas con distintas fuentes musulmanas de Roma. Los italianos comprendían esa actitud, y al menos oficialmente, simpatizaban con ella. Estaban esforzándose seriamente por mantener relaciones amistosas con todos los países del Mediterráneo. El Papa era un problema grave... pero por lo menos llevaban siglos lidiando con los papas. Los imanes y los ayatollahs eran un asunto completamente distinto.

Pero los israelíes tenían una actitud mucho más pragmática. Menachem Avriel escuchó el relato que hizo Nicol Peters de otras entrevistas, y después le presentó a un individuo delgado, de aspecto militar, que tenía una mirada fría y una sonrisa apenas esbozada, con toda la apariencia de un hombre del Mossad. Su nombre —por lo menos para los fines de la presentación— era Aharón ben Shaúl. Deseaba hacer una proposición.

—Señor Peters, le revelaré algunos hechos. No podrá publicar la mayoría de ellos; pero son antecedentes a los que nunca llegaría si yo no se los revelara. Después, le haré una proyección de lo que puede suceder muy pronto. Y finalmente, le pediré su consejo, porque usted es un antiguo residente que tiene buenos vínculos en esta ciudad. ¿De acuerdo?

—De acuerdo.

—Primer asunto. Omar Asnán dirige el grupo La Espada del Islam en Roma.

—Me pareció que posiblemente ésa era la situación.

—Miriam Latif es una agente del grupo. La tenemos en Israel. Por el momento no la liberaremos. Nos ha costado demasiado para entregarla ahora.

—No entiendo eso.

—Teníamos a un hombre infiltrado en La Espada del Islam. Estaba muy cerca de Omar Asnán. Cuando decidimos secuestrar a Miriam Latif destruimos la cobertura de este hombre. Asnán le mató, en el sótano de su villa.

—¿Cómo puede estar seguro de eso?

—Porque tenemos pruebas. Nuestro hombre tenía un aparato electrónico en el botón del cuello de su camisa. También había instalado dos más, uno en el jardín y otro en el salón de la villa. De modo que conocemos fragmentos de conversaciones entre Omar Asnán y otros miembros del grupo. El sesgo de la conversación es doble: el asesinato del Papa ha sido llevado del terreno de la oportunidad al del honor. Ahora es el Gran Satán que debe ser abatido por los Hijos del Profeta, y se apresará como rehén a una mujer para canjearla por Miriam Latif. Ya se conoce el nombre de la presunta rehén.

—¿Quién es?

—¡Tove Lundberg, la amante de Salviati!

—¡Dios Todopoderoso! ¿Ellos lo saben?

—Todavía no. Los vigilamos, y no creemos que Asnán esté pronto para actuar.

—¿Cómo pueden saberlo?

—Porque en nuestra organización hay un fragmento que sugiere que Asnán intentará utilizar a italianos para secuestrar a la muchacha, probablemente calabreses o sicilianos. Además, sabe que le seguimos de cerca, de modo que en este momento está más preocupado por la necesidad de cubrirse las espaldas.

—¿Pueden hacer algo para detenerle?

—Por supuesto. Estamos intentando hacerlo con el menor costo posible de represalias. Sabemos que ha asesinado, y sabemos dónde esta el cuerpo. Pero si los italianos le acusan del asesinato de un agente israelí, ellos y nosotros seremos muy impopulares cuando comience la venganza.

—¿Y qué me dice de la nueva amenaza al Papa?

—El secretario de Estado tendrá hoy en sus manos todos los datos que hemos recogido.

—¿Y dónde entro yo en todo esto?

—En todo lo que acabo de decirle, lo único que no puede publicar es el nombre de Omar Asnán. Le facilitaremos el resto: transcripciones de las cintas grabadas, detalles circunstanciales, todo. Desearíamos que publicase la historia con la mayor prontitud posible.

—¿Y eso en qué los beneficia?

—En la acción. El Vaticano presiona a los italianos. Los italianos tienen que actuar contra Asnán y su grupo. Usted los refuerza con el antiguo grito de combate: ¡no negociamos bajo el terror!

—¿Y Miriam Latif?

—La retendremos mientras sea útil.

—¿Salviati?

—Es la persona que goza de más seguridad. Nadie, ni siquiera Asnán, desea verle muerto.

—¿Tove Lundberg? Tiene una niña impedida.

—Lo sabemos. Es una complicación. Al menos por un tiempo tenemos que sacarla de escena. Tiene que desaparecer...

La tarde del sábado, mientras los recolectores continuaban trabajando y los que aplastaban la uva comenzaban a producir el primer líquido turbio, hubo una conferencia decisiva en el jardín de la *villetta*. Estaban presentes el propio Pontífice, el secretario de Estado, Drexel, monseñor O'Rahilly y el jefe de la Vigilanza del Vaticano. El secretario de Estado leyó los informes que había recibido de los israelíes y los italianos. El Pontífice estaba sentado, muy erguido, en su silla, el mentón y la nariz dibujando la conocida expresión de ave de presa. Habló con palabras duras y definitivas:

—Por mi parte, no abrigo la más mínima duda. No puedo gozar de las vacaciones que significan un riesgo para otros. Pasaré la noche aquí, y diré misa como prometí a los niños y los padres de la colonia. Después, me trasladaré a Castel Gandolfo y permaneceré allí hasta el fin de las vacaciones estivales... Lo siento, Anton. Usted se tomó mucho trabajo, y por mi parte me siento profundamente desilusionado.

Drexel esbozó un gesto resignado.

—Santidad, quizás haya otra ocasión.

—Quizá. ¡Y bien, caballeros! —La aureola del mando le envolvió. Pareció que su figura se agrandaba ante los ojos de los presentes.— El Papa se retira al abrigo de las murallas. Deja atrás a una mujer, que a causa del servicio que le prestó, ahora corre peligro, no sólo en su propia persona sino en la de su hija. ¿Ese peligro no ha sido exagerado?

La pregunta fue formulada en primer término al secretario de Estado.

—Santidad, a mi juicio no hay exageración.

El hombre de la Vigilanza confirmó el veredicto.

—Santidad, la amenaza es muy real.

El Pontífice formuló otra pregunta:

—¿No es posible que las autoridades italianas, con los recursos y las técnicas que según sabemos poseen, garanticen la protección de esta mujer y su hija?

—No, Santidad, no es posible. De hecho, ninguna fuerza policial puede hacerlo.

—¿No es posible que anulen la amenaza mediante la acción rápida; por ejemplo, mediante el arresto y la detención de los conspiradores conocidos?

—Podría ser, si hubiese suficiente voluntad en el gobierno italiano; pero a su vez, ese gobierno se ve gravemente perjudicado por su propia vulnerabilidad frente a los métodos terroristas. Incluso si se suspende la ley para permitir o tolerar una intervención poco ortodoxa, las consecuencias no son siempre controlables, como hemos visto en este caso.

—Gracias. Una pregunta dirigida a usted, Anton. ¿Tove Lundberg ha sido informada de la amenaza?

—Sí. Telefoneó hoy para pedirme consejo acerca de lo que debía hacer con Britte.

—¿Dónde está ahora?

—En la clínica, trabajando como de costumbre.

—¿Puede telefonearle y pedirle que venga aquí, antes de regresar a su casa?

Drexel vaciló un momento y después salió de la habitación. Monseñor O'Rahilly intentó hablar.

—Santidad, puedo sugerir...

—¡No, no puede, Malachy!

—Como Su Santidad desee.

El Pontífice había empezado a transpirar. Se secó la frente con un pañuelo. O'Rahilly le pasó un vaso de agua. Cuando Drexel regresó, llegó acompañado por la hermana Paulina. La mujer se acercó al Pontífice, le tomó el pulso y anunció con voz firme:

—Esta reunión ha concluido. Quiero que mi paciente se acueste.

—Hermana, nos llevará sólo un momento. —El Pontífice se volvió hacia los demás y se limitó a decir:

—Soy responsable, por lo menos en parte, de lo que ha sucedido. El riesgo es real para Tove Lundberg y su hija. La protección que puede ofrecérsele es mínima. Hasta que se elimine o reduzca seriamente la amenaza, deseo que ambas vengan a vivir en Ciudad del Vaticano. —Se volvió hacia el secretario de Estado.— Nuestras buenas hermanas pueden encontrarles sitio, y ocuparse de que estén cómodas. —Después, se dirigió a Drexel.— Anton, usted es el *nonno* de la familia. Trate de convencerlas.

—Haré todo lo posible, Santidad. No puedo prometer más.

Con el gesto imperioso que todos le conocían, el Pontífice los despidió.

—Gracias a todos. Ahora, pueden retirarse. Hermana Paulina, ya podemos ir.

Mientras volvían lentamente a la casa, la conocida melancolía descendió sobre él como una nube oscura. Olvidando incluso a la hermana Paulina, el Papa murmuró para sí mismo.

—No lo creo. Sencillamente no lo creo. El mundo no ha sido siempre así... ¿o me equivoco?

—Estoy segura de que no ha sido así —observó animosamente la hermana Paulina—. Nuestro viejo cura parroquial solía decir que los locos se han apoderado del asilo; pero muy pronto se cansarán y lo devolverán.

En la capilla de la propiedad del Cardenal Drexel, diseñada, según las constancias archivadas, por Giacomo della Porta, se habían reunido los miembros de la colonia: delante los menores, detrás los padres y los maestros, y a la izquierda, de pie contra la pared del fondo, los pocos miembros de la Curia a quienes Drexel, el viejo zorro, había ofrecido una cortesía personal que implicaba al mismo tiempo poner a prueba sus simpatías. Allí estaban Agostini, y Clemens, de la Doctrina de la Fe, y MacAndrew, de la Propagación de la Fe, y —a mucha distancia de su sede— Ladislas, de la Congregación de las Iglesias Orientales. Así, el público ocupaba toda la capilla. La distribución también implicaba una brusca alteración del protocolo: el pueblo antes que los príncipes.

Entró el Pontífice, con Drexel en el papel de diácono, la hermana Paulina como lectora, y un niño y una niña espásticos como acólitos.

Parte, aunque no la totalidad de la sutileza ritual, pasó inadvertida para Sergio Salviati y Tove Lundberg, que se sentaron, con Britte entre ellos, en la primera fila de la congregación. Salviati se había puesto su *yarmulke*. Tove llevaba velo y los antiguos atributos religiosos de su padre. Una de las madres les entregó un misal. Salviati lo examinó rápidamente y después murmuró a Tove: —¡Dios mío! ¡Nos han robado casi todo! —Tove sofocando la risa, le advirtió:— Vigila a tu paciente, es su primera aparición en público.

Era más que eso, mucho más. Era la primera vez en treinta años que decía misa como simple sacerdote. Era la primera vez que hablaba a un público que estaba al alcance de la mano y del corazón.

Consciente de que se fatigaba con mucha rapidez, inició el rito sin perder tiempo; pero cuando llegó a las lecturas se alegró de poder sentarse. La hermana Paulina leyó el texto con su italiano enfático y defectuoso, y concluyó con la exhortación de Pablo a los corintios:

"Mientras aún vivimos, morimos todos los días por el bien de Jesús, de modo que en nuestra carne mortal también la vida de Jesús puede mostrarse abiertamente."

Después sostuvieron el libro para el Pontífice. El lo besó y con voz firme y clara leyó el Evangelio.

—...Era el Sabbath, y sucedió que Jesús caminaba a través de los trigales, y mientras avanzaban sus discípulos arrancaron las espigas de trigo y las comieron. Y los fariseos le dijeron: "Mira lo que están haciendo, lo que está prohibido en el Sabbath..." Y él les dijo: "El Sabbath está hecho para el hombre, no el hombre para el Sabbath"...

Pálido pero sereno, el Pontífice se adelantó de cara a la pequeña comunidad. Salviati le observó con ojos clínicos, y advirtió los labios exangües, los nudillos blancos a causa de la tensión, mientras aferraba los bordes del atril. Y entonces, en medio de una serenidad sobrecogedora, comenzó a hablar.

—Esperé haceros una visita, y pocos placeres en mi vida originaron en mí tanta expectativa. Desde el momento de mi llegada me sentí rodeado de amor. Sentí el amor creciendo en mi propio corazón, como una especie de primavera milagrosa en un desierto. Y ahora, bruscamente, se me obliga a salir de aquí. Mi breve y feliz estancia con vosotros termina. Anoche permanecí despierto, preguntándome qué don podía dejaros como reflejo de mi agradecimiento; a usted Anton, mi viejo adversario, que se ha convertido en mi amigo querido; a usted, Sergio Salviati, mi médico severo pero cuidadoso; a usted, Tove Lundberg, que aportó sabios consejos a un hombre que mucho los necesitaba; a vosotros, hijos míos; a todos los que nos cuidan con tanta devoción y que durante estos pocos días me han convertido en un miembro privilegiado de la familia. Y entonces comprendí que el único don que puedo ofreceros es el don mencionado por Pablo, la buena nueva de que en Cristo, con Cristo y a través de él todos —tanto los creyentes como los incrédulos— nos convertimos en miembros de la familia de Dios nuestro Padre.

"Este don nos impone condiciones. Me fue dado. Lo transmito a vosotros, pero vosotros ya lo tenéis y ya lo habéis compartido entre todos y me lo habéis devuelto. Este es el misterio de nuestra comunión con el Creador. Nada tiene que ver con las leyes, las prescripciones, las prohibiciones. Y es lo que nuestro Señor subraya cuando dice: 'El Sabbath fue hecho para el hombre, no el hombre para el Sabbath'.

"Uno de los grandes errores que hemos cometido en la Iglesia, un error que hemos repetido a lo largo de los siglos —porque somos humanos y a menudo muy estúpidos— es dictar leyes acerca de todo. Hemos cubierto los prados con empalizadas, de modo que las ovejas no tienen sitio para correr libremente. Afirmamos que procedemos así para tenerlas seguras. Lo sé, porque yo mismo lo he hecho con mucha frecuencia. Pero las ovejas no están seguras: languidecen en un encierro que nunca fue su ambiente natural...

"Durante la mayor parte de mi vida he sido un sacerdote célibe. Antes, era un niño solitario, criado por mi madre. ¿Qué sé de las relaciones complejas e íntimas de la vida conyugal? Lo confieso: nada. Vosotros sabéis. Vosotros sois los que os concedéis unos a otros el sacramento, que experimentáis la alegría, el dolor, las confusiones. ¿Qué puedo deciros yo, qué puede decir ninguno de mis sabios consejeros, de mis hermanos los obispos, que vosotros no sepáis ya? Estoy seguro de que mi amigo Anton coincidiría conmigo. No dictaminó que naciese esta familia... la creó, con vosotros a partir del amor.

"Entonces, ¿qué estoy diciéndoos en realidad? Que no me necesitáis, del mismo modo que no necesitáis el amplio edificio de San Pedro, esa compleja estructura cuya descripción ocupa dos mil páginas del Anuario Pontificio. El Señor os acompaña aquí. Vosotros sois luz para el mundo porque vivís iluminados por la luz que irradia de Su semblante. No necesitáis ley, porque vivís por el amor, y si tropezáis, como tropezamos todos, si caéis como caemos todos, hay manos afectuosas que os ayudan a incorporaros.

"Si me preguntáis por qué los inocentes que están aquí, los niños, sufren los embates del destino, por qué deben soportar un impedimento la vida entera, no puedo contestaros. No lo sé. El misterio del dolor, de la crueldad, de las leyes bestiales de la supervivencia, nunca me fue explicado. Los secretos de Dios continúan siendo los secretos de Dios. Incluso su Hijo bienamado pereció en la oscuridad, clamando por saber por qué Dios le había abandonado. Sería una vergüenza para mí afirmar que soy más sabio o sé más que mi Maestro.

"Quizá en todo esto más que en otra cosa soy el hermano de todos los que estáis aquí. No sé. A menudo camino en la oscuridad. No pregunto a quién pertenece la mano que se alarga para guiarme. La toco y desde el fondo de mi corazón me siento agradecido... ¡Dios os guarde a todos!"

—Gracias —dijo Tove Lundberg—. Gracias por ofrecernos refugio; pero Britte y yo estamos de acuerdo. Viviremos como lo que somos. Ella continuará aquí, en la colonia. Y Sergio y yo continuaremos trabajando como siempre hemos hecho.

Anton Drexel sonrió y se encogió de hombros, resignado.

—No puedo decir que lo lamento. Habría detestado perder a mi nieta.

Sergio Salviati seguramente consideró que era necesaria una explicación.

—En principio, pensé que sería buena idea apartar del camino a las dos. De todos modos, nuestra gente así lo aconseja. Y después, cuando pensamos en ello, volvimos siempre al mismo interrogante: ¿Por qué tenemos que retirarnos? ¿Por qué debemos rendirnos a esas obscenidades? De modo que nos quedamos.

—Por lo tanto, continuaremos viéndonos. Usted, mi quisquilloso amigo, tendrá que mantenerme vivo; Britte debe terminar mi retrato; y para usted, mi querida consejera, mi casa siempre está abierta.

Los abrazó a todos; después, Drexel se apartó con el Papa para sostener una breve conversación privada. Le dijo:

—Mientras usted hablaba, yo observaba a nuestros colegas. Clemens desaprobaba, y Ladislas también. MacAndrew estaba sorprendido, pero me pareció que agradablemente. Su secretario estaba muy sorprendido. E intentaba observar la reacción de cada uno.

—¿Y Agostini?

—No parecía extrañado, ni sorprendido; pero ése es su estilo. Dígale que el sol no ha salido esta mañana, y afrontará la situación. Pero debe usted recordar una cosa. A partir de este momento, cada miembro de la Curia, excepto unos pocos casos geriátricos como yo mismo, se considerará un posible candidato en la próxima elección de Papa. Se le ve muy fatigado esta mañana, de modo que es natural que la gente se pregunte si será capaz de resistir... Y entonces, como son humanos, comenzarán a anudar alianzas con vistas al próximo cónclave. Es un aspecto que debe tener presente cuando comience a agrupar fuerzas para emprender la tarea de limpieza.

—Lo recordaré. Todavía no me ha dicho qué opina usted de mi sermón.

—Agradecí a Dios la buena palabra. Me enorgullece que haya sido pronunciada en mi casa. Y ahora, debo pedir un favor a Su Santidad.

—Dígame, Anton.

—Santidad, permítame salir. Reléveme de todas mis obligaciones en Roma. Hace mucho cumplí la edad del retiro. Ansío desesperadamente pasar el resto de mi vida con esta pequeña familia. —Emitió una risa breve y avergonzada.— Como usted ve, hay mucho que hacer aquí.

—Le extrañaré muchísimo; pero sí, está en libertad. Anton, ahora me sentiré muy solo.

—Encontrará a otros, más jóvenes y más fuertes. A partir de este momento, yo sería sólo un obstáculo en su camino.

—Y en nombre de Dios, ¿cómo llego a los jóvenes?

—Como hizo esta mañana. Haga oír su voz, consiga que se difundan sus verdaderas opiniones. Puede hacerlo. Debe hacerlo.

—Ruegue por mí, Anton. Y que también los niños recen por mí.

Se estrecharon las manos, dos antiguos adversarios unidos después de una campaña prolongada. Y aquí, el Pontífice reunió todas sus fuerzas, enderezó el cuerpo, y acompañado por Drexel salió con paso firme para reunirse con los prelados que le esperaban.

LIBRO III

Lazarus militans

"Los enemigos de un hombre estarán entre la gente de su propia casa."

Mateo X, 36.

10

Durante las tres semanas siguientes, los únicos informes sobre el Pontífice fueron los boletines médicos, los rumores de la Casa Papal en Castel Gandolfo y las ocasionales vulgaridades de monseñor Malachy O'Rahilly.

Los boletines eran puntillosamente neutros: el Santo Padre estaba realizando progresos constantes, pero por consejo de su médico había cancelado todas las apariciones públicas hasta fines de agosto. La misa de la Asunción en San Pedro, el 15 de agosto, estaría a cargo de su Eminencia el Cardenal Clemens.

Los rumores originados en la casa eran bastantes mezquinos. Su Santidad se levantaba tarde y se acostaba temprano. Decía misa al atardecer y no por la mañana. Estaba sometido a una dieta rigurosa y perdía peso con rapidez. Todos los días llegaba un terapeuta para vigilarle durante una hora de ejercicios. Por lo demás... recibía visitantes de las diez a las once de la mañana, caminaba, leía, descansaba y se acostaba todas las noches a las nueve. Pero todos notaron un cambio. Parecía menos obstinado, menos imperioso y con actitudes mucho más amables. Por supuesto, cuánto duraría ese cambio de actitud era tema de conjeturas.

Después de todo, una intervención quirúrgica como la que él había sufrido reduce la vitalidad de un hombre.

Las vulgaridades de monseñor Malachy O'Rahilly eran mucho más reveladoras. La vida en Castel Gandolfo era tediosa en el mejor de los casos. Estaba el castillo, la aldea y el lago de aguas oscuras más abajo; muy poca diversión para un celta gregario a quien agradaba la compañía amable.

—...¡Pero créame, ahora que el viejo tiene esta actitud, parece un cementerio! No quiere leer cartas. Tengo que atender personalmente toda la correspondencia. Se muestra bastante obsesivo sobre lo que come y los ejercicios que practica, y a mí mismo me gustaría adelgazar como él. Pero está muy callado. Cuando llegan sus visitantes, se limita a las cortesías: "Gracias, y cómo está su padre", y esa clase de cosas. No está turbado, sólo distante y distraído. A veces me recuerda a Humpty Dumpty, cuando trata de armar de nuevo los pedazos de su cuerpo. Excepto que ya no es un hombre adiposo, y los sastres pontificios trabajan día y noche para vestirle antes de que regrese al Vaticano... Observo que lee mucho más que antes, y también reza mucho más, lo que no todos ven, pero yo lo percibo porque parece que vive en otro mundo, si entienden lo que quiero decir. Es como si se hubiese refugiado en un retiro, en una soledad que él mismo se ha impuesto...

—¿Qué lee? Bien, es interesante. Está leyendo precisamente a los mismos autores que tuvieron problemas con la Doctrina de la Fe: los holandeses, los suizos, los norteamericanos. En un momento de audacia —o tal vez de excesivo hastío— hice un comentario al respecto. Me dirigió una mirada muy extraña. Dijo: "Malachy, cuando era joven, solía mirar a los pilotos de prueba que atravesaban el valle del Po y salían al mar. Pensaba que sería maravilloso arriesgarse de ese modo para descubrir algo nuevo, sobre una máquina o uno mismo. Y cuando mi vida se adaptó a su propio esquema, olvidé ese sentimiento de maravilla. Ahora que mi vida ha llegado a ser menos importante, de nuevo experimento esa sensación... Hubo tiempos en que quemábamos a los hombres como Giordano Bruno, que especulaban acerca de los mundos plurales y la posibilidad de que los hombres viajaran entre ellos. Por supuesto, ya no quemamos a nuestros teorizadores. Pero si son clérigos los silenciamos, los apartamos de sus cátedras, les prohibimos que opinen públicamente acerca de temas polémicos. Y hacemos todo eso en nombre de la santa obediencia. ¿Qué le parece eso, Malachy?"

—La pregunta me desconcertó durante un momento. No quise meter el pie en una trampa, de modo que dije algo así como: "Bien, Santidad, imagino que hay cierto principio de esclarecimiento progresivo". A lo que él respondió: "Malachy, usted no es tan tonto como quiere aparentar, ni mucho menos. No juegue conmigo. ¡No dispongo de tiempo para esas cosas!" No necesito aclarar que procuré retirarme a toda prisa; pero él no insistió en profundizar la discusión. Es difícil saber qué piensa realmente. Me encantaría echar una ojeada a su diario. Lo escribe todas las noches, antes de acostarse. Pero el resto del tiempo lo guarda en su caja personal...

"...Cuando era un joven obispo, me pidieron que bendijera un barco nuevo, que sería botado en La Spezia. Allí estaban todos: los constructores, los propietarios, los marinos y sus familias. La tensión era extraordinaria. Pedí a uno de los ejecutivos del *cantiere* que me explicase el asunto. Dijo: 'Cuando separen los retenes y el barco se deslice por la rampa, todas nuestras vidas irán con él. Si hemos calculado mal y naufraga, podemos darnos por muertos... De modo que, Eccellenza, ofrézcanos su mejor bendición...' Ahora mi vida es como lo que sucedió aquella vez. Me han retirado todos los sostenes temporales —Drexel, Salviati, Tove Lundberg, el personal de la clínica. Estoy lanzado. Estoy a flote. Pero soy un casco sin aparejos, sin tripulación, flotando en el agua...

"El sentido de aislamiento pesa sobre mí como una lámina de cobre. Castel Gandolfo, Ciudad del Vaticano, son mi imperio y mi cárcel. Fuera, actúo sólo con la autorización de terceros. No estoy confinado por las fronteras, sino por la identidad que me asignaron, la de Obispo de Roma, Sucesor del Príncipe de los Apóstoles, Vicario de Cristo... y así, cada título es un nuevo obstáculo que se alza entre yo y la comunidad humana. Y hay también otro confinamiento, el síndrome de Lázaro. No soy, ni puedo volver a ser jamás igual a otros hombres. Nunca hasta ahora comprendí —¿cómo podría haberlo hecho?— el trauma de la joven que ya no puede engendrar a causa de una intervención quirúrgica... la cólera y la desesperación del soldado mutilado en un campo de minas. Han llegado a ser lo que yo soy ahora: irrevocablemente *otros*...

"Puedo compartir esos pensamientos sólo con los que han vivido esas experiencias; pero estas personas no me parecen accesibles... No me veo recorriendo las salas del hospital y los calabozos, palmeando manos y mascullando lugares comunes. Tampoco me veo encerrado con Clemens como hacía antes, olfateando herejías, imponiendo silencio y obediencia a este académico o al otro para poner a prueba su fe. Eso representa una tortura más terrible que el potro y el hierro al rojo vivo. No puedo soportarlo...

"...Y ahora llego al nervio de la cuestión. Clemens está donde está porque yo le puse allí. Y le puse allí por lo que es, por lo que yo era. ¿Y qué le digo ahora? ¿Que todo ha cambiado porque he visto una gran luz? Me rechazará... porque no carece de coraje. Dirá: 'Esa es la más antigua de las herejías. Usted no tiene el derecho de imponer su gnosis privada al Pueblo de Dios'. Y seré vulnerable al argumento, porque incluso ahora no puedo explicar el cambio que ha sobrevenido en mí...

"Y eso, querido Dios, representa la más extraña de todas las ironías. Obtuve el derrocamiento de Jean Marie Barette porque afirmó que poseía una revelación íntima de las cosas últimas. No puedo avanzar o retroceder mientras no me convenza de que a mi vez no estoy atrapado en el viejo orgullo del conocimiento íntimo. Contra esta clase de mal no hay otro remedio que la plegaria y el ayuno. ¡Y estoy ayunando! ¡Dios sabe cómo ayuno! ¿Por qué la oración rehúsa brotar de mis labios? Por favor, Dios mío, no me impongas la prueba de la oscuridad. ¡No creo que sea capaz de soportarla!

"...He despertado esta mañana con el mismo temor que se cernía sobre mí. Aquí no hay nadie a quien pueda comunicarlo, como hice con Tove Lundberg, de modo que debo afrontar solo la prueba. Retorné a esa primera maravillosa carta de Pablo a los corintios, donde habla ante todo de los cargos y las funciones en la comunidad: '...Dios nos ha dado diferentes lugares en la Iglesia; primero los apóstoles, después los profetas, y en tercer lugar los maestros; y así asignó poderes milagrosos, el don de la curación, las obras de la piedad, la administración de las cosas...' Y más abajo habla del mejor modo, el que trasciende a todos los demás: 'Aunque hablo con las lenguas de los hombres y los ángeles, y no tengo caridad, soy como el bronce resonante y el címbalo tintineante...'

"...Esto es lo que debo recordar todos los días cuando, después de las vacaciones estivales, inicie mis diálogos personales con la Iglesia. No debo ser el hombre que la desgarra con la disputa. Debo curar las dolorosas heridas que la afligen."

Para Nicol Peters el final del verano se había convertido en una rutina somnolienta. El asunto de Miriam Latif estaba muerto. La Espada del Islam ya no era titular de primera plana. El Papa había regresado a la seguridad de su residencia. El señor Omar Asnán vivía la vida agradable de un comerciante próspero. El embajador israelí estaba de vacaciones, y Aharón ben Shaúl, el hombre del Mossad, había regresado a su grisácea catacumba, y ya no estaba al alcance de la mano. De este modo la vida seguía su propio curso. Se aprendía a acompañar el ritmo de los hechos y los vacíos. Se mantenían actualizados los archivos y se abrigaba la esperanza de estar alerta cuando sonaba el primer disparo.

Katrina estaba atareada en la *boutique*. Los visitantes estivales poblaban las calles, y la caja registradora ejecutaba agradables melodías todos los días. Los romanos tenían un proverbio: sólo los *cani* y los *Americani* —los perros y los norteamericanos— podían tolerar el verano en la ciudad. Sin embargo, podía hacerse con cierto arte. Se trabajaba por la mañana. Al mediodía se nadaba y se almorzaba en el club de natación, donde también se agasajaban las relaciones. Se trabajaba de nuevo de las cinco a las ocho, y después se completaba el día con amigos, en una taberna en que se era bastante conocido y por lo tanto la factura era más o menos honesta.

La amistad del matrimonio con Sergio Salviati y Tove Lundberg maduraba lentamente. La distancia era un problema. Había casi una hora en coche de Castelli a la ciudad, y se tardaba aún más en el momento de mayor tráfico. La sombra de la amenaza terrorista aún se proyectaba sobre ellos. Viajaban a la clínica y volvían a sus casas a diferentes horas en un Mercedes conducido por un ex miembro de la policía vial, un hombre adiestrado para desprenderse de los posibles perseguidores.

Los sábados, Tove trabajaba con los restantes padres en la colonia. Reservaba los domingos para Salviati, que se mostraba más activo que nunca en la clínica, y dependía cada vez más de los breves ratos de tranquilidad que pasaban juntos. Katrina fue quien hizo el sagaz comentario: —Me pregunto cuánto tiempo podrán mantenerse así, tan laboriosos y equilibrados. Es como observar al trapecista en el circo... Se sabe que si alguno de los dos calcula mal, ambos mueren. No sé por qué, pero me parece que ella está mejor que su amigo, a pesar de que es la persona amenazada.

Matt Neylan se había convertido en un aspecto más o menos permanente de la vida del matrimonio. Su relación con la dama de los misterios había seguido un curso breve y agradable, y terminado con una conmovedora despedida en el aeropuerto, después de la cual Neylan regresó en coche a Roma para almorzar con su editora neoyorquina y después llevarla a Porto Ercole, donde debía celebrar una conferencia editorial el fin de semana.

Todo era normal, claro y divertido, y el libro —un estudio popular de la diplomacia vaticana y las personalidades activas en ella— comenzaba a apoderarse de Neylan. Sin embargo, empezaba a advertir cada vez más claramente que no toda la atención que se le prestaba era imputable a su inteligencia o a su buena apariencia.

El correo le traía un flujo regular de invitaciones; a funciones en embajadas, a seminarios, a exposiciones artísticas patrocinadas por este o aquel comité cultural, a proyecciones de películas oscuras, a asambleas por las víctimas de diferentes guerras y hambres permanentes. Todo eso era un antídoto útil contra el hastío, siempre que uno no estuviese infectado —como Matt Neylan sabía que era su caso— con el cinismo gigantesco del ex creyente. Una vez que se había renunciado al Todopoderoso y a todos sus profetas, era difícil consagrar la fidelidad a los mezquinos propagandistas del circuito de los cócteles, o a los reclutadores de las contaminadas redes de inteligencia que pululaban por la ciudad.

Así, mientras aprovechaba a fondo la comida y los licores gratis y la compañía, Matt Neylan consagraba la mitad de sus días a la pesada tarea de escribir el libro, y la otra mitad a la apasionada persecución de las mujeres. Como sabía bien cinco idiomas y más o menos otros tres, tenía una amplia gama de posibilidades. Lo extraño del caso era que más tarde o más temprano se sentía obligado a presentarlas a Katrina Peters con el fin de que ella las aprobase. Todo esto le parecía seductor a Katrina. Nicol no lo creía divertido.

—No te engañes, querida. Matt es ingenuo, pero no estúpido. Para él eres la gallina madre. Confía en que dirigirás su educación sentimental.

—Nico, eso me parece bastante halagador.

—Es una advertencia, amiga mía. Matt es un amigo agradable, pero como muchos hombres con su historia, tiende a utilizar a otros. Todos estos años ha vivido una vida de soltero protegido y muy privilegiado. Nunca ha tenido que preocuparse por saber de dónde vendría la comida siguiente. La Iglesia delineó su carrera, y él no necesitó luchar; la gente le demostró el respeto que siempre concede al clero, y él no tuvo que ensuciarse las manos para merecerlo. Ahora que ha salido del clero —y por lo que sabemos, goza de moderados ingresos— está haciendo exactamente lo mismo: consume sin pagar, y también consume emocionalmente sin pagar... Me aburre un poco observar el juego, y me irrita que te comprometas en eso. Y bien, ¡ya he dicho lo que pienso!

—Y yo te he escuchado cortésmente; por lo tanto, ahora es mi turno. Todo lo que has dicho es cierto, no sólo de Matt, sino de la mitad de los clérigos que conocemos aquí. Parecen profesores de Oxford, habitantes de sus cómodos bunkers, mientras el mundo marcha hacia su ruina. Pero en Matt hay algo que tú no has visto. Es un hombre con un gran agujero negro en el centro de sí mismo. Ya no tiene fe, y nadie le ha enseñado jamás el modo de amar. Se aferra al sexo como si temiese que se agotasen las existencias del mercado; y después, cuando la muchacha vuelve a su casa o él la despacha —cualquiera que sea la situación en el caso concreto— él regresa al agujero negro. De modo que no seas demasiado duro con él. Hay momentos, querido mío, en que podría estrangularte con las manos desnudas; ¡pero detestaría despertar y descubrir que no estás aquí!

Para Matt Neylan había otros problemas, más sutiles que los diagnosticados por sus amigos. El trabajo que había asumido, por el que sus editores le habían pagado un adelanto muy importante, podía planearse fácilmente; pero para completarlo necesitaba una considerable labor de investigación documentada, y la fuente más necesaria era el propio Archivo Vaticano, donde, clasificados en diferentes grados de secreto, se preservaban mil años de registros. Como miembro oficial de la estructura tenía acceso por derecho propio a ese material; como extraño, un hombre que había abandonado recientemente las filas, ni siquiera podía reclamar los privilegios otorgados a los eruditos y los investigadores visitantes.

De modo que, buen conocedor de los vericuetos y las estratagemas de la diplomacia, organizó una serie de alianzas y comunicaciones con empleados de la Secretaría de Estado, miembros laicos del personal del Archivo, y académicos extranjeros que ya estaban acreditados como investigadores en el Archivo y en la propia Biblioteca Vaticana.

En esta empresa recibió la ayuda de un sector inesperado. Después de varios tanteos, el embajador ruso expresó lo que parecía ser una proposición directa:

—...Usted es ciudadano de un país neutral. Tiene mucha experiencia en un campo especializado de la diplomacia religiosa y política. Por ahora no está afiliado a una corriente particular. Y continúa sus estudios en el mismo campo. Desearíamos tenerlo, de un modo absolutamente explícito, sobre la base de un contrato escrito, como consejero de nuestra embajada en Roma. La retribución sería generosa. ¿Qué le parece, señor Neylan?

—Por supuesto, la idea me halaga. Sin embargo, necesito pensarlo con mucho cuidado.

—Tómese todo el tiempo necesario. Hable con las personas que le parezcan más apropiadas. Como dije, es un tema de importancia considerable en el desarrollo futuro de nuestra política europea.

En definitiva, Matt Neylan decidió aplicar al pie de la letra la sugerencia del embajador. Pidió y obtuvo un encuentro con el secretario de Estado, que le recibió en la sombría sala de conferencias reservada a los visitantes casuales. Neylan fue derecho al punto.

—...Le ofrezco una cortesía, Eminencia. Necesito un favor a cambio.

—Hasta ahora —Agostini dibujó un breve gesto en el aire con las yemas de los dedos y sonrió al visitante—, hasta ahora, sus palabras son admirablemente claras. ¿Qué me ofrece?

—Cierta información. Los rusos me han invitado a asesorarlos sobre lo que ellos denominan diplomacia religiosa y política. Ofrecen una buena retribución y un contrato explícito, presumiblemente para evitar que recaiga sobre mí el estigma del espionaje.

—¿Aceptará el ofrecimiento?

—Reconozco que ejerce cierta fascinación... pero no. Lo rechazaré. Sin embargo, creo que determina, en el caso del departamento que usted dirige, cuáles son ciertos aspectos importantes de la política soviética.

—Es posible que acierte usted. También podría ser que esté usted haciendo exactamente lo que ellos esperaban. Que sea el portador de una señal que ellos nos envían. En cualquiera de los dos casos, estoy en deuda con usted. ¿Cómo puedo pagarle?

—¿Conoce el trabajo que estoy realizando?

—Sí.

—Necesito acceso al Archivo... el mismo acceso que normalmente se otorgaría a un erudito o a un investigador.

Agostini se asombró.

—¿Le ha sido negado?

—No; pero me pareció que debía demostrar cierto tacto, y no presentar una solicitud cuando ha pasado muy poco tiempo desde mi salida.

—Mañana por la mañana enviaré una nota al prefecto. Puede comenzar a trabajar cuando desee.

—Gracias, Eminencia.

—Gracias a usted. ¿Cómo están sus cosas? De varias fuentes me ha llegado la información de que goza de mucha demanda social.

—Estoy pasándolo bien —dijo Matt Neylan—. ¿Y Su Eminencia? Debe ser un alivio tener a Su Santidad al abrigo de las murallas.

—Lo es; pero no creo que haya pasado la amenaza que pende sobre él. Y ahí hay algo que usted puede hacer sobre mí. Si recoge noticias, o rumores verosímiles de actividad terrorista, le agradeceré que me lo comunique. Asimismo, Su Santidad está preocupado personalmente por Tove Lundberg y su hija... Esta es una ciudad pequeña. Las noticias y los rumores se difunden rápidamente. Matt, gracias por su visita.

—La próxima vez, Eminencia —dijo Neylan con una sonrisa—, ¿podría invitarme a su despacho? No soy un viajante de comercio.

—Mis disculpas. —Agostini se mostró cortés como siempre.— Pero debe reconocer que parece un poco difícil definir qué es.

En su búsqueda de una identidad sexual, Matt Neylan estaba realizando descubrimientos que para hombres que tenían la mitad de su edad ya eran clichés. El primero, que la mayoría de las mujeres a las que conocía en funciones oficiales estaban casadas, divorciadas, consagradas al sueño de la unión permanente, o descalificadas por otras razones cualesquiera para ocupar un lugar en la agenda de teléfonos de un soltero. También había descubierto que a veces era menos costoso y menos cansado pagar las dos copas obligatorias en el Club Alhambra y ver el espectáculo que perder una noche y una cena en el Piccolo Roma con una mujer aburrida, una intelectualoide o una tonta.

El Club Alhambra tenía también otra ventaja: Marta la vendedora de cigarrillos, que siempre estaba dispuesta a festejar una broma y a charlar un poco cuando había poco trabajo. Era menuda, morena, vivaz, y según decía, húngara. Cuando él la invitó a salir la joven dio largas al asunto. Trabajaba todas las noches en el club. No podía salir antes de las tres de la madrugada. Pero si él quería invitarla a almorzar algún día...

Lo hizo, y la experiencia le agradó, y ambos decidieron repetirla el mismo día, a la misma hora, en el mismo lugar, la semana siguiente.

Y así fue como Matt Neylan, antes secretario de Nunziature del Vaticano, futuro autor, heredero de una próspera finca en el Ould Sod, acabó acostándose una vez a la semana con Marta Kuhn, agente del Mossad asignada a tareas de vigilancia en el Club Alhambra, el lugar de cita de los miembros de La Espada del Islam.

A las diez de una cálida mañana estival, el Pontífice León estaba bebiendo café en la terraza y lidiando con el problema del Cardenal Clemens, un hombre a quien él mismo había designado, que había cumplido escrupulosamente las instrucciones del propio Padre, pero que ahora era un obstáculo para los planes de su superior.

Una bandaba de pájaros cruzó el cielo y el Papa elevó la mirada, y vio a un hombre moviéndose dificultosamente alrededor de la bóveda que albergaba el telescopio del Observatorio del Vaticano. Le reconoció. Era el padre John Gates, director del observatorio y superior de la pequeña comunidad de jesuitas que lo dirigía. Hizo señas a Gates, y le invitó a bajar y beber con él una taza de café.

Aunque el observatorio estaba encaramado en las colinas a mayor altura que el propio castillo, casi no cumplía ninguna función útil, porque el aire de Roma y sus alrededores estaba tan contaminado que el anticuado equipo apenas podía trabajar. Gates y sus colegas pasaban la mayor parte del año en el Instituto de Astrofísica de Houston, Texas. Cuando el pontífice residía en Castel Gandolfo, Gates acudía a presentarle sus respetos. Después, se convertía en una figura del paisaje, como el personal de la casa y los peones.

Era un hombre robusto que frisaba en la cincuentena, con una sonrisa fácil y una inteligencia serena. Su italiano era fluido y preciso. Tenía la desenvuelta confianza del hombre que está seguro de sí mismo y de su saber. El Pontífice, ansioso de compañía y deseoso de distraerse de sus propios pensamientos sombríos, le abrumó a preguntas, corteses y casuales al principio, y después cada vez más incisivas.

—Siempre me he preguntado de qué modo un astrónomo concibe el tiempo y la eternidad. ¿Cómo concibe a la Divinidad?

Gates consideró un momento la pregunta y después, como buen jesuita, trató de definir los términos.

—Si Su Santidad pregunta si yo pienso de distinto modo que otros creyentes, la respuesta necesariamente es afirmativa. En ciencias siempre afrontamos nuevas revelaciones acerca del universo. Por lo tanto, nos vemos obligados a elaborar nuevas hipótesis y a inventar nuevos términos para expresarlas. Siempre nos damos de cabeza contra las limitaciones del lenguaje y las matemáticas. Esa fue la última protesta de Einstein: "Me he quedado sin matemáticas". Goethe formuló la misma queja, con distintas palabras: "¡Más luz!" Usted me pregunta cómo concibo a la Divinidad. No puedo concebirla. No lo intento. Me limito a contemplar la inmensidad del misterio. Al mismo tiempo, tengo conciencia de que yo mismo soy parte del misterio. Mi acto de fe es un acto de aceptación de mi propio desconocimiento.

—¿Sugiere que las fórmulas tradicionales de la fe carecen de sentido para usted?

—Todo lo contrario. Significan mucho más que lo que puedan decir. En realidad, son definiciones humanas de lo indefinible.

—Bien, consideremos una fórmula —le presionó el Pontífice—. La que está en la base de nuestra fe cristiana. *Et Verbum caro factum est:* Y el Verbo se hizo carne y moró entre nosotros". Dios se hizo hombre. ¿Qué significa eso para usted?

—Lo que afirma... pero también mucho más que lo que afirma; si no fuera así, estaríamos convirtiendo las palabras humanas en la medida del infinito misterio de Dios.

—Padre, no estoy seguro de entenderle.

—En la noche contemplo los cielos. Sé que lo que estoy presenciando es el nacimiento y la muerte de galaxias, a años luz de las nuestras. Contemplo estas tierras, estas colinas, esas aguas oscuras ahí abajo. Veo otro aspecto del mismo misterio, Dios revistiéndose literalmente con su propia creación, trabajando en ella como la levadura en la masa, renovándola día tras día y sin embargo al mismo tiempo trascendiéndola. La Divinidad que se reviste de carne humana es sólo parte de ese misterio. Descubro que yo mismo me alejo cada vez más de los antiguos términos dualistas —cuerpo y alma, materia y espíritu— en los que se expresa gran parte de nuestra teología. Cuanto más se alejan de mí los límites del saber, más realizo la experiencia de mí mismo como una unidad.

El Pontífice le dirigió una mirada prolongada y sagaz, y después permaneció un rato en silencio. Cuando al fin habló, las palabras fueron amables, pero había un frío helado en la voz.

—¿Por qué cuando escucho esas formulaciones tan personales me inquieto? Me pregunto si nuestros fieles reconocen en ellas el sencillo evangelio que nosotros debemos predicar. —Trató de suavizar el golpe.— Créame, mi intención no es hacerle un reproche. Usted es mi invitado. Me honra con su franqueza. Pero yo quiero entender.

El jesuita sonrió. Sacó su pluma y el cuaderno y garabateó una ecuación. La mostró al Pontífice.

—Santidad, ¿puede decirme lo que significa esto?

—No, no puedo. ¿De qué se trata?

—Es una expresión matemática del efecto Doppler, la variación de la longitud de onda provocada por un movimiento cualquiera de una fuente luminosa a lo largo de una línea de visión.

El Pontífice sonrió y abrió las manos en un gesto de desesperación.

—¡Incluso esa descripción me dice poco!

—Podría explicársela; pero como usted no sabe matemáticas, tendría que apelar a la metáfora. Que es exactamente lo que hizo Jesús. No explicó a Dios. Describió lo que Dios hace, lo que Dios es, usando las imágenes de un pueblo campesino de una época anterior. Usted y yo somos personas de otra era. Tenemos que hablar y razonar en el lenguaje de nuestro tiempo, porque de lo contrario nuestras palabras carecerían de sentido. ¡Vea! Parte de mi tarea en Estados Unidos es ayudar al entrenamiento de hombres que serán astronautas, viajeros del espacio. La imaginería que ellos usan es muy distinta a la suya o la mía, o la del propio Jesús. Pero, ¿acaso eso justifica que nos mostremos suspicaces? ¿Por qué en estos tiempos, en esta era, tratamos de aplicar una camisa de fuerza al espíritu humano?

—¿Usted cree realmente que eso es lo que intentamos hacer?

El padre Gates se encogió de hombros y sonrió.

—Santidad, soy un invitado a su mesa.

—Por lo tanto, tiene el privilegio de un invitado. Hable francamente, y recuerde que supuestamente yo soy el servidor de los servidores de Dios. Si no cumplo mi función, merezco que me lo reprochen.

—Pero no soy yo el encargado de reprenderle —dijo el jesuita con sorprendente firmeza—. Permítame abordar de otro modo el asunto. He viajado mucho. Viví en Asia, América del Sur, Africa y aquí en Europa. En definitiva, llego a la conclusión de que toda la experiencia humana tiene un carácter unificador. El ciclo trágico —la propagación, el nacimiento, la muerte— se completa siempre con una metamorfosis. Las tumbas se cubren de flores, los trigales fructifican sobre antiguos campos de batalla. Las técnicas de almacenamiento moderno y la recuperación confieren una continuidad que es análoga a nuestro concepto de inmortalidad, e incluso de resurrección. Las bellezas fallecidas recobran vida en la pantalla de la televisión. A veces yo mismo me pregunto —y sé que en este momento se trata de un tema espinoso— qué podrían haber visto las cámaras de la televisión si hubiesen sido enfocadas la noche sobre el sepulcro de Jesús.

El Pontífice emitió una risa breve y tranquila.

—Lástima que nunca podamos conocer la respuesta.

—Adopto el punto de vista contrario. Una vida entera de exploración científica ha determinado que el acto de la fe me parezca mucho más fácil. Reclamo siempre saber más, pero estoy dispuesto a arriesgar mucho más en la ignorancia creadora.

—¡La ignorancia creadora! —El Pontífice pareció saborear la frase.— Eso me gusta. Porque somos ignorantes tratamos de saber. Porque estamos en la oscuridad, reclamamos luz. Porque estamos solos, anhelamos el amor... Le confieso, amigo mío, que a semejanza de Goethe necesito mucho de la luz... Envidio a sus caminantes espaciales. Seguramente es fácil orar allí arriba.

El jesuita sonrió feliz.

—Cuando era jovencito, yo no percibía el verdadero sentido de las doxologías, Gloria a Dios en las Alturas, y cosas así. Me sonaba como si la gente estuviese aclamando en un partido de fútbol, y adulase al Creador diciéndole que era un gran personaje. Pero ahora, cuando miro por los telescopios y escucho la miríada de señales que me llegan desde el espacio exterior, la plegaria de elogio es la única que puedo formular. Incluso el despilfarro y el horror del universo parecen tener cierto sentido, aunque la agobiadora presencia del mal se eleva siempre como un miasma en un pantano... Estoy hablando demasiado. Debería dejar en paz a Su Santidad. Gracias por el café.

—Gracias por su visita, padre. Gracias por compartir conmigo su persona.

Cuando Gates se alejó, el Pontífice León se formuló a sí mismo una pregunta casi infantil: ¿Por qué él mismo se había negado tanto tiempo el placer de la presencia de hombres así alrededor de su mesa? ¿Por qué no se había otorgado él mismo —apelando a los recursos que considerase necesarios— el grato placer de aprender de ellos? En el estado de ánimo depresivo que comenzó a dominarle, encontró una sola y lamentable respuesta; era un campesino que nunca había aprendido a ser príncipe.

La interpretación de Katrina Peters sobre la situación entre Tove Lundberg y Sergio Salviati estaba muy cerca de la verdad. Cada uno por sus propias razones, ambos vivían en estado de tensión, y ésta se manifestaba incluso en esa parte de la vida de los dos que compartían del modo más total e íntimo.

Salviati estaba profundamente irritado por el hecho de que otra vez, en su país natal, él y los seres más cercanos a él se veían amenazados sencillamente porque el propio Salviati era judío. Cada vez que subía al Mercedes, saludaba al chofer, inspeccionaba la alarma de su casa y vigilaba las idas y venidas de Tove, experimentaba un fiero resentimiento. Ese no era el modo de vivir de un hombre, perseguido por otro hombre a quien jamás había visto, y que a juzgar por lo que se sabía estaba viviendo como un pachá y comerciando bajo la protección del gobierno italiano.

Su resentimiento se acentuaba todavía más porque sabía que estaba comenzando a influir sobre su trabajo. En la sala de operaciones continuaba siendo el técnico frío, concentrado totalmente en el paciente; cuando recorría las salas y realizaba las inspecciones "de guante blanco", se le veía nervioso e impaciente.

Tove Lundberg estaba tan preocupada que decidió abordar el asunto durante la cena.

—Sergio, no puedes continuar así. Estás haciendo precisamente lo que dices a tus pacientes que no deben hacer, te excitas y vives de tu adrenalina. Estás molestando al personal, formado por personas que lo darían todo por ti. Tienes que detenerte un momento.

—¿Y puedes decirme, te lo ruego, cómo lo hago?

—Invita a James Morrison, dile que venga de Londres. Llegará como una bala. Ordena al joven Gallico que le acompañe. Le vendrá bien la experiencia que pueda adquirir con otro hombre. De todos modos, la administración funciona bastante bien, y yo siempre puedo vigilar las cosas en tu nombre. Sé cómo funciona la clínica.

—¿No saldrías conmigo de vacaciones?

—No. —Habló con acento decidido.— Creo que necesitas salir solo, sentirte absolutamente libre. En este momento yo soy parte de la carga que soportas, precisamente porque estoy amenazada y tú crees que debes protegerme. Bien, estoy protegida, tanto como jamás llegaré a estarlo. Si eso facilitara las cosas, podría alejarme y trabajar el día entero en la colonia mientras estés ausente... También tengo que resolver mis propios problemas.

—¡Escucha, amor mío! —Salviati demostró un arrepentimiento instantáneo.— Sé que es difícil convivir conmigo en situaciones como ésta...

—No se trata de ti. Hablo de Britte. Ahora es una joven. Tengo que descubrir qué clase de vida puedo crearle, para ella y con ella. Sabes que la colonia no es la respuesta definitiva. Le ha facilitado un comienzo maravilloso, pero es un grupo pequeño y elitista. Cuando Drexel fallezca, ¿quién lo impulsará y lo mantendrá unido? La propiedad está hipotecada en beneficio de la Iglesia. Sin duda, podríamos llegar a un acuerdo con ellos; pero se necesita mucho más: un plan, fondos de desarrollo, la formación de nuevos maestros.

—¿Es lo que tú misma estás haciendo?

—No. Ahí está el asunto. Estoy pensando en algo mucho más sencillo... un hogar para Britte y para mí, una carrera para ella. Será algo limitado, pero Britte es buena pintora.

—¿Y tú?

—Todavía no lo sé. Por el momento, estoy viviendo al día.

—Pero me avisas que habrá un cambio.

—Es necesario. Lo sabes. Ninguno de los dos es un ser completamente libre.

—En ese caso, ¿por que no hacemos lo que propuse antes, casarnos, unir fuerzas, constituir una familia para Britte?

—Porque de ese modo yo te negaría la oportunidad de crear tu propia familia.

—Imagina que yo lo acepto.

—Entonces un día, seguro como la salida del sol, me odiarías por eso. Mira, amor mío, aún somos amigos, aún nos apoyamos mutuamente. Continuemos haciendo lo mismo. Pero seamos sinceros. Ya no tenemos el control de las cosas. Tuviste al hombre más destacado del mundo como paciente de tu clínica. Fue un triunfo. Todos lo aceptaron. Ahora vamos y venimos con una guardia armada y pistolas bajo los asientos... Britte es una adolescente. Ya no es posible manejarla como si fuese una niña. Y tú, amor mío, has gastado una parte tan considerable de tu persona que ahora te preguntas qué te queda... ¡Necesitamos realizar un cambio!

En todo caso, Salviati no estaba dispuesto a reconocer la necesidad de modificar la situación. Era como si con la aceptación del proceso evolutivo él temiese provocar un terremoto. La serenidad y el placer ya no estaban al alcance de ninguno de los dos. El grato sabor de la relación afectiva que los unía se había esfumado, y parecía que sólo quedaba el amargo regusto de las ilusiones perdidas.

Trató de hablar del asunto con Drexel, que pese a toda su madura sabiduría tenía sus propios caprichos y sus rarezas. El no deseaba perder a su pequeña familia. Tampoco contemplaba separarse de la propiedad de la villa mientras viviese. De buena gana cooperaría con Tove para ampliar y organizar la colonia; pero ella debía consagrarse totalmente al asunto... Todo lo cual implicaba otra serie de obstáculos en perjuicio de lo que antes había sido una comunicación franca y afectuosa.

Entonces ella advirtió que, aunque apenas tenía conciencia del asunto, el propio Drexel afrontaba otro conjunto de problemas. Ahora que se había retirado totalmente, se sentía solo. La vida rural que él tanto había ansiado no bastaba, ni mucho menos, para satisfacer su mente activa y su secreto anhelo de los excitantes aspectos del juego del poder, el mismo que había practicado a lo largo de toda su vida. Ese era el sentido de la transparente y sencilla estrategia que propuso a Tove Lundberg.

—Britte ha terminado el retrato de Su Santidad. ¿Por qué no arreglo las cosas de modo que ella se lo entregue? No dudo de que él se sentirá complacido de recibirnos en Castel Gandolfo.

Como se vio después, esa táctica era innecesaria. A la mañana siguiente Drexel recibió una llamada telefónica para convocarle a una entrevista con el Pontífice antes del mediodía.

—¡Lea esto! —El Pontífice descargó la palma de la mano sobre las páginas de *L´Osservatore Romano* abiertas sobre su escritorio.— ¡Léalo atentamente!

El artículo estaba titulado "Carta abierta a los firmantes de la declaración de Tubinga", y era un ataque demoledor, en los términos más formales, al contenido del documento y lo que el autor denominaba las "actitudes arrogantes y presuntuosas de clérigos a quienes se han confiado las más elevadas obligaciones de la educación cristiana". Concluía con esta declaración tajante: "El lujo de la discusión académica no puede debilitar la lealtad que todos los católicos deben al sucesor de Pedro y oscurecer las claras líneas del mensaje redentor de Cristo." Llevaba la firma de Rodrigo Barbo.

La primera pregunta de Drexel fue la más obvia.

—¿Quién es Rodrigo Barbo?

—Lo he preguntado. Recibí la respuesta, que es textualmente: "Un laico. Uno de nuestros colaboradores regulares y más respetados."

—Cabe decir —observó amablemente Drexel— que domina muy bien la línea oficial.

—¿Eso es todo?

—Si Su Santidad desea que haga conjeturas...

—Lo deseo.

—En ese caso, percibo —o creo percibir— la delicada mano gótica de Karl Clemens en este asunto.

—Yo también. Como sabe, hablé con él en la clínica. Le dije que debía existir un período de enfriamiento antes de que nos comunicáramos con los firmantes de la Declaración de Tubinga, o de que se adoptaran medidas contra ellos. Discrepó. Yo me impuse. Creo que eligió este método para obviar mi orden directa.

—Santidad, ¿puede demostrarlo?

—No es necesario que lo demuestre. Le formularé directamente la pregunta. En su presencia. Ya está esperando para verme.

—¿Y qué espera Su Santidad que haga yo?

—Lo que el buen sentido y la equidad le ordene hacer. Defiéndale, si cree que lo merece. No deseo que mi juicio en este asunto se vea oscurecido por la cólera... y esta mañana he sentido una cólera muy intensa.

Oprimió el botón de un llamador depositado sobre el escritorio. Pocos instantes más tarde, monseñor O'Rahilly anunció a Su Eminencia, el Cardenal Karl Emil Clemens. Se intercambiaron los saludos de costumbre. El Pontífice formuló una breve explicación.

—Anton está aquí respondiendo a mi petición.

—Como agrade a Su Santidad. —Clemens se mostraba firme como una roca.

—Supongo que usted ha visto este artículo de *L'Osservatore Romano*, firmado por Rodrigo Barbo.

—Sí, lo he leído.

—¿Tiene algún comentario al respecto?

—Sí. Concuerda con otros editoriales publicados en órganos católicos del mundo entero: en Londres, Nueva York, Sidney, etcétera.

—¿Coincide con el contenido?

—Su Santidad sabe que coincido.

—¿Intervino en su redacción?

—Es evidente, Santidad, que no intervine. Está firmado por Rodrigo Barbo, y seguramente fue encargado por el director mismo del periódico.

—¿Influyó directa o indirectamente, por sugerencia o comentario, sobre el encargo o la publicación?

—Sí, influí. Dado que Su Santidad no aceptaba que hubiese cierta acción oficial en este momento, me pareció que no era inoportuno iniciar la discusión pública de los fieles, lo cual en todo caso era la actitud de los autores del documento original. En resumen, creí que también debía escucharse la otra campana. Asimismo, creí que debía prepararse la atmósfera para la actitud que más tarde adoptase la Congregación.

—¿Y procedió así a pesar de nuestra conversación en la clínica, y de mi instrucción muy clara sobre el asunto?

—Sí.

—¿Cómo explica eso?

—Las discusiones fueron demasiado breves para abarcar toda la gama de asuntos. La instrucción tenía carácter limitado. La cumplí al pie de la letra, no hubo acción ni reacción oficial.

—¿*L'Osservatore Romano* no es un órgano oficial?

—No, Santidad. A veces es el vehículo de la publicación de anuncios oficiales. Sus opiniones no nos obligan.

El Pontífice guardó silencio largo rato. Su extraña cara de ave de presa, adelgazada ahora por la enfermedad y la dieta, mostraba una expresión tensa y sombría. Se volvió hacia Anton Drexel.

—¿Su Eminencia desea hacer algún comentario?

—Sólo esto, Santidad. Mi colega Karl se ha mostrado muy franco. Ha adoptado una posición que, aunque no sea grata para Su Santidad, es comprensible, dado el sesgo de su mente y su preocupación por el mantenimiento de la autoridad tradicional. Creo también que Su Santidad debe atribuirle la mejor intención, en cuanto trató de ahorrarle momentos de tensión y ansiedad.

Era un salvavidas, y Clemens lo aferró con la misma avidez que un hombre que está ahogándose.

—Gracias, Anton. Me hubiera visto en dificultades para defenderme con tanta elocuencia. Pero, Santidad, deseo destacar otra cuestión. Usted me puso en este cargo. Me ordenó claramente que examinase con rigor —y la palabra es suya— a las personas o las situaciones que fuesen peligrosas para la pureza de la fe. Citó las palabras de su distinguido predecesor Pablo VI: "El mejor modo de proteger la fe es promover la doctrina." Si juzga que mi actuación es insatisfactoria, de buena gana le presentaré mi renuncia al cargo.

—Eminencia, tendremos en cuenta el ofrecimiento. Entretanto, absténgase de impulsar de nuevo la publicación de artículos en la prensa —sagrada o profana— y de interpretar ampliamente nuestras instrucciones, de acuerdo con su espíritu, y no estrechamente de acuerdo con la letra. ¿Nos entendemos?

—Sí, Santidad.

—Puede retirarse. —Accionó el llamador para convocar a Malachy O'Rahilly.— Anton, espere un momento. Tenemos que hablar de otros asuntos.

Tan pronto como Clemens salió de la habitación, la actitud del Pontífice cambió. Los músculos tensos de su cara se aflojaron. Dobló lentamente el periódico y lo dejó a un lado. Después, se volvió hacia Drexel y formuló la pregunta directa.

—¿Usted cree que me he mostrado demasiado duro con él?

Drexel se encogió de hombros.

—Conocía el riesgo. Lo aceptó...

—Puedo perdonarle. No puedo confiar de nuevo en él.

—Eso debe decidirlo Su Santidad.

Una sonrisa lenta asomó a los ojos del Pontífice. Preguntó:

—Anton, ¿qué se siente siendo nada más que un campesino?

—Es menos interesante que lo que yo había previsto.

—¿Y los niños?

—También ahí afronto problemas que no había previsto. —Relató sus conversaciones con Tove Lundberg, y el interrogante que se cernía sobre ella y los restantes padres: ¿qué futuro podría ofrecerse a esos niños brillantes pero terriblemente impedidos?— Confieso que no encuentro la respuesta, y me temo que en este país tampoco estamos en condiciones de hallarla. Quizá debamos volver la mirada hacia los países extranjeros, en busca de modelos y soluciones...

—Entonces, Anton, ¿por qué no lo hacen? ¿Por qué no lo propone a Tove Lundberg? Yo estaría dispuesto a aportar algunos fondos de mis recursos personales... Pero ahora, pasemos a otros asuntos. Usted está retirado, y continuará en esa condición. Sin embargo conservará la condición de miembro —por así decirlo *in petto* privado y fuera del alcance de las miradas— de la familia pontificia... Hoy es el comienzo del cambio. Clemens cometió una tontería, y estoy muy irritado con él. Pero cuanto más pienso en ello, más claramente percibo que nos ha hecho un gran favor a todos. Ha puesto en mis manos exactamente lo que necesito: los instrumentos del cambio, la palanca y el punto de apoyo para poner a la Iglesia de nuevo en movimiento. Anoche pasé largas horas despierto, meditando el problema. Me levanté temprano esta mañana para rezar la misa del Espíritu Santo, y solicitar su guía. Estoy seguro de que adopté la decisión apropiada.

—Su Santidad me permitirá que me reserve el juicio hasta que sepa cuál es.

—Razonemos juntos. —Abandonó su sillón y comenzó a pasearse por la habitación mientras hablaba. Drexel comprobó asombrado cuánto había adelgazado, y con cuánta energía se movía en una etapa tan temprana de su convalecencia. Habló con voz fuerte y clara, y lo que era mejor, su exposición se desarrolló sin vacilaciones.—
...Clemens se marcha. Es indispensable. Su argumento fue casuístico, y me parece inaceptable. Desafió a la autoridad de un modo más directo que los firmantes de Tubinga, que se han quejado públicamente del presunto abuso de la misma... Por lo tanto, ahora necesitamos un nuevo prefecto de la Congregación para la Doctrina de la Fe...

—¿Tiene en mente a alguien?

—Todavía no. Pero usted y yo sabemos que esa Congregación es el instrumento más importante y poderoso de la Iglesia. Todos nos sometemos a sus exigencias, porque su propósito es defender lo que es la base de la existencia de la Iglesia, la pureza de la enseñanza que Cristo nos impartió y nos legó desde los tiempos apostólicos... Clemens creyó que yo también me sometería, porque aún no me he recobrado totalmente, y no me atrevería a alienar la herencia de la antigua fe. Pero se equivocó, como se ha equivocado la Congregación, que cometió graves errores a lo largo de los siglos. Voy a reformarla, de la raíz a la cola. Me propongo abrogar los hechos sombríos de su historia, las tiranías de la Inquisición, el secreto y las desigualdades de sus procedimientos. Es y siempre ha sido un instrumento de la represión. Voy a convertirla en un instrumento de testimonio, que posibilitará que todos juzguen no sólo nuestra doctrina, sino nuestra calidad como comunidad cristiana.

Se interrumpió, sonrojado y excitado, y después se sentó, y se enjugó la frente con las manos. Drexel le entregó una copa de agua y después preguntó con voz serena.

—Santidad, ¿cómo se propone hacer todo esto?

—Mediante un *Motu Proprio*. Necesito su ayuda para redactarlo.

—Santidad, necesita más que eso. —Drexel emitió una risa breve y desganada.— Hay catorce cardenales y ocho obispos en la Congregación. No puede despedirlos a todos. ¿Y qué hará con Clemens? Todos saben que es su hombre.

¡No puede clavar su cabeza en una pica frente a la Porta Angelica!

—Todo lo contrario. Le acercaré mucho a mí. Le asignaré el cargo que usted ocupó, el de cardenal camerlengo, y además le designaré prefecto de mi casa. ¿Qué le parece?

—Muy propio de su estilo —dijo Drexel con seco humor—. Su Santidad está muy recuperado.

—Alégrese de que sea así. —El Pontífice de pronto adoptó una expresión sombría.— He cambiado, Anton, he cambiado hasta el fondo de mi ser. Estoy decidido a reparar el daño que infligí a la Iglesia. Pero en una cosa no he cambiado. Todavía soy un patán campesino. Un hombre obstinado. No quiero una riña, pero si me obligan a eso, venceré o caeré muerto.

En ese punto Anton Drexel consideró prudente cambiar de tema. Preguntó:

—Antes de que usted regrese al Vaticano, ¿puedo venir a verle con Britte y su madre? Ha terminado su retrato, y es muy bueno...

—¿Por qué no nos reunimos mañana a las once?

—Aquí estaremos. Y otra cosa, Santidad, Tove Lundberg está viviendo un momento difícil. Sería conveniente que usted la alentase a hablar de eso.

—Así lo haremos. Usted puede salir con Britte al jardín; deje a Tove a mi cargo.

Mientras regresaba de Castel Gandolfo a su villa, Drexel repasó mentalmente los hechos de la mañana. El principal y el más dramático era el resurgimiento del antiguo León, el hombre que sabía cómo funcionaba la enorme máquina y dónde aplicar el dedo para influir sobre los centros nerviosos que la controlaban. Había desechado la incertidumbre. De nuevo había fuego en sus entrañas. Se lanzaría implacable buscando alcanzar la meta que él mismo se había fijado. El grado de acierto de sus criterios era otra cuestión; pero no podía dudarse del sentido de la historia que determinaba su actitud.

Antes del siglo XVI, los asuntos de la Iglesia Universal, incluidas las cuestiones de carácter doctrinario, estaban a cargo de la Cancillería Apostólica. En 1542 Pablo III, Alessandro Farnese, fundó la Sagrada Congregación de la

Inquisición. Al principio fue una institución provisional, remplazada por comisiones seculares bajo Pío IV, Gregorio XIII y Pablo V. Pero la primera entidad estable, con un plan orgánico, fue fundada por Sixto V, que había sido inquisidor en Venecia y que, como Papa, gobernó con severidad draconiana; aplicó la pena de muerte al robo, el incesto, el proxenetismo, el adulterio y la sodomía. Planeó con Felipe II de España el envío de la Armada contra Inglaterra, y cuando la Armada se hundió, suspendió el pago de aportes a su aliado. Pío X cambió el nombre por el de Santo Oficio, y Pablo VI lo volvió a modificar para denominarlo Doctrina de la Fe.

Pero el carácter esencial de la institución no había variado. Todavía era esencialmene un cuerpo autoritario, represivo, penal, irremediablemente propenso al secreto e injusto a causa de sus procedimientos.

En una institución como la Iglesia Católica Romana, organizada sólidamente de acuerdo con el antiguo modelo imperial, implacablemente centralizada, esta institución inquisitorial no sólo ejercía un poder enorme, sino que era símbolo de todos los escándalos de siglos: la caza de brujas, la persecución a los judíos, la quema de libros y de herejes, las impías alianzas entre la Iglesia y los colonizadores.

En el mundo posconciliar se la identificaba con la reacción, con el intento coordinado para impedir la reforma y los procesos desencadenados por el Concilio. León XIV la había utilizado precisamente con esos fines. Conocía su importancia. Su intento de reformarla era la expresión cabal del cambio sobrevenido en él mismo.

Los medios que se proponía utilizar también eran interesantes. Un *Motu Proprio* era un documento emitido por un Papa por iniciativa propia y con su firma personal. Por consiguiente, en cierto sentido especial era una directriz personal. Le exponía a soportar la resistencia de las Congregaciones Sagradas y la alta jerarquía. Pero también ponía en línea de batalla su autoridad pontificia en un asunto en el que él manifestaba sólidas convicciones personales.

Cuando el automóvil entró por el sendero interior de la finca, Drexel llegó a la conclusión de que se avecinaban tiempos tormentosos, pero que Ludovico Gadda tenía razonables posibilidades de sobrevivir.

11

Matt Neylan se acercaba al término de un día muy satisfactorio: una mañana de trabajo en el libro, el almuerzo, un partido de tenis y un poco de natación, y una cena de reconciliación en Romolo's con Malachy O'Rahilly. El secretario papal se mostró elocuente como siempre, pero era obvio que estaba herido por una serie de roces recientes en el servicio del Señor y de su Vicario en la tierra.

—...Todavía me persigue esa reunión acerca del problema de la seguridad, y lo que le sucedió al pobre Lorenzo De Rosa y su familia. Creo que yo estaba trastornado... hablar así en presencia de todos esos dignatarios. Y tampoco me permiten que lo olvide. Esta misma tarde, cuando me disponía a venir a la ciudad, el Gran Hombre me ha echado un breve sermón... "Malachy", ha dicho, "no tengo quejas personales; pero algunos pajaritos me comunican que lo que yo sé es un tanto escandaloso, y lo que usted sabe es hasta cierto punto verdad. La ruina de los latinos se origina en las mujeres, y los celtas tienden a ahogar su sensualidad y sus penas en alcohol. De modo que tendrá cuidado, ¿verdad? Y me prometerá que nunca aceptará conducir por estas carreteras de montaña después de beber más de una copa"... Como ves, Matt, están persiguiéndome. Una advertencia acerca del futuro, por así decirlo un tiro de prueba. Y es hora de que realice un cambio o me comunique con Alcohólicos Anónimos. ¿Qué me aconsejas?

—He abandonado el club —dijo con voz firme Matt Neylan—. Ahora tú y yo razonamos en planos distintos. Pero la antigua norma continúa siendo válida: si no puedes soportar el calor, retírate de la sala de calderas. Y si no puedes tolerar el alcohol, no bebas.

—Matt, ¿eres feliz en tu situación actual?

—Ciertamente, estoy muy contento.

—¿Cuándo volverás a casa?

—De eso no estoy seguro... probablemente a principios del otoño. El administrador atiende bien la finca. Soy feliz trabajando aquí... al menos por el momento.

—Y todavía... bien, ya sabes a qué me refiero... ¿vives solo?

—No tengo una mujer en casa, si a eso te refieres. Por el momento me arreglo muy bien con el personal temporario. ¿Y qué sucede con la Colina del Vaticano?

—En este momento, nada; pero todo mi instinto me dice que habrá situaciones muy divertidas cuando el Viejo regrese a su residencia. A medida que pasan los días se le ve más fuerte. Ayer vapuleó a Clemens. Ya sabes que Clemens no es moco de pavo. Bien, estuvo dentro sólo cinco minutos, pero salió como un hombre que se dirige al patíbulo. Drexel se retiró... Yo diría que estamos esperando una auténtica tormenta. Uno formula el deseo de que la cosa explote de una vez. Lo cual me recuerda un asunto. Drexel y el Viejo están muy preocupados por Tove Lundberg y su hija. Ella es la persona que...

—Sé quién es. La he conocido.

—Los miembros de seguridad afirman que está en una lista de candidatos al secuestro. Realiza todos sus movimientos con escolta. El Viejo les ofreció refugio en el Vaticano, pero rehusaron. Y no las censuro. Sería muy extraño verlas en nuestra metrópoli habitada por célibes. Pero tengo una idea que no he mencionado a nadie... ¿Contemplarías la posibilidad de invitarlas como huéspedes de pago, a tu casa de Irlanda? ¡Por supuesto, hasta que pase todo esto!

Matt Neylan echó hacia atrás la cabeza y rió hasta que le saltaron las lágrimas.

—Malachy, muchacho, ¡eres transparente como el agua! Casi me parece que estoy escuchando el diálogo... "¡Una idea maravillosa, Santidad! Me llegó en el sueño, como las visiones de José. Hablé con mi amigo Matt Neylan... es un alma buena, aunque él no cree tener alma... y me ofreció casa, comida y refugio para la madre y el niño!"

—Entonces, ¿aceptas? ¿Lo harás?

—El refugio es para ti, ¿verdad Malachy? Temes que te despachen a Irlanda, al cuidado de tu obispo, y para variar te obliguen a desarrollar algunas tareas pastorales. ¡Reconócelo!

—Lo reconozco. No necesitas mostrármelo con tanta claridad.

—Está bien, lo haré. Díselo a Drexel. Díselo a Su Santidad. Si por casualidad vuelvo a encontrarme con esta dama, yo mismo se lo ofreceré.

—¡Eres un príncipe, Matt!

—Soy un infiel errabundo que dispone de más tiempo y más dinero que en toda su vida anterior. Un día me despertaré y... Tú pagas la cuenta, ¿recuerdas?

—¿Cómo podría olvidar una cosa tan sencilla?

Cuando se separó de Malachy O'Rahilly, Matt Neylan cruzó el río, paseó un rato por la Piazza del Popolo y después subió a un taxi para ir al Club Alhambra. Era la hora que más le molestaba en su nueva existencia, la hora del vientre satisfecho y el lecho vacío, y el anhelo de una mujer, de cualquier mujer, que lo compartiese con él. En la Alhambra podía reunirse con todos los restantes varones en una confesión pública de su necesidad, y seleccionar las ofertas con desdeñosa fanfarronería. Por supuesto, había mil soluciones de distinto género. Los diarios vespertinos traían columnas de anuncios de masajistas, manicuras, secretarias-acompañantes; había una docena de clubs parecidos al Alhambra, con las mesas a lo largo de Via Veneto, frente a Doneys y el Café de París. Había probado todo; pero la confesión que esos lugares exigían era demasiado pública, y los encuentros muy propensos a los accidentes o el hastío. En el Alhambra le conocían. Las jóvenes le saludaban con una sonrisa, y rivalizaban por su atención, y Marta le había asegurado con cierta seriedad que tenían que estar sanas, porque la administración insistía en un certificado médico semanal, y la joven que contagiase algo feo a un cliente regular comprobaba que después a ella también le sucedía algo muy feo. Era en el mejor de los casos un seguro bastante endeble; pero le infundía un sentimiento de seguridad y pertenencia, precisamente lo que reclamaban sus emociones de fecha reciente.

Era una noche poco activa. Tuvo tiempo para charlar con Marta, que ocupaba su pequeño cubículo cerca de la entrada. Las muchachas esperaban formando pequeños grupos, dispuestas a avanzar apenas él ocupase una mesa, de modo que Matt decidió encaramarse sobre un taburete del bar y comenzó a charlar con el encargado, un tunecino de espíritu alegre que sabía proteger a un bebedor tranquilo que era al mismo tiempo fuente de propinas generosas.

Neylan estaba por la mitad de su segunda copa cuando un hombre ocupó el taburete contiguo y preguntó:

—¿Puedo unirme a usted? Es imposible afrontar simultáneamente a todas esas mujeres.

—Comprendo lo que siente. Le invito. ¿Qué beberá?

—Café, por favor, y agua mineral. —Se presentó formalmente.— Le he visto con frecuencia, aunque nunca hemos hablado. Soy Omar Asnán.

—Matt Neylan.

—¿Inglés?

—No. Irlandés.

—Yo vengo de Irán. ¿Vive aquí, en Roma?

—He vivido muchos años, soy escritor.

—Yo soy algo más prosaico. Comerciante, en negocios de importación y exportación. ¿Y qué clase de libros escribe, señor Neylan?

—En este momento estoy trabajando en un estudio de la diplomacia religiosa y política, con referencia especial al Vaticano.

—Señor Neylan, ¿conoce bien el Vaticano?

—Sí, bastante bien. Realizo parte de mi trabajo en el Archivo.

—Qué interesante. Naturalmente, soy musulmán; pero me agradaría muchísimo visitar el Vaticano.

—Hay visitas diarias: a San Pedro, el Museo, los lugares de costumbre. También puede obtener permiso para visitar la Biblioteca y otros lugares...

—Ciertamente, tengo que pensar en ello. Seguramente usted tiene contactos en esos lugares.

—Sí, algunos...

—Me fascina esta idea de la sociedad totalmente religiosa. Por supuesto, está reviviendo de nuevo en los países islámicos, y sobre todo en mi patria.

—Por mi parte, necesito alejarme de eso, al menos por un tiempo. —Matt Neylan deseaba abandonar el tema con la mayor rapidez posible.— Por eso vengo aquí, me parece una noche aburrida, y es posible que para reanimarla me vea obligado a gastar demasiado. Creo que me marcharé.

—¡No, espere! —Asnán apoyó una mano en la manga de Matt.— Usted está aburrido, y yo también. Podemos remediar fácilmente esa situación. ¿Conoce un lugar llamado Il Mandolino?

—No.

—Es una casa vieja en una plaza minúscula, detrás de la Piazza Navona. La visita mucha gente. Dos muchachos y una joven tocan música toda la noche; canciones populares de distintos lugares de Italia. Usted pide unas copas, se sienta en los sillones o sobre un almohadón, y escucha. Es muy sencillo y muy tranquilo... Por supuesto, si está buscando una mujer no es el lugar más apropiado; pero para descansar al final de una tarde... ¿Quiere probar?

Después de una buena cena y algunos brandys, Neylan se sentía suficientemente relajado para recibir complacido la idea. Esta le pareció aún más atractiva cuando Omar Asnán le dijo que su chófer estaba esperando, y que después le llevaría de regreso a su casa. En el camino hacia la salida se detuvo junto al puesto de Marta Kuhn para comprar cigarrillos. Neylan le deseó las buenas noches y consiguió murmurar unas palabras para confirmar el almuerzo del día siguiente.

Cuando los dos hombres se alejaron, ella se dirigió al teléfono público del vestíbulo y llamó al número de contacto de Aharón ben Shaúl.

Uno de los aspectos menos agradables de la convalecencia del Pontífice era la irregularidad del sueño. Se acostaba absolutamente fatigado. Tres horas después despertaba completamente y permanecía leyendo una hora, hasta que el sueño le reclamaba durante dos horas más. Salviati le había advertido que el síndrome era usual después de las intervenciones cardíacas, pero también le había recomendado que no apelase a los opiáceos. Era mucho mejor que prescindiera de ellos hasta que se restableciese por sí misma la pauta normal y natural del descanso. Ahora, el Papa tenía un libro y un diario al lado de su cama. Si su mente comenzaba a inquietarse, como le sucedía a menudo, con pensamientos acerca de su papel futuro, trataba de anotar sus ideas, como si el acto mismo de la definición exorcizara el terror latente:

"...Hoy no me he sentido orgulloso de mí mismo. He comprendido y Drexel ha visto, que había vuelto a la antigua táctica del juego del poder. Había un ingrediente de temor en mi actitud frente a Clemens. El procedió mal. Yo me sentí amenazado y vulnerable. Mis golpes han sido duros y brutales, pues sabía que quizá no tuviese fuerza para sostener un combate prolongado. Lamento la herida que le infligí menos que mi propia incapacidad para comportarme con moderación y caridad cristianas. Parece que no me he recobrado, ni mucho menos. No estoy preparado, ni nada parecido, para afrontar el peso total del cargo.

"...Por otra parte, todavía aliento la firme convicción de que he encontrado el punto de partida de la reforma. Estoy tratando con un organismo de la Iglesia cuyos métodos y funciones han sido tema de disputa y descontento durante mucho tiempo. Me propongo reorganizarlo. Si lo consigo, habré hecho lo que Salviati hizo por mí: evitar un bloqueo que impedía el movimiento del flujo vital de la Iglesia.

"No atacaré a nadie. No ocultaré ni deformaré una doctrina esencial de la fe. No provocaré confusión aparentando que modifico los decretos de pontífices anteriores... o incluso mis propias medidas rigurosas. Creo que puedo iniciar el proceso de descentralización de un modo que el propio Drexel no ha previsto.

"...¿Grandes esperanzas? Sí, y debo cuidarme de ellas. De todos modos, la lógica tiene sentido. Una vez modificadas las reglas, cuando sea imposible enviar denuncias secretas contra un hombre o una obra, cuando un acusado tenga el derecho de conocer al detalle los cargos contra él, y el nombre del acusador, una vez que goce del derecho a designar un defensor competente y a mantener un debate franco sobre el tema, y conserve el ejercicio libre de sus funciones hasta que se resuelva la cuestión, el cuadro entero cambia, y comenzará a cambiar en otros sectores.

"Se eliminarán las trampas medievales incluidas en los procedimientos jurídicos. En los casos relacionados con el matrimonio, el antiguo principio de favorecer el vínculo en desmedro de la persona es fundamentalmente injusto; aunque debo confesar que en otro tiempo yo adopté un criterio diferente. En las cuestiones que más tarde o más temprano se convertirán en temas urgentes en el seno de la Iglesia —el casamiento del clero, el sacerdocio de las mujeres, el desarrollo de la doctrina— será posible mantener por lo menos una discusión franca entre eruditos competentes y autoridades competentes, y organizar un foro abierto incluso en los dicasterios de la Iglesia.

"...Creo que a eso estoy llegando: regreso al camino abierto por el Vaticano II y por el hombre que lo convocó. Juan XXIII. Como él, preveo oposición —incluso conspiración— contra el grandioso plan. Cabe presumir también que quizá yo mismo sea mi peor enemigo. Incluso así, necesito avanzar. Pero esta noche, no y ni siquiera mañana..."

La velada de Matt Neylan en Il Mandolino fue una experiencia agradable. El ambiente estaba formado por un vieja casa del siglo XVI, con puntales abovedados que procedían de la época romana. Los muros estaban adornados con instrumentos musicales antiguos: el salón donde se hacía música albergaba a lo sumo treinta personas, cómodamente instaladas en sillones, reservados provistos de almohadones y banquetas. El trío tenía talento, y su música era una hora agradable de recorrido sonoro por los vericuetos de la península italiana.

Omar Asnán era un compañero agradable. Un hombre discreto y de buen humor. Comentó con giros vivaces los peligros, las acechanzas y las comedias del comercio de Oriente Medio. Explicó a Matt Neylan el fenómeno del resurgimiento islámico y los conflictos entre los sunnitas y los shiítas. Le interesó la narración de Matt Neylan relacionada con el abandono de su fe, y sugirió, con adecuado respeto, que tal vez un día podía interesarle iniciar un estudio del Islam.

Por su parte, Neylan le propuso una visita al Vaticano por intermedio de uno de sus amigos, Peter Tabni, asesor de la Comisión de Relaciones Religiosas con el Islam. Omar Asnán pareció sorprendido de que existiera una organización semejante. Con mucho gusto aceptaría la invitación cuando fuera formulada concretamente.

Mientras volvía a su casa en la limusina de Asnán, Neylan experimentó una sensación de bienestar, porque había asistido a uno de los ritos menores de la civilización en una ciudad que estaba cobrando perfiles cada vez más bárbaros. Escribió algunas palabras en su cuaderno para recordar que debía llamar a Peter Tabni, dejó a un lado la tarjeta de Omar Asnán y se preparó para dormir. Por lo menos esa noche no tendría que preocuparse ante la posibilidad de haber pescado algo más que un resfriado. A lo cual añadió, y fue el último pensamiento consciente, que en realidad había estado perdiendo mucho tiempo y mucho dinero en ciertos lugares muy frívolos.

La principal anotación que monseñor Malachy O'Rahilly leyó en el diario del Pontífice fue su cita con Tove Lundberg, Britte y el cardenal Drexel. Y eso le dio pie para mencionar su cena con Matt Neylan. La reacción del Papa fue cordial e interesada.

—Malachy, me alegro de que mantenga su relación con él. El cardenal Agostini habló de Matt Neylan en términos muy elogiosos, a pesar de su deserción.

—Es inteligente, Santidad... y generoso. Anoche le pedí un gran favor.

—¿Sí?

—Estuvimos hablando de Tove Lundberg y las amenazas que pesan sobre ella. Él la conoce. Los presentaron en la casa de un periodista amigo. Sea como fuere, parece que él tiene una pequeña finca en Irlanda. Le pregunté si aceptaría recibir allí a las Lundberg, en el caso de que ellas aceptaran ir. Me pareció que era por lo menos una alternativa viable al ofrecimiento de Su Santidad. Contestó que de buena gana las recibiría.

—Malachy, usted se mostró muy considerado... y Neylan sumamente generoso. Informaré a Tove Lundberg. Si la propuesta le interesa, puede hablar del asunto directamente con Neylan. Bien, Malachy, usted y yo tenemos que hablar.

—¿Santidad?

—Por favor, siéntese. Malachy, ¿desde cuándo está conmigo?

—Llevo seis años, Santidad; tres años como secretario menor, y los tres últimos como secretario privado principal.

—Me ha servido usted bien.

—Lo he intentado, Santidad.

—Y yo nunca he sido un jefe fácil... Sé, porque usted me lo dijo cierta vez, que prefiere verse en la necesidad de luchar un poco... Sin embargo, creo que ha llegado el momento de que ambos realicemos un cambio.

—Santidad, ¿no se siente satisfecho con mi trabajo?

—Malachy, su trabajo es excelente. Y es un placer tenerle cerca de mí. Usted posee un magnífico sentido del humor. Pero tiene dos defectos, que lamentablemente ahora han llegado a ser visibles para algunos altos miembros de la Curia. Habla demasiado, y posee escasa resistencia para el alcohol. Cualquiera de las dos cosas es un impedimento. Unidas, son un grave peligro... para mí y para usted.

Malachy O'Rahilly sintió un dedo pequeño y frío que le rozaba las fibras del corazón. Permaneció sentado en silencio, mirándose el dorso de las manos grandes. Finalmente, con más calma de la que él mismo se habría creído capaz, dijo:

—Entiendo, Santidad. Lamento que se haya visto en la incómoda situación de decirlo. ¿Cuándo desea que me retire?

—Cuando hayamos vuelto al Vaticano y usted haya tenido tiempo de instruir a su sucesor.

—¿Y quién será?

—Monseñor Gerard Hopgood.

—Es buen hombre, y un excelente lingüista. Está a la altura de la tarea. Puedo traspasar el cargo una semana después de nuestro regreso.

—Desearía encontrarle un cargo adecuado.

—Con todo respeto, Santidad, prefiero que no lo haga.

—¿Tiene algo en mente?

—Sí, Santidad. Quiero que se me suspenda de todas mis obligaciones durante tres meses. Iré a un lugar que conozco en Inglaterra, para desintoxicarme. Después, deseo comprobar si soy apto para el sacerdocio, y si es una vida que puedo soportar desde aquí a la eternidad. Es una decisión difícil. Después de tantos años, y de todo lo que costó en tiempo, dinero y esfuerzo para convertirme en secretario papal. Pero de una cosa estoy seguro; ¡no deseo terminar como un sacerdote alcohólico con manchas de sopa en la sotana, atendido únicamente por las monjas ancianas de un convento!

—Malachy, ignoraba que usted pensara así. ¿Por qué no me lo dijo antes? Después de todo, soy su pastor.

—¡No, Santidad, no lo es! Y con todo respeto, no debe creer que lo es. Usted es el sucesor del Príncipe de los Apóstoles. Yo soy el esbirro del príncipe. Usted es el Pastor Supremo, pero no ve las ovejas, ¡sólo ve una ancha alfombra de lomos lanudos que se extiende hasta el horizonte! La culpa no es suya. Es el modo en que esta institución se ha desarrollado a lo largo de siglos. Hablamos de los rusos o los chinos... ¡somos la granja colectiva más gigantesca del mundo! Y hasta que usted se puso enfermo, y desarmaron todos los engranajes de su cuerpo, eso era lo que usted pensaba y el modo de dirigirla. De ahí el estado terrible en que se encuentra... ¡Lo siento! No tengo derecho de expresarme así. ¡Pero está en juego mi vida, y la salvación de mi alma!

—No le censuro, Malachy. Dios sabe que tengo mis propias culpas, y que son muchas. Pero por favor, confíe en mí si puede. ¿Puedo hacer algo para ayudarle?

—Sí, hay una cosa.

—Dígala.

—Si al fin de mi desintoxicación —una experiencia que preveo no será agradable— descubro que no puedo continuar haciendo esta vida, quiero que usted me permita salir; usted, personalmente, porque tiene el poder necesario para eso. No deseo verme asediado por consejeros autoritarios, ni someterme a la máquina picadora de carne de los tribunales. Si llego al final de esto con la conciencia tranquila, deseo una salida limpia. ¿Su Santidad me la ofrecerá?

—¿Por qué lo pide ahora?

—Su Santidad conoce la razón.

—Malachy, quiero oírla de sus labios.

—Porque esta vez, deseo elegir como un hombre libre.

Por primera vez el Pontífice se mostró desconcertado. No había previsto una respuesta tan tajante. Volvió a preguntar:

—¿Quiere decir que cuando ingresó en el sacerdocio no eligió libremente?

—Esa es la pregunta fundamental, ¿verdad? Para contestarla ahora voy al desierto. Pero en vista de mis orígenes en la Santa Irlanda, y de todas las presiones y todos los condicionamientos de mi educación desde el día en que las monjas por primera vez se hicieron cargo de mí, cuando tenía cuatro años, no tengo la más mínima certeza. Sé que no es el tipo de declaración que interesará mucho al tribunal, pero es la verdad; así como es la verdad en el caso de una serie de matrimonios que se convierten en verdaderos infiernos terrenales porque eran defectuosos desde el primer momento. Pero, ¿qué hacemos? ¡Les echamos encima a los abogados, en lugar de prodigarles la compasión de Cristo que se supone debemos dispensar! No sé muy bien si algo de todo esto tiene sentido para usted. Abrigo la esperanza de que la respuesta sea afirmativa, porque estoy herido. Usted acaba de hacer lo que esta condenada burocracia siempre hace. Me ha despedido sobre la base de una denuncia anónima. Creo que merecía algo más que eso.

Al principio, el Pontífice León se desconcertó ante la energía del ataque, y después se sintió abrumado por la vergüenza y la culpa. Había hecho precisamente eso: condenar a un servidor fiel con los argumentos aportados por la maledicencia. Y al recordar su propia niñez, al recordar cuán tempranamente y con cuánta rigidez se había formado su propia disposición mental, comprendió que O'Rahilly tenía razón. Buscó a tientas las palabras que expresaran sus confusas emociones.

—Malachy, entiendo lo que me dice. He afrontado mal este asunto. Ojalá pueda usted perdonarme. Rezaré todos los días, pidiendo que pueda usted vivir en paz en su vocación. Si no es así, le liberaré mediante un decreto personal. Una cosa he podido aprender, y la aprendí venciendo mil dificultades: no debe haber esclavos en la Ciudad de Dios.

—Gracias, Santidad. ¿Algo más?

—No, Malachy, puede retirarse.

Fue un momento melancólico, y evocó los recuerdos de Lorenzo de Rosa, la deserción de Matt Neylan y, más allá de estas imágenes locales, otras más amplias y lejanas, es decir, los seminarios vacíos, los conventos sin aspirantes, las iglesias con sacerdotes ancianos y congregaciones envejecidas, los hombres y las mujeres que mostraban ardor y buena voluntad pero se veían frustrados por el clericalismo, y formaban pequeñas células autoprotectoras en el seno de una comunidad en la cual ya no confiaban, porque estaba gobernada por el decreto y no por la fe.

Su estado de ánimo no se vio reanimado tampoco por la visita de Tove Lundberg y Britte. El retrato le gustó mucho. La jovencita se sintió complacida porque él estaba complacido, pero la comunicación con ella era difícil, y el Papa se alegró cuando Drexel salió con Britte para mostrarle los lugares hermosos del castillo. La propia Tove se esforzaba por convertir sus problemas en un episodio de humor negro.

—Excepto por el hecho de que me persiguen algunos mullahs enloquecidos, debería ser la mujer más feliz del mundo. Un hombre desea casarse conmigo, otro quiere llevarme a una finca de Irlanda. El "nonno" Drexel desea enviarme a estudiar a Estados Unidos. Su Santidad me ofrece dinero. Mi hija cree que ya está preparada para vivir fuera del hogar. Y yo me pregunto por qué no soy feliz.

—En realidad, está muy enfadada, ¿verdad?

—Sí, así es.

—¿Por qué?

—Porque todos me proponen sus propios planes. Al parecer, nadie piensa en los míos.

—¿Le parece que eso es justo? Todos estamos muy preocupados por usted y por Britte.

—Lo sé, Santidad. Y lo agradezco. Pero mi vida es mía. Britte es mi hija. Debo decidir qué es lo mejor para ambas. En este momento tiran de mí de un lado a otro como una muñeca de trapo. No puedo soportarlo más. De veras, no puedo.

De pronto se echó a llorar y el Pontífice León se acercó, y le acarició los cabellos, reconfortándola como ella le había reconfortado, con palabras menudas y calmantes.

—¡Vamos, vamos! ¡La situación no es tan grave como usted cree! Pero no debe alejar a la gente que le ama. Es lo que usted me dijo al principio mismo de nuestra relación. Confié en usted. ¿No puede confiar en mí, aunque sea un poco? ¿Por qué no piensa en esa casa de Irlanda, incluso como si se tratara de pasar unas vacaciones?

A través de las lágrimas ella esbozó una sonrisa breve e insegura, y mientras se secaba los ojos contestó:

—No estoy segura de que pueda arriesgarme a eso.

—¿Cuál es el riesgo?

—¿No lo sabe, Santidad? Los vikingos incendiaron Dublín hace varios siglos. ¡Los irlandeses jamás lo han olvidado!

El libro de entrevistas incluía otro visitante: el abate del monasterio bizantino de San Neilus, que estaba a pocos kilómetros de distancia, en Grottaferrata. El abate Alexis, que también desempeñaba la función de obispo de la campiña circundante, era un anciano, todavía vigoroso y lúcido, pero con un aire de serenidad extraordinaria y de profunda calma espiritual. Su visita a Castel Gandolfo era una costumbre anual, y siempre se ajustaba a un estilo íntimo y casi doméstico.

El monasterio existía desde hacía mil años, y sus orígenes se remontaban a las primeras comunidades helénicas de Calabria y Apulia. La estirpe griega original estaba mezclada con albaneses y otras razas de la antigua Iliria que, pese a las dificultades y los roces constantes, lograban conservar sus ritos, sus costumbres y sus privilegios, así como su unión con Roma, incluso después del Gran Cisma.

La mayoría de los monjes actuales estaba formada por italoalbaneses; pero el rito era griego. Tenían una biblioteca de manuscritos valiosos. Dirigían un seminario para sacerdotes del rito bizantino. Mantenían una escuela de paleografía, iluminación y restauración. A los ojos del Pontífice León, el lugar siempre había tenido un significado especial, como un posible peldaño en el largo camino de retorno en el tiempo que llevaría a la reunificación con las iglesias ortodoxas de Oriente. Pero por diferentes razones, nunca había hallado la inspiración necesaria para aprovechar esos recursos. Quizá demasiado tarde, ahora estaba dispuesto a reconocer que, en el primer encuentro, había pensado que el humor del abate era un poco demasiado áspero.

Este era el hombre que, cuando se le pidió que comparase la práctica griega del clero casado con la romana del celibato clerical, había comentado: "Creemos que nuestro sistema funciona mejor. Después de todo, si uno desea tener peones en el viñedo, ¿por qué ha de impedir que traigan su almuerzo?" Al referirse a la pasión romana por la legislación, había formulado este aforismo: "No es la Iglesia la entidad que conduce a la gente a Dios. Es Dios que la trae hacia El Mismo, a veces gracias a la intercesión visible de la Iglesia, ¡y otras, pese a ella!"

Pero durante los años siguientes el anciano se había convertido en un individuo contemplativo, y circulaban anécdotas sobre su capacidad para adivinar el corazón humano y conferirle el don de la paz. Después de la tensión del encuentro precedente, el Pontífice descubrió que era un visitante muy llevadero. Había traído un regalo, una edición facsimilar del principal tesoro del monasterio, un *typikon*, o compendio litúrgico del siglo XI. Con el regalo venía una amable dedicatoria que citaba un pasaje de la Epístola de Juan: "Bienamados, deseo por sobre todas las cosas que prosperéis y gocéis de salud".

Pasearon por el jardín, y como le había enseñado a hacer Tove Lundberg, el Pontífice habló sin timidez de los problemas que se delineaban ante él.

—Hay una profunda ironía en mi situación. Percibo todos los errores que cometí. Incluso veo más claramente que es muy escaso el tiempo disponible para repararlos.

El anciano rió, emitiendo un sonido aéreo y cristalino como la risa de un niño.

—El pueblo de Dios es asunto de Dios. ¿Por qué no confía en Él?

—¡Ojalá todo fuese tan sencillo!

—Lo es. Ahí está el asunto. Las parábolas no nos dicen otra cosa: "Miremos los lirios del campo. No trabajan ni hilan..." La pasión por la acción es lo que nos destruye a todos. Estamos tan atareados organizando y maquinando y legislando que perdemos de vista los propósitos mismos que Dios nos asigna y que asigna a éste nuestro planeta. Usted todavía está débil... más débil que yo, que le llevo quince años. Concédase más tiempo antes de retomar el trabajo. No permita que le entierren bajo una montaña de detalles, como intentan hacer. Una palabra suya en el momento apropiado hará más bien que una semana de agitación en las congregaciones.

—El problema es que me veo en dificultades para encontrar las palabras. Cuanto más sencillas tienen que ser, más difícil me parece decirlas.

—Quizá —dijo benignamente el abate—, quizás es así porque usted intenta hablar simultáneamente dos idiomas: el idioma del corazón y el de la autoridad.

—Y usted, mi señor abate, ¿cuál usaría?

—Santidad, ¿puedo atreverme un poco?

—¡Se lo ruego!

—De un modo que usted no conoce, y que en efecto no puede conocer, afronto el mismo problema todos los días en mi desempeño del cargo. Ahora soy un anciano. Mi fuerza es limitada. Reflexione un momento. Somos, lo mismo que los monasterios hermanos de Lungro, San Demetrio, Terra d'Otranto y otros lugares, un reducido grupo de supervivientes étnicos, descendientes de las colonias griegas y de algunas tribus balcánicas dispersas. Como sacerdotes y monjes, somos custodios de la identidad cultural de nuestros pueblos, de lo que queda de sus lenguas, sus tradiciones y su iconografía. A los ojos de Roma —por lo menos antaño— se concebía esto como un privilegio. Le atribuimos entonces, como ahora, el carácter de un derecho. Para conservar este derecho necesitamos demostrar que lo merecemos. De modo que yo, como abate, necesito mantener en nuestra comunidad la disciplina que nos haga inmunes a la crítica o al cuestionamiento del Vaticano. Esa tarea no siempre es fácil para mi gente o para mí. Pero en el curso de los años he comprobado que es mejor persuadir que imponer. La diferencia entre usted y yo es que siempre puedo mantener un diálogo cara a cara. Excepto en su propia residencia, eso es imposible para usted. Usted soporta la interpretación de los retóricos y los funcionarios, y la traducción de los periodistas. Jamás se oye su verdadera voz. ¡Considere la pareja que ahora formamos! Excepto este único día del año, esta única y breve hora, usted y yo podríamos estar viviendo en diferentes planetas...

—Uno de los consejos que me han ofrecido —dijo el Pontífice con voz pausada—, es que debo comenzar a descentralizar, a devolver a los obispos locales su auténtica autoridad apostólica. ¿Qué opina de eso?

—En teoría es posible y deseable. Nosotros, los bizantinos, somos un ejemplo apropiado. Sí, reconocemos la autoridad del Pontífice. Preservamos nuestra identidad y nuestra autoridad como iglesia apostólica. El sistema funciona, porque los obstáculos representados por el idioma y la costumbre nos evitan el exceso de interferencias. Pero si usted intentara hacer lo mismo con los alemanes, los ingleses o los franceses, tropezaría con la oposición de los sectores más inesperados. ¡Vea lo que ha sucedido en Holanda estos últimos años! Los holandeses reclamaron las libertades otorgadas por los decretos del Vaticano II. Inmediatamente los profetas del desastre comenzaron a clamar desde los tejados. Hubo una reacción, y Roma aplicó el torniquete. La Iglesia holandesa se dividió y casi desembocó en el cisma... Pero lenta, muy lentamente, eso será eficaz, debe serlo. Digo a mis monjes: "Antes de desencadenar una revolución, pensad lo que podéis poner en su lugar... de lo contrario, os encontraréis ante un vacío, y mil demonios se abalanzarán para ocuparlo!"

El paseo los había llevado a un bosquecillo, con un banco y una mesa de piedra. Un jardinero trabajaba a pocos metros de distancia. El Pontífice le llamó para que pidiese café y agua mineral en la cocina. Después de sentarse, preguntó sencillamente:

—Mi señor abate, ¿está dispuesto a oír mi confesión?

El anciano no se mostró sorprendido.

—Naturalmente, si Su Santidad lo desea.

Se sentaron uno al lado del otro, apoyados en la mesa mientras el Pontífice León volcaba, a veces con frases entrecortadas, a veces con una avalancha de palabras, los sentimientos de culpa y las confusiones que se habían acumulado como hojas barridas por el viento en las grietas de su conciencia.

Habló sin reservas, porque esta vez no estaba pidiendo consejo o juzgando el consejo ofrecido, o sopesando sus posibles consecuencias. Este era un gesto completamente distinto; era el coronamiento de la *metanoia*, la purga de la culpa, la aceptación de la penitencia, la aceptación de comenzar a partir de cero. Era un acto anónimo, secreto y fraternal. El hermano mediando por el hermano ante el Padre de todos. Cumplido el acto, el penitente León inclinó la cabeza y oyó la voz del anciano que pronunciaba en griego las palabras de la absolución.

Más avanzada la misma mañana, Matt Neylan llamó a monseñor Peter Tabni, asesor de la Comisión de Relaciones Religiosas con el Islam. Su petición fue formulada en términos muy prudentes.

—Peter, he conocido casualmente a un musulmán iraní llamado Omar Asnán. Manifestó el deseo de visitar el Vaticano. Es residente permanente en Roma, comerciante, sin duda rico y un hombre bien educado. Me pregunto si usted podría concederle una hora o dos.

—¡Por supuesto! Con mucho gusto le concederé una mañana. ¿Cómo desea concertarlo?

—Le hablaré, y le diré que usted le llamará. Después ustedes mismos concertarán la cita.

—¿Usted no vendrá?

—Peter, es mejor que no. Me han concedido acceso al Archivo. No quiero exagerar mi suerte.

—Entiendo. ¿Se siente bien? ¿Está cómodo?

—Por el momento, sí a las dos preguntas. Infórmeme cómo le fue con Asnán, y yo le pagaré un almuerzo. *¡Ciao, caro!*

Después, telefoneó a Omar Asnán, que se lo agradeció efusivamente.

—Señor Neylan, es usted un hombre puntual. No olvidaré su bondad. Por supuesto, nos acompañará.

—Lamentablemente, no. Pero monseñor Tabni le atenderá bien. Nos veremos muy pronto en el Alhambra.

Después, Malachy O'Rahilly le llamó desde Castel Gandolfo. Era evidente que estaba turbado.

—Matt, seguramente tienes el poder de la adivinación.

—¿Por qué?

—He sido despedido; exactamente como pensaste que podía suceder. Oh, todo fue muy amable y compasivo. Me concedieron tres meses de licencia para curar mi inclinación a la bebida y adoptar una decisión consciente. Si después no recupero la sobriedad, podré retirarme al amparo de un decreto personal.

—Malachy, lo siento.

—No es necesario que reacciones así. Yo no lo siento. Volveré con el Hombre al Vaticano, e instalaré en mi cargo a mi sucesor. Después, puedo marcharme.

—Si deseas descansar unos días, ven a mi apartamento.

—Lo pensaré. De todos modos, gracias. Y otra cosa: Tove Lundberg. Esta mañana le comunicaron tu ofrecimiento. Lo agradece mucho. Desea pensarlo. Te llamará directamente para hablar del tema.

—¿Otras novedades?

—No gran cosa. El retrato del Hombre por Britte Lundberg es realmente maravilloso. Recibimos la visita del abate de San Neilus, un anciano simpático, transparente como la porcelana antigua. Al salir, se detuvo frente a mi escritorio y me ofreció una sonrisa divertida y sesgada y dijo:

—"¡Monseñor, no se irrite demasiado! Su Santidad le hace un favor". Y después, aunque parezca increíble, citó a Francis Bacon: "Los príncipes se asemejan a los cuerpos celestiales en que originan buenos o malos momentos, y gozan de profunda veneración, pero no de descanso".

—Nunca he hablado con él. Creo que valdría la pena invitarle a cenar.

—Matt, preferiría ser yo el invitado. De todos modos, es tu turno y además necesito un hombro para llorar.

Ya era mediodía. Se preparaba para salir cuando llamaron a la puerta. Abrió y se encontró frente a Nicol Peters. Detrás estaban Marta Kuhn y un individuo delgado, con cara de lobo, a quien nunca había visto antes. Era evidente que Peters había sido designado maestro de ceremonias.

—Matt, ¿tiene inconveniente en que entremos? Es necesario explicar ciertas cosas.

—Así parece. —Neylan esperó una palabra de Marta. Pero la joven continuó callada.

Se apartó a un lado para permitirles entrar en el apartamento. Cuando los visitantes se sentaron, Neylan permaneció de pie, mirando a uno y a otro. Nicol Peters realizó las presentaciones.

—Usted conoce a Marta Kuhn.

—Al parecer, no tanto como creía.

—Y éste es Aharón ben Shaúl, agregado a la embajada israelí en Roma.

—Nico, ésa es la identificación. Todavía espero la explicación.

—Yo soy la explicación, señor Neylan. —Ahora, Aharón ben Shaúl tomó el mando.— Trabajo para la inteligencia israelí. La señorita Kuhn trabaja para mí. Parte de nuestra tarea es la actividad antiterrorista. Usted frecuenta el Club Alhambra. Anoche usted salió del club con cierto Omar Asnán. La señorita Kuhn me informó. Esta mañana he recibido una llamada de la Clínica Internacional para decirme que usted había ofrecido refugio en su casa de Irlanda a Tove Lundberg y su hija. La relación era desconcertante, hasta que descubrí que usted la había conocido en casa de Nicol Peters, que me explicó su pasado. Este me alentó; pero todavía dejó ciertas zonas dudosas.

—¿Acerca de qué?

—De sus simpatías políticas.

—¡Mis simpatías políticas sólo a mí me conciernen!

—Y de sus actividades romanas, que interesan tanto a los italianos, como a nosotros mismos y al Vaticano. ¿Dónde fue usted anoche con el señor Asnán?

—A un pequeño club de música cerca de Monteverde Vecchio, un lugar llamado Il Mandolino. Estuvimos allí una hora. Salimos. El me dejó en mi casa.

—¿Por qué fue con el señor Asnán?

—Fue un encuentro casual en una noche aburrida. Nada más.

—Pero ambos frecuentan el Alhambra.

—Nos hemos visto allí. Nunca habíamos hablado. Creo que la señorita Khun puede confirmar eso.

—Ya lo ha hecho. ¿De qué hablaron?

—En general, de trivialidades. Le dije que estaba escribiendo un libro. Explicó que era comerciante. Cuando supo que yo estaba trabajando en el Archivo Vaticano manifestó el deseo de visitar la Ciudad. Esta mañana arreglé su vinculación con uno de mis amigos, monseñor Tabni, que dirige la Comisión de Relaciones Religiosas con el Islam. Tabni se manifestó dispuesto a ofrecerle la gira de diez dólares. Fin de la historia.

—No es el fin, señor Neylan, sólo el comienzo. El señor Omar Asnán es el dirigente de un grupo musulmán extremista llamado La Espada del Islam, acerca del cual nuestro amigo Nicol Peters ha escrito algunos artículos extensos. Detesto decirlo, señor Neylan, pero acaba usted de entregar a un asesino las llaves de la Ciudad del Vaticano.

Matt Neylan buscó el apoyo de la silla más próxima y se dejó caer en ella.

—¡Santo Dios! ¡Y yo que me preciaba de ser un excelente diplomático del Vaticano! ¡Y no puedo ver más allá de la punta de mi propia nariz!

—No se lo reproche demasiado, señor Neylan. —Shaúl le dirigió una sonrisa agria.— Usted estaba buscando las cosas agradables de la vida... no la basura en que nos movemos nosotros. Hace un mes Asnán mató a uno de nuestros hombres. No pudimos actuar entonces sin poner al descubierto una operación mucho más importante, en que el Alhambra es el centro. Marta ha sido la agente residente allí durante meses. Después, apareció usted...

—Y ella realizó un excelente trabajo, y trazó mi perfil completo, físico y mental! ¡Felicitaciones, querida!

—¡Un momento, Matt! —Nicol Peters se unió a la discusión.— Usted estaba jugando; la muchacha arriesgaba su vida.

—Ordenemos las prioridades. —El israelí se impuso súbitamente.— Hay dos cosas inminentes: intentarán secuestrar a una mujer; habrá un intento contra la vida del Papa. Usted puede ayudar a impedir ambos crímenes. ¿Está dispuesto o no?

—¿Tengo alternativa?

—Sí. Si se niega a cooperar, podemos conseguir que los italianos le deporten a Irlanda como extranjero indeseable.

—¿Con qué acusación?

—Está relacionado con un terrorista conocido. Abandonó el Secretariado de Estado del Vaticano en una situación turbia. Nadie dirá de qué se trata, pero podemos lograr que parezca bastante siniestro. También tenemos motivos para sospechar que usted tiene relaciones de simpatía con el IRA, que a menudo viene aquí a comprar armas con dinero libio. ¿Qué le parece?

—Que es una serie de mentiras.

—Por supuesto; ¡pero será una hermosa denuncia! Y usted sabe qué complicadas pueden ser las cosas cuando se pasa a las listas de los muchachos de seguridad. En cambio puede incorporarse a nuestro simpático y exclusivo club, y ayudar a resolver este asunto. Y bien, ¿qué actitud adopta, señor Neylan? ¿El orgullo herido o la ayuda a los justos?

A pesar de sí mismo, Matt Neylan se echó a reír.

—¡Es la peor argumentación de ventas que he escuchado en años!... Está bien, acepto. ¿Qué desean que haga?

12

—Viajarán mañana. —Con su acostumbrado estilo perentorio, el hombre del Mossad recitó los detalles a Salviati y Tove Lundberg.— Aer Lingus directo a Dublín, partida 14.05 horas, llegada 16.20 hora local. La seguridad italiana se encargará de su transporte de aquí a la colonia para recoger a su hija, y de allí al aeropuerto. Las llevarán directamente al salón V.I.P., donde quedarán a cargo de los carabinieri hasta la hora de la partida. El señor Matt Neylan se reunirá allí con ustedes y viajarán juntos. Los billetes les serán entregados en el aeropuerto. Les deseo buen viaje y un feliz retorno cuando se haya aclarado este asunto.

Después, se marchó, y Tove Lundberg y Sergio Salviati quedaron solos. Fue un momento extrañamente seco y vacío; todas las discusiones habían concluido, las pasiones estaban agotadas, y cada uno parecía anclado en un puerto solitario, sombrío y privado. Finalmente, Tove preguntó:

—¿Te han dicho lo que sucederá cuando me marche?

—Nada. Solamente me han informado que las cosas están llegando al punto culminante, y que desean verte lejos.

—¿Y tú?

—Yo soy la persona a quienes todos desean mantener viva... ¡Parece que ni siquiera los terroristas pueden prescindir de un fontanero!

—Me aterroriza más irme que permanecer aquí.

Se estremeció involuntariamente, y pareció que trataba de envolverse en una capa invisible.

Salviati se arrodilló frente a ella, y encerró en sus manos la cara de Tove.

—Hemos pasado momentos buenos, momentos vitales. Volveremos a tenerlos.

—Estoy segura de que será así.

—Estoy escribiendo a mis colegas europeos y norteamericanos para conseguir el mejor asesoramiento posible en relación con el futuro de Britte.

—Eso es precisamente lo que temo; estar completamente sola con ella en un lugar extraño. Hay algo terrible en el espectáculo de toda la pasión que se acumula en ella sin que exista la más mínima esperanza de satisfacerla. Lo veo incluso en el modo de pintar... ¡Casi se diría que ataca la tela!

—Drexel la extrañará.

—Extrañará muchísimas cosas. Pero jamás se quejará. Es mucho más apasionado y orgulloso de lo que nunca imaginarías... y en su tiempo fue un hombre muy poderoso.

—Me fascina mucho más su jefe. Cada momento me pregunto qué clase de terrible mutación he volcado sobre el mundo.

—Usas a menudo esa palabra. Yo nunca le he visto terrible.

—¿Qué estás diciéndome querida? ¿Que has conseguido extraer de él un ángel?

—No; pero hubo momentos en que casi me pareció que trataba con mi padre; tanto afecto reprimido, la compasión que nunca podía expresar en palabras. Bien, debo marcharme. El coche espera. Tengo mucho que hacer esta noche. Ahora habrá que preparar el vestuario de otoño e invierno.— Extendió las manos y acercó a la suya la cara de Salviati, y la besó.— No hablemos más, amor mío. Hagamos un corte limpio. Cura más rápido. Tú me lo enseñaste.

Un instante después se había marchado, y Sergio Salviati se preguntó por qué sus ojos estaban húmedos y tenía las manos inseguras, y cómo demonios afrontaría la necesidad de instalar un triple *by-pass* a las siete de la mañana. Aún estaba tratando de dominarse cuando regresó el hombre del Mossad.

—Ha terminado la primera etapa. Los tenemos cubiertos desde ahora hasta el momento del embarque. Estamos difundiendo en Roma la noticia de que usted y Tove han roto, y que ella ha partido para pasar un largo período con su familia en Dinamarca. El automóvil de Tove ha desaparecido, y lo guardamos en el garaje de la embajada. Nuestra gente en Israel libera a Miriam Latif. Se la entregará sana y salva al cuidado de sus padres en Byblos. Nos ha suministrado toda la información útil que podía, y le llevará un tiempo recobrarse del lavado de cerebro. De modo que está fuera del juego, lo mismo que Tove Lundberg. Eso obliga a Asnán a concentrar los esfuerzos en su operación contra el Papa, y nos deja a nosotros libres para concentrarnos en él y el grupo La Espada del Islam...

—¿Y dónde quedo yo?

—Todo esto le permite, mi estimado profesor, continuar la ficción; que Tove Lundberg ha salido de su vida y usted comienza a interesarse por otras mujeres. Lo cual, por supuesto, confirma las historias que estamos difundiendo. Por lo tanto, mientras Omar Asnán traza su estrategia para cometer el asesinato, nosotros cerraremos cada vez más la red alrededor de él y su grupo.

—Eso me parece una carrera muy peligrosa. ¿Quién retira primero el seguro de la granada?

—Puedo imaginar una metáfora más agradable —dijo el hombre del Mossad—. Es una partida de ajedrez muy complicada. Ambos jugadores saben lo que sucede. El arte consiste en elegir el movimiento apropiado y apreciar todas sus consecuencias.

El Pontífice León ya estaba concibiendo en su mente una partida de ajedrez distinta.

Al día siguiente, sobre media tarde, volvería al Vaticano. Haría el viaje en helicóptero, cortesía de la fuerza aérea italiana. De ese modo ahorraría tiempo, evitaría riesgos y el gasto de una procesión pública desde las montañas hasta la ciudad. El secretario de Estado estaba suministrándole el informe de la situación.

—...La Espada del Islam ya está ejecutando sus planes para atentar contra la vida de Su Santidad. Estamos organizando una operación combinada de protección con el gobierno italiano y los israelíes. Usted descubrirá al regresar al Vaticano que las medidas de seguridad interna son un poco más severas. Fuera de eso, no habrá cambios perceptibles en su rutina administrativa. Hemos observado que ha designado a un nuevo secretario principal, y también que monseñor Malachy O'Rahilly se ha retirado, lo cual, si se me permite decirlo, en general ha sido considerado un paso prudente.

—Me alegro. —El tono del Pontífice era seco y formal.— Para mí, ha sido una decisión dolorosa... Como usted sabe, habrá otros cambios cuando yo regrese.

—Tal vez debamos poner inmediatamente en acción el mecanismo.

El secretario de Estado no habría podido hablar con más prudencia, y el Pontífice mostrarse más brusco.

—¿Qué mecanismo, Eminencia?

—Si Su Santidad está pensando en un Consistorio Curial —una reunión de todos los cardenales residentes en Roma— es necesario enviar avisos, y preparar y difundir una agenda. Si se trata de un Sínodo formal, se necesitan por lo menos doce meses de preparación.

—Matteo, nunca creí que fuera usted obtuso.

—Confío en que sea así, Santidad.

—En ese caso, hablemos claro. Mi intención no es usar esos procedimientos, que tan fácilmente pueden ser la excusa para postergar la acción. Estoy viviendo con tiempo prestado. Me veo obligado a aprovechar cada minuto. ¡Vea! Disponemos de todas las comunicaciones modernas. A menos que nuestros balances mientan, incluso poseemos una inversión importante en las comunicaciones por satélite. Puedo comunicarme por teléfono o enviar una carta facsímil a todos los obispos principales del mundo. El contacto es inmediato. Me propongo trabajar con estos instrumentos.

Mi Curia tiene alternativas sencillas: coopera conmigo o espera hasta que pueda elegir un candidato más complaciente. Estoy dispuesto a ser franco con sus miembros. Ellos tienen que serlo conmigo.

—¿Y si se le oponen?

—Los respetaré como a una oposición fiel. Tendré en cuenta sus opiniones y procederé de acuerdo con mi conciencia.

—En ese caso, retornamos al absolutismo papal, y la colegialidad sale por la ventana, ¡para bien o para mal!

—¡La Curia ya la rechaza de *facto*! —De nuevo era el ave de presa, encaramada en la rama más alta, preparada para arrojarse sobre la víctima.— La mayoría de nuestros hermanos de la Curia desea repicar y andar en la procesión. Rinden homenaje oficial a la colegialidad, al consenso de los obispos como sucesores apostólicos unidos con el obispo de Roma. Pero, Matteo, esa no es la verdadera intención. Quieren lo que tienen, una oligarquía autoperpetuada que ejerce todo el poder real, ¡porque el Papa no puede alejarse ni un metro de los obstáculos que ellos levantan alrededor de él! Yo lo sé, usted lo sabe. Es un juego con reglas fijas. De modo que jugaré exactamente como está organizado. Soy el Sucesor de Pedro, el Supremo Pontífice y el Pastor. Así me llaman; por lo tanto, así procederé: con amor, porque he aprendido a amar, Matteo, pero sin temor, porque he mirado a la Hermana Muerte a la cara y he visto una sonrisa en sus labios. Deseo, deseo muchísimo que usted me entienda.

—Créame, Santidad, le entiendo, y le profeso la misma lealtad que le prometí el día que besé sus manos y ocupé el cargo de secretario de Estado.

—Además, Matteo, debo hacerle ciertas peticiones.

—Haré todo lo que esté a mi alcance para satisfacerlas; pero también yo soy lo que soy. El único arte que conozco es el arte de lo posible. Si llegase el día en que usted quisiera obligarme a jurar que lo imposible es lo posible, yo no lo haría.

—No pido más. No espero menos. Pero se lo digo francamente, temo mi vuelta a las funciones de mi cargo. Me siento como un prisionero a quien se acompaña de regreso a su celda después de unos momentos en que ha recibido la luz del sol.

Agostini le dirigió una mirada rápida y apreciativa, y formuló la advertencia que ahora ya era usual:

—Santidad, Salviati le advirtió. Esta es sólo la primera etapa de su recuperación. No debe tratar de hacer demasiado.

—No se trata de lo que haga, Matteo. La verdadera carga es lo que sé. Comprendo mejor que nadie los mecanismos de la Iglesia, y ciertamente los conozco mejor que mis dos predecesores inmediatos. Pero ese es el problema; los comprendo demasiado bien. Por una parte, la Ciudad del Vaticano es la Sede Apostólica, la Sede de Pedro; por otra, es una estructura de poder a la que siempre intentamos conferir un carácter sagrado, para justificar nuestros propios errores y excesos. Esto es propaganda, no religión. Es un truco de prestidigitación política, que a medida que pasa el tiempo impresiona cada vez menos a los fieles. ¡Míreme! ¡Mírese usted mismo! Visto el blanco de la inocencia, y usted el escarlata del príncipe. Nuestro Maestro recorría los polvorientos caminos de Palestina, dormía bajo las estrellas, predicó desde un bote pesquero. Me avergüenza lo que hemos llegado a ser y mi contribución personal a eso. Oh, sé lo que usted me dirá. No puedo degradar mi cargo. No puedo borrar dos mil años de historia. No puedo abandonar la ciudad y entregarla a los vándalos. Pero el hecho real es, Matteo, que no podemos continuar actuando como actuamos, como una hinchada burocracia movida por los celos y las intrigas. Estoy seguro de que incluso este tan demorado estudio de nuestras finanzas nos dirá lo mismo en el lenguaje del banquero. Y eso me trae de nuevo a mi primera propuesta. Me propongo actuar, no representar el papel del presidente de una sociedad de debates eclesiásticos.

—En ese caso, Santidad, permítame ofrecerle el consejo que me dio mi padre. Era coronel de los carabinieri. Solía decir: "Nunca apuntes a un hombre con un arma, a menos que estés dispuesto a *dispararla*. Si disparas, no yerres, porque un tiro es todo lo que tendrás."

Era la advertencia que le había hecho el abate Alexis, expresada en otros términos: "¡La pasión por la acción es lo que nos destruye a todos!" Sin embargo, el Papa no veía otro modo de romper el bloqueo que él mismo había impuesto. Práctico, no práctico, oportuno e inoportuno, estas eran las palabras más poderosas en el léxico del gobierno de la Iglesia. Abrían las compuertas del debate eterno; podían retrasar una decisión hasta el día del juicio, con el pretexto de que su consecuencia definitiva aún no había sido explorada.

Y sin embargo, el Pontífice comprendía muy bien lo que Agostini estaba diciéndole: cuanto mayor sea el número de interrogantes que usted deje abiertos, menor el peligro de que sus propios errores queden fundidos en el bronce y se prolonguen siglos enteros. Este le recordó otro concepto del abate Alexis: "Usted soporta la interpretación de los retóricos y los funcionarios y la traducción de los periodistas. ¡Jamás se oye su verdadera voz!" Expresó la misma idea al secretario de Estado, que respondió con una respuesta condicionada...

—Es verdad; pero, ¿acaso podría hacerse de otro modo? ¿Cómo puede garantizar usted con exactitud la traducción de su italiano a todos los idiomas hablados en la tierra? Es imposible. Y con cada nuevo Pontífice tenemos la misma y antigua comedia en la prensa: "El Santo Padre es un gran lingüista. Puede decir 'Dios os bendiga' en veinte idiomas"... Y entonces crece la ambición del Pontífice y empieza a chapurrear sus discursos públicos como si fueran lecciones en linguafón. ¡Su Santidad ha tenido la sensatez de conocer sus propias limitaciones!

El Pontífice León se echó a reír. Era una antigua historia de horror del Vaticano. Ocho, diez versiones en distintos idiomas del mismo *discurso* de seis minutos utilizado para beneficio de grupos de peregrinos políglotas en la Plaza de San Pedro, ¡y todo para demostrar que el Santo Padre tenía el don de las lenguas! Y además, estaba la otra palabra de advertencia acerca de su propia persona. Se habían hecho sugerencias muy cuerdas y razonables, en el sentido de que podía preparar una serie de programas con subtítulos, en casettes destinadas a la televisión mundial. Pero el obstáculo definitivo fue su propia e incurable fealdad y la severidad habitual de su expresión. El Papa aún podía reírse de la timidez que todos habían demostrado cuando intentaron explicarle la situación. Agostini aprovechó el buen humor del Pontífice para añadir otra palabra de advertencia:

—Su Santidad tiene conciencia de otra lección que hemos aprendido: la desvalorización de la moneda, el exceso de presentaciones del Pontífice sólo para demostrar su interés y su compromiso. Incluso en sus relaciones con la Curia, es necesario formular juicios exactos; y la primera declaración política será fundamental. Es el disparo que determinará el triunfo o la derrota en esta guerra.

—Y bien, dígame, Matteo, ¿usted cree realmente que puedo ganar mi guerra?

—Si es su guerra, no. La perderá. Si es la guerra de Dios, vencerá, aunque no de la forma que usted espera.

Lo cual, según la reflexión del propio Pontífice, vertía nueva luz sobre el carácter de Matteo Agostini, Cardenal secretario de Estado, un hombre consagrado al arte de lo posible.

En el salón V.I.P. de Fiumicino, Matt Neylan se hizo cargo de su familia provisional. Trató de mostrar un aire desenvuelto y una actitud cordial, pero el espectáculo de Britte, con su cuerpo desmañado, su cara angélica y la inteligencia penetrante que no podía organizar las palabras para expresarse, le conmovió extrañamente. Ella se sentía al mismo tiempo atemorizada y excitada en el ambiente desconocido, y hacía esfuerzos frenéticos para comunicarse verbalmente con su madre, que tenía sus propias preocupaciones y no podía concentrar bien la atención en la niña. El propio Matt Neylan se sentía incómodo. No se atrevía a realizar un gesto inoportuno dirigido a la madre o la hija, y se preguntaba cómo podrían convivir en una propiedad rural del condado de Cork, con una anticuada ama de llaves católica como acompañante, ¡y que ya estaba dolorida porque Matt había renunciado a los hábitos! Y entonces la mano pequeña, como una garra, de Britte, le acarició la mejilla, y el cuerpo enflaquecido se apretó contra él. Las palabras brotaron irreflexivas de sus labios:

—No tienes miedo, ¿verdad? El lugar adonde vamos es muy agradable: prados verdes y viejos muros de piedra y un sendero que desciende hasta una playa blanca. Hay vacas y caballos y un manzanar, y la casa está pintada de blanco y tiene un amplio desván donde puedes pintar hasta que te canses... El lugar es bastante grande, de modo que cada uno puede aislarse de los demás, y bastante pequeño para ser agradable cuando llega el invierno. Tu dormitorio y el de tu madre miran al mar. Mi dormitorio y mi estudio están en el extremo opuesto. Hay una sala y un comedor, y una cocina grande y antigua, como suele haber en las casas de campo. La señora Murtagh y su marido viven en la casita contigua. El administra la finca, y ella es mi ama de llaves, y sospecho que ambos están muy escandalizados porque me he alejado de la Iglesia. De todos modos, se acostumbrarán a eso... He pedido que nos entreguen un coche nuevo en el aeropuerto, y hay un Range Rover en la casa, de modo que no te sentirás atada ni aislada... Confío en que me entiendas, jovencita, porque estoy hablando más de la cuenta...

—Señor Neylan, le entiende. Y no necesita esforzarse tanto. Ambas se lo agradecemos. Las dos confiamos en usted.

—En cuyo caso, ¿le molestaría que usáramos los nombres de pila?

—Ambas lo preferimos así.

Britte emitió su propio sonido de aprobación y se volvió para besar a Neylan. Este percibió la rápida sombra de inquietud en la cara de Tove. Se puso de pie, y se apartó con ella unos pasos, de modo que la niña no oyese la conversación, y dijo secamente:

—La muchacha está asustada. Necesita que la tranquilicen. ¿Qué cree que soy yo... un abusón de niños?

—¡Claro que no! No fue mi intención...

—¡Escuche! Hasta que resuelvan sus problemas, tendremos que vivir como una familia en la misma casa. No tengo mucha práctica en eso, pero sé controlarme. Bebo moderadamente, y los hombres de mi familia tienen reputación de ser buenos con sus mujeres. Entonces, señora, ¿por qué demonios no se calma, y me hace el cumplido de una sencilla confianza...? Si su hija quiere volcar un poco de la calidez que se acumula en ella, probablemente soy el hombre más seguro para ella. Lo cual, de paso, no es una garantía que le ofrezco a usted o a cualquier otra mujer... Si podemos tener claridad en eso, todos pasaremos unas vacaciones agradables.

Tove Lundberg le dirigió una sonrisa breve e insegura, y después le ofreció la mano.

—Mensaje recibido y entendido. Me siento aliviada. ¡Durante un momento pensé que usted me echaría la culpa del incendio de Dublín!

—Eso es para el invierno. Todas las noches le recitaré la letanía de las desgracias de Irlanda.

—Preferiría que me las cantase.

—¿Por qué no? Hay un piano en la casa, aunque probablemente es necesario afinarlo. Organizaremos un "venid todos".

—¿Y qué es eso?

—Una fiesta irlandesa. Casa abierta: todos los amigos, y todos los vecinos, y todos los que pasan por el camino. Será interesante ver qué resulta, ¡y qué piensan del sacerdote infiel y sus dos mujeres!

Nicol Peters estaba sentado en su terraza, observando a los vencejos que describían círculos alrededor de las cúpulas de la ciudad vieja, e incorporando los últimos toques a la edición más reciente de "Un panorama desde mi terraza". Esta vez era un material un tanto peculiar, pues había aceptado, por deferencia a una petición conjunta de los italianos y el Mossad, incorporar cierto material real y sugestivo:

"Miriam Latif, la joven técnica de laboratorio que desapareció en circunstancias misteriosas de la Clínica Internacional, ahora ha aparecido, en circunstancias igualmente misteriosas, en Líbano. De acuerdo con las noticias, sencillamente entró en la casa de sus padres en Byblos y anunció que un hombre y una mujer la habían llevado allí. No pudo ofrecer un relato coherente de sus movimientos anteriores. Al parecer, no sufrió malos tratos físicos o agresiones sexuales, y los padres la han puesto bajo tratamiento psiquiátrico, con fines de observación y terapia. Se han negado a revelar su paradero a los periodistas.

"Entretanto, ciertas fuentes de inteligencia fidedignas y el Secretariado de Estado del Vaticano confirman que las amenazas terroristas contra el Papa están siendo consideradas con mucha seriedad. Se han organizado medidas especiales de seguridad. Su Santidad regresó de Castel Gandolfo en un helicóptero militar. Se dice que el Pontífice no se siente turbado por la amenaza, sino más bien irritado por las restricciones impuestas a sus apariciones públicas, e incluso a sus movimientos en la misma Ciudad del Vaticano.

"De todos modos, su salud continúa mejorando. Ha perdido mucho peso, y todos los días se ejercita una hora bajo la supervisión de un terapeuta. Aunque Su Santidad todavía tiene que someterse a un plan de trabajo limitado, hay firmes rumores en el sentido de que pronto soplarán vientos de cambio en la Ciudad del Vaticano. Ciertas fuentes generalmente fidedignas sugieren que el Pontífice se ha visto profundamente afectado por sus experiencias recientes, y que incluso ha adoptado una actitud revisionista ante algunos temas contemporáneos importantes. Un conocido prelado del Vaticano hizo un juego de palabras al respecto: 'Nos dice que le han puesto un *by-pass*. Ahora, parece que le han cambiado por completo el corazón.'

"Como de costumbre, es difícil obtener datos concretos, pero ya ha habido dos cambios importantes. El Cardenal Anton Drexel, camarlengo o chambelán papal, se ha retirado a su propiedad rural. Se designará un nuevo funcionario. Monseñor Malachy O'Rahilly, principal secretario privado del Pontífice, se aleja de Roma. Su lugar será ocupado por un inglés, monseñor Gerard Hopgood.

"Para las personas corrientes como ustedes y yo estos son temas eclesiásticos, importantes sólo para ese extraño mundo célibe de los 'que se han convertido en eunucos por el bien del Reino del Cielo'. En realidad, es muy posible que sean presagios de acontecimientos más trascendentes en esta organización de carácter mundial.

"Los organismos más importantes de la burocracia de la Iglesia Romana son las congregaciones, que funcionan como los Departamentos de la burocracia estatal común en todos los países. Pero a diferencia de estas burocracias, las congregaciones romanas están organizadas de acuerdo con lo que podría denominarse un sistema de estructuras interconectadas. Así, los mismos nombres aparecen en distintos cargos. El Cardenal secretario de Estado dirige el Consejo de Asuntos Públicos de la Iglesia. Un alto funcionario de este Consejo también es miembro de la Congregación para la Doctrina de la Fe. El mismo personaje ocupa un lugar en la Congregación de Obispos. De modo que sustituir a un funcionario importante es como tirar de un hilo en un bordado: la trama entera puede desenredarse ante los ojos asombrados del espectador.

"Por lo tanto, el observador de la escena romana tiene que interpretar, no sólo lo que parece estar sucediendo, sino lo que sucede en realidad. Me parece difícil creer que un hombre tan adherido a sus ideas como León XIV se comprometa a suavizar los actuales rigores. Sin embargo, él no puede dejar de observar que la Iglesia está sangrando por todos los poros, el de la gente, el de los clérigos e incluso el de los ingresos financieros.

"Las finanzas vaticanas se encuentran en un estado caótico. La institución soporta un déficit de por lo menos cincuenta millones de dólares anuales. Afronta constantemente los aumentos del costo de la vida y las depreciaciones de la moneda en todos los países del mundo. Nunca ha logrado recuperarse de los lamentables escándalos de una etapa reciente. Las donaciones de los fieles se han reducido notablemente. El informe completo de una firma internacional de auditores, encargado por el actual Pontífice, será entregado en poco tiempo. No se espera que ofrezca muchas esperanzas de una mejora inmediata.

"Ahora incluiremos referencias más amables, ya que no más felices. Parece probable que el profesor Sergio Salviati, cirujano de Su Santidad, pierda los servicios de su colega muy respetada, la señora Tove Lundberg, que desempeña el papel de consejera de los pacientes cardíacos. La señora Lundberg ha salido de Roma con su hija Britte para pasar unas largas vacaciones en Dinamarca.

"Matt Neylan, hasta hace poco monseñor Matt Neylan, del Secretariado de Estado del Vaticano, y ahora un hombre de los círculos sociales de esta ciudad, acaba de firmar un contrato de seis cifras, que triplica el compromiso de escribir dos libros para un editor norteamericano. Tema: las personalidades y la política del Secretariado de Estado del

Vaticano... Como Matt Neylan ha cortado todos los vínculos, no sólo con el sacerdocio, sino con la Iglesia Católica, el libro puede ser una inversión interesante tanto para los editores como para los lectores.

"Una última observación (una palabra de advertencia a los turistas que llegan a Roma en otoño). La Guardia di Finanza ha iniciado una nueva ofensiva contra las drogas en esta ciudad. Esta semana parece concentrar su atención en los clubes nocturnos más caros. El último inspeccionado con un peine fino ha sido el Alhambra, un lugar lujoso y caro que está cerca de Via Veneto. Es muy frecuentado por hombres de negocios árabes y japoneses, y sus espectáculos de *varieté* son tan caros como tolera la clientela. Se interrogó a los clientes, sin molestarles demasiado; pero el personal soportó una inspección rigurosa, y la empleada del puesto de cigarrillos ha sido detenida. Los informes más recientes dicen que todavía están interrogándola..."

—¡Están jugando con nosotros! —Omar Asnán estaba furioso; pero su cólera se disimulaba con una calma glacial. Esa mujer Lundberg salió de Roma en un vuelo de Aer Lingus con destino a Dublín.— Nuestros contactos en el aeropuerto la identificaron, lo mismo que a su hija, que fue llevada al avión en una silla de ruedas. Miriam Latif fue devuelta a los padres, después de un lavado de cerebro, y de atiborrarla de drogas psicotrópicas. El allanamiento del Alhambra fue una cortina de humo para molestar e intimidar. ¡La muchacha del puesto de cigarrillos nunca ha vendido nada más fuerte que tabaco! Mi criado informa que hubo dos visitas de la compañía de electricidad, para controlar el contador y la caja de fusibles... Después, recibí una llamada del Vaticano. Mi visita guiada fue cancelada porque monseñor Tabni cayó enfermo de gripe. Para coronar todo esto, mi amigo el señor Matt Neylan se ve obligado a salir súbitamente de la ciudad, pero considera necesario telefonearme, precisamente a mí, un hombre con quien pasó sólo una noche en el curso de su vida... Ese detalle me molestó como una picadura de mosquito, hasta que decidí llamar de nuevo al aeropuerto. Y entonces descubrí que el señor Matt Neylan partió en el mismo vuelo que la mujer Lundberg y la hija. —Se interrumpió y miró a los tres hombres que estaban con él en el asiento trasero de la limusina, estacionada en un camino de tierra de los bosques de pinos próximos a Ostia.— Amigos, la conclusión es evidente. Intentan empujarnos a una trampa, como esas que los pescadores de atún usan frente a las costas. Es como un laberinto. El pez entra pero no puede salir. Y se mueve de aquí para allá esperando la matanza.

—¿Qué haremos al respecto?
—Renunciar —dijo serenamente Omar Asnán.
—¿Abandonar el proyecto?
—No. Subcontratarlo.
—¿Con quién?
—Estoy investigando las posibilidades.
—Tenemos derecho a saber.
—Lo sabrán, en el momento adecuado. Pero como yo garantizo la operación reclamo el privilegio de organizarla de acuerdo con mis propias condiciones. Además, si secuestran a uno cualquiera de ustedes como hicieron con Miriam Latif, los cuatro —y el propio plan— correrán peligro.

—¿Sugiere que usted resistiría más que nosotros?
—De ningún modo. Sólo que soy el último a quien intentarán secuestrar. Nos conocen a todos gracias a Miriam; pero yo soy el más conocido (dónde vivo, dónde trabajo, mis cuentas bancarias, y el hecho importante de que aquí estoy ganando mucho dinero y no abandonaré el país). De modo que confíen en mí, caballeros, y feliz viaje a Túnez. Los dejaremos en Ostia. Desde allí un taxi puede llevarlos al aeropuerto.

Una hora y media después estaba de regreso en Roma y almorzaba en Alfredo's con un hombre de negocios coreano, que compraba y vendía espacio en los contenedores, financiaba las cargas que los usaban y garantizaba el suministro de todos los servicios que sus clientes necesitaran, y en todos los rincones del mundo.

El regreso a casa del Pontífice fue un episodio limitado por un protocolo que él mismo había prescrito mucho tiempo atrás, y que ahora le pesaba, provocándole una angustia casi infantil.

"...En casa de Drexel había flores en mi dormitorio y en el salón. Desde el primer día de mi pontificado las prohibí aquí. Deseaba afirmar en todos los miembros de mi casa los conceptos de autoridad y disciplina. Ahora, las extraño. Comprendo, como nunca me sucedió antes, que he negado a las hermanas que me atienden el sencillo placer de un gesto de bienvenida. La más joven, una sencilla muchacha campesina, lo dijo claramente: 'Queríamos poner flores, pero la madre superiora dijo que a usted no le gustaban'. Lo cual por lo menos me ofreció la oportunidad de realizar el primer intento, poco importante, de desprenderme de mi antigua personalidad. Le contesté que eso demostraba cómo podía equivocarse incluso un Papa. Me encantaría tener flores en mi estudio y sobre la mesa del comedor. Sólo después llegué a preguntarme qué placer podía ofrecerles. La vida de estas mujeres es mucho más limitada, está sometida a un escrutinio mucho más severo que la de sus hermanas que actúan fuera del Vaticano. Todavía visten los hábitos antiguos —¡otra de mis órdenes!— y las tareas domésticas que realizan son sumamente tediosas. Antes de pensar en los grandes cambios, aquí hay uno pequeño pero necesario, ¡bajo mis propias narices pontificias! Si yo me siento confinado —y por Dios, esta noche tengo la impresión de que estoy encerrado en una caja— cuánto más deben sentir ellas lo mismo, en este dominio de los solteros profesionales.

"Malachy O'Rahilly ya les ha impartido instrucciones sobre las rutinas de mi convalecencia. Ha ordenado mi escritorio, y ha redactado una lista de prioridades. También me ha presentado a su sucesor, un inglés rubio, de mentón cuadrado, muy reservado y frío, totalmente dueño de sí mismo. Su italiano es más refinado que el mío. Escribe el latín de Cicerón y el griego de Platón. Sabe francés y español, alemán y ruso, y tiene un doctorado en historia eclesiástica.

"Con el fin de entablar conversación, le pregunto cuál fue el tema de su tesis doctoral. Me responde que fue un estudio del Papa Julio II, Giuliano della Rovere. Esta suaviza un poco la dureza de nuestra primera ... porque hay una peculiar relación entre este formidable ... guerrero y mi región natal de Mirándola. En el Palazzo ...gi de Roma hay un extraño retrato de Julio con su armadura de invierno, pintado durante el sitio de Mirándola en 1511.

"Es una minúscula nota al pie de la historia, pero contribuye a suavizar la tristeza de mi regreso a casa. También me induce a creer que en lugar de un hombre tan cordial como Malachy O'Rahilly quizás he encontrado un discípulo joven y duro que posee cierto sentido de la historia.

"Apenas le ordené que se retirase con Malachy O'Rahilly, comencé a sentirme nervioso, claustrofóbico. Deseaba desesperadamente ponerme a trabajar, aunque sabía que no estaba en condiciones de hacerlo. En cambio, pasé a mi capilla privada y me impuse permanecer sentado, meditando, casi una hora.

"Concentré mi pensamiento en las palabras del salmista: 'A menos que el Señor construya la casa, en vano trabajan quienes la construyen.' Recordé inmediatamente la advertencia de Agostini, tan inesperada por venir de ese hombre tan pragmático: 'Si es la guerra de Dios, usted triunfará, aunque quizá no del modo que espera.' De pronto cobré conciencia de que últimamente todo mi pensamiento se ha referido al conflicto y la confrontación. Y entonces, dulce e insinuante como el sonido de campanas distantes, escuché las palabras de Jesús: 'Os ofrezco un nuevo mandamiento: que os améis los unos a los otros como yo os he amado.'

"¿Cómo es posible que yo, un hombre feo, poseído tanto tiempo por un feo espíritu, comente o modifique esa luminosa sencillez? Y bien, ¡sea! Este será mi primer texto, y sobre él construiré mi primer coloquio..."

Pero pese a la valerosa confianza que demostraba al escribir, las pesadillas agobiaban su sueño, y despertó a la mañana siguiente dominado por una depresión sombría y casi suicida. Su misa le pareció una ficción estéril. La monja que le sirvió el desayuno tenía los rasgos de un personaje salido de una torpe pieza medieval. Se estremeció al ver la pila de papeles sobre el escritorio. Y entonces, porque no se atrevía a que continuaran viéndolo como un espíritu mutilado y vacilante, convocó a sus dos secretarios y les impartió las directrices del día.

—Monseñor Hopgood. Enviará respuestas a todos los miembros de la Jerarquía que me formularon sus buenos deseos. Una carta breve en su mejor latín, formulando mi agradecimiento, y diciéndoles que tendrán muy pronto noticias mías. También revisará estos documentos originados en los dicasterios. Prepáreme un resumen breve de cada uno, en italiano, y un borrador de respuesta, también en italiano. Si tiene problemas, coméntelos con Malachy. Si entre ustedes no pueden resolverlos, tráiganme lo que quede. ¿Alguna pregunta?

—Todavía no, Santidad; pero apenas comienza la jornada.

Monseñor Hopgood levantó las bandejas de documentos y salió de la habitación. El Pontífice se volvió hacia O'Rahilly. Habló con voz muy amable.

—Malachy, ¿todavía se siente herido?

—Sí, Santidad. Cuanto antes pueda marcharme, mejor me sentiré. Hopgood ya está en su puesto. Como usted ha visto, aprende de prisa, y sus calificaciones son diez veces mejores que las mías. Por lo tanto, ¡ruego a Su Santidad que me facilite las cosas!

—No, Malachy, ¡no lo haré!

—Dios mío, ¿por qué?

—Porque, Malachy, sé que si ahora sale de aquí dominado por la cólera, jamás volverá. Cerrará su mente y clausurará su corazón, y se sentirá desgraciado hasta el día de su muerte. Malachy, usted está destinado a ser sacerdote, no secretario papal, sino pastor, un corazón comprensivo, un hombro sobre el que la gente pueda llorar cuando ya no logra soportar el mundo. Quizá también para usted el mundo sea demasiado —y sé que eso es lo que teme—, pero, ¿qué importa si es así? Usted y yo somos hombres imperfectos en un mundo imperfecto. Tal vez no me crea; pero le juro que es la verdad. Esta mañana, cuando he terminado de decir misa, he sentido una desesperación tan profunda que he deseado haber muerto bajo el bisturí de Salviati. Pero aquí estoy, y aquí está usted, y este lamentable viejo mundo tiene trabajo para ambos. Ahora, por favor, le ruego me ayude a redactar una carta. Tal vez sea la más importante que he escrito en el curso de mi vida.

Hubo un prolongado momento de silencio antes de que Malachy O'Rahilly levantase la mirada para enfrentar a su jefe. Después, asintió renuente.

—Santidad, todavía estoy en servicio; pero, ¿me permite decirle algo? Si no lo expreso ahora, jamás lo diré, y por eso me sentiré avergonzado por el resto de mis días.

—Malachy, diga lo que le plazca.

—Pues bien, ahí va, ¡para bien o para mal! Usted vuelve a casa después de un largo viaje, de una excursión hasta el fin del tiempo, donde por poco cae al abismo. La maravilla y el temor provocados por la experiencia todavía le acompañan. Usted se parece a Marco Polo, cuando regresó de la lejana Cathay, ansioso de compartir el asombro y los riesgos de la Ruta de la Seda... Está convencido, como lo estaba él, de que ha adquirido conocimientos y vivido experiencias que cambiarán el mundo. Así será, es posible que así sea, pero no lo logrará simplemente diciéndolo; porque, como comprobó Marco Polo y usted descubrirá, ¡muy pocos, incluso en el grupo de sus hermanos los obispos, querrán creerle!

—¿Y por qué no, Malachy?

Malachy O'Rahilly vaciló un momento, y después esbozó una sonrisa renuente y abrió las manos en un gesto de desesperación.

—Santidad, ¿sabe lo que está pidiéndome? ¡Mi cabeza ya está en la boca del león!...

—Por favor, responda la pregunta. ¿Por qué no querrán creerme?

—Usted se propone escribirles primero una carta, una elocuente carta personal para explicar esta experiencia.

—Sí, esa es mi intención.

—Créame, Santidad, usted es el peor escritor de cartas del mundo. Su estilo apela demasiado al sentido común, es demasiado... concreto y ordenado. Se necesita mucho trabajo para pulir su estilo, e incluso así, no poseerá la emoción o la elocuencia que son necesarias para convertirlo en algo más que un documento. Ciertamente, sus cartas no hablan con las lenguas de los hombres y los ángeles. Pero ese es sólo el comienzo del problema... El nervio del asunto es que usted es una persona sospechosa, y continuará siéndolo durante meses. Esa intervención cardíaca ahora es conocida por todos. Las secuelas están bien documentadas. Se ha advertido a todos sus hermanos, los obispos, que por lo menos durante un tiempo este será un gobierno de la Iglesia con facultades reducidas. Nadie lo pondrá por escrito; nadie reconocerá que es la fuente de la información; pero es lo que piensan, y por el momento eso tiñe todo lo que usted hace o dice. Para bien o para mal, Santidad, ese es mi testimonio...

—Y todavía tiene la cabeza sobre los hombros, ¿verdad?

—Así parece, Santidad.

—Entonces, contésteme a otra pregunta, Malachy. Soy un jefe de quien se sospecha. ¿Qué debo hacer al respecto?

—Santidad, ¿está pidiéndome una opinión... o sólo siente la necesidad de clavarme las orejas contra la pared?

—Una opinión, Malachy.

—Bien, examine el asunto desde el punto de vista del observador externo. Usted ha sido un Pontífice de mano férrea. Entronizó en la Curia y en las Iglesias nacionales individuos muy duros. Y ahora, de pronto, Su Gran Inquisidor, el cardenal Clemens, ha caído en desgracia. El mismo está difundiendo la noticia. Por lo tanto, hay cierta duda. Todos se preguntan por dónde va a saltar el gato. ¡Magnífico! ¡Que se lo pregunten! No haga nada. Gerard Hopgood mantendrá limpio su escritorio y demostrará que usted trabaja con la misma eficiencia que de costumbre. Entretanto, redacte el gran *Motu Proprio* que dice y hace todo lo que usted desea, y cuando esté listo, convoque con escaso preaviso un consistorio regular y publique el trabajo —¡tic-tac!— en su estilo de costumbre. ¡De ese modo, usted no se presentará como Lázaro, que acaba de salir de la tumba y tiembla bajo su mortaja! En esta cristianísima Asamblea detestamos a los innovadores... incluso cuando ocupan la Silla de Pedro. Usted puede encerrar a un santo en un monasterio; puede despedir a un sencillo monseñor; ¡pero un Papa modernizador es una molestia de gran alcance!... Y ahora, Santidad, se lo ruego, ¡déjeme ir!

Cuarenta y ocho horas más tarde, monseñor Malachy O'Rahilly salió de Roma con diez mil dólares en el bolsillo (regalo de la bolsa personal del Pontífice). Simultáneamente, el Pontífice anunció un consistorio privado del Colegio de Cardenales, que debía celebrarse el primero de noviembre, festividad de Todos los Santos. En este consistorio, el Pontífice anunciaría las nuevas designaciones y pronunciaría una alocución titulada *"Christus Salvator Homo Viator"* (Cristo Salvador, el Hombre Peregrino).

13

El verano se transformó deprisa en otoño. El *maestrale* cesó de soplar. Los mares parecían tranquilos y lisos. En los valles fluviales se condensaron las brumas. Se habían recogido las últimas cosechas y los campesinos araban la tierra y enterraban el rastrojo. A Roma llegaban las últimas oleadas de turistas, los más sensatos, los que habían evitado los calores estivales para viajar con tiempo benigno y soleado. Los peregrinos se reunían los domingos en la plaza de San Pedro y el Pontífice se acercaba a la ventana para bendecirlos y recitar el Angelus, porque sus guardianes no le permitían descender a la plaza como hacía antes. De acuerdo con los informes de la inteligencia, la amenaza terrorista continuaba siendo "probable".

En el Vaticano prevalecía una atmósfera amable. Su Santidad era un paciente dócil. Continuaba sometido al régimen riguroso de dieta, descanso y ejercicio. Su médico se sentía complacido con los progresos del Papa. El cirujano afirmó que no necesitaba verle antes de seis meses. El trabajo que llegaba al despacho papal era atendido prontamente y con eficacia.

El nuevo secretario era un individuo discreto, servicial y, según afirmaban los rumores, un lingüista que rivalizaba con el famoso Cardenal Mezzofanti. Lo que era más importante, el propio Pontífice suscitaba una impresión de serenidad, de optimismo, de curiosidad vivaz pero benévola. Incluso había sugerido a la madre superiora que las monjas de la Casa Papal quizá se sintieran más cómodas con ropas modernas, y que debía concedérseles más tiempo libre fuera del territorio de la Ciudad.

Por lo demás, la rutina del Palacio Apostólico y la Casa Papal habían vuelto a la normalidad. Su Santidad concedía audiencia a los dignatarios extranjeros, a los obispos que realizaban sus visitas *ad limina* para rendir homenaje y presentar las ofrendas de su grey al Sucesor de Pedro. Le encontraban más delgado, menos brusco de lo que recordaban, más generoso con su tiempo, más agudo en sus preguntas. Por ejemplo, preguntaba cómo estaban las cosas entre ellos y los Delegados Apostólicos o los Nuncios de sus respectivos países. ¿Había armonía, una comunicación franca? ¿Se sentían espiados? ¿Se les suministraban copias de los informes enviados a Roma acerca de la Iglesia y el clero local? ¿Se sentían en libertad total de anunciar la Buena Nueva, de interpretarla francamente frente a su grey, o estaban constreñidos por el temor de la delación o la denuncia enviada a Roma? ¿Roma entendía bien o mal sus problemas, las condiciones especiales de su rebaño? Y la última pregunta en cada audiencia era siempre la misma: "¿Qué necesitan de nosotros? ¿Qué podemos hacer por ustedes?"

A veces las respuestas eran neutras; otras, casi brutalmente francas; pero noche tras noche el Pontífice León las anotaba en su diario. Día tras día intentaba incorporarlas a la alocución, que se ampliaba lentamente, página tras página. Era como armar un rompecabezas grande como el mundo. ¿Cómo armonizaban los problemas de la bioética en las sociedades prósperas con la carga abrumadora del hambre en las zonas marginales? ¿Qué definiciones morales debían aplicarse a la destrucción de la selva lluviosa y al genocidio de los saqueadores de tierras del Brasil? ¿Cuán francamente estaba dispuesto a hablar acerca del matrimonio de los clérigos, de los derechos y la jerarquía de las mujeres en el seno de la comunidad cristiana, del irritante problema del sacerdocio femenino? Y de pronto, cierto día, monseñor Gerard Hopgood trajo una pila de páginas mecanografiadas, la compilación de las notas manuscritas del Pontífice. Por casualidad o de intento, descubrió, entre las páginas, un pedazo de papel con estas palabras, escritas con la letra cursiva muy clara de Hopgood: "¡Vueltas y más vueltas, rodeos interminables! ¿Por qué no lo decimos claramente, de una vez para siempre? Tenemos el mensaje de la salvación, el mensaje integral y completo. No tenemos y jamás tendremos la respuesta a todos los problemas éticos que puedan suscitarse..."

La vez siguiente que Hopgood llegó con cartas que necesitaban la firma del Pontífice, éste le entregó el papel acompañándolo con un comentario casual.

—Creo que se le cayó esto.

Hopgood, frío como siempre, se limitó a mirar el pedazo de papel y asintió.

—Sí, así es. Gracias, Santidad.

Su Santidad continuó firmando las cartas. Habló sin apartar los ojos del papel.

—¿Qué opina de mi alocución, hasta ahora?

—Hasta ahora —dijo Hopgood midiendo cuidadosamente las palabras—, parece que usted está avanzando hacia un documento. Pero está muy lejos del documento mismo.

—Tan grave es la situación, ¿eh? —El Pontífice continuó escribiendo sin apartar los ojos del papel.

—No es bueno ni malo. No debemos juzgar por la forma actual, que es provisional.

—Monseñor O'Rahilly me dijo que yo era el peor escritor del mundo. ¿Algún comentario?

—Ninguno. Pero si Su Santidad acepta una sugerencia...

—Hágala.

—Escribir como hace usted es un trabajo infernal. ¿Por qué lo soporta? Si usted me concede una hora diaria, y me explica lo que desea decir, se lo escribiré en la mitad de tiempo. Después, puede corregirlo de acuerdo con sus preferencias. Soy eficaz en ese tipo de cosas. He escrito y dirigido teatro en Oxford; de modo que la retórica del asunto me parece fácil... Además, deseo firmemente que el consistorio tenga éxito.

El Pontífice dejó la pluma, se recostó sobre el respaldo de su sillón y examinó a Hopgood con ojos sombríos que no parpadearon.

—¿Y cómo definiría el éxito?

Hopgood consideró la pregunta durante unos momentos, y después, con su estilo preciso y profesional, contestó:

—Su público estará formado por hombres poderosos de la Iglesia. Si lo desean, pueden mostrarse completamente indiferentes a lo que usted diga. Si les desagrada, pueden estorbarle de mil modos distintos. Pero si salen a la plaza de San Pedro y contemplan a la gente y sienten que se ha establecido con ella una nueva relación, y que pueden demostrarle una consideración distinta... en ese caso, su alocución habrá tenido un sentido. De lo contrario, serán palabras lanzadas al viento, y disipadas en el instante mismo de pronunciarlas.

—Por lo que me parece, es usted un hombre muy abnegado, pero un tanto recluido. ¿Cuál es su contacto con la gente?

Era la primera vez que el Pontífice veía intimidado a Monseñor Gerard Hopgood. El sacerdote se sonrojó, movió incómodo el cuerpo e hizo su sorprendente confesión:

—Soy corredor, Santidad. Me entreno en mis días libres con un club de la Flaminia. Uno de mis amigos es el sacerdote del club. Lo organizó para apartar a los niños del circuito de las drogas y del contacto con los ladrones. De modo que la respuesta es que veo a mucha gente.

—Monseñor, ¿es buen corredor?

—No soy malo... y eso me recuerda una cosa: Santidad, últimamente usted omite sus ejercicios matutinos. No puede hacer eso, ¡es peligroso! Si le facilita las cosas, yo le acompañaré.

—Se me reprende en mi propia casa —dijo el Pontífice León—. ¡Y mi propio secretario! ¡Que es corredor!

—Hagamos carreras de resistencia —dijo monseñor Hopgood con aire inocente—. San Pablo a los hebreos. Espero la decisión de Su Santidad sobre la alocución... Y los ejercicios. Personalmente, yo preferiría los ejercicios, porque por lo menos le ayudarán a mantenerse vivo. En definitiva, el Espíritu Santo se hará cargo de la Iglesia.

El Pontífice firmó la última carta. Hopgood las recogió todas y esperó que le despidiese formalmente. En cambio, el Pontífice le indicó una silla.

—Siéntese. Revisemos el texto que tenemos hasta ahora.

En la finca de Matt Neylan el otoño era diferente, tibio y brumoso por los efectos de la Corriente del Golfo, nublado casi todos los días, con el aire que olía a restos marinos y humo de turba y el pasto pisoteado de los prados donde pacían las vacas. Era un lugar solitario, a medio camino entre Clonakilty y Courtmacsherry, casi veinte hectáreas de tierras de pastoreo, con un huerto y el espectáculo de la bahía hasta Galley Head.

La casa era más espaciosa de lo que él recordaba, con una arboleda que la defendía de los vientos del oeste, calefacción central y un jardín amurallado donde crecían rosales, y se habían plantado perales y manzanos cerca de los muros. Dentro, reinaba una limpieza inmaculada. Los adornos de su madre estaban todos en sus respectivos lugares, los libros de su padre desempolvados, los cuadros bien colgados de las paredes. Había un Barry sobre el reborde de la chimenea, y un David Maclise en el estudio, y a Neylan le pareció muy agradable tenerlos allí.

La bienvenida de los Murtagh fue como el clima, grisácea y tibia; pero cuando Neylan les relató la historia, que esa valerosa mujer había cuidado y aconsejado a Su Santidad, y ahora se veía amenazada por el secuestro y algo peor, y que la niña era la pupila y la nieta adoptiva del gran Cardenal Drexel, se mostraron más cálidos y la señora Murtagh se atareó alrededor de las dos visitantes como una gallina madre, mientras Neylan y el señor Murtagh bebían whisky irlandés en la cocina.

Esto dejó en pie un solo problema: que Neylan había desertado de la fe, lo cual, según explicó el señor Murtagh, a él no le inquietaba demasiado, pero molestaba un poco a su esposa, que tenía una hermana en el Convento de la Presentación, en Courtmacsherry. Pero por otra parte

—reconoció después de dos whiskys— las convicciones de un hombre eran asunto personal, ¿y acaso no estaba ofreciendo refugio y protección a esas dos criaturas amenazadas? Lo cual originó la pregunta siguiente: ¿Neylan creía que las perseguirían hasta ese rincón del mundo? Neylan reconoció que era posible, aunque no probable. Pero por las dudas quizá fuera conveniente hacer correr la voz por las aldeas próximas, en el sentido de que se apreciaría un aviso inmediato si aparecían extraños. Y —éste fue el aporte de Murtagh— había una escopeta del doce y un rifle que había pertenecido a su padre. Convenía mantenerlos aceitados y limpios. Y a propósito, ¿cómo había que hablarle, ahora que ya no era sacerdote? ¿Y a las damas, correspondía tratarlas de señora o señorita? Matt Neylan le contestó que usara los nombres de pila.

Después, la vida fue más fácil. Comían como reyes. Mimaban a Britte. Exploraron la costa de Skibbereen a Limerick, y atravesaron los condados hasta llegar a Waterford. Comían y bebían bien, y dormían abrigados, aunque separados. Pero cuando llegaron los primeros vendavales se miraron unos a otros y se preguntaron qué demonios estaban haciendo en ese lugar, y cómo demonios esperaban pasar el invierno.

Dos llamadas telefónicas les dieron la respuesta. Salviati dijo sin vacilar: —Quedaos allí. Todavía no ha empezado. —La Embajada Israelí formuló una advertencia todavía más clara:— No se muevan. Mantengan baja la cabeza. ¡Les diremos cuándo es seguro regresar! —Y para completar las precauciones, les suministraron un número telefónico de Dublín, donde el Mossad mantenía un puesto para vigilar el movimiento de armas desde Libia y otros lugares.

De modo que Britte comenzó a pintar. Matt Neylan retomó el trabajo en su libro y Tove Lundberg se encerró en un silencio inquieto hasta que leyó que un fabricante alemán de productos farmacéuticos, que gozaba de una exención impositiva en Holanda, había decidido realizar una donación a una unidad cardíaca del Hospital de las Hermanas de la Piedad en Cork. Necesitarían personal idóneo. Ella poseía las mejores referencias posibles. ¿Alguien se oponía? Britte de ningún modo. Matt trabajaba en el hogar. Los Murtagh se ocupaban de la casa y la finca. ¿Qué decía Matt Neylan?

—¿Qué puedo decir? Si se trata de elegir entre enloquecer aquí o asomar un poco la cabeza... Y por Dios, ¿quién se ocupa de Cork en Roma? Creo que sí, que debe ir. De aquí a Cork hay unos setenta kilómetros. Probablemente le asignarán una habitación en el hospital. ¿Por qué no presenta su solicitud?

—¿No le importa cuidar a Britte?

—¿Qué debo cuidar? La señora Murtagh la atiende y se ocupa de sus necesidades femeninas. Yo la distraigo y la saco a pasear cuando no pinta. Parece que el régimen le sienta bien. Usted es la que necesita preguntarse si será feliz con esta solución.

—¿Y usted?

—Estoy bien. Vivo en mi propia casa. Por el momento, soy feliz. Y estoy trabajando bien.

—¿Y eso es todo?

—No, no es todo. Llegará el día en que sentiré cierto escozor. Y entonces iré en coche a Dublín y subiré a un avión que me lleve a otro país, y regresaré cuando haya calmado mis nervios. Los Murtagh se ocuparán de Britte. Usted estará cerca. Y así terminaré mi parte del acuerdo. ¿Ve algún problema en todo esto?

—No, Matt. Pero creo que usted sí.

—¡Por supuesto, tengo problemas! —De pronto sintió el ansia de hablar.— Pero son mis problemas. Nada tienen que ver con usted y con Britte. Ansiaba regresar... y en cierto sentido no estoy decepcionado. Llevo una vida cómoda. Esta casa es un refugio agradable que me respaldaría si tuviera que soportar malos tiempos. ¡Pero eso es todo! Aquí no hay futuro ni continuidad para mí. He cortado la raíz central. No pertenezco a la antigua Irlanda católica; no me agradan los nuevos ricos y los europeos que vienen aquí para eximirse de pagar impuestos. Cuando llegue el día en que me enamore y quiera instalarme con una mujer, sé que no lo haré aquí...

—Comprendo lo que siente.

—Supongo que sí.

—¿No lo ve? Nuestras vidas corren paralelas. Ambos abandonamos una religión antigua y dura, un país pequeño, un idioma pequeño, una historia estrecha. Ambos nos hemos convertido en mercenarios al servicio del extranjero. Yo no podría vivir ahora en Dinamarca, del mismo modo que usted no puede vivir aquí.

—Eso, con respecto al país. ¿Qué me dice del matrimonio?

—Para mí está fuera de la cuestión.

—¿Y Salviati?

—Él está donde necesita estar; en libertad de empezar de nuevo con otra mujer.

—¡Muy noble de su parte!

—¡Por Dios! Es una decisión egoísta del principio al fin. No podría pedir a un hombre que comparta la responsabilidad de Britte. Y a mi edad no me arriesgo a tener otro hijo. E incluso si lo tuviese, eso significaría arrojar a Britte a una especie de exilio permanente. Lo he visto en muchas familias. Los niños normales miran con desagrado a los impedidos.

—Me parece —dijo serenamente Matt Neylan— que usted deriva toda la existencia de un mundo perfecto, y ambos sabemos que eso no existe. Para la mayoría, la vida es una sucesión de rectificaciones. Estoy seguro de que muchos de mis ex colegas creen que soy un infiel desaprensivo con la moral de un gato callejero y la posibilidad de divertirse con todas las mujeres del mundo. En vista del desorden de mi vida reciente, no los critico. Pero la verdad real es algo distinta. Soy como el camellero que se durmió bajo una palmera, y al despertar descubrió que la caravana se había marchado y que él estaba solo en medio de un desierto. No me quejo de esto, me limito a señalar la cuestión.

—¿Cuál es?

—Britte y yo. Nos llevamos muy bien. Conseguimos comunicarnos. Somos buenos compañeros. Soy por lo menos una conveniente figura de padre que ocupa el lugar del *nonno* Drexel. En esa hermosa cabeza y detrás de esos balbuceos chapurreados hay una mente filosa como una navaja, y sé que me está cortando en rebanadas día tras día y examinándome al microscopio. En este momento estamos hablando de la posibilidad de una exposición en una buena galería de Cork o Dublín.

—Supongo que usted pensó consultarme en cierta etapa del plan.

—En cierta etapa, sin duda; pero todavía es demasiado temprano. Por lo que se refiere a usted y a mí... ¡Demonios! ¿Cómo llegamos a todo esto?

—No lo sé; pero Matt, usted tiene la palabra. ¡Primero, su discurso!

El se zambulló temerariamente.

—Entonces, lo diré de prisa, y si no le agrada puede rechazarme. Ustedes son mil veces bienvenidas bajo mi techo. Al margen de que yo esté aquí o me ausente, esta casa les pertenece, y no necesitan pensar en el alojamiento ni en la pensión... Pero yo duermo al fondo del corredor, y por la noche permanezco despierto deseándola y sabiendo que estoy dispuesto a aceptarla sean cuales fueren las condiciones durante tanto o tan escaso tiempo como usted quiera, porque usted, Tove Lundberg, es una mujer muy especial, y si yo creyera que puedo hacerla feliz, ¡arrancaría del cielo las estrellas y las arrojaría sobre su regazo! ¡Bien, ya lo he dicho! No volveré a hablar del asunto. Señora, ¿me acompaña a beber una copa? ¡Creo que la necesito!

—Acepto —dijo Tove Lundberg—. Ustedes los irlandeses discursean demasiado sobre las cosas sencillas. ¿Por qué no me lo preguntó antes, en lugar de perder tanto tiempo?

A fines de septiembre, Su Excelencia Yukishege Hayashi, embajador extraordinario y plenipotenciario ante la Santa Sede, recibió una carta de Tokyo. La carta informaba a Su Excelencia que un equipo de cineastas independientes visitaría Roma en octubre y noviembre. Parte de su plan de trabajo era filmar un documental de dos horas, para la televisión japonesa, sobre el Vaticano y sus tesoros. Se pedía a Su Excelencia que facilitara esta labor y asegurase los buenos oficios de la Comisión Pontificia de Comunicaciones Sociales, que era el organismo que concedía todos los permisos necesarios.

La carta llegó acompañada por una copia de una recomendación de Paul Ryuji Arai, Arzobispo Apostólico pronuncio, al presidente de la Comisión, para solicitarle que se interesara personalmente por el proyecto.

Era uno de los centenares de peticiones semejantes que los comisionados recibían a lo largo del año. El origen era impecable. Había muy buenas razones que justificaban conceder cortesías especiales a los japoneses. Su Excelencia recibió la seguridad de que se otorgarían los permisos apenas el equipo llegase a Roma y se le suministrara la información de costumbre: número y personas del equipo, los temas de las fotografías, los equipos y el transporte, etcétera.

Simultáneamente, el presidente envió una nota personal al embajador para señalarle que, durante la festividad de Todos los Santos, el Colegio de Cardenales asistiría a una Gran Misa Pontificia en San Pedro, y que se invitaría a los miembros del Cuerpo Diplomático. Al parecer sería una ceremonia muy especial, y convenía llamar la atención de los cineastas, sobre todo porque Su Excelencia estaría presente en nombre del Emperador.

La información fue mencionada de pasada en una conversación con Nicol Peters, que había acudido a la Comisión para comentar el anuncio del consistorio, y preguntar cómo cuadraba en el subtexto oculto de los asuntos del Vaticano. En relación con esa pregunta, el presidente adoptó una actitud amable pero indefinida. Con el propósito de tener mejor información, Peters telefoneó al Cardenal Drexel y fue invitado inmediatamente a almorzar. El anciano se mostró tajante y enérgico como siempre, pero reconoció sin rodeos que había un hueco en su vida.

—Extraño a mi Britte. También extraño a su madre. De todos modos, me alegro de que estén sanas y salvas, y al parecer felices. Britte me envía bocetos y acuarelas, y son obras realmente alegres. Tove escribe regularmente. Habla con mucho afecto de su amigo Neylan y de la atención que él les dispensa. Por supuesto, nunca conocí a este hombre. Pero sé que jamás hubo escándalos alrededor de su trabajo como sacerdote... Pero usted no ha venido aquí para hablar de mis asuntos de familia. ¿Qué quiere saber?

—Este consistorio. Parece un paso anticuado, casi retrógrado. Después del Vaticano II la idea fue siempre continuar y acentuar la colegialidad, el papel de los obispos.

Hasta ahora los Sínodos han originado más cosas para la galería que resultados, pero por lo menos se ha confirmado el principio. Y ahora, este consistorio privado, según yo entiendo el asunto, se limitará a los miembros del Colegio de Cardenales. ¿Por qué?

Drexel no contestó inmediatamente. Permaneció sentado, cortando una rebanada de queso de campo y eligiendo una para acompañarla. Finalmente, depositó el cuchillo sobre la mesa y explicó cuidadosamente su opinión.

—No puede citar lo que le diré. Provocaría celos y sería perjudicial; porque estoy retirado y no debe parecer que trato de interferir en los asuntos de la Curia. Por otra parte, me agradaría que usted registrase exactamente lo que voy a decirle. Es importante. Usted sabe que este Pontífice por naturaleza es un hombre anticuado. Ha cambiado, ha cambiado profundamente; pero en lugar de intentar la creación de una nueva imagen de su persona, ha decidido vivir con la antigua, de la cual —quizás usted no lo sabe— a menudo se siente avergonzado. Se ve a sí mismo como un hombre feo con una naturaleza ingrata. Durante mucho tiempo fue precisamente eso. Pero ahora ha adoptado una decisión, a mi juicio sensata, y ha decidido despreocuparse de la imagen, y atender únicamente a los hechos y las prácticas de la Iglesia moderna. Además, se atiene rigurosamente al protocolo. De acuerdo con la tradición, un consistorio no es una asamblea consultiva. Es una reunión en que el Pontífice anuncia designaciones, informa sobre sus sentimientos personales en asuntos de interés, comunica anticipadamente sus decisiones personales. Un Sínodo es otro asunto. Es un cuerpo de discusión, deliberación y decisión, formado por los obispos reunidos con el Obispo de Roma. Sus actos son actos colegiales.

—De modo que en apariencia —dijo intencionadamente Nicol Peters— León XIV está abrogando el procedimiento colegiado y pasando directamente a la promulgación.

—Eso es lo que creen que hará. Corresponde totalmente al carácter del Pontífice. Comenzará anunciando cambios y designaciones en la Curia.

—Eminencia, ¿tiene información acerca de los mismos?

—Sé algo, pero no puedo comentarlo. Después del anuncio, Su Santidad pronunciará una alocución, en la cual delineará sus opiniones en temas importantes. Ese anuncio será previo a un documento más formal, el *Motu Proprio*, que será emitido poco más tarde.

—¿Después del discurso habrá debate o discusión?

—Eso dependerá completamente del Pontífice.

—¿El discurso será entregado a la prensa?

—No.

—¿Por qué no?

—De nuevo el protocolo. Es un consistorio privado, no público. De todos modos, Su Santidad bien puede ordenar que *L'Osservatore Romano* publique un resumen, o que se distribuya por intermedio de la Sala Stampa... Pruebe un poco de este queso. Es muy bueno. ¿Café?

—Por favor.

—¿Más preguntas?

—Ahora, ¿podemos hablar oficiosamente?

—Si así lo desea.

—La política de León XIV ha sido estricta y al mismo tiempo divisionista.

—Sin comentarios.

—¿Modificará esos criterios?

—Sí, lo intentará.

—¿Podrá salvar las divisiones existentes en la Iglesia?

—Algunas, sí. Otras, no. Sea como fuere, nada de eso sucederá de la noche a la mañana. Vea, amigo mío, decimos que somos la Iglesia Unica, Santa, Universal y Apostólica. Somos todas estas cosas y ninguna. Ahí está la paradoja y el misterio. En Cristo y a través de Cristo somos una, y somos santos, somos hermanos y hermanas en una familia mundial, y el verbo que predicamos es el que predicaron los primeros Apóstoles que lo recibieron de labios del Señor. Pero apartados de El, sin El, sólo por nosotros mismos, ¿qué somos? Una raza perdida en un minúsculo sistema planetario, errante en las profundidades espaciales.

—¿Y cómo considera Su Eminencia a esos millones que no comparten y no pueden compartir esta fe? ¿Cómo los considera Su Santidad?

—Puedo responder sólo por mí mismo —dijo el Cardenal Anton Drexel—. Este tiempo que tenemos es un puente entre dos eternidades. Esa luz que nos ilumina se ha desplazado innumerables años antes de llegar a nosotros. Las lenguas que hablamos, los símbolos que empleamos, son invenciones humanas, e ineficaces salvo por referencia a las aplicaciones del momento, aunque siempre están buscando expresar ese inefable misterio de una Divinidad que nos contiene, nos alimenta y sostiene. Mi estimado Nico, cuando uno envejece tiene mucha menos conciencia de la diferencia que de la identidad. ¡Plántenos en el suelo y nos convertiremos en narcisos!

—Lo cual me lleva a la última pregunta, Eminencia. La amenaza de asesinar al Pontífice fue hecha por un grupo islámico. ¿Es posible que se le odie tanto que un miembro de su propia grey quiera asesinarle?

El cardenal Anton Drexel conocía demasiado bien a su hombre para desechar la pregunta. Frunció el ceño y dijo:

—Nico, nos conocemos desde hace demasiado tiempo como para jugar. ¿Qué está pensando exactamente?

—La amenaza terrorista ha gozado de amplia publicidad. Me pregunto si otro grupo o incluso otra persona querría aprovechar la situación para organizar una ejecución privada.

—Es posible. Todo es posible en este mundo absurdo. ¿Tiene alguna idea?

—¿Recuerda a Lorenzo De Rosa?

—Demasiado bien.

—El otro día estaba repasando mi archivo y pensé que nunca me había molestado en seguir las secuelas de ese asunto. De Rosa, su esposa, sus hijas, están muertos. La policía se hizo cargo. ¡Basta! Fin de la historia.

—No es del todo así. Su Santidad está preparando reformas que se han visto aceleradas por ese triste asunto.

—¡Bien! Pero no estaba pensando en eso. Hubo familias comprometidas en el caso... padres, tías y tíos, primos. Lorenzo era toscano, y su esposa siciliana, de una antigua familia de Palermo, con muchos parientes.

—¿Quiere decirme que hicieron amenazas?

—No. Pero todos los miembros del Club de Prensa las recibimos, y había una fijada en el tablero de los mensajes.

—Buscó en su billetera y extrajo una de esas pequeñas tarjetas fúnebres, con una cruz negra y un reborde negro, las que los amigos y los parientes del fallecido suelen conservar en sus libros de oraciones. Traía una fotografía de Lorenzo De Rosa con su esposa y sus hijas, la fecha de la tragedia y el lugar de la sepultura. La inscripción decía: "Dios siempre recuerda. Exige el pago. Que los seres amados descansen en paz."

Drexel devolvió la tarjeta y dijo casi en tono de ruego:

—Ya una vez evocamos a los espectros, y vea lo que sucedió. ¡Olvide eso, amigo mío! ¡Destrúyalo y olvídelo! Sabemos de dónde viene la verdadera amenaza. Esto no es más que una excusa que la gente utiliza para evitar dificultades con el mundo islámico. No podemos someternos al terror, no importa quién lo ejerza.

En la habitación más segura de la embajada israelí Menachem Avriel hablaba con el hombre que se hacía llamar Aharón ben Shaúl. Tenían que tomar una decisión. Aharón detalló los términos del asunto.

—¿Nos ocupamos nosotros mismos del asunto de La Espada del Islam o lo dejamos en manos de los italianos?

—¿Podemos tener la certeza de que adoptarán las medidas que deseamos?

—No.

—¿Incluso con un poco de presión del Vaticano?

—Ni siquiera así.

—Por favor, repítame lo que sabemos.

—Primer punto. Omar Asnán es el jefe de la organización en este país. Segundo. Sus tres lugartenientes ya no están en Italia. Dos se encuentran en Túnez, y uno en Malta. Los restantes miembros del grupo, las personas a quienes identificamos en el Club Alhambra y en otros lugares, continúan aquí, pero inactivos. Lo cual me lleva al tercer punto. Hay firmes indicios en el sentido de que Omar Asnán no abandonó sus operaciones, y en cambio las subcontrató. Como usted sabe, no es una práctica desusada. El terror es un gran negocio, un negocio internacional. Se paga con armas, efectivo, drogas y el canje de facilidades.

—¿Con quién trata Asnán?

—Con este hombre. —Depositó una fotografía sobre la mesa.— Hyun Myung Kim, un coreano que vende espacios en las bodegas y distribuye cargas en todo el mundo. Es un agente viajero, y se sabe que cobra caro, pero entrega lo que vende. Omar Asnán se reunió con él y almorzaron en Alfredo's el mismo día que sus secuaces viajaron a Túnez... No pudimos grabar la conversación, pero lo enfocamos con una cámara. Como usted ve, hubo traspaso de ciertas sumas.

—¿Los italianos disponen de esta información?

—Por supuesto. Estamos actuando rigurosamente de acuerdo con las normas. La pregunta que hicieron fue: ¿Qué podemos presentar al tribunal? Entonces, les pasé las cintas de las grabadoras instaladas en la casa de Asnán. Convinieron en que significaban lo que parecían decir, pero se repitió la pregunta: ¿Qué impresión suscitarán en la sala del tribunal? Tuvimos que reconocer que habíamos empalmado distintos fragmentos, y en vista de los riesgos de represalias contra los aviones, los barcos y los ciudadanos italianos que viajan por los países islámicos, los italianos no están dispuestos a aceptar nada que no sea un caso perfecto, la pistola humeante, el asesino de pie mirando el cadáver. Están dispuestos a deportar discretamente a Asnán, pero eso no nos lleva a ninguna parte. Necesitamos arrancarle información.

—De modo que Asnán queda completamente libre.

—A menos que nosotros mismos le detengamos.

—¿Cómo demonios lo hará? Ese hombre es residente permanente. Asiste a las recepciones de la embajada. Vive lujosamente...

—También mató a nuestro hombre y preparó eficazmente su desaparición.

—Una tarea no muy difícil en esa zona arqueológica. Hay tres catacumbas principales y muchas otras que nunca se abren al público. Por si le interesa, hay una llamada la Catacumba de los Judíos.

—Me interesa mucho —dijo Aharón ben Shaúl—. Me interesa tanto que preparé un corte de energía eléctrica en la villa del señor Asnán, y envié un par de electricistas con el fin de que inspeccionaran la instalación. Descubrieron un acondicionador de aire que es demasiado grande para una villa de esas proporciones, con cables y conductos que no se ajustan al plano registrado...

—¿Y?

—De modo que antes de hablar de nuevo con los italianos o que usted decida que podremos prescindir de ellos, desearía realizar un trabajo a fondo en la villa del señor Asnán.

—¿Qué clase de trabajo?

—Un robo a la antigua. Adormecer a los perros y los criados, y apoderarnos de los objetos valiosos. La Appia Antica es un sector muy vulnerable. Allí se cobran elevadas primas por los seguros. ¡Y no han sufrido un robo decente en casi tres meses!

—¿Y dónde estará Omar Asnán mientras sucede eso?

—Una buena pregunta, señor embajador. Cuando tenga la respuesta, le informaré.

—Por favor, no lo haga —dijo Avriel—. ¡Por favor, ni siquiera me diga la hora del día!

—No siento muchos deseos de llegar a esta sesión. —El Pontífice estaba sentado frente a su escritorio, y en los dedos marcaba un ritmo impaciente sobre los documentos que Hopgood le había traído.— Clemens llegará exactamente a las diez. Ocúpese de que no le hagan esperar.

—Santidad, ¿cuánto tiempo debe durar el encuentro?

—Todo lo que sea necesario. Invítele con café cuando llegue. Después, no entre si no le llamo.

—Santidad, una sugerencia.

—¿Sí?

—El volumen encuadernado que tiene bajo la mano es el informe del estado financiero de la Iglesia; trescientas cincuenta páginas, con cifras, gráficos y comentarios acerca de cada rubro.

—Hoy no puedo siquiera comenzar a pensar en esto.

—Con todo respeto, Santidad, creo que debería leer las últimas páginas antes de que llegue el Cardenal Clemens. Son las conclusiones y las recomendaciones, y confirman las líneas principales de los argumentos que usted expondrá a Su Eminencia.

—¿Quién ha visto este documento?

—Ayer por la tarde se entregaron ejemplares simultáneamente a Su Santidad, a la Prefectura de Asuntos Económicos de la Santa Sede, al Instituto de Obras Religiosas y a la Administración del Patrimonio de la Sede Apostólica. Seguramente nadie ha tenido tiempo de leer o asimilar el material; creo que Su Santidad debería hacerlo, pues contaría con la ventaja de una primera ojeada. Hay un antiguo proverbio inglés que puede traducirse bastante bien al italiano: "Doblemente armado está aquel cuya causa es justa; y triplemente quien descarga el primer golpe."

—Y le recuerdo que ese, mi estimado Hopgood, continúa siendo el lenguaje de la confrontación, que es precisamente lo que intentamos evitar.

—Santidad, con todo respeto, dudo que usted pueda evitarlo esta mañana.

—¿Cuánto tiempo tenemos antes de que llegue Clemens?

—Cuarenta minutos.

—Echaré una ojeada a este informe. Le llamaré cuando esté listo.

Los autores del documento habían escrito con el estilo seco y desapasionado de los financieros del mundo entero, pero el resumen final inevitablemente mostraba una severa elocuencia.

"...Es difícil evitar la conclusión de que las congregaciones católicas que están expandiéndose más rápidamente en los países del Tercer Mundo son también las más necesitadas, y en cambio las que no crecen o muestran un bajo índice de crecimiento son las más prósperas y las menos generosas en la práctica tradicional de la donación.

"...En los países llamados católicos, por ejemplo los de América del Sur, España, Italia, Filipinas, en que existe una clase tradicionalmente rica y privilegiada, todavía fiel a la Iglesia, a menudo se observa una impresionante disparidad de las condiciones sociales, y una hostilidad que es fruto del temor entre los privilegiados y los carenciados, los explotadores y los explotados. Los privilegiados utilizan su excedente para mejorar o proteger su propia posición. No hay un incremento perceptible de los recursos utilizables en la educación, las obras de caridad o el progreso social...

"...Debe señalarse también que en las diócesis y las parroquias que publican sus cuentas y documentan exhaustivamente sus erogaciones, el nivel de las donaciones es apreciablemente más elevado que en otros lugares. Por lo que concierne a la administración central, padece y continuará padeciendo del secreto pandémico y las consecuencias duraderas de escándalos bien conocidos y la relación con delincuentes conocidos.

"...Por último, en vista de la unión cada vez más estrecha de grandes corporaciones con diferentes intereses, es cada vez más difícil que los administradores de los fondos de la Iglesia encuentren inversiones inmaculadas; por ejemplo, una compañía química que no fabrique sustancias tóxicas, un industrial que no esté relacionado con las armas o los equipos militares, una compañía de productos farmacéuticos que no manufacture anticonceptivos, cuyo uso está prohibido específicamente a los católicos... Con la mejor voluntad del mundo, es difícil evitar el escándalo; pero en definitiva, el secreto alimenta la sospecha, y la sospecha determina que la fuente de la caridad se seque con mucha rapidez..."

Había más, mucho más en el mismo estilo, con cuidadosas referencias cruzadas y notas al pie, pero el sentido era el mismo. Las necesidades aumentaban, los ingresos descendían. Las fuentes tradicionales se agotaban. Los métodos tradicionales de financiación a partir de las congregaciones mundiales ya no eran eficaces, porque las congregaciones de los países prósperos se debilitaban.

Pero el nudo de la cuestión era el "porqué". Los financieros rozaban sólo la superficie, pues no podían llegar a las motivaciones humanas. En los viejos tiempos, cuando los fieles se sumían en la indiferencia o sus ofrendas decaían, el Obispo convocaba a los predicadores misioneros, hombres ásperos y elocuentes que plantaban una cruz en la plaza del mercado y predicaban el fuego del infierno y la condenación y el amor de Dios que arrancaba del pozo a la gente, como si ésta fuese un leño encendido. Algunos se convertían, otros cambiaban durante un tiempo, nadie permanecía indiferente, y nueve meses más tarde la tasa de natalidad mostraba un considerable aumento. Pero eran otros tiempos y otras costumbres, e incluso para los hombres más elocuentes era difícil salvar el obstáculo de los ojos vidriosos y las imaginaciones entumecidas y la razón atrofiada de una generación de adictos a la televisión y víctimas de la saturación creada por los medios de difusión.

El propio Pontífice afrontaba el mismo problema. Era un hombre que se presentaba rodeado de esplendor, y apoyado en el numen poderoso de una antigua fe, y sin embargo concitaba menos atención que un payaso estridente con una guitarra o un disturbio de borrachos en un partido de fútbol.

Hopgood introdujo a Su Santidad el Cardenal Karl Emil Clemens. El saludo entre los dos dignatarios fue bastante cordial. Había pasado algún tiempo. Los ánimos se habían calmado. Clemens inició la conversación con un cumplido.

—Su Santidad tiene buen aspecto y se le ve muy saludable. Por lo menos quince años más joven.

—Karl, me entreno como un futbolista... ¡y me alimento como un pájaro! Nada de grasas, ni carnes rojas... Nunca me hable de la vida penitente. Me veo forzado a adoptarla. ¿Y usted?

—Estoy bien. A veces un poco de gota. Mi presión sanguínea es un poquito elevada; pero mi médico dice que tengo una naturaleza hipertensa.

—¿Y le dice dónde puede conducirle?

—Bien, me hace las advertencias conocidas.

—Karl, si no les presta atención, terminará exactamente como yo. A su edad no puede permitirse el lujo de jugar con su salud... Lo que me lleva al motivo de la conversación de esta mañana. Le retiraré de la Congregación para la Doctrina de la Fe. Le designaré jefe de mi casa; es decir, Cardenal camarlengo. Conservará sus cargos en las Congregaciones para las Iglesias Orientales y para la Propagación de la Fe. Estos cambios serán anunciados en el consistorio del primero de noviembre. Espero que la noticia le complazca.

—No me complace, Santidad, pero me inclino ante los deseos de Su Santidad.

—Tiene derecho a conocer el motivo.

—No lo he pedido, Santidad.

—De todos modos se lo explicaré. Me propongo promover ciertos cambios drásticos en la constitución y las funciones de la congregación. Usted no los aceptará. Sería completamente injusto pedirle que los promueva. Además —y deseo que lo sepa— le designé porque vi en usted la imagen refleja del hombre que yo mismo creía ser: el sólido guardián de la Fe que todos hemos abrazado. Y usted fue eso. Cumplió exactamente la tarea que yo le encargué. Su traspié con *L'Osservatore Romano* me irritó; pero eso sólo no me habría llevado a esta decisión. En realidad, Karl, creo que interpreté mal mi propio deber y le impartí instrucciones equivocadas.

Clemens le miró, con un gesto de absoluta incredulidad.

—Si Su Santidad está diciendo que ya no es su deber defender el Depósito de la Fe...

—No, Karl. No estoy diciendo eso. Estoy afirmando que en su forma y su función actuales, la congregación no es un instrumento adecuado. Por referencia a las pruebas históricas, nunca lo fue. Y en mi opinión, jamás puede serlo.

—De ningún modo comparto esa opinión.

—Sé que no la comparte, Karl, por eso le traslado; pero usted oirá mi explicación, porque tiene implicaciones que sobrepasan con mucho esta cuestión. Le propongo que repasemos juntos los procedimientos. —Depositó sobre el escritorio el gran volumen de las *Acta Apostolicae Sedis* correspondiente al año 1971... Se presenta una denuncia sobre un libro o una publicación considerados contrarios a la Fe. ¿Qué sucede?

—En primer lugar, la denuncia debe ser seria y tiene que llegar firmada. Si el error es evidente y —ahora cito de memoria— "si contiene cierta y claramente un error de Fe y si la publicación y su opinión perjudica a los fieles", la congregación puede pedir al obispo o los obispos que informen al autor y le inviten a corregir el error.

—Detengámonos un momento. Debo ser muy claro. En esta etapa, el autor no sabe nada. Alguien ha denunciado su escrito. La congregación lo ha juzgado erróneo y ha pedido una rectificación.

—Así es.

—No se le ha escuchado, no se le ha concedido el derecho de réplica, ya se le supone culpable.

—Así es. Pero eso sucede sólo en el caso de un error manifiesto, de un error que es inmediatamente visible.

—Bien, pasemos entonces a una situación más compleja. Se publica una opinión controvertida. Se reclama a la congregación que determine si —y aquí cito— "armoniza o no con la divina revelación y el magisterio de la Iglesia". Me parece que inmediatamente no sólo el autor sino nosotros estamos en verdaderas dificultades... La revelación divina es una cosa. El magisterio, la autoridad general de la Iglesia, es otra muy distinta. Al amparo de esa autoridad, pueden hacerse y se han hecho cosas absolutamente contrarias a la revelación divina: cacería de brujas, quema de herejes. ¿Advierte el problema?

—Señalo —dijo estiradamente Clemens—, que estas anomalías existieron durante mucho tiempo, y Su Santidad nunca consideró necesario oponerse.

—Karl, exactamente lo que le he dicho. Las veo ahora bajo una luz distinta. Me propongo ejercer mi autoridad para modificar la situación. Pero continuemos. ¿El autor está al tanto de las dudas que su obra provoca?

—Todavía no. Pero designamos un portavoz que habla en nombre del autor; hallará su descripción en las Actas, donde se le denomina *relator pro auctore*. También se describe su función: "Indicar con espíritu veraz los méritos y los aspectos positivos de la obra; ayudar a comprender el verdadero sentido de las opiniones del autor...", y así sucesivamente...

—Pero este portavoz... —El tono del Pontífice era amable—, es completamente desconocido para el autor. Más aún, se prohíbe la comunicación con él. ¿Cómo es posible que ofrezca una versión precisa de sus opiniones, sus méritos, y todo lo demás?

—Santidad, puede hacerlo porque ocupa exactamente el mismo lugar que un miembro cualquiera del público que lee el libro. Se apoya en el texto.

El Pontífice no contestó directamente. Tomó dos volúmenes que descansaban sobre su escritorio. Uno se titulaba "La naturaleza de la fe", y el otro "El Verbo encarnado".

—Karl, usted mismo escribió estas obras.

—En efecto.

—Y amablemente me las dedicó. Las leí con interés. No las objeté, pero marqué ciertos pasajes que me parecieron oscuros, o de los cuales podría decirse que no son totalmente ortodoxos... Ahora bien, permítame preguntarle: ¿Le agradaría que estas obras fuesen juzgadas con los mismos criterios y con los mismos métodos secretos e inquisitoriales que ahora se aplican?

—Sí, si Su Santidad lo requiriera.

—¿Creería que se les ha hecho justicia, o que podría suponérsela, o que aparentemente se les ha dispensado un trato ecuánime?

—Reconozco que el método padece ciertos defectos...

—Que mis predecesores y yo hemos tolerado, pero que ya no puedo continuar permitiendo. Podemos profundizar el tema, si lo desea. Tengo una extensa lista de objeciones. ¿Se las leo todas?

—Santidad, no será necesario.

—Pero será necesario, Karl, para que usted comprenda mejor la situación. Nosotros, usted y yo, y el resto de nuestros hermanos los obispos, somos la Ciudad que se erige en la cima de una montaña. No podemos ocultar nuestros hechos, nuestra tarea es ser testigos para el mundo; y si no ofrecemos testimonio de la verdad, de la justicia, de nuestra libre búsqueda del sentido divino en el mundo de Dios, la gente dirá que somos mentirosos e hipócritas, y se apartará. Usted y yo viviremos muy cerca uno del otro. ¿No podemos ser amigos?

—Su Santidad me pide que niegue algo en lo que he creído la vida entera.

—¿Y qué es ello, Karl?

—Que la doctrina que afirmamos es un tesoro de valor inestimable. Nuestros mártires murieron por ella. No puede permitirse que nada ni nadie la corrompa.

—Karl, después de recorrer un largo camino he llegado a adoptar otro punto de vista. La verdad es grande y prevalecerá. La afirmamos día tras día. Pero si no hay ojos para ver la verdad, ni oídos para escucharla, ni corazones abiertos para recibirla... ¿qué sucederá? Mi estimado Karl, cuando nuestro Señor convocó a los primeros Apóstoles, dijo: "¡Venid conmigo y os haré pescadores de hombres!" ¡No teólogos, Karl! ¡No inquisidores, ni papas, ni cardenales! ¡Pescadores de hombres! La tristeza más profunda de mi vida es que lo he comprendido demasiado tarde.

Hubo un silencio prolongado y mortal en la habitación. Y entonces el Cardenal Karl Emil Clemens se puso de pie e hizo su propia confesión de fe.

—En todo lo que la conciencia me permita, estoy al servicio de Su Santidad y de la Iglesia. Por lo que hace al resto, ¡Dios me ilumine! Solicito la venia de Su Santidad para retirarme.

—Tiene nuestra venia —dijo el Pontífice León. En el momento mismo de decirlo, se preguntó cuántos otros se alejarían y de qué modo él mismo soportaría la soledad.

14

La Antigua Via Appia había sido tiempo atrás un camino imperial, que por el sur llegaba a Nápoles y cruzando los Apeninos a Brindisi. Los romanos, que cortejaban la inmortalidad, la habían bordeado con monumentos funerarios, gradualmente desfigurados y en parte demolidos por el tiempo y por los diferentes invasores. Las *Belle Arti* habían afirmado su derecho sobre la tierra circundante, asignándole el carácter de zona arqueológica, donde podían construirse villas únicamente sobre los cimientos de las estructuras existentes. Entre los maltratados monumentos, los pinos crecían altos y la hierba abundaba, de modo que los amantes de Roma la habían convertido en un callejón del amor, que todas las mañanas aparecía sembrado de condones, paños higiénicos, diferentes prendas íntimas y otros restos. No era un lugar para pasear o salir de picnic con los niños, pero para una población apiñada en apartamentos, con muy escasa intimidad, era un lugar espléndido para hacer el amor. Incluso la policía vial era discreta, y los *voyeurs* solían recibir un castigo inmediato y violento.

Allí, precisamente frente a la villa de Omar Asnán, Marta Khun y un hombre del Mossad pasaron diez noches de vigilia, espiando los movimientos de los criados, los perros y el dueño de casa. Asnán regresaba todas las noches a las siete y media, en el coche conducido por su chófer. Las puertas del garaje se abrían y cerraban con un mecanismo eléctrico. Poco después, el guardia salía con dos grandes dobermans sujetos por una traílla. No caminaba con ellos, sino que trotaba sobre la hierba que crecía en los bordes del camino, cruzando Erode Attico y descendiendo por la Appia, casi hasta la rotonda. Después regresaba. La salida le llevaba de quince a veinte minutos. El guardia les permitía la entrada en la villa por la puerta principal, y usaba una llave. Omar Asnán solía salir de nuevo a las diez y media u once, y regresaba a la una o dos de la madrugada. Los agentes que continuaban vigilándole a partir de la Porta Latina informaron que se dirigía a uno de dos lugares: El Club Alhambra o una lujosa casa de citas en Parioli, cuya clientela estaba formada por turistas de Oriente Medio. El único personal de la villa estaba formado por el ama de llaves, el chófer y el guardia, que al parecer era esposo del ama de llaves. Todos estaban anotados en las listas de los carabinieri locales como residentes italianos de nacionalidad iraní, que trabajaban con permisos especiales y pagaban todos los impuestos locales.

Provisto de estos y otros datos, Aharón ben Shaúl realizó una visita personal a la Clínica Internacional, para hablar con Sergio Salviati. Deseaba hacerle una petición especial y desusada.

—Desearía que me facilitase sus conocimientos médicos durante una noche.

—¿Para hacer qué?

—Supervisar un interrogatorio. No habrá violencia; pero usaremos un nuevo derivado del pentotal producido en Israel. Sin embargo, puede originar ciertos efectos colaterales. En algunos pacientes provoca acentuada arritmia. Necesitamos un experto que supervise el procedimiento.

—¿Quién es el sujeto?

—Omar Asnán, jefe de La Espada del Islam. Nos proponemos detenerlo, y después de interrogarle le dejaremos en libertad.

—Eso no me dice nada.

—Nuestras fuentes afirman que todavía está planeando el asesinato del Pontífice romano, pero mediante la subcontratación de otro grupo, probablemente oriental. Necesitamos obtener información detallada acerca de la identidad de los atacantes, y el modo de actuación. ¿Está dispuesto a ayudarnos?

—¡No!

—¿Por qué no?

—Porque todo lo que usted sugiere me huele muy mal. Me recuerda toda la serie de perversiones que nuestra profesión ha protagonizado en el curso de este siglo: las salas de tortura en Argentina, con el médico cerca para mantener vivos a esos pobres infelices, los experimentos médicos en Auschwitz, el confinamiento de los disidentes en instituciones mentales soviéticas, lo que ustedes están haciendo ahora a los palestinos. ¡No quiero tener nada que ver con eso!

—¿Ni siquiera para impedir el asesinato de su paciente?

—¡Ni siquiera para eso! Permití que ese hombre tuviese un nuevo plazo de vida. Después, lo demás corre por su cuenta, como nos sucede a todos.

—Si Omar Asnán ha subcontratado la operación, seguramente contempló todos los aspectos, incluida Tove Lundberg, y quizá también su hija.

—Están fuera del país. En un rincón de la campiña irlandesa.

—¡Donde es fácil llegar, y donde se planean asesinatos todos los días de la semana! ¡Vamos, profesor! ¿A qué viene esta súbita avalancha de moral? No le estoy pidiendo que mate a nadie, sólo que mantenga vivo a un hombre con el fin de que revele todo lo que sabe de un asesinato inminente. ¡Maldición! Defendimos la seguridad de su distinguido paciente. Secuestramos a la mujer que debía liquidarle. Usted nos debe algo... y aceptamos el pago con un importante descuento.

Salviati vaciló y casi cayó en la trampa, pero lo advirtió a tiempo.

—¿Por qué yo? Un estudiante mediocre puede supervisar el ritmo cardíaco.

—Porque hacemos esto sin los italianos. Necesitamos la ayuda de uno de los nuestros.

—¡Olvida algo! —La cólera de Salviati se acentuó bruscamente.— ¡Soy italiano! Nuestro pueblo está aquí desde hace cuatro siglos. Soy judío, pero no israelí. Soy hijo de la Ley, pero no hijo de su casa. En Italia hemos soportado toda la basura que nos han volcado encima a lo largo de los siglos, hasta el último Sabbath Negro, cuando los nazis nos sacaron del ghetto romano para llevarnos a los campos de la muerte en Alemania. Pero nos quedamos, porque pertenecemos a este lugar, desde los tiempos de la antigua Roma hasta ahora. Hice equilibrios para ayudarle y ayudar a Israel. Ahora usted me insulta, y quiere extorsionarme con Tove Lundberg. Usted haga su trabajo como le parezca. Deje que yo haga el mío. Y ahora, salga de aquí inmediatamente.

Aharón ben Shaúl se limitó a sonreír y se encogió de hombros.

—¡No puede criticarme porque lo haya intentado! De todos modos, es extraño. Nada de todo esto habría sucedido si usted no hubiese sido atrapado por todo este *goyische papisterei*.

Cuando el individuo del Mossad se marchó, Salviati mantuvo una irritada conversación con Menachem Avriel, que se disculpó profusamente y afirmó que nada sabía del asunto. Más tarde, llamó a Irlanda y habló brevemente con Tove Lundberg, y durante un rato mucho más prolongado con Matt Neylan.

Ahora, otro término estaba siendo usado en los corredores del Vaticano, y en la correspondencia privada de los hombres decisivos de la Iglesia. La palabra era "normativa", y tenía un significado preciso: "crear o afirmar una norma". Todos los prelados la conocían. Todos comprendían exactamente el interrogante que Clemens y sus amigos estaban formulando: "¿Qué debe ser ahora normativo en el gobierno de la Iglesia: el Código del Derecho Canónico, las Actas de la Sede Apostólica, los Decretos de los Sínodos, o los juicios subjetivos de un Pontífice enfermo, declarados informalmente y sin consulta?" Era una espada de doble filo que llegaba hasta el centro de dos cuestiones: el valor de la autoridad papal y el poder de la institución misma para aplicar sus propios decretos. Precisamente para preservar este poder y reforzarlo se había creado la Congregación para la Doctrina de la Fe, antaño la Santa Inquisición.

Desde tiempos inmemoriales la Iglesia se había visto infiltrada por ideas extrañas, gnósticas, maniqueas o arrianas. Los vestigios de las mismas aún perduraban, y teñían las actitudes de este o aquel grupo (los carismáticos, los tradicionalistas, los literalistas, los ascetas). Durante los primeros siglos los instrumentos de la depuración habían sido el debate público, los escritos de los grandes Padres, las decisiones de los Sínodos y los Concilios. Pero cuando se reclamó el poder imperial como un designio de Dios a través de Su Vicario, el Papa, fue posible echar mano de todos los instrumentos represivos: los ejércitos de las Cruzadas, los verdugos públicos, los inquisidores implacables, absolutos en su convicción de que el error no tenía derecho a existir. Lo que quedaba al final del segundo milenio era una pálida sombra de esos poderes, y a juicio de muchos era absurdo renunciar a ellos en favor de una concepción puramente humanista de los derechos humanos.

El Pontífice León tomó conciencia del disenso en sus conversaciones con los cardenales de la Curia acerca de las nuevas designaciones, pero sólo Agostini se mostró totalmente franco.

—Santidad, en términos meramente políticos es absurdo que un gobernante renuncie a un instrumento cualquiera de poder, incluso si jamás llega a sentir la necesidad de usarlo. No me agrada lo que usted me pide que haga... limitar las atribuciones de los nuncios apostólicos, obligarlos a informar a los obispos locales de las quejas que envían a Roma. Sé por qué lo hace. Sé que hay muchos motivos de fricción, del mismo modo que hay ventajas en el sistema actual; pero meramente desde el punto de vista de la práctica política, no me agrada renunciar a lo que tengo. Soy como el conservador de un museo, que prefiere aferrarse a cinco páginas de un manuscrito valioso antes que verlas incorporadas al libro entero en otro lugar.

—Matteo, por lo menos usted se muestra franco en este asunto. —El Pontífice le dirigió una sonrisa de cautelosa aprobación.— Durante mucho tiempo sostuve exactamente la misma opinión. Esto es lo que Clemens no quiere aceptar; no me he convertido de la noche a la mañana en su enemigo o en un peligro para la Iglesia.

—El cree que lo es.

—¿Y usted?

—Creo que podría serlo —dijo el secretario de Estado.

—Explíqueme por qué y cómo.

—Comenzamos con nuestra verdad. Nuestro Acto de Fe, nuestra sumisión a Dios, nuestra confesión de Jesús como el Señor, es un acto libre. Es el acto que nos confiere la condición de miembros de la comunidad de creyentes. La capacidad de realizar es un don. El acto mismo es libre.

—Y así debe continuar. Elegimos todos los días.

—Pero creo que ahí es donde Su Santidad se equivoca. Usted cree que los hombres y las mujeres desean ser libres, que necesitan ejercer su derecho de decisión. El hecho concreto de la vida es que no lo desean. Quieren ser dirigidos, quieren que se les diga lo que es necesario, necesitan la policía en la esquina, el Obispo tocado con su mitra y proclamando la Buena Nueva con autoridad y certidumbre. Por eso aceptan a los dictadores. ¡Por eso sus predecesores gobernaron como si hubieran sido el rayo de Júpiter! Dividieron al mundo y a la Iglesia, pero trasuntaban poder. El riesgo que usted corre es muy distinto. Usted ofrece a la gente los primeros frutos de la salvación, la libertad de los Hijos de Dios. A muchos, como a Clemens, les parecerá que tienen el sabor de los frutos del Mar Muerto, ¡polvo y cenizas en la boca!

—¡Bien! —La voz del Pontífice era fría como el hielo.— Volvemos a los viejos lemas: no es práctico. ¡No es oportuno!

—No digo eso. —Agostini mostró desusada vehemencia.— Estoy expresando, como es mi obligación hacer, un consejo y una advertencia. Pero sucede que coincido con Su Santidad... ¡al menos al principio! Anoche leí, por primera vez en muchos años el decreto del Vaticano II sobre la Dignidad de la Persona Humana. Me impuse recitarlo, de manera que se me grabase en la memoria. "...La auténtica libertad es un signo excepcional de la imagen divina del hombre... Por lo tanto, la dignidad exige que él actúe de acuerdo con una decisión consciente y libre." Quizá sea sensato recordar a nuestros hermanos que éste es un documento conciliar y no una opinión privada del Papa.

—¡Cabe preguntar por qué es necesario preguntar a hombres adultos cosas tan sencillas!

—Porque la mayor parte de su vida no se ven obligados a abordarlas. Forman una especie protegida, que vive en las condiciones de un invernadero. En esta alocución, ¿piensa decir algo sobre la situación de las mujeres en la Iglesia?

—Ahora estoy trabajando en esa sección. ¿Por qué me lo pregunta?

—Porque me parece, Santidad, que estamos hablando nada más que a la mitad del mundo, y solamente sobre esa mitad. Somos una sociedad patriarcal cuyo diálogo con las mujeres está debilitándose cada vez más, y es cada vez menos importante. Hay mujeres que son jefas de estados importantes. Hay legisladoras y juezas y presidentas de importantes empresas comerciales. El único modo en que reconocemos su existencia es a través de la Comisión Pontificia de la Familia, donde sirven algunos matrimonios, pero que se reúne una sola vez al año. Las mujeres de las comunidades religiosas todavía están "protegidas" por un Cardenal de la Curia, un hombre a quien mal puede considerarse la expresión adecuada de los intereses o las inquietudes de esas mujeres. Los problemas conyugales, los problemas bioéticos, deben ser tratados por las propias mujeres. El tema de las mujeres sacerdotes todavía es tabú, pero se discute cada vez más, e incluso sobre la base de la Biblia y la tradición mal puede decirse que se haya clausurado la polémica...

—Hasta ahora —dijo con cautela el Pontífice—, he llegado al punto en que reconozco nuestras falencias y nuestra voluntad de hallar correctivos. Pero no es fácil determinar cuáles son los propios correctivos. ¡Mire la situación que prevalece aquí! Estamos tan atareados protegiendo nuestra castidad que nadie amenaza y nuestra reputación de sacerdotes virtuosos que es imposible mantener una conversación normal, ¡y mucho menos dar un paseo a la luz del sol con un miembro del sexo opuesto! Inevitablemente nos veremos forzados a aceptar un clero casado del rito romano, como ya lo hemos admitido entre los uniatos; pero ni siquiera yo tengo audacia suficiente para abordar la cuestión en este momento. En fin, le contesto: sí, formularé el tema de las mujeres en la Iglesia, e intentaré abstenerme de adornarlo con excesiva imaginería mariana. La madre de Jesús fue una mujer de su tiempo y su condición. Tal es la esencia del misterio, y no necesita cuentos de hadas que lo adornen.

Agostini movió la cabeza, asombrado e incrédulo.

—En todo esto hay trabajo para dos vidas enteras. ¿Por qué no acepta menos y se ahorra sufrimientos?

El Pontífice rió, con un sonido franco y gozoso que Agostini jamás le había escuchado antes.

—¿Por qué? Matteo, porque soy hijo de campesinos. Uno ara la tierra. La desmenuza. Arroja la semilla, y lo que los pájaros no comen y las lluvias no pudren y el moho no ataca, es lo que queda para cosechar. Además, creo que por primera vez en mi vida soy un hombre realmente feliz. Estoy arriesgando todo lo que soy y todo lo que tengo a la verdad del Evangelio.

Ni siquiera Agostini, el pragmático puro, tuvo valor para recordarle que, ganara o perdiese, la recompensa sería la misma: le clavarían en una tabla y le verían morir, muy lentamente.

Siguiendo una sucesión de escalones irlandeses —Murtagh a primo por el lado materno, de la esposa de este primo a su hermano, de quien se sabía que tenía vínculos con el IRA, y tal vez, sólo tal vez, con los Provisionales, Matt Neylan se encontró un jueves por la mañana sentado en la oficina del policía Macmanus, del puesto de los Garda en Clonakilty.

Llegó recomendado, lo que significaba que se consideraría auténtica su historia, aunque habría sido un estúpido si hubiese creído al pie de la letra todo lo que se le dijera. Hizo rápidamente su petición.

—Como usted sabe, he colgado los hábitos; pero estoy cuidando de dos damas que son muy valiosas para ciertas personas encumbradas del Vaticano. Una de ellas es nada menos que un Cardenal, y podría decirse que la otra está un escalón más alto. Recibí una llamada de Roma para decirme que quizá recibamos ciertas visitas desagradables. De manera que primero solicito un consejo. ¿Qué tipo de advertencia podemos recibir si ciertos extraños preguntan por mí? ¿Y qué puede hacer usted para impedir que se me acerquen?

Macmanus no se caracterizaba por la rapidez mental, pero no necesitó mucho para formular la respuesta.

—No mucho, en ninguno de los dos casos. A menos que alguien mencione su nombre, ¿quién puede saber si ha venido a pescar, o a hacer turismo o a preparar una inversión comercial? En estos tiempos recibimos en Irlanda a toda clase de gente: alemanes, holandeses, japoneses, la colección completa con todos los colores. ¿Qué podemos hacer para impedirles que se acerquen a usted? Nada, a menos que desplieguen un estandarte con las palabras "Maten a Neylan", o porten un bazooka sin permiso. Estoy seguro de que me entiende.

—Es sumamente claro —dijo amablemente Matt Neylan—. De modo que pasaré a la pregunta siguiente. ¿Dónde puedo conseguir algunas armas de fuego y la licencia para tenerlas y usarlas?

—Advierto que usa el plural. ¿A qué se debe?

—Porque dos personas, Murtagh y yo, podemos usarlas. Porque creo que deberíamos tener cada uno una pistola; y si es posible, preferiría un par de semiautomáticas, en caso de que haya un ataque por sorpresa sobre la casa.

—Espero que no suceda nada semejante. Lamentaría tener que afrontar todo el papeleo en una cosa así... Déjeme pensar un poco. Antes de que continuemos, ¿está en condiciones de pagar esos artículos?

—Salvo que la Garda deseara donarlas a la causa de la ley y el orden.

—¡Seguramente bromea!

—Entonces, por supuesto, pagaremos.

—Las armas y las licencias, y naturalmente el trabajo de conseguirlas.

—Uno siempre paga esas cosas —dijo Matt Neylan, y se alegró de que el gendarme pareciese ignorar la alusión. ¿Cuánto tardarán en entregarme todo eso?

—Por casualidad, ¿tiene encima el dinero necesario?

—No; pero puedo conseguirlo en el banco.

—En ese caso, magnífico. Haremos una pequeña excursión al campo. Puede recoger los artículos y llevárselos a su casa. Y de paso, le conseguiremos un perro... un animal grande, parecido a un sabueso. Uno de mis amigos los cría. Le hará un buen precio.

—¿Y las licencias?

—Las redactaré antes de que salgamos, y después completaré los detalles. A propósito, ¿sabe escribir a máquina?

—Naturalmente.

—En ese caso, siéntese allí y escríbame una queja, acerca de persona o personas desconocidas, por amenazas contra usted y las señoras. Mencione sus elevados vínculos y las advertencias que ya ha recibido. Exagere todo lo que quiera, y fírmelo con su mejor letra.

—¿Para qué es eso?

—Señor Neylan, eso se llama cubrirse la espalda. La suya y la mía. Las armas no son problema. En la bahía de Clonakilty desembarcan muchos cargamentos para el I.R.A., y es probable que las armas continúen llegando mientras dure la guerra. Pero en este rinconcito de la santa Irlanda es muy difícil explicar la aparición de cadáveres con agujeros de bala. Por eso más vale que preparemos de antemano todo el papeleo.

—Comprendo —dijo fervientemente Matt Neylan—. Lo comprendo claramente.

En cambio, Tove Lundberg no lo comprendió en absoluto. La impresionó la idea de combates a tiros en la mañana brumosa, y la sangre derramada sobre los pastos donde rumiaban los plácidos vacunos. Quiso saber:

—¿Qué es esto, Matt? ¿Un melodrama barato inventado para nosotros? Preparemos esta noche las maletas y vámonos a Dublín. De allí podemos viajar en avión al país que se nos antoje, cambiar de línea, borrar nuestras huellas. ¿Quién sabrá, a quién le importará dónde estamos?

—Las cosas no son así —explicó pacientemente Matt Neylan, mientras Britte escuchaba, asintiendo y murmurando en el ansia desesperada de ser oída—. En este juego somos demostraciones. No importa dónde estemos, es necesario eliminarnos para demostrar el poder de La Espada del Islam. ¿Deseas pasarte la vida entera ocultándote?

Britte se aferró a él, e hizo señas desesperadas: ¡No, no, no! Tove permaneció inmóvil, mirándolos a los dos. Después abandonó bruscamente la silla y aferró a Britte y a Neylan.

—Pues bien: ¡Lucharemos! ¡Magnífico! Por la mañana saldremos al campo y me enseñarás a tirar! ¡Me niego a continuar siendo una mera espectadora!

El ataque a la villa de Omar Asnán fue el dieciséis de octubre. Se desarrolló así: Omar Asnán llegó a su casa a las siete y media. Inmediatamente después el guardia salió a correr con los dobermans. Cuando pasó frente al Erode Attico, fue alcanzado por una camioneta cerrada que obligó al hombre y a los perros atraillados a apoyarse contra una pared de piedra. Los perros cayeron abatidos por dardos con anestesia. El guardia fue dominado por varios individuos enmascarados. Le cubrieron los ojos, la boca, las muñecas y los tobillos con tela adhesiva. Le arrebataron las llaves. Fue llevado, con los animales, a un lugar desierto de los pinares, cerca del mar y dejado allí. Una pareja de gimnastas le descubrió entrada la mañana siguiente. Los perros estaban al lado, gimiendo y lamiéndole la cara.

Entretanto, Aharón ben Shaúl y tres ayudantes, vestidos con mallas negras y la cara cubierta con un pasamontañas, entraron a la villa, dominaron al chófer y a la mujer, narcotizaron a los dos, y después se ocuparon de Omar Asnán, que estaba bañandose antes de cenar. Desnudo, temblando y con los ojos vendados, fue bajado al sótano, depositado sobre la alfombra que cubría el piso de piedra, e inyectado con el derivado del pentotal. Cuarenta y cinco minutos después había revelado el asesinato del agente del Mossad y la existencia del granero subterráneo donde habían depositado el cadáver. También reveló el carácter del acuerdo con el coreano que se había comprometido a importar un equipo de asesinos para matar al Pontífice y otro para secuestrar o matar a Tove Lundberg en Irlanda. Sobre el modo o el momento de los presuntos asesinatos, Asnán nada sabía. Esa era la naturaleza del trato: la mitad del dinero al contado, más los gastos, y el resto al finalizar el trabajo; todo quedaba a discreción de los equipos de ataque, que así podían trabajar sin temor a verse traicionados.

No era por completo satisfactorio, pero fue todo lo que pudieron averiguar, y Omar Asnán se sentía muy incómodo a causa de la elevada dosis de droga. De modo que enrollaron la alfombra, retiraron la piedra que cubría la entrada de la cripta y trasladaron el cuerpo a la cámara donde se almacenaban las antiguas vasijas destinadas a guardar el grano. Allí, Aharón ben Shaúl alzó el pequeño cuerpo de piel oscura, lo depositó en una de las vasijas de granos y la cerró con la tapa.

—Morirá —dijo uno de los ayudantes.

—Por supuesto —dijo Aharón ben Shaúl—. También murió nuestro amigo Khalid. Así es la ley, ¿verdad? Vida por vida, diente por diente. Ahora, salgamos de aquí. Aún tenemos cosas que hacer arriba.

Cerraron la cámara, sellaron y cubrieron la entrada, y después saquearon sistemáticamente la casa, trasladaron el botín al garaje y lo depositaron en el baúl del Mercedes de Asnán. El chófer y el ama de llaves continuaban durmiendo. Aharón ben Shaúl les administró una dosis suplementaria de narcótico, les liberó la boca, aflojó las ligaduras y los dejó. Los intrusos se alejaron en el Mercedes, que fue descubierto una semana después en una cantera de mármol abandonada, en el camino a la villa de Adriano. La mayoría de las posesiones de Asnán fueron a parar, por distintos caminos, al Mercado de Ladrones, y ofrecidos en venta a los visitantes de la mañana del domingo.

La desaparición de Omar Asnán provocó durante unos días el interés de los investigadores locales y originó cierta confusión en sus asociados comerciales. Los criados fueron interrogados rigurosamente. Se les retiraron los permisos de residencia y fueron repatriados discretamente. La casa y los fondos depositados en el banco de Asnán, así como el contenido de la caja fuerte, fueron puestos al cuidado de un procurador designado por la República.

Aharón ben Shaúl se felicitó por el buen trabajo realizado durante la noche. Había destruido un grupo terrorista y eliminado a su jefe. El Papa podía cuidar de sí mismo y Tove Lundberg estaba fuera del área que el propio Shaúl controlaba.

Entretanto, como nada de esto apareció en la prensa y Hyun Myung Kim estaba fuera del país, dos equipos de cazadores muy eficientes se prepararon para caer sobre sus presas.

El programa del consistorio —denominado generalmente *Ordo*— era bastante original para determinar comentarios entre los participantes. Comenzaría a la impía hora de las 8 de la mañana, en el nuevo Salón de Consistorios de Ciudad del Vaticano. Debía inaugurarse con una oración, la invocación tradicional al Espíritu Santo. Su Santidad anunciaría ciertos cambios en diferentes cargos de la Curia. Estos preludios concluirían a las 8.45, y entonces se iniciaría la alocución. Debía durar una hora. Después, habría media hora para las preguntas y los comentarios. A las diez y cuarto los cardenales se dispersarían para prepararse con el fin de asistir a la misa de once en San Pedro, concelebrada por Su Santidad con seis antiguos cardenales en presencia del resto del Sacro Colegio y miembros del Cuerpo Diplomático acreditados ante la Santa Sede.

Como en Roma nada se hacía sin una razón, se interpretó que estas disposiciones eran un recurso del Pontífice para evitar polémicas apresuradas en relación con su discurso, para ofrecer un amplio panorama público de unidad eucarística y para prestarse a las audiencias privadas durante los días siguientes. Sus Eminencias fueron informadas de que Su Santidad estaría disponible de las cinco a las ocho de la tarde, y desde las ocho hasta el mediodía los días siguientes, y que quienes desearan ser recibidos en audiencia privada o en grupos debían presentar su solicitud al Cardenal camarlengo. Algunos escépticos apuntaron que éste era un modo muy eficaz de cortar cabezas. Otros señalaron que era nada más que una nueva versión del aforismo *"divide et impera"*: divide y domina.

Un hecho más sencillo era que para el Pontífice la mañana constituía la única parte del día en que podía demostrar toda su fuerza. Después de un discurso prolongado y una misa ceremonial muy larga en San Pedro estaría al borde del agotamiento, y tendría que descansar por lo menos dos o tres horas. No dudaba que las conversaciones que mantuviese con esos encumbrados príncipes de la Iglesia eran fundamentales para sus planes. Incluso una caída momentánea de la atención o un relámpago de irritación podía perjudicar el plan grandioso, pero frágil. La medida cabal de su ansiedad aparecía expresada solamente en su diario:

"...De los ciento cuarenta miembros del Sacro Colegio, ciento veintidós asistirán al consistorio; el resto se ha disculpado arguyendo causas de enfermedad, edad o intolerancia frente a los viajes aéreos largos. Todos han estado en contacto personal conmigo, aunque sólo haya sido brevemente, y todos ansían conocer el sesgo de mi alocución. He tratado de reconfortarlos describiendo mi discurso como el prólogo a un coloquio fraternal en asuntos que a todos nos conciernen. Es lo que deseo que sea, el comienzo de conversaciones francas entre hermanos; pero mi reputación de autócrata de mal carácter está muy grabada en el recuerdo de todos, y no será fácil modificarla. De modo que sólo puedo rezar, pidiendo luz y el don de la elocuencia.

"...Gerard Hopgood se ha convertido en un auténtico baluarte. Aunque carece del ingenio y el bullicioso buen humor de Malachy O'Rahilly, tiene conocimientos mucho más sólidos y demuestra mucha mayor seguridad en sus relaciones conmigo. No me permite rehuir el examen de los aspectos difíciles del texto. No acepta que me refugie en argumentos relacionados con la necesidad práctica y la oportunidad. Me dice sin rodeos: 'Eso no sirve, Santidad.

Son todos hombres adultos. No pueden permitirse el lujo de seguir la pista de argumentaciones defectuosas. Si usted tiene el valor de afrontar los hechos desagradables, ellos deben hacer lo mismo'.

"...A veces, rodeados por páginas del manuscrito profusamente subrayado, bebemos café y él me habla de la tribu de delincuentes juveniles a los que está entrenando como atletas. Alienta un saludable escepticismo acerca de su propio éxito. Según dice, es probable que los mejores se incorporen como carteristas a las pandillas criminales que roban a los turistas en Roma; pero hay otros para quienes él y su amigo se han convertido en padres y tíos sustitutos. Pero añade un sagaz comentario: 'No necesito ser sacerdote para hacer lo que hago. Tampoco necesito ser célibe. En realidad, probablemente sería mejor que no fuera ninguna de las dos cosas. Santidad, quiero llegar a lo siguiente: me parece que deberíamos examinar mejor este documento, porque necesitamos definir mucho más claramente la identidad de un sacerdote moderno, su auténtica vocación en la Iglesia. Créame, sé de lo que hablo. Sé cómo empiezan las defecciones'.

"...Le creo. Y le respeto. Digámoslo francamente: he llegado a amarle como al hijo que nunca tuve. Me conmueven los menudos gestos protectores que me prodiga: ¿he tomado mis píldoras? Ya he estado sentado demasiado tiempo. Debo ponerme de pie y caminar un rato... 'hagamos una pausa y practiquemos ejercicios quince minutos. Sé que es aburrido, pero si no lo hace estará suicidándose...'

"...Le pregunto cómo ve su futuro en la Iglesia. Aliento el pensamiento secreto de que llegará el día en que será un espléndido obispo. Su respuesta me sorprende. 'Todavía no estoy seguro. Afronto ciertos dilemas. Uno de mis amigos, sacerdote como yo, trabaja en una de las comunidades de base de una región muy pobre del Brasil. No podía descubrir por qué las mujeres rehusaban casarse... se negaban absolutamente. Cuidaban a sus hombres, les guardaban fidelidad, les daban hijos, pero, ¿el matrimonio? De ningún modo. Por fin descubrió la razón. Una vez casadas caían en la servidumbre. Sus hombres podían pisotearlas. Y ellas no tenían derecho a huir. Mientras no se casaran, por lo menos tenían la libertad de escapar a la crueldad y llevarse consigo a sus hijos. Tengo una película de mi amigo y su obispo —que es también Cardenal y que vendrá al consistorio— administrando la comunión a esa gente durante una misa en el marco de un festival. Bien, apruebo esa actitud. Me complace vivir y trabajar en una Iglesia cristiana que vive de ese modo. Si no lo hiciera, yo tendría que reflexionar profundamente sobre el asunto'.

"...Se trata de una revelación que no puedo escuchar sin comentarios. Le pregunto: '¿Cómo justifica la administración de los sacramentos a personas que viven en pecado mortal?' Su respuesta es instantánea: '¿Cómo justificamos negarles los sacramentos? ¿Y qué está más cerca del ideal cristiano de matrimonio, una unión libre y afectuosa en que se ama y protege a los niños, o la unión que origina la esclavitud de la mujer y el niño?' Después ríe y se disculpa. 'Perdóneme, Santidad. Usted ha preguntado. Yo he contestado. No sugiero que incluya este asunto en el temario del consistorio. Según están las cosas, ya tendrá que lidiar con suficiente número de problemas'.

"...Coincido con él; y observo que mi Cardenal Arzobispo tal vez sea un buen aliado en la causa que he abrazado. Con respecto a la calidad de la teología implícita, dudo que sea aceptable para Clemens, pero por lo menos debe existir en el seno de la Iglesia un foro abierto donde sea posible discutirla libremente y sin censura, real o implícita.

"...De modo que cae la noche, y estamos ahora más cerca de la festividad de Todos los Santos. Tengo un sueño extraño. Estoy sentado en la Sala de los Consistorios, contemplando a los cardenales reunidos. Les estoy hablando, aunque no oigo las palabras que yo mismo digo. Y de pronto advierto que todos se han convertido en piedra, como los cortesanos de un palacio encantado."

Menachem Avriel, embajador de Israel ante la República de Italia, tenía un mal día. No tan malo como algunos, pero a decir verdad bastante malo. Por la mañana fue invitado a mantener una conversación amistosa con el ministro de Relaciones Exteriores, sobre asuntos de interés mutuo. Podría haber sido mucho peor. Hubieran podido llamarle perentoriamente. La conversación amistosa podría haber sido una conferencia urgente y las cuestiones de interés mutuo haberse convertido en temas de especial inquietud. El ministro era un hombre muy cortés. Simpatizaba con Avriel. Reconocía la utilidad de Israel en los asuntos del Mediterráneo. No necesitaba, ni mucho menos, un incidente diplomático. De manera que, con tacto infinito, dijo al embajador israelí:

—Mi estimado Menachem, cooperamos muy bien. Continuemos en ese mismo plano. Este hombre del Mossad —¿cómo se llama? ¿Aharón ben Shaúl?— tiene la mano muy pesada. Hasta ahora ha tenido suerte y nosotros lo hemos aprovechado. Pero cada vez se arriesga un poco más. ¡Y ya es suficiente! Me agradaría proponer —yo personalmente, no el Ministerio de Relaciones Exteriores— que le envíe fuera del país a la mayor brevedad posible... Entiéndame, no estamos diciéndole cómo debe manejar sus asuntos. Envíennos el suplente que prefieran, con la condición de que demuestre más tacto que éste, y le aceptaremos sin discutir. ¿Qué le parece?

—Me parece que es una sugerencia muy oportuna, que la consideraré inmediatamenate y pediré instrucciones a mi gobierno. De todos modos, mi estimado ministro, ese hombre saldrá del país antes de cuarenta y ocho horas.

—¡Por favor, mi estimado amigo! No exigimos milagros. Siete días estará bien. Incluso treinta sería aceptable.

—Cuarenta y ocho horas —dijo Avriel con voz firme—. Siempre digo que hay que abandonar la mesa de póquer cuando se lleva ventaja. Y hasta ahora ambos estamos en ventaja, ¿verdad?

—Así lo espero. —El ministro pareció dudar.— ¿Desea beber una taza de café conmigo?

De regreso a la Embajada Israelí le esperaba una carta. El sobre tenía grabado el escudo de armas papal, y el sello de la Embajada indicaba que había sido entregado por un correo del Vaticano. La carta estaba manuscrita, en italiano:

"Excelencia:

Estoy en deuda con usted por la atención personal que dispensó a mi bienestar durante mi reciente dolencia.

El 1° de noviembre es la festividad que denominamos de Todos los Santos. Celebra especialmente la comunidad de todos los creyentes cristianos con hombres y mujeres de buena voluntad del mundo entero.

Para realizar esta festividad, celebraré una misa en la Basílica de San Pedro a las 11 horas, con la presencia del Colegio de Cardenales y los miembros del Cuerpo Diplomático acreditado en la Santa Sede. Lamentablemente, el Estado de Israel aún no se encuentra acreditado. Pero si las circunstancias lo permiten, desearía que usted viniera en la condición de mi invitado personal, y ocupe un lugar entre los miembros de mi Casa Pontificia. Si esta invitación le provoca una situación incómoda, le ruego se sienta en libertad de declinarla. Mi esperanza es que pueda ser un primer paso hacia una relación más estrecha y formal entre el Estado de Israel y la Santa Sede. Siglos de una historia desafortunada todavía nos dividen. La política moderna nos tiende acechanzas a cada paso. Pero una alianza tiene que comenzar con un apretón de manos.

Atento siempre al protocolo, mi secretario de Estado lamenta no ser él quien extienda esta invitación, a la cual sin embargo suma sus cálidos saludos personales...

León XIV"

Menachem Avriel apenas podía creer lo que sus ojos veían. Décadas de intentos, esfuerzos y presiones no habían hecho mella en el muro de resistencia que oponía el Vaticano al reconocimiento del Estado de Israel. Ahora, por primera vez, había esperanzas de que fuera posible derribarlo. Y después, fiel a su condición de diplomático, se preguntó si podía existir una relación entre el "invito" al Ministerio de Relaciones Exteriores y la nota del Pontífice. Incluso el documento romano más sencillo era un palimsesto, con textos y subtextos y fragmentos indescifrables depositados unos sobre otros.

Cuando telefoneó a Sergio Salviati para comunicarle la noticia, descubrió que se había añadido un nuevo refinamiento al cumplido. Salviati había recibido su propia invitación a la ceremonia, y la leyó a Avriel:

"Mi estimado profesor, he contraído con usted una deuda que jamás podré pagar. Le escribo para invitarle a unirse a nosotros en una celebración cristiana, la festividad de Todos los Santos, que celebra no sólo a los santos de nuestro calendario, sino a la comunidad esencial de hombres y mujeres de buena voluntad del mundo entero.

Si la idea le incomoda, lo entenderé perfectamente. Si decide venir, ocupará un lugar, al lado del embajador Avriel, entre los miembros de mi propia casa. Me daría mucha alegría pensar que, a pesar de los horrores de la historia, usted y yo podemos unir nuestras oraciones al Dios de Abraham e Isaac y Jacob. Deseo que haya paz en su casa...

Salviati se mostró irritable y deprimido. Quiso saber:
—¿Vamos o no vamos?
—Yo voy —dijo alegremente Menachem Avriel—. ¿No comprende lo que esto significa?
—Para usted, quizá. Para Israel, un quizá muy grande. Pero, ¿por que debo yo abalanzarme cuando el Papa quiere rascarme el vientre?
—¡No lo sé, Sergio! —De pronto pareció que el embajador estaba hastiado de la conversación.— ¡Huelo un gran golpe diplomático! En cambio, ¡parece que usted siente únicamente la molestia de un enorme forúnculo en el trasero!

Anton Drexel, que dormitaba acariciado por el suave sol otoñal, recibió un envoltorio: una tela enrollada y protegida por un tubo de cartón fuerte; y con la tela, una carta de Tove Lundberg. La tela atrajo primero su atención. Era una escena interior, ejecutada en un estilo audaz y desenvuelto, y representaba a Tove y Matt Neylan somnolientos junto al fuego, con un sabueso entre ellos, y un poco más arriba, reflejada en el espejo sobre el borde de la chimenea, la imagen de la propia Britte, encaramada en su taburete, pintando con el pincel apretado entre los dientes.

El cuadro se explicaba por sí mismo, y la carta de Tove a lo sumo añadía un comentario y un contrapunto.

"...Britte insistió en que usted recibiese esta obra. Dice: 'El *nonno* Drexel solía decir que a medida que un artista crece, también crecen los cuadros. ¡Este es un cuadro feliz, y deseo que él se sienta feliz con nosotros!' Como usted sabe, es un discurso largo para ella; pero Britte todavía siente la necesidad de compartir los momentos con su *nonno*.

"Matt se ha convertido en una persona muy importante en la vida de Britte, aunque de un modo diferente. Se muestra —estoy buscando la palabra— muy camarada. La desafía, la induce a hacer siempre un poco más de lo que ella está dispuesta a intentar por sí misma. Por ejemplo, antes de que iniciase este cuadro, Matt se sentaba con Britte horas enteras, y revisaba libros de arte, y discutían los estilos y los períodos de la pintura. Ella siempre se ha sentido frustrada porque sus impedimentos no le permiten llegar al estilo acabado de los maestros clásicos. No es que ella desee pintar del mismo modo, se trata de que se ve privada de la posibilidad de hacerlo. Matt comprende la situación, e insiste en acompañarla en las diferentes etapas de esa lucha. Lo que me sorprende en él es que comprenda tan claramente el ingrediente sexual de la relación de Britte con él, y que lo lleve con enorme consideración.

"Lo cual me lleva, querido *nonno*, a Matt y a mí. No le pediré que apruebe, aunque sé que usted entenderá —y el cuadro de Britte lo refleja— que somos amantes y que nos llevamos bien. También somos una influencia positiva para Britte. ¿Qué más puedo decir? En efecto, ¿qué más puedo prever? Todavía pende sobre nosotros la amenaza. Los israelíes nos aseguran que la amenaza es real. Matt y Murtagh siempre están armados, y hay pistolas y escopetas en la casa. He aprendido a tirar, y puedo alcanzar una lata a quince pasos con una pistola. Como ve, hablo como si eso fuese un triunfo. Qué mundo absurdo... De todos modos, este tipo de tontería no puede durar eternamente. Britte y yo esperamos el momento en que podamos visitar de nuevo a nuestro *nonno*, y bebamos el vino de Fontamore.

"Ah, casi lo olvidaba. La semana pasada recibimos la visita de monseñor Malachy O'Rahilly, el sacerdote que fue secretario del Papa. Matt y él habían reñido, pero de nuevo volvieron a su antigua amistad. Acababa de salir de lo que él llamó la "finca de personajes extraños", donde fue a curar su adicción al alcohol. Se le veía saludable y fuerte, y muy confiado, aunque Matt dice que el sacerdocio es un camino peligroso para un hombre como él, que necesita mucho apoyo de una familia. Salimos con él a pasear y pescar. Pidió que le enviásemos cordiales saludos de su parte.

"Pero los saludos cordiales no son suficientes para Britte y para mí. Ama profundamente a su *nonno*. Yo también le amo, porque entró en nuestras vidas en un momento muy importante y abrió puertas que quizá se nos hubieran cerrado para siempre..."

Drexel se enjugó las lágrimas que brotaban de sus ojos y limpió la bruma que cubría sus gafas. Pronto los niños saldrían para iniciar la pausa de la mañana. No entenderían las lágrimas de un anciano. Dobló cuidadosamente la carta y la guardó en el bolsillo de la chaqueta. Enrolló la tela y la guardó de nuevo en el tubo. Después, salió del terreno de la villa y comenzó a avanzar por el camino que llevaba a Frascati, donde los Petrocelli —padre, hijo y nieto— todavía fabricaban marcos para las mejores galerías de Roma.

LIBRO IV

Lazarus revocatus

"Y Jesús les dijo: La luz aún está con vosotros. Terminad vuestro viaje mientras todavía tenéis luz, antes de que os alcance la sombra."

Juan XII. 35, 36.

15

El veintinueve de octubre, dos hombres y dos mujeres en una camioneta Volkswagen subieron al ferry de Fishguard, en Gales, a Rosslare, sobre el extremo sureste de Irlanda. Habían alquilado la camioneta a una compañía que se especializaba en ese tipo de operaciones con turistas orientales.

De Rosslare fueron directamente a Cork, donde se alojaron en un hotel modesto y anticuado que gozaba del favor de los organizadores de excursiones en ómnibus. Todo lo que se observó sobre ellos fue que eran muy corteses, hablaban un inglés más o menos tolerable, y pagaban en efectivo. Dieron a entender que utilizarían el hotel como base para realizar una gira de una semana. Uno de los hombres formuló algunas preguntas telefónicas y pidió el número del señor Matt Neylan, residente del condado. Cuando tuvo el número fue sencillo compararlo con la dirección de la guía. Un mapa de turismo suministró el resto de la información.

La dirección de Matt Neylan era Tigh na Kopple —el Hogar de los Caballos— en Galley Head Road, Clonakilty, un lugar bastante alejado de la carretera principal, con campos abiertos entre la casa y el mar.

De modo que el treinta de octubre por la mañana realizaron la primera visita, identificaron la casa y fueron a almorzar en Bantry. Por la tarde, regresaron por el mismo camino. En el jardín, una joven, gravemente tullida, estaba pintando con un pincel que sostenía entre los dientes. El conductor detuvo la camioneta. Una de las mujeres descendió y comenzó a fotografiar la escena. Estaba tan absorta tratando de conseguir el mayor número posible de tomas, que al principio no advirtió que un hombre la observaba desde la entrada.

Cuando se volvió y le vio, se confundió por completo, y sonrojada y balbuceante se retiró hacia la camioneta. El hombre la saludó con una gran sonrisa y le hizo gestos con la mano, hasta que la camioneta desapareció en el camino. Después, entró en la casa y realizó una llamada telefónica al número de Dublín que los israelíes le habían suministrado.

Le atendió una mujer. Le pasó a otra mujer que le aseguró que poseía información completa acerca de la situación, pero no creía que el incidente fuese motivo de pánico. Una turista se había detenido a tomar fotografías de una joven que pintaba en un jardín. ¿Qué significaba eso?

—Posiblemente nada. Pero no puedo correr riesgos.

—Por supuesto, señor Neylan. Por otra parte, no podemos permitirnos el lujo de enviar a nuestro personal a recorrer el país persiguiendo a todos los posibles sospechosos. ¿Comprende mi punto de vista?

—En efecto, señora; pero si disparan o secuestran a mi gente, ¿qué sucederá?

—Enviaremos flores. Oficialmente, es todo lo que podemos hacer. Si hay otras cosas fuera de lo común, comuníquese con nosotros.

Lo que llevó a Matt Neylan a pensar que en Roma alguien había decidido recortar la colaboración. Pero el agente Macmanus se mostró más servicial. Dijo que "investigaría y volvería a llamarle". En efecto, lo hizo, e informó que había dos parejas japonesas en el Hotel Boyle de Cork. Habían ido a almorzar a Bantry, y habían pasado frente a la finca a la ida y al regreso. Eran personas absolutamente normales, y no representaba una amenaza para nadie. ¡Cuatro personas en una camioneta, y orientales! ¿Cómo podían cometer un crimen y escapar de la isla?

"¡Tranquilícese amigo, tranquilícese! ¡Los verdaderos problemas llegarán a su debido tiempo!"

Pero Matt Neylan ya no era creyente, y sobre todo no creía en la lógica superficial de los celtas, que sabían con absoluta certidumbre cómo Dios dirigía Su mundo, ¡y por qué sólo los idiotas y los infieles resbalaban en las pieles de plátano!

El policía tenía razón. Cuatro orientales en una camioneta formaban un grupo muy llamativo, tanto, que todos los que lo vieran atestiguarían con absoluta convicción. Pero si en cierto momento había dos o tres reunidos, si una de las mujeres estaba en el cuarto de baño o en el bar, o acababa de salir para tomar el aire... ¿quién podía saberlo, a quién le importaba? Pero en un detalle el agente Macmanus acertaba. Si proyectaban cometer un secuestro, ¿cómo demonios saldrían de la isla con la víctima en una camioneta? En cambio, si el plan de secuestro de pronto se había convertido en un plan de asesinato, la cosa tenía un aspecto muy distinto; estaban frente a uno o dos asesinos con apoyo de dos mujeres que los transportaban y les suministraban una coartada.

La imaginación de Matt Neylan trabajaba a gran velocidad. ¿Cómo se acercarían? ¿Cuándo? ¿Cómo organizarían el ataque? Neylan nunca había estado en la guerra, ni había recibido entrenamiento policial o militar. Se preguntaba él mismo si era posible confiarle la suerte de cuatro vidas, pues con Britte y Tove estaban también los Murtagh en la casa. Y entonces comprendió que, ahora o nunca, había que terminar con la amenaza. No podía obligarse a nadie a vivir constantemente en peligro. Si el único modo de terminar era matando, lo haría. Si había que proceder a la masacre, cuanto antes mejor. Y de pronto sintió una profunda cólera, y comprendió, fuera de toda duda, que estaba dispuesto a entrar en el campo de batalla y a permanecer allí hasta que se disparase el último tiro, hasta que se asestase el último golpe.

Pero ni la cólera ni el coraje eran suficientes. Tenía que elegir el campo de batalla e inducir al enemigo a penetrar en él. La finca, la casa de los Murtagh, los establos y los cobertizos estaban todos cerca del camino, formando un rectángulo; la casa principal ocupaba uno de los lados, frente al camino. La casita y los graneros formaban los dos extremos cortos del rectángulo, y los establos y los cobertizos corrían paralelos a la casa principal. El suelo del rectángulo era de cemento, de manera que podía regarse todos los días. Los edificios eran de piedra, con revestimiento de estuco blanco y techo de tejas. Eran bastante sólidos, pero como posición defensiva peores que inútiles. Los establos arderían. Una granada o un cartucho de gas lacrimógeno convertiría la casa grande y la pequeña en trampas mortales.

Dado que tenía armas para un combate a corta o a mediana distancia, todos estarían más seguros en terreno abierto. Había casi veinte hectáreas entre la casa y el mar, un terreno ondulado dividido por empalizadas bajas de piedra y bordeado por un camino sinuoso que descendía por el borde del risco hasta el terreno más bajo de la caleta, donde había un cobertizo para botes, invisible desde el camino. Las mujeres podían pasar allí la noche, mientras Murtagh y él vigilaban. El no dudaba que los asesinos llegarían en la oscuridad; alrededor de medianoche o en ese período breve y siniestro que precedía a la falsa alborada. Estacionarían a cierta distancia. El o los asesinos se aproximarían a pie.

En ese momento Tove y la señora Murtagh entraron con un cesto de huevos y un cubo de leche fresca. Murtagh estaba limpiando sus botas en la puerta, y esperando que le invitaran a beber su whisky del fin de la jornada. Matt Neylan los reunió a todos, sirvió las bebidas y anunció: —No tengo la más mínima prueba pero siento en los huesos que esta noche habrá problemas. De modo que propongo lo siguiente...

En Roma, a las siete de la misma tarde, monseñor Gerard Hopgood depositó sobre el escritorio del Pontífice el texto definitivo de la alocución, y dijo:

—Santidad, eso es todo. He verificado hasta la última coma. Ahora, con todo respeto, sugiero que salga usted de aquí y pase una noche tranquila. Mañana será un día pesado.

—Gerard, no debe preocuparse.

—Me preocupo, Santidad. Mi tarea es mantenerlo de pie, con la mente clara, un texto adecuado y una actitud de confianza absoluta. A propósito, he ordenado a su valet que le afeite a las seis y media de la mañana, y que le retoque un poco los cabellos.

—¿Y no ha pensado que eso es presuntuoso?

—Lo he pensado, Santidad; pero después me he dicho que es preferible arriesgarme a sufrir su cólera si es necesario para lograr que tenga buen aspecto cuando se presente ante el consistorio. Si me perdona otra presunción, tenemos un texto muy elegante, y merece contar con un portavoz muy elegante.

—Y eso, mi estimado señor Hopgood, revela un enfoque muy mundano.

—Lo sé; pero Su Santidad hablará ante gente que conoce muy bien las formas mundanas. Le rinden homenaje y obediencia; pero de todos modos recordarán que ellos son los príncipes que le eligieron, y que si usted no hubiese sobrevivido, habrían elegido a otro en su lugar.

Era el discurso más audaz que había pronunciado nunca y un reproche estuvo a punto de brotar de los labios de su jefe. No se manifestó, porque el propio Hopgood adoptó una actitud de sumisión instantánea.

—Discúlpeme, Santidad. Eso ha sido impertinente; pero estoy preocupado por usted. Estoy preocupado por el trabajo que usted comienza en una etapa tan tardía de la vida. Pertenezco a otra generación. Entiendo la necesidad de lo que usted quiere hacer, abrigo la esperanza de que su plan se realice. Y advierto con cuánta facilidad es posible deformar y frustrar lo que usted piensa. Le ruego que me perdone.

—Hijo mío, está perdonado. Sé tan bien como usted que nuestros mayores no son siempre los mejores; y aunque en el pasado a menudo la impuse, ya no creo que la obediencia debe ser ciega. Su verdadero pecado es la falta de confianza en Dios. No es fácil consagrarse a El. Es como saltar de un avión sin paracaídas. Pero cuando usted lo ha hecho, como lo hice yo —sin saber si viviré o moriré— de pronto parece la cosa más natural del mundo. Aún padecemos sentimientos de ansiedad, la adrenalina continúa fluyendo para prepararnos, como hace con todos los animales, para el ataque o la defensa. Pero la serenidad esencial persiste, la convicción de que, vivos o muertos, la mano del Todopoderoso nunca nos abandona... ¿Con quién cenará esta noche?

—Recibo a mi amigo, el padre Lombardi. Es el hombre que dirige el club atlético. Ultimamente ha tenido dificultades con el cura de su parroquia, que a su vez está en dificultades, porque hace poco sufrió un ataque y su ama de llaves le dejó... De modo que Lombardi necesita que le reanimen un poco.

—¿Dónde cenarán?

—En Mario's. A pocos pasos de la Porta Angelica. Dejaré el número en la centralita, por si Su Santidad me necesita.

—No le necesitaré. Vaya y páselo bien con su amigo. Le veré aquí a las seis de la mañana.

Cuando monseñor Hopgood se retiró, el Pontífice descolgó el auricular del teléfono y llamó a la línea de Anton Drexel. Habían convenido en que Drexel, que ahora estaba completamente retirado, no debía acudir al consistorio. Sin embargo, varios de los prelados visitantes ya le habían telefoneado para conocer su interpretación personal de la situación. El Pontífice estaba interesado en saber lo que esos dignatarios pensaban. Drexel se lo explicó.

—Están desconcertados. No pueden reconciliarse con la idea de que en usted hay un cambio personal. Me temo que Clemens ha permitido que su mal humor le domine. Ha ofrecido de usted la imagen de un casi hereje, o por lo menos de un excéntrico peligroso, y eso parece también increíble a sus colegas. De modo que, en resumen, goza usted de cierta ventaja. Ahora, todo depende de su alocución. ¿Ha distribuido copias?

—No. Me pareció mejor no hacerlo. Describiré el documento como una exposición de mis opiniones, una invitación al comentario y un preludio a un *Motu Proprio* sobre algunos de los temas principales. De ese modo obtendré reacciones, favorables y contrarias.

—Coincido con usted. Tan pronto reciba comentarios, los retransmitiré a Su Santidad.

—Aprecio eso, Anton. ¿Cómo se siente?

—Solitario. Extraño a mi Britte. Me envió una hermosa tela, y su madre escribió una carta con noticias. Todavía están amenazadas, lo cual me molesta mucho; pero no puedo hacer nada eficaz. Neylan las cuida muy bien. Pero hay otra cuestión, Santidad: ¿hasta qué punto puede decirse que la seguridad de usted es eficaz?

—Es tan eficaz o tan ineficaz como lo ha sido siempre, Anton. San Pedro estará atestada mañana por la mañana. Habrá gente en la plaza. ¿Quién puede controlar a una multitud como ésa en un edificio tan enorme? En cierto sentido, la presencia simbólica de los miembros de seguridad es tan eficaz como la de un destacamento entero de hombres armados que, de todos modos, no podrían utilizar sus armas. Créame, soporto todo el asunto con muchísima tranquilidad.

—Nuestros niños rezan por usted.

—Es la mejor protección que puedo pedir. Gracias, Anton. Agradézcaselo también en mi nombre. Y eso me recuerda otra cosa. En un futuro próximo le enviaré a mi nuevo secretario, un inglés, monseñor Gerard Hopgood. Es un excelente atleta que entrena a los miembros de un club juvenil de la Flaminia. También tiene experiencia en las actividades atléticas de los minusválidos. Está interesado en el trabajo de la colonia, y posee las aptitudes necesarias; quizá pueda aportar tanto el impulso como los medios para crear cierta continuidad... Detestaría perder a un buen secretario; pero, amigo mío, tengo una deuda con usted. Desearía encontrar un modo apropiado de pagarla.

—Santidad, nada me debe.

—Anton, no discutiremos eso. Esta noche rece por mí. —Sonrió, con una sonrisa breve y seca.— Acabo de sermonear a monseñor Hopgood sobre la necesidad de confiar en Dios. ¡En este momento necesito ese sermón más que él!

Poco antes de la caída de la noche, Murtagh retiró de la casa los grandes envases de leche destinados a la cooperativa, y después llevó el ganado a un corral que estaba a medio camino entre la casa y el borde del risco. Neylan bajó con las mujeres hasta el cobertizo de los botes, y las instaló allí con alimentos, mantas, una estufa de queroseno y la compañía del sabueso y una escopeta. Britte estaba nerviosa y desencajada, y se quejaba del frío y la jaqueca. Tove hizo señas a Neylan, indicándole que se fuese. Podría afrontar la situación mejor sin él. Después, Neylan y Murtagh se vistieron con ropas abrigadas para pasar una noche larga y fría, prepararon bocadillos y un termo de café, cargaron las armas y se llevaron el Range Rover y el coche nuevo, dejándolos a la sombra del alero, sobre el borde oeste de la propiedad. Matt Neylan trazó su plan.

—...que no es un plan. Es sólo que tenemos que hacer lo que podamos; es decir, matarlos cuando se acerquen, pero en esta propiedad, no fuera. ¡No se haga ilusiones! Son asesinos profesionales. No pelean ajustándose a las reglas de la caballerosidad. Seguramente conocen todas las artes marciales, y cuando actúen serán veloces como tigres. De modo que no podemos permitirles que se acerquen... Y tenemos que liquidarlos a todos, ¿comprende? De lo contrario, los que queden insistirán en acercarse a Tove y a Britte. ¿Me entiende ahora?

—Le entiendo; pero para ser sacerdote, es usted un sujeto bastante sanguinario, ¿verdad?

—No soy sacerdote; pero sí sanguinario. Ahora, intentemos imaginar cómo se acercarán, y cómo podemos detenerlos.

—Si su intención es la eliminación total, creo que puedo ayudarle.

—¡Le escucho, Murtagh!

—Cuando era más joven y más tonto, y antes de que mi esposa amenazara separarse, solía hacer trabajos ocasionales para los *provos* (no por dinero, sino porque creía en la causa)... Era eficaz construyendo trampas cazabobos y organizando emboscadas. Pero después de un tiempo me harté. Ya no era divertido, a lo sumo sangriento y peligroso. ¿Me entiende?

—Le entiendo, Murtagh, pero desearía que fuese al grano.

—El grano es que si usted retira unos pocos litros de nafta de los tambores que están en el depósito y después me ayuda a construir una pequeña instalación eléctrica, creo que podemos dar a nuestros visitantes la sorpresa de su vida.

—No quiero sorprenderlos —dijo secamente Matt Neylan—. Los quiero muertos.

—Morirán —dijo Murtagh—. Las trampas cazabobos los distraerán el tiempo necesario para enviarles una andanada mortal. Usted estará en el granero. Y yo en el establo.

—Ojalá que no incendie la maldita casa.

—No... Quizá la chamusque un poco. Nada que no pueda arreglarse con una mano de cal. Pero será mejor que tenga usted buen ojo y la mano firme. Dispondrá de tiempo sólo para disparar una carga... ¿Está listo?

—Completamente. Lo único que me enseñaron fue el sacerdocio y la política de Estado. Ninguna de las dos cosas vale un centavo en este momento.

—Entonces, piense en la niña y las mujeres del cobertizo. Eso le calmara los nervios. ¿A qué hora cree que llegarán los bastardos?

—No antes de medianoche, la hora en que cierran las tabernas y se vacían los caminos.

—Disponemos de suficiente tiempo. Traiga ahora el combustible. Use un par de cubos de leche. Deje uno en la puerta del fondo de su casa, y el otro al lado de la cocina de la casa pequeña. Necesitaré un poco de cable eléctrico y un par de pinzas, y un destornillador...

Acurrucadas en el cobertizo, con un viento frío que se filtraba por las grietas y el golpeteo de la marea sobre los guijarros de la playa, Tove Lundberg y la señora Murtagh cuidaban a Britte, que no había mejorado. La jovencita dormía inquieta, moviéndose y quejándose. Tove le sostenía la mano y le limpiaba el sudor pegajoso de la cara, mientras la señora Murtagh pasaba su rosario y hablaba con acento de impotencia.

—Necesita un médico.

—Así es. —Tove había aprendido mucho antes que si uno discutía con la señora Murtagh, ésta se retraía como un conejo que se sepulta en su madriguera, y se abstraía durante varias horas.— Matt vendrá a buscarnos cuando haya pasado el peligro. Ahora, cálmese y rece por todos.

La señora Murtagh calló, hasta que ya no pudo soportar más. Entonces, preguntó:

—¿Qué pasa entre usted y Matt Neylan? ¿Se casará con él? Si no piensa hacerlo, está malgastando su vida, y una mujer de su edad no puede permitirse ese lujo.

—Mayor razón todavía para evitar un error, ¿no le parece?

—Me parece que ya se han cometido muchos errores: usted con esta pobre niña y sin marido que la ayude, Matt Neylan con esa hermosa carrera en Roma. Decían que llegaría a Obispo. ¿Lo sabía? ¡Y ahora, véalo! ¡Ha colgado los hábitos¡ ¡Se ha alejado totalmente de la Iglesia, y quizá por toda la eternidad!

—Señora Murtagh, estoy segura de que Dios lo comprende mejor que nosotros.

—Pero, ¡renunciar a toda la gracia que se le otorgó! Vea, el domingo pasado monseñor O'Connell —el cura de nuestra parroquia de Clonakilty— predicó sobre eso, el rechazo de la gracia. Dijo que es como negarse a aceptar un salvavidas en un mar tormentoso...

—Señora Murtagh, mi padre también era pastor. Solía decir: "los hombres y las mujeres se cierran sus puertas unos a otros, pero la puerta de Dios siempre está abierta".

—¿Ha dicho su padre?

El concepto de un sacerdote casado era demasiado complejo para la señora Murtagh, y en todo caso le parecía indefinidamente obsceno. Era una de "esas cosas protestantes".

—Sí, y sus feligreses le amaban.

—Pero usted también dejó su Iglesia.

—Lo mismo que Matt, descubrí que no podía creer... en todo caso, no podía creer lo que me habían enseñado. De modo que adopté la única actitud que me pareció honesta. Me alejé.

—Para meterse en dificultades —dijo intencionadamente la señora Murtagh.

—Pero ésa no es la cuestión, ¿verdad? Si la única razón por la cual usted se aferra a Dios es el deseo de evitar las dificultades, ¿qué clase de religión es ésa?

—No lo sé —dijo fervientemente la señora Murtagh—. Pero le diré una cosa: me alegro de tener ahora el rosario en mis manos.

Britte emitió un grito súbito y agudo de dolor y despertó asustada. Su madre trató de calmarla, pero la jovencita se llevó las manos a la cabeza y rodó a un lado y al otro, gimiendo. Los ojos se le revolvieron en las órbitas. Tove se sentó junto a ella y la acunó en sus brazos, mientras la señora Murtagh le limpiaba el sudor de la cara y la arrullaba: —¡Vamos, vamos! El dolor pasará pronto.

Fuera, el viento aullaba misteriosamente y el golpeteo de la marea sonaba como pasos sobre los guijarros.

Llegaron una hora después de medianoche, los cuatro, dos por el este y dos por el oeste, enmascarados y vestidos de negro de la cabeza a los pies, trotando silenciosos sobre la hierba espesa de los lados del camino. Cuando llegaron a los rincones de la propiedad interrumpieron la marcha para orientarse. Después un miembro de cada pareja se adelantó hacia el frente de la casa. Los dos restantes salvaron la empalizada del frente y avanzaron hasta que estuvieron a la altura del granero. Después giraron y caminaron acercándose uno al otro. Una vez completada la maniobra, había una figura oscura de pie, inmóvil y apenas visible, en cada esquina del rectángulo formado por las construcciones.

Después, comenzaron a moverse lentamente y en silencio, en la dirección de las agujas del reloj, alrededor del perímetro. A medida que uno llegaba a la esquina siguiente, todos se detenían. No hablaban, y mediante señas se comunicaban sus observaciones. Uno señaló las vacas en el prado lejano. Otro llamó la atención sobre las masas oscuras de los vehículos estacionados cerca de los árboles. Un tercero mostró el patio cerrado.

Finalmente, convencidos de que el perímetro externo no encerraba peligros, entraron en el patio, y dos avanzaron hacia la puerta del fondo de la casita, y los dos restantes hacia la entrada de la cocina de la casa grande. Antes de que sus manos tocaran el maderamen, las luces sobre las dos puertas se encendieron. Hubo una súbita llamarada y los cubos de nafta se incendiaron, y los cuatro fueron abatidos por el fuego de enfilada procedente del granero y del establo.

Neylan entró en la casa para telefonear al agente Macmanus. Llegó diez minutos después, pero se necesitó una hora y media para obtener la presencia de la Garda y una ambulancia que llegaron de Cork, y otra hora para realizar las declaraciones apropiadas, y desembarazarse de todos. Murtagh fue con el Land Rover hasta el cobertizo para recoger a las mujeres. Cuando al fin regresaron a la casa, Britte temblaba de fiebre. Telefonearon al médico local, que recetó aspirinas y bolsas de hielo, y prometió ir a las nueve de la mañana. Alrededor de las cinco Britte deliraba y gritaba de dolor. La pusieron en un coche, y mientras Tove la cuidaba en el asiento trasero, Neylan condujo a la mayor velocidad posible, en dirección al Hospital de la Piedad de Cork. Cuando llegaron, Britte estaba en coma. Un especialista, convocado deprisa, pronunció el veredicto.

—Fiebre cerebroespinal fulminante. Aparece con más frecuencia en los adolescentes y los adultos. Los dipléjicos como su hija son víctimas fáciles. Esta forma es maligna. El único alivio es que sigue un curso rápido. Ya se encuentra en estado terminal.

—¿Cuánto durará? —preguntó Matt Neylan.

El médico consultó su reloj.

—Dudo que llegue al mediodía.— Y a Tove, que estaba de pie, afligida pero sin lágrimas, junto a la cama, ofreció su pequeña migaja de consuelo.— En su caso, quizá podamos afirmar que el destino se muestra compasivo. Se le ahorrará mucho sufrimiento.

Pareció que Tove no le había oído. Se volvió hacia Matt Neylan y dijo, en una actitud de extraño distanciamiento:

—El *nonno* Drexel se afligirá terriblemente.

Y entonces, gracias a Dios, llegaron las lágrimas, y Matt Neylan la abrazó fuertemente, la acunó y la arrulló.

obras fui el copista más diligente. Paso a paso fui iniciado en la vida política de la Iglesia, en los ejercicios que preparan a un hombre para el poder y la autoridad. Algunos de ustedes me protegieron a lo largo de esa iniciación, y finalmente me eligieron para el cargo que ahora ocupo.

"Pero estaba sucediéndome algo más, y no tuve la inteligencia necesaria para percibirlo. Estaban secándose los pequeños resortes de la compasión en mi carácter. La capacidad de afecto y de ternura estaban marchitándose como las últimas hojas del otoño. Lo que era todavía peor, la atmósfera desértica de mi propia vida espiritual se reflejaba en la condición de la Iglesia. No necesito explicarles lo que ha sucedido, lo que continúa sucediendo. Ustedes lo leen día tras día en los informes que llegan a sus despachos.

"Les diré cómo juzgo mi propio papel en el fracaso. Creí ser un buen pastor. Impuse disciplina al clero. Me negué a hacer concesiones al espíritu libertino de los tiempos. No acepté el cuestionamiento de los eruditos o los teólogos a las doctrinas tradicionales de la Iglesia... Fui elegido para gobernar. Un gobernante debe ser el amo en su propia casa. Eso creía yo. Y actué en consecuencia, como todos saben. Y ahí estuvo mi gran error. Había olvidado las palabras de Nuestro Señor: 'Os he revelado todo lo que mi Padre me dijo, y por eso os llamo mis amigos...'. Había invertido el orden de las cosas establecido por Jesús. Me había asignado el papel de amo, y no el de servidor. Había tratado de hacer de la Iglesia, no un refugio para el pueblo de Dios, sino un imperio de los elegidos, y como tantos otros constructores de imperios, había convertido la tierra fértil en un desierto de polvo, del que yo mismo no podía escapar.

"Todos saben lo que sucedió después. Me interné en un hospital para someterme a una intervención quirúrgica. Se ha comprobado que esta intervención, que ahora es muy usual, y arroja un índice muy elevado de éxitos, determina un profundo efecto psicológico en el paciente. Esta es la experiencia que ahora deseo y necesito compartir con ustedes. Es una experiencia que revierte sobre mi niñez y está relacionada con la narración de San Juan, cuando explica cómo Jesús resucitó a Lázaro de entre los muertos. Todos conocen de memoria la narración. Imaginen, si pueden, el efecto de ese relato sobre un niño pequeño, alimentado con los relatos fantásticos de los campesinos reunidos alrededor del fuego.

"A medida que crecí, esa historia suscitó más y más interrogantes en mi mente, todos acuñados en los términos de la tecnología escolástica en la cual se me había educado. Me pregunté si Lázaro había sido juzgado, como todos seremos juzgados por Dios en el momento de la muerte. ¿Había tenido que afrontar otra vida y otro juicio? ¿Había visto a Dios? ¿Cómo soportaba la experiencia de verse arrancado de esa visión beatífica? ¿De qué modo esa experiencia de la muerte teñía el resto de su vida?

"¿Comprenden, hermanos, dónde llegamos? Salvo el hecho de morir, yo afronté la experiencia de Lázaro. Quiero explicarla a ustedes. Ruego a todos que me acompañen. Si nuestras mentes y nuestros corazones no pueden confluir en un asunto que se refiere a la vida y la muerte, en verdad estaremos perdidos y sin rumbo.

"No es mi intención fatigarlos con reminiscencias del cuarto de un enfermo. Quiero decirles sencillamente que llega un momento en que uno comprende que se dispone a salir de la luz para hundirse en la oscuridad, a salir del conocimiento para entrar en la ignorancia, sin la garantía del retorno. Es un momento de claridad y quietud, en que uno sabe, con extraña certidumbre, que lo que le aguarda es bueno, benéfico y cálido. Toma conciencia de que ha sido preparado para ese momento, no por nada que uno mismo haya hecho, sino por el don mismo de la vida, por la naturaleza de la vida misma.

"Algunos de los que están en la sala recordarán el prolongado proceso contra el distinguido jesuita, el padre Teilhard de Chardin, sospechoso de herejía y durante mucho tiempo silenciado en el seno de la Iglesia. En mi celo de clérigo joven, aprobé lo que se le hacía. Pero —y esto es lo extraño— en ese momento de inmóvil claridad antes de entrar en las sombras, recordé una frase escrita por Chardin: 'Dios hace que las cosas se forjen ellas mismas.'

"Cuando a semejanza de Lázaro, fui arrancado de la oscuridad, cuando permanecí cegado por la luz de un nuevo día, comprendí que mi vida jamás volvería a ser la misma.

"Queridos hermanos, os ruego entender que no estoy hablando de milagros o revelaciones privadas o experiencias místicas. Estoy hablando de la *metanoia*, de ese cambio del yo que sobreviene, no contrariando la impronta genética, sino precisamente a causa de ella, a causa del grafito de Dios. Nacemos para morir; por consiguiente, de un modo misterioso, se nos prepara para la muerte. Del mismo modo, avanzamos hacia cierta armonía con los más grandes misterios de nuestra existencia. Sea cual fuere mi naturaleza, sé que no soy una envoltura de carne con un alma en su interior. No soy el junco pensante de Pascal con un viento espectral que me traspasa.

"Después del cambio que he descrito, era todavía yo mismo, entero y completo, pero con un yo renovado y cambiado, del mismo modo que la irrigación cambia el desierto, del mismo modo que una simiente se transforma en una planta verde en la tierra oscura. Había olvidado lo que era llorar. Había olvidado lo que era entregarse al cuidado de manos defectuosas, regocijarse ante la visión de un niño, agradecer la experiencia compartida de la edad, la voz reconfortante de una mujer en las horas sombrías y dolorosas.

"Y entonces —¡tan tardíamente en la vida!— comencé a comprender lo que el pueblo necesita de nosotros, de sus pastores, y lo que yo, que soy el Supremo Pastor, tan rígidamente les había negado. No necesitan más leyes, más prohibiciones, más advertencias. Actúan del modo más normal y más moral por obra del corazón. Ya exhiben la impronta del grafito de Dios. Necesitan una atmósfera de amor y comprensión en la cual puedan crecer hasta cumplir toda su promesa, lo cual, mis queridos hermanos, es el verdadero sentido de la salvación.

"Permítanme hacerles, sin rencor, el doloroso reproche que me hizo un sacerdote que está librando una batalla solitaria para continuar en el ministerio: 'Usted es el Supremo Pastor, pero no ve a las ovejas, ¡sólo ve una ancha alfombra de lomos lanudos que se extiende hasta el horizonte!'

"Me reí, como ustedes ríen ahora. El era y es un hombre muy divertido; pero estaba diciéndome una amarga verdad. Yo no era un pastor. Era un supervisor, un cuidador, un juez que dictaminaba sobre la carne o la lana, todo menos lo que estaba llamado a hacer. Una noche, antes de dormirme, leí de nuevo la primera epístola de San Pedro, cuyos zapatos ahora calzo:

'Sed pastores del rebaño que Dios os dio. Proceded, como Dios desea que se haga, no por imposición, sino con buena voluntad, no por sórdida ventaja, sino generosamente, no como un tirano, sino dando el ejemplo al rebaño'.

"La lección fue clara, pero no era tan claro cómo debía aplicarla. ¡Mírenme! Estoy aquí, prisionero en una milla cuadrada de territorio, aherrojado por la historia, estorbado por el protocolo, limitado por consejeros que dicen palabras prudentes, rodeado por toda la crujiente maquinaria del gobierno, la que hemos construido en el curso de los siglos. No puedo escapar de todo esto. Por lo tanto, debo trabajar desde el interior de mi propia cárcel.

"Después de rezar mucho y de examinar mi conciencia, he decidido aplicar un programa de reformas de la propia Curia. Deseo convertirla en un instrumento que sea verdaderamente útil al pueblo de Dios. Las designaciones que he anunciado hoy son el paso de ese programa. El siguiente es fijar las normas que guiarán nuestra acción. Ahora las formularé para ustedes. La Iglesia es la familia de los creyentes. En un simbolismo más profundo, es un cuerpo al que todos pertenecemos y que está encabezado por nuestro Señor Jesucristo. Debemos cuidar unos de otros en el Señor. Lo que no contribuya a ese cuidado, lo que lo estorbe, debe ser y será abolido.

"Propongo comenzar con la Congregación para la Doctrina de la Fe, cuya elevada y única misión es mantener pura la enseñanza que nos fue legada por los tiempos apostólicos. La congregación ha sido reformada y rebautizada varias veces por los últimos Pontífices. Sin embargo, me veo obligado a sacar la conclusión de que está irremediablemente mancillada por su propia historia. Se la siente todavía como una inquisición, un instrumento represivo, un tribunal de denuncias en el seno de la Iglesia. Se atribuye un carácter secreto a sus procedimientos, y algunos de estos son básicamente injustos. De modo que, mientras exista esa imagen, la congregación hace más daño que bien. En el bautismo, todos hemos recibido la libertad que corresponde a los hijos de Dios. Por consiguiente, en esta familia no puede prohibirse la formulación de ninguna pregunta, la celebración de ningún debate, mientras se realice con amor y respeto, porque en definitiva todos nos inclinamos bajo la mano extendida del mismo Dios que impuso calma a los mares embravecidos, y entonces ellos se calmaron.

"Queridos hermanos, ha habido en nuestra historia muchas ocasiones —¡muchísimas en la mía!— en que pretendimos afirmar una certeza cuando no existía tal cosa, cuando en efecto no existe ahora. Nuestro venerable predecesor no dijo la última palabra sobre el control de la natalidad. No podemos contemplar con ecuanimidad la explosión de la población humana sobre la tierra y la destrucción por el hombre de los limitados recursos del planeta. Es ocioso e hipócrita imponer el control sexual como correctivo a personas que viven en el límite de la supervivencia. No debemos intentar crear revelaciones que no poseemos. No debemos imponer a los problemas humanos, al amparo del sentido práctico o de un aparente orden moral, soluciones que originan más problemas que los que resuelven.

"Sobre todo, debemos demostrar profundo respeto y consideración cuando nos acercamos a ese sacramento del que —para bien o para mal— nosotros mismos nos hemos excluido, el sacramento del matrimonio y todo lo que corresponde al mismo en la relación entre los hombres y las mujeres. A menudo tengo la impresión de que por lo que se refiere a las relaciones sexuales de los seres humanos más bien deberíamos buscar consejo que ofrecerlo.

"Estas son sólo algunas de las razones por las cuales deseo comenzar nuestras reformas por la Congregación para la Doctrina de la Fe, porque precisamente allí se inhibe el debate necesario, y se apartan del foro público las discusiones, para sepultarlas en un ámbito privado.

"Permitidme destacar, en esta asamblea de hermanos, que me adhiero férreamente a los antiguos símbolos de la fe, a esas verdades esenciales por las cuales murieron nuestros mártires. Me aferro también a otra certidumbre, la certidumbre de la duda, la certidumbre de la ignorancia, porque la más insidiosa de todas las herejías fue la de los gnósticos que afirmaron que conocían un camino especial que los acercaba a la Mente de Dios. No poseemos ese saber. Lo buscamos en la vida y las enseñanzas del Señor, en las tradiciones de los Padres y —en esto quiero ser muy claro— en el enriquecimiento de nuestra experiencia, la misma que, si Dios lo quiere, traspasaremos a otras generaciones.

"No somos una Iglesia asediada. Somos la Iglesia que es Testigo. Lo que hacemos y decimos debemos hacerlo y decirlo públicamente. Sé lo que ustedes me dirán: que hoy vivimos sometidos constantemente al escrutinio de las cámaras de la televisión y de los periodistas y los comentaristas que buscan el sensacionalismo. Y que por eso mismo somos vulnerables a que nos citen y nos interpreten erróneamente. Recuerdo a todos que nuestro Señor y Maestro no vivió una situación distinta. Precisamente en este espíritu de apertura y caridad y con discreta consideración, propongo examinar todas las funciones de los dicasterios. Este proceso será iniciado por un *Motu Proprio*, y será publicado antes de fin de año.

"Sin embargo, ahora mismo debemos resolver una cuestión. No se menciona específicamente en el Ordo, pero se le ha asignado tiempo. Ustedes recordarán que la víspera del día que partí para la clínica, les dije que mi abdicación ya estaba redactada, y que ustedes, los miembros del Sacro Colegio, gozarían de la libertad de juzgar si yo era competente para continuar como Pontífice. Ustedes me han visto. Me han escuchado. Lo que les ofrezco no es un desafío, sino una decisión que deben adoptar con la conciencia tranquila. Si ustedes creen que soy inepto, deben aceptar mi abdicación. No crearemos una situación dramática. Abdicaré en el momento y del modo que a ustedes les parezca adecuado."

Mostró a todos un documento doblado, de modo que cada uno pudiese ver el ancho sello colgante pegado al papel.

—Esto, escrito por mi propia mano, es el instrumento de la abdicación. *¿Placet ne fratres?* ¿Lo aceptan?

Hubo un largo silencio, y entonces el Cardenal Agostini formuló la primera respuesta:

—*Non placet*. No acepto.

Después no se oyeron otras voces, sólo un batir de palmas prolongado y continuo; pero en una habitación tan espaciosa y con un público tan heterogéneo, era difícil saber quién aplaudía y quién aceptaba lo inevitable.

El aplauso continuaba cuando se abrió la puerta y un prelado perteneciente al secretario de Estado llamó a Agostini al teléfono.

El Cardenal Anton Drexel llamaba desde Castelli. Su mensaje fue breve.

—Neylan me ha llamado desde Irlanda. En las primeras horas de esta madrugada ha habido un ataque terrorista contra su casa de campo. Dos hombres y dos mujeres, presuntamente japoneses. Neylan y su mayordomo los mataron. Cree que puede haber un intento hoy mismo contra la vida del Santo Padre.

—Gracias, Anton. Hablaré inmediatamente con el Santo Padre y la Vigilanza. ¿Otra cosa?

—Sí. Mi Britte se muere. He estado tratando de hablar con el profesor Salviati. Me han dicho que asiste a la Misa del Pontífice.

—Intentaré enviarle un mensaje. También hablaré con Su Santidad. ¿Dónde podemos hablar con Neylan?

—Llámele al Hospital de la Piedad, de Cork. Le daré el número...

Pero no había tiempo para llamados de cortesía. Había que poner en alerta roja a la Vigilanza e informar al Pontífice. El jefe de seguridad se encogió de hombros, en un gesto de impotencia, y señaló la multitud cada vez más densa que se reunía frente a la Basílica.

—Eminencia, ¿qué puedo hacer? Aquí tenemos cincuenta hombres. Veinte en la nave, diez en el crucero, quince alrededor del altar principal, cinco en el camino que circunvala la bóveda.

—Hay cuatro equipos de cámaras sobre un andamio y todos apuntan sus cámaras al Altar Mayor. ¿Qué me dice de esa gente?

—Tienen todos sus papeles en regla. Han sido investigados por Comunicaciones Sociales. Los japoneses también han sido examinados por nuestro Secretariado de Estado. Hemos inspeccionado el equipo. ¿Qué más podemos hacer?

—Rezar —dijo el secretario de Estado—. Pero si sucede algo, por Dios no cierren las puertas. Dejen salir a la gente; que se disperse, porque de lo contrario este sitio se convertirá en un matadero. Entretanto, llame a sus colegas del centro de inteligencia e infórmeles las novedades.

—¿Y los israelíes?

—Están fuera del cuadro. El embajador vendrá esta mañana como invitado personal del Pontífice. Por lo demás, no continuarán ayudando. El principal hombre del Mossad que estaba aquí fue enviado a su casa.

—Entonces, la Vigilancia tendrá que hacer todo lo posible; pero Eminencia, ¡rece todo lo que pueda! Y será mejor que tengamos preparada una ambulancia.

El propio Pontífice se mostraba más sereno.

—Durante la misa soy el blanco perfecto. La mayor parte del tiempo estoy en el centro del altar. Pero antes de que comencemos debo ordenar al maestro de ceremonias que mis diáconos y subdiáconos se alejen de mí todo lo posible. Podemos realizar la ceremonia a dos brazos de distancia unos de otros. Nadie lo advertirá.

—Santidad, podríamos cancelar la misa. Todavía faltan treinta minutos antes de empezar. Podríamos comenzar a desalojar ahora mismo la Basílica.

—¿Con qué propósito, Matteo? *Ut Deus vult*. Que sea como Dios quiera. A propósito, no le he agradecido su voto de confianza en el consistorio.

—Santidad, ha sido un voto por el hombre; no necesariamente por su política. Aún será necesario poner a prueba ésta.

—¿Y cree que no llegará el momento de hacerlo? Amigo mío, nos molerán como si fuéramos trigo entre las piedras del molino; pero todo será como Dios quiera que sea.

Sólo entonces Agostini recordó transmitir la segunda parte del mensaje de Drexel.

—La niña Britte Lundberg, la nieta adoptiva de Anton, está agonizando. Afirman que no pasará de hoy.

El Pontífice se conmovió visiblemente. Se le llenaron los ojos de lágrimas. Extendió la mano hacia Agostini, y se apoyó en el brazo del Cardenal para mantener el equilibrio.

—Todo esto, todo lo que sucede, recae sobre mí. Mi vida se ha pagado con todas esas vidas. ¡Es demasiado, Matteo! ¡Demasiado!

El día de la festividad de Todos los Santos, a media mañana Britte Lundberg murió en el Hospital de la Piedad de Cork. Fue terrible ver el estallido de dolor de su madre. Pareció que todos los controles cedían simultáneamente, y Tove se arrojó sobre la cama, sollozando y gimiendo y balbuceando palabras de amor para devolver la vida a la niña. Cuando la enfermera y una de las hermanas entraron y trataron de calmarla, Matt Neylan las apartó.

—¡Déjenla! Superará esto. Yo la cuidaré.

Y después, súbitamente, pareció que se agotaba todo su dolor. Besó a Britte en los labios, arregló decentemente el cuerpo sobre la cama y lo cubrió con las mantas. Después, entró en el cuarto de baño. Mucho más tarde salió, pálida pero serena, con los cabellos peinados y el maquillaje arreglado. Sólo los ojos la traicionaban; estaban extraviados, fijos en lugares muy lejanos. Matt Neylan la sostuvo largo rato, y pareció que ella se alegraba de sentir ese confortamiento, pero ya no había pasión en su ser. Preguntó distraídamente:

—¿Qué hacemos ahora?

—Llamamos a una empresa —dijo Matt Neylan—. Si quieres, podemos enterrarla en el cementerio de Clonakilty. Allí mi familia tiene una parcela. Descansaría al lado de mi madre.

—Eso estaría bien. Creo que le habría agradado. Matt, ella te amaba.

—Yo también la amaba.

—Lo sé. ¿Podríamos salir a dar un paseo?

—Por supuesto. Me detendré en la recepción y haré un par de llamadas telefónicas. Después saldremos a ver la ciudad.

—Otra cosa, Matt.

—Lo que tú digas.

—¿Podemos tener un sacerdote para enterrarla? Por supuesto, no por ti ni por mí, pero creo que el *nonno* Drexel lo desearía.

—Así se hará. Ahora salgamos. Ella ya no nos necesita.

Fueron caminando a la oficina de correos, y allí enviaron telegramas separados al Cardenal Drexel. El de Tove decía:

"Queridísimo *nonno* Drexel. Su amada nieta ha fallecido esta mañana. Su enfermedad felizmente fue breve, y su muerte serena. No la llore demasiado. Ella no lo habría deseado. Escribiré más tarde. Muchos, muchos cariños. Tove."

El mensaje de Matt Neylan fue más formal.

"Su Eminencia querrá saber que Tove está superando su dolor. Britte tuvo una vida feliz y sus últimas palabras conscientes fueron para su *nonno*. Será sepultada de acuerdo con los ritos de la Iglesia Romana en la parcela de mi familia en Clonakilty. Si tengo problemas con el cura de la parroquia, cosa que dudo, invocaré el nombre y la jerarquía de Su Eminencia. Si usted quisiera proponer un epitafio para su lápida, encargaré la ejecución a un buen tallista. Mis más profundas simpatías en su triste pérdida. Matt Neylan."

Después de redactar el telegrama, se volvió hacia Tove y dijo:

—He llamado al Vaticano y les he pedido que transmitan el mensaje a Salviati, que asiste a la misa papal. ¿No crees que deberías enviarle un mensaje personal?

—Sí, es necesario.

Tomó un nuevo formulario y escribió de prisa.

"Querido Sergio. Britte ha muerto serenamente esta mañana. Estoy triste, confundida y feliz por ella, todo al mismo tiempo. Es demasiado pronto para decir lo que sucederá ahora, o dónde iré. Entretanto, Matt Neylan me cuida. Es un buen hombre y juntos nos sentimos cómodos. Cariños, Tove."

Si Matt Neylan se sintió decepcionado ante ese elogio desprovisto de pasión, no lo demostró. La joven que recibió los telegramas señaló que, a causa de la diferencia de zonas horarias, serían entregados en Italia al día siguiente, es decir, la festividad de Todos los Santos, el Día de los Muertos.

La Basílica estaba atestada. Los diplomáticos y sus esposas estaban todos sentados. El clero se hallaba reunido, fila tras fila, en los lugares designados. Los hombres de seguridad ocupaban sus puestos. Los equipos de cámaras estaban encaramados en sus plataformas, enfocando sobre el Altar de la Confesión, bajo el gran baldaquín donde el Pontífice y sus cardenales concelebrarían la Misa de Todos los Santos.

El aire vibraba con el murmullo de millares de personas, y como trasfondo los sonidos del órgano reverberaban en un resonante contrapunto. En la Sacristía, los celebrantes se vestían, mientras el maestro de ceremonias se desplazaba discretamente en segundo plano, murmurando las últimas instrucciones a los acólitos. El Pontífice estaba vestido. Le habían traído una silla y se había sentado, con los ojos cerrados, meditando y esperando el comienzo de las ceremonias.

Ahora sentía auténtico temor. No había confortamiento frente a una muerte violenta, ni compasiva anestesia, ni el solaz de la fraternidad humana; eso carecía absolutamente de dignidad. Ahora se le perseguía, como antiguamente sus rivales habían perseguido al Rey de los Bosques, para matarle y apoderarse del santuario. El miedo nada tenía que ver con la muerte, sino con el modo de morir, el desconocido "cómo", el indescifrable "cuándo", el anónimo "quién". Tuvo una súbita y sobrecogedora visión del asesino de pie, velado como Lázaro, apoyado en uno de los pilares del baldaquín, esperando para ofrecer el saludo definitivo.

Trató de prepararse para el encuentro, y el único modo que pudo concebir fue un acto de sumisión a la voluntad del Creador invisible, en cuyo cosmos tanto el asesino como la víctima tenían su lugar y su propósito. Se impuso pronunciar las palabras, en silencio, con los labios: *"Fiat voluntad tua...* Hágase tu voluntad. Por azarosa que parezca, por grandes que sean el horror y la injusticia visibles, hágase tu voluntad. Me entrego, porque no hay otro recurso al alcance de mi mano."

Entonces, por un juego de asociación —o porque se le concedió la pequeña piedad de la distracción— pensó en Tove Lundberg, velando a su hija en aquel país lejano y brumoso al que los romanos llamaban Hibernia. Esa era otra clase de sufrimiento, y encerraba refinamientos que él sólo podía conjeturar. Neylan probablemente los entendería mejor. Neylan había llegado a la conclusión de que el universo era un lugar tan irracional que había abandonado toda fe en un creador inteligente. Y sin embargo, precisamente él ahora estaba comportándose con valor, con dignidad y compasión.

Lo que no podía pedir para sí mismo, podía rogarlo para ellos. También oró por Drexel, atrapado en la última y dolorosa ironía de la edad. Habían abierto su corazón al amor y ahora, en sus años de ancianidad, también eso se le arrebataba.

Sintió un toque en el hombro y la voz del maestro de ceremonias, que murmuró:

—Santidad, es hora de comenzar.

Desde su puesto, cerca del Cuerpo Diplomático, el jefe de seguridad observaba todos los movimientos del Pontífice y sus concelebrantes en el Altar, y escuchaba los lacónicos informes que le transmitían minuto a minuto desde los puntos estratégicos de vigilancia alrededor de la Basílica. Desde la cúpula, todo parecía normal; en la nave, normal; en el crucero, normal...

Ahora estaban en el Prefacio, la oración que introducía los actos eucarísticos centrales. El coro íntegro entonó la Doxología: "Santo, santo, santo es el Señor, Dios de los Ejércitos, el cielo y la tierra exaltan tu Gloria..." La radio continuó desgranando sus informes: baldaquín, normal. Crucero, normal... Pero los verdaderos momentos de peligro en el curso de la ceremonia llegarían poco después: la Narración, cuando el Pontífice estaba en el centro del altar y elevaba los elementos consagrados sobre su cabeza para ofrecerlos a la adoración de los fieles, y el momento, poco antes de la Comunión, en que alzaba de nuevo la Hostia y pronunciaba las últimas palabras de alabanza.

El maestro de ceremonias se atenía rigurosamente a sus órdenes, y siempre que era posible aislaba al Pontífice, de modo que, incluso si caía herido, las bajas fuesen mínimas. Era una terrible ironía. Mientras se ofrendaba sobre el altar la víctima ritual, el blanco viviente se ofrecía al golpe del asesino.

Instalados entre los miembros de la Casa Papal, Sergio Salviati y Menachem Avriel consiguieron mantener una conversación de murmullos pese a las resonancias del canto. El secretario de Estado había hablado con ellos y les había suministrado una rápida versión de las noticias de Irlanda. Avriel quiso saber:

—¿Qué hará ahora con Tove?
—Escribirle, llamarla.
—Pensé que...
—También yo, antes. Pero eso fue antes de que se marchase. Nadie tiene la culpa. Demasiados espectros en nuestros lechos, eso es todo.
—Entonces, acepte mi consejo. Concédase una pausa. Venga a Israel.
—Conozco el resto. "Le encontraremos una muchacha judía bonita e inteligente y..." Y lo intentaré. Mis cirujanos jóvenes trabajan bien. Morrison llegará y podrá vigilarlos. ¿Qué parte del Servicio es ésta?

Menachem Avriel señaló el lugar del texto y explicó en un murmullo.

—Es la versión cristiana de la Pascua.
—¿Cómo lo sabe?
—Me ocupé de leer. Estudio las costumbres nativas, que es precisamente lo que los diplomáticos deben hacer. Ahora, calle. Esta parte es muy sagrada.

El Pontífice estaba recitando la primera fórmula de la Consagración:

—Mientras cenaban, El tomó el pan, lo bendijo, lo partió y lo dio a sus discípulos, diciendo: "Tomad y comed; éste es mi cuerpo que será ofrecido por vosotros y por todos los hombres."

En el coro de murmullos que siguió, el Pontífice alzó la Hostia blanca sobre su cabeza mientras la gran congregación se inclinaba en señal de reverencia. Mientras los brazos del Pontífice se elevaban sobre su cabeza, él mismo era un blanco perfecto. Cuando los bajó, el jefe respiró aliviado. Había pasado el primer momento de peligro. Ahora, el Pontífice se inclinó sobre el altar, tomó en sus manos el cáliz de oro y recitó las palabras que consagraban el vino:

—Del mismo modo, acabada la cena, tomó el vino, lo bendijo, y lo ofreció a sus discípulos diciendo: "Tomad, y bebed todos de él. Este es el cáliz de mi sangre, sangre de la alianza nueva y eterna, que será derramada por vosotros y por todos los hombres, para el perdón de los pecados. Haced esto, en conmemoración mía."

De nuevo alzó los brazos, mostrando el líquido consagrado y presentándolo a la adoración de la gente.

Entonces la bala le golpeó, abriendo un orificio en su pecho, y derribándole hacia atrás, de modo que el líquido se derramó sobre su cara y las vestiduras, mezclándose con su propia sangre.

Epílogo

Su Eminencia Karl Emil Clemens, Cardenal camarlengo, era un hombre muy atareado. La Sede de Pedro estaba vacante, y hasta que se eligiese un nuevo Pontífice, el camarlengo dirigía el despacho bajo la supervisión del Sacro Colegio. Esta vez no habría confusiones ni errores. Ordenó un examen *post-mortem* y reclamó que estuviese a cargo del médico jefe de la comuna romana, en presencia de tres médicos testigos, entre ellos el profesor Sergio Salviati, cirujano del Pontífice.

Las conclusiones fueron unánimes. La muerte había sido provocada por una bala de gran calibre, un proyectil de alta velocidad y punta hueca, disparado desde una posición elevada. Había atravesado el corazón y se había desintegrado contra las vértebras, enviando fragmentos a distintos lugares de la cavidad torácica. La muerte había sido instantánea. Estas conclusiones concordaron con las observaciones de los investigadores llamados a colaborar con el Corpo di Vigilanza del Vaticano. Descubrieron que el equipo de sonido utilizado por el grupo de cineastas japoneses en realidad era el cañón alargado de un rifle, que confería extraordinaria exactitud al proyectil. Pero en el momento de examinar este equipo, el operador de sonido había desaparecido. Se comprobó también que en realidad era un coreano, nacido en Japón, a quien se había contratado para la ocasión. Los restantes miembros del equipo fueron interrogados, pero finalmente fueron traspasados a la custodia del embajador japonés, que dispuso la partida inmediata de los hombres.

El cuerpo del Pontífice no fue mostrado al público. Los tres ataúdes —uno de plomo, con su escudo de armas y el certificado de defunción, otro de ciprés y otro de olmo— ya estaban sellados, y se abreviaron las exequias por temor, según dijeron los periódicos, a que hubiese nuevos episodios de violencia. Después de la primera serie de artículos que reflejaron la impresión y el horror provocados por el episodio, los materiales conmemorativos sobre León XIV tuvieron también un acento discreto. Le describieron como un hombre severo, partidario de una disciplina inflexible, modelo de rectitud en su vida privada, de celo en su defensa de la tradición pura de la fe. Incluso Nicol Peters observó fríamente: "Hubo manifestaciones públicas de reverencia, pero no de afecto. Fue una especie de Cromwell de la historia papal, un hombre del pueblo que no consiguió llegar al corazón de su pueblo... Hubo muchos rumores en el sentido de que después de su enfermedad había cambiado, y de que preparaba una importante transformación política; pero como, de acuerdo con la costumbre, todos sus papeles estaban en manos del camarlengo, probablemente nunca conoceremos la verdad completa".

Se acuñaron dos medallas. Una para el camarlengo, y otra para el Gobernador del futuro Cónclave, donde se elegiría al nuevo Pontífice. También se acuñaron nuevas monedas del Vaticano y otros sellos, con las palabras "Sede vacante". La primera página de *L´Osservatore Romano* publicaba las mismas palabras con un gran reborde negro.

Entretanto, el Cardenal camarlengo se había posesionado de los apartamentos papales, de sus llaves y de todo su contenido, incluso el diario del Pontífice, su testamento, sus papeles y efectos personales, así como el contenido de los archivos de su despacho. Monseñor Gerard Hopgood ayudó al camarlengo a descargar estas obligaciones fúnebres, y como parecía un hombre razonable, discreto y culto, el camarlengo propuso que continuase en su cargo hasta que se eligiese al nuevo Pontífice, momento en que podría ayudar a instruir al nuevo personal. Entretanto, debía pensar en otra designación, y con ese fin podía contar con una excelente recomendación. Y ésa fue la razón por la que, un frío y ventoso domingo de noviembre, monseñor Hopgood fue a Castelli para visitar al Cardenal Drexel.

El anciano ahora estaba un tanto encorvado. Su andar ya no era vivaz, y cuando recorría el huerto y las tierras de cultivo se apoyaba en un bastón. De todos modos, mantenía su visión clara de los hombres y las cosas. Cuando Hopgood mencionó la sugerencia del fallecido Pontífice en el sentido de que podría trabajar en la villa, Drexel rechazó la idea:

—No malgaste su vida en esto. De todos modos, era un asunto que debía durar poco, mi placer personal, que no podía llevar a ninguna parte. Hicimos algunas cosas buenas, ayudamos a un grupo reducido, pero ahora veo claramente que para convertir esto en una empresa viable se necesitarían sumas enormes, mucho apoyo público —algo que es difícil en Italia—, y un núcleo de personal instruido, lo cual es todavía más difícil. ¿Desea utilizar su corazón, su cabeza y sus músculos? Vaya a los países nuevos, los africanos, los sudamericanos... Europa es un continente demasiado próspero. Aquí se sofocará... o se convertirá en un ratón del Vaticano, lo que sería una lástima.

—Pensaré en ello, Eminencia. Entretanto, ¿puedo pedirle consejo?

—¿Sobre qué?

—Sobre lo siguiente: opino que no se hace justicia a la memoria del fallecido Papa. Todo lo que se publica destaca el período reaccionario de su reinado. Nadie menciona que estaba a un paso de promover cambios trascendentes e históricos, como sin duda usted sabe.

—Sí, lo sabía. —Drexel no parecía dispuesto a ir más lejos.

—Quisiera escribir un homenaje a su memoria, un retrato del hombre nuevo en que se había convertido. Me agradaría... —abordó el tema con cierta ansiedad—, publicar e incluso interpretar algunos de sus últimos trabajos, entre ellos su alocución al consistorio.

—Por desgracia —dijo Drexel con áspero humor—, no tiene derecho a esos materiales.

—Creo que lo tengo —dijo Hopgood con voz firme—. ¡Mire!

Rebuscó en sus portafolios y extrajo dos volúmenes encuadernados en cuero. El primero y más grande estaba formado por notas manuscritas y hojas mecanografiadas con muchas correcciones. El segundo era el texto de la alocución del Pontífice al consistorio. Ambos ostentaban la misma inscripción:

*A
mi bienamado Hijo en Cristo
Gerard Hopgood
que me prestó estas palabras
para interpretar mis esperanzas y mis planes*

León XIV, Pont. Max.

—Según entiendo el asunto —dijo alegremente Hopgood— el derecho de autor guarda relación directa con el autor de las palabras y con la forma de éstas. Y ante la posibilidad de que se afirmara que las escribí como empleado o las doné como un regalo, Su Santidad tuvo el cuidado de usar la palabra "prestó".

Drexel pensó un momento, y después rió con auténtico regocijo.

—Me agrada mucho un hombre concienzudo. ¡Muy bien! Este es mi consejo. Consiga su nombramiento. Si está dispuesto a ir a Brasil, puedo recomendarle a mi amigo Kaltenborn, que es Cardenal Arzobispo de Río. Después, cuando esté lejos de Roma y su Obispo se sienta complacido con el trabajo que usted desarrolla, publique su obra y done el dinero a su misión, de modo que nadie pueda acusarle de alentar motivaciones sórdidas.

—Gracias, Eminencia. Haré como usted dice, y le agradeceré mucho que me recomiende al Cardenal Kaltenborn.

—Magnífico. Le escribiré antes de que usted se marche. ¡Es extraño cómo Dios arregla las cosas! Su Santidad recibió un hijo. Yo perdí una nieta. Mi tiempo se acaba. Él tenía por delante años de trabajo útil. Yo continúo aquí. Y él está muerto.

—Siempre me pregunto... —El tono de Hopgood era sombrío.— Cuánto ha perdido la Iglesia con su muerte.

—¡No ha perdido nada! —La voz de Drexel se elevó fuerte y sorprendente, y reverberó en la cámara abovedada.— Sobre la colina del Vaticano, los Pontífices van y vienen a través de los siglos, santos y pecadores, sabios y tontos, rufianes y canallas, reformadores, ¡y a veces incluso un loco! Cuando desaparecen, son incorporados a la lista que comenzó con Pedro el Pescador. Se venera a los buenos; no se hace caso de los malos. Pero la Iglesia continúa, no por ellos, sino porque el Espíritu Santo continúa insuflando su hálito a las aguas sombrías de la existencia humana, como hizo en los primeros días de la Creación. Eso es lo que nos sostiene, eso es lo que nos mantiene unidos en la fe y el amor y la esperanza. ¡Recuerde a San Pablo! "Un hombre no puede afirmar que Jesús es el Señor a menos que el Espíritu le anime". —Se interrumpió, como si de pronto le avergonzara su propia vehemencia.— Venga conmigo, debe probar una copa de mi vino. Lo llamo Fontamore. Espero que se quede a cenar. Unos buenos amigos llegan en el vuelo vespertino de Irlanda. Dicen que me traen una grata sorpresa.

Clareville,
Australia
Abril de 1981